分別と多感

ジェイン・オースティン
中野康司 訳

筑摩書房

目次

登場人物

ヘンリー・ダッシュウッド　サセックス州ノーランド屋敷の当主。エリナーとマリアンの父。
ダッシュウッド夫人　エリナーとマリアンの母。マリアンに似て過剰な感受性を高く評価。四十歳。
エリナー・ダッシュウッド　ダッシュウッド家の長女。理性的で、自制心に富む。十九歳。
マリアン・ダッシュウッド　ダッシュウッド家の次女。情熱的で、感情の抑制を嫌う。十六、七歳。
マーガレット・ダッシュウッド　ダッシュウッド家の末娘。十三歳。
ジョン・ダッシュウッド　ヘンリーの先妻の息子。エリナーとマリアンの腹違いの兄。ノーランド屋敷を相続。
ファニー・ダッシュウッド　ジョンの妻。フェラーズ家の長女。夫以上に自己中心的で欲張り。
フェラーズ夫人　大金持ちの未亡人。エドワードとロバートの母。尊大で独裁的で意地悪。
エドワード・フェラーズ　フェラーズ家の長男。内気な性格だが、頭も良く、心のやさしい青年。
ロバート・フェラーズ　フェラーズ家の次男。軽薄でお洒落な気取り屋。母親のお気に入り。
ジェニングズ夫人　成り上がり商人の未亡人。陽気で、せんさく好きで、少々品がない。
サー・ジョン・ミドルトン　デヴォン州バートン屋敷の当主。ダッシュウッド夫人の親戚。社交的で快活。
ミドルトン夫人　サー・ジョンの妻。ジェニングズ夫人の娘。お上品な生活と子供が命。二十六、七歳。
パーマー氏　サマセット州クリーヴランド屋敷の当主。いつも偉そうな態度。二十五、六歳。
パーマー夫人（シャーロット）　ジェニングズ夫人の末娘。いつもにこにこ幸せそう。
ブランドン大佐　ドーセット州デラフォード屋敷の当主。無口で重々しい感じだが思慮深そう。三十五歳。
ウィロビー　美男子で気品があって情熱的。マリアンが愛読する物語の主人公のような青年。二十五歳。
アン・スティール　ジェニングズ夫人の親戚。不器量で頭も悪い。三十歳くらい。
ルーシー・スティール　アンの妹。美人で打算的でお世辞が上手。二十二、三歳。

分別と多感

第一章

ダッシュウッド家はサセックス州の旧家で大地主だった。屋敷はノーランド・パークと呼ばれ、広大な所有地のほぼ中央にあり、一族は数世代にわたってここで立派な暮らしをし、近隣の人々の信望も厚かった。先代の当主は生涯独身で通し、長寿を全うした。姉が長年同居して、女中頭の役を果たした。しかし、その姉が彼より十年ほど先に亡くなると、ノーランド屋敷に大きな変化が生じた。姉が亡くなると、先代は甥のヘンリー・ダッシュウッド一家を屋敷に迎え入れたのである。ヘンリー・ダッシュウッド氏は、ノーランドのすべての所有地と屋敷の法定相続人であり、先代も法律どおり、この甥にすべての財産を譲るつもりだった。先代は甥夫妻とその三人の娘たちに囲まれて、晩年の十年間を幸せに過ごした。甥一家への先代の愛情は日ごとに深まった。ヘンリー・ダッシュウッド夫妻は、先代の意向に添うように絶えざる心づかいを示したが、それは損得勘定ではなく、心のやさしさから出たものだった。老齢の身で楽しめるあらゆる喜びを先代に与え、明るく元気な三人の娘たちも老人の生活に花を添えた。

ヘンリー・ダッシュウッド氏には、先妻との間に息子が一人いて、現在の妻との間に三人の娘がいた。息子のジョンは真面目で立派な青年で、母親の遺産で裕福な暮らしをしていた。母親つまりヘンリー・ダッシュウッド氏の先妻の財産はかなりなもので、その遺産の半分が、成年に達したときにジョンに譲られたのである。ジョンはその後まもなく結婚し、その結婚によってさらに財産を増やすことになった。妻のファニーは現在でもかなりな金持ちだが、将来、母親からさらに相当な遺産を受け継ぐことになっている[1]。それゆえジョンにとっては、ノーランドを相続するか否かはたいした問題ではなかった。ところが、三人の異母姉妹たちにとってはたいへんな問題だった。三人姉妹が相続できる可能性のある財産は、ノーランドを別にすれば、まことにささやかなものだからだ。母は財産ゼロだし、父ヘンリーも、自分の自由にできる財産はわずか七千ポンドにすぎなかった。先妻の遺産の残り半分も、いずれは息子のジョンが相続することになっている。父ヘンリーはいわゆる「生涯権」（その財産から生ずる利益を一代限り享受できる。つまり三人の娘たちは相続できない）を与えられているだけだった。

先代ダッシュウッド氏が亡くなり、遺言状が読み上げられた。遺言状というものはたいていそういうものだが、ある者には喜びを、ある者には失望をもたらした。先代は、甥のヘンリーを遺産相続から外すなどという、不公平な恩知らずなことをしたわけではないが、遺産の価値が半減するようなかたちでヘンリーに譲ったのである。ヘンリー・ダッシュウッド氏は、自分や先妻の息子のためではなく、現在の妻と三人の娘たちのために遺産を期待していたのだが、遺産はすべて、ヘンリーの死後は、現在の妻と三人の娘たちではなく、先妻の息子ジョンと、ジョンの四歳になる息子ハリーが相続することになったのである。ヘンリー・

ダッシュウッド氏は、最愛の妻と娘たちのために土地の一部を売ったり、材木を売ったりすることは一切禁じられていた。遺産はすべて手つかずのまま、ジョンの息子ハリーに譲るように決められていた。ハリー坊やはときどき両親とノーランド屋敷にやってきて、二、三歳児には珍しくない魅力をふりまいて、老齢の当主の愛情を一身に集めるようになった。片言のおしゃべり、何でも自分の思いどおりにしたがるわがまま、かわいらしいいたずら、耳を聾《ろう》するばかりの騒々しさなどなど、これら二、三歳児の魅力が、ヘンリー・ダッシュウッド一家の長年にわたるお世話と心づかいを圧倒したのである。しかし老齢の当主は、けっして薄情なことをするつもりはなくて、ヘンリーの三人の娘たちへの愛情のしるしとして、それぞれ千ポンドずつ遺贈したのだった。

ヘンリー・ダッシュウッド氏の落胆ぶりは、最初は相当なものだったが、もともと陽気で楽天的な性格なので、すぐに頭を切り替えた。これから長生きをして、つつましく暮らせば、地代収入などで相当な蓄えができるだろう。地代収入はいまでも相当な金額になるが、将来はさらに増えるはずだ。ところがこの目算は外れた。先代が長生きをしたために、遺産を受け継いだのが遅かったこともあり、ノーランドの全財産がヘンリーの手中にあったのはわずか一年間だった。ヘンリー・ダッシュウッド氏は、先代のあとを追うように一年後に亡くなったのである。そのため、未亡人と三人の娘たちに残されたのは、ヘンリーの遺産七千ポンドと、先代から娘たちに遺贈された三千ポンドを合わせた、合計一万ポンドだけだった。

ヘンリー・ダッシュウッド氏は、自分が余命いくばくもないと悟ると、息子のジョンを臨終の床に呼び、おまえの義理の母と三人の妹たちをよろしく頼むと、最後の力をふりしぼって切々と訴えた。

ジョン・ダッシュウッド氏は、義理の母と腹違いの妹たちに特別な愛情は持っていなかった。だが臨終の床で、父親に切々と訴えられて心を打たれ、四人が暮らしに困らないようにできるだけのことをすると約束した。ヘンリー・ダッシュウッド氏は息子の言葉に安心して、安らかに息を引きとった。それからジョン・ダッシュウッド氏は、義理の母と腹違いの妹たちにどの程度のことをしてやればいいかと、あらためて思案した。

ジョン・ダッシュウッド氏は少々心が冷たくて、自己中心的なところがあるが、それを性悪と言わないとすれば、けっして性悪な人間ではない。人並みの義務をきちんと果たし、いちおうみんなから尊敬されている。心のやさしい女性と結婚していたら、もっと立派な人物になっていたかもしれないし、もっと心のやさしい人間になっていたかもしれない。ところが、彼は非常に若くして結婚し、たいへんな愛妻家なのだが、残念ながら妻のファニーは、夫を思いきり戯画化したような女性で、夫より何倍も心の狭い自己中心的な女性だった。

ジョンは臨終の床で父親に約束をしたとき、心の中で考えた。三人の妹たちに、それぞれ千ポンドずつ贈与して、彼女たちの財産を増やしてやろう。それくらいのことはできると、そのときはほんとうにそう思った。将来相続する予定の、実母の遺産の残り半分は別にしても、今回の遺産相続で、現在の収入にさらに年収四千ポンドが加わるのだ。そう思うとジョンはやさしい気持ちになり、妹たちに気前のいいところを見せたいと思ったのだ。

「よし、三人の妹たちに、それぞれ千ポンドずつ上げよう。合計三千ポンド！　ほんとに気前のいい立派な兄だ。これで妹たちの生活も安泰だ。三千ポンド！　これだけの大金を妹たちに上げたって、ぼくの財産にはまったく影響ない」

ジョンはその日一日じゅうそのことを考え、それから数日たってもその考えは変わらなかったし、気前の良さを後悔することもなかった。

ヘンリー・ダッシュウッド氏の葬儀がすむと、ファニー・ダッシュウッドは義母に何の予告もなしに、子供と召使たちを引き連れてノーランド屋敷に乗りこんできた。彼女には来る権利があるので、誰も文句は言えなかった。ヘンリーが亡くなった瞬間から、ノーランド屋敷は彼女の夫のものなのだ。それにしてもファニーの振る舞いは無神経きわまりない。自分の屋敷から追い出されるダッシュウッド夫人の立場に立たされたら、ふつうの感覚の持ち主でも、嫁の無神経さに呆れることだろう。ところがダッシュウッド夫人はふつうの感覚の持ち主ではなかった。人一倍道義心が強く、寛大な行為にたいしてとてもロマンティックな感情を抱いていた。したがって、ファニーのこのような無神経な振る舞いは、誰がしようと、誰にたいしてなされようと、はらわたが煮えくり返るような嫌悪感をかきたてずにはおかなかった。もともとファニー・ダッシュウッドは、夫の親戚の誰からも好かれてはいなかったが、いままではまだその本性を現わす機会がなかったのだ。いざとなると人の気持ちなどまったく考えずに行動できるという本性を。

ダッシュウッド夫人は、ファニーの無神経な振る舞いにひどく傷つき、この義理の息子の嫁を心の底から軽蔑した。何の予告もなく嫁が乗りこんできたとき、即座に絶交して屋敷を出て行こうとしたくらいだ。だが長女のエリナーから、「いま出て行くことが正しい行動かどうかよく考えてください」と必死に説得されて、なんとか思いとどまった。そして頭を冷やしてから、ひとえに娘たちへの愛情ゆえに屋敷にとどまることにし、義理の息子夫婦との絶交だけは避けることにしたのだった。

母親に適切な忠告をした長女のエリナーは、すぐれた知性と冷静な判断力をもち、まだ十九歳だが、母親の相談役を立派につとめることができた。しばしば軽率な行動に走る母親の気性の激しさを抑えることもできた。一家にとって、まことに頼りになる存在だった。エリナーはまた、すばらしい心の持ち主だった。愛情豊かで、感情も豊かだが、自分の感情を抑制する術を知っている。感情の抑制は、エリナーの母親がこれから覚えなくてはならないことなのだが。ところが妹のマリアンは、感情の抑制などぜったいに覚えたくないと思っていた。

マリアンの能力と才能は、多くの点でエリナーにまったく引けを取らなかった。姉に劣らず頭が良くて、観察力も鋭い。だが何事においても情熱的で、悲しみも喜びも激しすぎて、節度を欠くきらいがある。心の広い、気立てのいい、魅力的なお嬢さまだが、唯一の欠点は慎重さに欠けるということだ。つまりいろいろな点で、母親の血をしっかり受け継いでいた。

エリナーはマリアンの過剰な感受性を心配しているが、母親は、過剰な感受性を価値あるものと考えていた。いずれはノーランド屋敷を出て行かなければならないという耐えがたい不幸に見舞われ、マリアンと母親は互いに励まし合った。ふたりはすさまじい悲しみに打ちのめされたが、その悲しみはふたりの会話によって日々新たにされ、求められ、再構築された。ふたりは全身で悲しみに溺れ、悲しみを募らせる思い出にひたり、将来に慰めを見いだすことなど断固拒否した。一方エリナーは、同じように深く悲しみはしたけれど、試練と戦うことができたし、じっと我慢することができた。兄ジョンと話し合いをしたり、兄嫁ファニーを冷静に迎え入れたり、礼を尽くして接したりすることができた。そして、母親にも同様の努力と忍耐を勧めて励ますことができた。

もうひとりの妹マーガレットは、陽気で気立てのいい娘だった。しかし、マリアンのロマンティックな傾向にすでにすっかり感化されていて、しかもマリアンほど頭は良くなかった。まだ十三歳だが、将来姉たちと肩を並べるような女性になる見込みはあまりなさそうだった。

第二章

ファニー・ダッシュウッドはノーランド屋敷の女主人におさまり、ダッシュウッド夫人と三人の娘たちは、居候の身分に格下げとなった。でも新しい女主人から、冷ややかではあるがそれなりに丁重な扱いを受けたし、当主となったジョン・ダッシュウッド氏も、自分と妻子に示す親切心には遠く及ばないけれど、他人に示せるかぎりの親切心は示してくれた。実際ジョンは、「ノーランド屋敷をぜひ自分の家と思ってください」とある程度の熱意をこめて言ってくれた。ダッシュウッド夫人としては、近所に適当な家が見つかるまではほかに名案もないので、義理の息子の申し出を仕方なく受け入れた。

見るものすべてに楽しい思い出が詰まった家に居つづけることは、悲しみに暮れるダッシュウッド夫人の心にまさにぴったり適っていた。幸せなときは、彼女ほど幸せな気分になれる人はいないし、幸せにたいする楽天的な期待感を彼女ほど持てる人もいない。その楽天的な期待感そのものが、彼女の幸せの源になってくれるのだ。だから彼女が幸せなときは、その幸せな気分は誰にも止められない。ところがいったん不幸に襲われると、こんどは、想像の翼が彼女を不幸の果てまで運び去り、その悲しみは誰にも慰めようがないのである。

ファニー・ダッシュウッドは、三人の義理の妹たちに千ポンドずつ贈与するという夫の考えには断固反対だった。財産が三千ポンドも減ったら、かわいいハリー坊やは将来ひどい貧乏になってしまうというのだ。「その件はぜひ考え直してください」とファニーは必死に夫に訴えた。たった一人のわが子からそんな大金を奪うなんて、一体どういうおつもりなの？　だいたいあの三姉妹は、あなたからそんな大金をもらう権利がありますの？　あなたとは半分しか血がつながっていないし、そんなのは血縁でも何でもないし、赤の他人と同じですわ。腹違いの子供たちの間には愛情など存在しないというのは、わかりきったことじゃありませんか。それなのになぜあなたは、全財産を腹違いの妹たちに上げてしまうの？　ご自分とかわいそうなハリー坊やを破産に追い込むような真似をなぜなさるの？

「臨終の床で父に頼まれたんだ。妻と娘たちをよろしく頼むって」とジョン・ダッシュウッドは答えた。

「お父さまは、ご自分のおっしゃっていることがわかっていなかったのよ。亡くなる間際で頭がもうろうとしていたのよ。間違いないわ。もし正気だったら、あなたの財産の半分をあの人たちに上げてくれなんて頼むはずがないわ。あなたの子供のものになるはずの財産ですもの」

「ファニー、父は金額をはっきり言ったわけじゃないんだ。ただ漠然と、妻と三人の娘たちをよろしく頼むと言っただけだ。自分は妻と娘たちの将来のために十分なことをしてやれなかったから、彼女たちが暮らしに困らないようによろしく頼むって。でも、何も言わずにぼくに任せてくれればよかったのにな。まさかぼくが彼女たちをほったらかしにするはずがないじゃないか。でも臨終の床で、約束してくれと父に言われたから、約束しないわけにはいかなかった。とにかくそのときはそう思った。だから約束した以上、約束は守らなくちゃ。彼女たちがノーランドを出て、新しい家に落ち着くときには、何かしてやらなくちゃ」

「そうね。それじゃ何かしてあげればいいわ。でも、三千ポンドも上げる必要はないんじゃない？　お金は一度手放したら二度と戻ってこないのよ。妹さんたちが結婚したら、三千ポンドは永遠に戻ってこないのよ。かわいそうなハリー坊やのために、いつか取り戻せるのなら話は別ですけど――」

「なるほど、それはたいへんな違いだな」夫は深刻な表情で重々しく言った。「そんな大金を手放したことを、ハリーが残念がる時が来るかもしれないな。子供が沢山できて大家族になったら、三千ポンドは大助かりだ」

「そうですとも」

「それじゃ、金額を半分にしたらどうかな。それなら八方丸く納まる。五百ポンドずつでも、妹たちには相当な大金だ」

「もちろん大金ですとも！　妹のためにその半分でもしてあげるお兄さんがどこにいるものですか！　たとえ実の妹だって！　ましてあの人たちは腹違いで、あなたとは半分しか血がつながっていないのよ！　あなたはほんとに気前がいいわね！」

「いや、けちなことはしたくないんだ」とジョン・ダッシュウッド氏は言った。「こういう場合はけちけちしないで、上げすぎたほうがいいんだ。五百ポンドずつ上げれば、妹たちに冷たくしたなんて後ろ指を指されずにすむ。妹たちもこれ以上のことは期待してないはずだ」

「妹さんたちが何を期待してるか知りませんけど、そんなことを私たちが考える必要はありませんよ」と妻のファニーが言った。「問題は、あなたにどれだけの余裕があるかということよ」

「うん、たしかにそうだな。でも、妹たちに五百ポンドずつ上げるくらいの余裕はあるさ。でも、ぼくが何も上げなくても、妹たちは母親が亡くなれば、父の遺産からそれぞれ三千ポンドずつもらえる。若い女性には十分な財産だな」

「そうですとも。はっきり言って、それ以上必要ないと思うわ。一万ポンドを三人で分けるんでしょ？　結婚すれば生活の心配はないし、たとえ結婚しなくても、一万ポンドの利子で、三人とも楽に暮らしていけるわよ」

「うん、たしかにそうだな。そうすると妹たちよりも、母親が存命中に母親に何かしてあげたほうがいいかな。たとえば年金とか。母親も助かるし、妹たちも助かるんじゃないかな。百ポンドの年金があれば、四人で楽に暮らせる」

　だがファニーは、この案に賛成するのをためらった。

「そうね。一度に千五百ポンド手放すよりはいいわね。でも、お義母《かあ》さまがあと十五年生きたらどうなるの？　結局千五百ポンド出すことになるわ」

「十五年！　でもファニー、彼女はそんなに長生きしないよ」

「そうかもしれないけど、人間って、年金が入ると、ずいぶん長生きするものよ。お義母さまはとても丈夫で健康そのものだし、まだ四十前よ。それに、年金を支払うのは大変なことよ。毎年毎年支払わなくてはならなくて、逃れようがないんですもの。あなたは自分のしようとしていることがわかっていないのよ。私は年金を支払う苦労をいやというほど知ってるの。うちの母は父の遺言で、年金を三つも支払わなくてはならなかったの。年を取ってやめた召使が三人もいて。おかげで母はとんでもない苦労をしたわ。三つの年金を毎年二回支払わなくてはならなかったの。本人に毎回きちんと届けるのも一仕事だし、そのうちの一人はもう死んだって言われたのに、しばらくしてまだ生きているとわかったりして。母はほんとにうんざりしていたわ。こんなにしょっちゅう取られるんじゃ、自分の財産なのに自分のお金じゃないって、しょっちゅうこぼしていたわ。みんな父が悪いのよ。その年金さえなければ、そのお金は全部母のもので、母が全部自由に使えたんですもの。だから私は年金が大嫌いなの。年金の支払いなんてぜったいにご免よ！」

「なるほど」とジョン・ダッシュウッドは言った。「自分の財産が毎年そんなふうに取られるんじゃ、たしかに不愉快だな。たしかに母上が言うように、それじゃ自分の財産なのに自分のお金じゃない。そんな大金を、毎年決められた日にきちんと支払わなければならないなんて、たしかに不愉快だ。経済的独立を奪われたようなものだな」

「そうですとも。しかもあなたは、それで感謝されるわけではないの。相手は生活を保証されてのんきに暮らすけど、あなたは当然のことをしているとしか思われないから、感謝なんてされやしません。私なら何をするにしても、全部自分の思いどおりにするわ。あの人たちに年金を支払う義務を負うなんてまっぴらよ。うちの家計が苦しくなって、百ポンド、いいえ、五十ポンドも支払えない年だってあるかもしれませんもの」

「うん、たしかにおまえの言うとおりだ。年金はやめたほうがよさそうだな。それじゃ年金はやめて、ときどきいくらか上げることにしよう。そのほうが彼女たちのためにもなるかもしれないな。年金で収入が増えると思うと、暮らしが派手になって、結局年末には何も残らないってことになりかねない。そうだ、ときどき上げるのが一番いい。ときどき五十ポンド上げれば、彼女たちがお金に困ることはないだろうし、ぼくも父との約束を十分果たすことになる」

「そうですとも。でも、ほんとのことを言うと、私はこう思っているの。お父さまは、あなたがあの人たちにお金を上げるなんて思っていなかったんじゃないかしら。お父さまが考えていた援助とは、あなたに無理なくできるようなことじゃないかしら。たとえば、あの人たちに住み心地のいい小さな家を探してあげて、引っ越しのお手伝いをするとか。あるいは季節ごとに、お魚や猟の獲物を届けてあげるとか、そういったことじゃないかしら。私の命を賭けてもいいわ、お父さまはそれ以上のことは期待していなかったと思うわ。もし期待していたらずいぶん変な話だし、理屈に合わないもの。あなた、ちょっと考えてみて。お義母さまと妹さんたちは、お父さまの遺産の七千ポンドの利子だけで、十分裕福に暮らせるわ。それに妹さんたちは、先代のダッシュウッド氏からそれぞれ千ポンドずつ頂いているのよ。その利子がそれぞれ五十ポンドずつ入るわ。もちろんそこから母親に食費を払うでしょう。とにかく合計すると、あの人たちは年に五百ポンドの収入があるわ。女四人が暮らすのに、それで何の不足がありますの？　女四人の生活費なんて高が知れてるわ。食費以外はほとんどかかりゃしないわ。あの人たちは馬車もないし、馬もいないし、召使もほとんどいらないし、社交界のつきあいもないし、何の出費もないんですもの。十分裕福にやっていけるわ。年収五百ポンドよ！　その半分だって使いきれないわよ。そのうえあなたが上げるなんて、考えるのもばかばかしいわ。いっそ、あなたがあの人たちからいくらかもらってもいいくらいよ」

「うん、たしかにおまえの言うとおりだ」とジョン・ダッシュウッド氏が言った。「妻と娘たちをよろしく頼むと父が言ったのは、たしかに、おまえが言ったような意味だと思う。よくわかった。おまえが言ったような援助と親切で、父との約束を果たすことにしよう。母が新しい家に引っ越すときには、喜んでできるだけのお手伝いをしよう。ちょっとした家具調度類をプレゼントしてもいいな」

「そうですね」と妻のファニーが答えた。「でも、ひとつだけ考えたほうがいいわ。ご両親がノーランドへ引っ越してきたとき、元のお住まいのスタンヒルの家具はお売りになったけど、陶磁器や銀食器やリンネル類は全部持ってきたそうよ。いまは全部お義母さまのものよ。ですから新しい家に移っても、必要なものは全部揃ってるはずよ」

「なるほど。それは重大な問題だな。ほんとに貴重な遺産だ。その銀食器類は、すこしここに残しておいてくれるとありがたいな」

「そうですとも。朝食用の陶磁器セットなんか、ノーランド屋敷のものより何倍も立派よ。あの人たちがこれから住む家には、どう見ても立派すぎるわ。でも仕方ないわね。あなたのお父さまは、あの人たちのことしか考えないんですもの。だからこれだけははっきり言っておくわ。あなたはお父さまにはこれっぽっちも感謝する必要はないし、お父さまの希望なんかまったく気にする必要はないわ。お父さまはできることなら、土地も屋敷もお金も、全部あの人たちに遺したかったんですもの」

　この意見には反論の余地がなかった。ジョン・ダッシュウッド氏はこれまで決心がつきかねていたが、これで腹は決まった。父の未亡人と娘たちには、ファニーの言うように、近所づきあい程度の親切を施せばいいのだ。それ以上のことをするのは、失礼ではないにしてもまったく無用なことだと、結論をくだした。

第三章

　ダッシュウッド夫人はそれから数カ月ノーランド屋敷にとどまった。長年見慣れたものを見るたびに悲しみに襲われるということもなくなって、引っ越すのがいやになったからではない。だんだん元気を取り戻し、悲しい思い出にひたって悲しみを増幅させるようなことはやめて、ほかのことに目を向けられるようになると、一日も早く出て行きたくなり、近所に適当な家はないかと毎日のように探しまわったくらいだ。近所を探しまわったのは、愛するノーランド屋敷から遠く離れたところに引っ越すのは耐えられないからだ。ところが、少々贅沢な夫人の希望に合って、しかも慎重な長女エリナーの眼鏡に叶うような家はなかなか見つからなかった。母親の気に入った家が何軒かあったけれど、慎重なエリナーが、自分たちの収入では大きすぎると判断してすべてしりぞけたのだ。

　ダッシュウッド夫人は、義理の息子ジョンが彼女たちを援助すると約束してくれたと、亡くなった夫から聞かされていた。その厳粛な約束は、臨終の床のヘンリー・ダッシュウッド氏を大いに慰めたし、その約束の真実性については、亡くなった夫もダッシュウッド夫人も露ほども疑っていなかった。ダッシュウッド夫人は自分ひとりなら、七千ポンドよりずっと少ない遺産でも十分裕福にやっていけると思ったが、娘たちのことを思うと、ジョンの援助は非常にありがたかった。ジョン本人のためにも、つまりジョンの心の平安のためにも、夫人はその援助を喜んだ。あのジョンに気前のいい真似などできるはずがないと、義理の息子を不当に過小評価していた自分を責めた。ジョンは私にも娘たちにも親切に接してくれる。私たちの幸せはジョンにとっても大切なことなのだ。ダッシュウッド夫人はそう思って、義理の息子の寛大な援助をすっかり当てにしていた。

夫人が嫁のファニーと知り合ってすぐに感じた軽蔑の念は、半年いっしょに暮らしてその性格を知れば知るほどますます募った。姑のほうは、つねに礼儀と母親の愛情を忘れずに嫁に接したのだが、ある特別な事情がなかったら、このふたりが半年も同じ屋根の下で暮らすことは到底不可能だったろう。というのは、ダッシュウッド夫人が見たところ、娘たちがこのままノーランド屋敷にとどまったほうが望ましいと思われる事態が生じたのである。

その特別な事情とは、エリナーとファニーの弟との間に芽ばえた恋だった。ファニーの弟すなわちエドワード・フェラーズは、たいへん紳士的で感じのいい青年で、姉がノーランド屋敷に移り住むとまもなく未亡人一家に紹介され、それ以来ほとんどの時間をここで過ごしていた。

エドワード・フェラーズは亡くなった大金持ちの長男なので、財産目当てで彼との交際を望む母親もいるかもしれない。ところがわずかな遺産を除いて、全財産は母親の意志次第なので、慎重を期して交際をとめる母親もいるかもしれない。でもダッシュウッド夫人は、どちらの考えにも影響されなかった。彼が心のやさしそうな青年で、娘を愛してくれていて、娘も彼を愛していればそれで十分だった。気が合って好き合っている若い男女を、財産が釣り合わないからといって引き裂くなどというのは、夫人の主義にまったく反することだった。また、エリナーと知り合った男性がエリナーの美点に気づかないなんてことは、ダッシュウッド夫人にはまったく考えられないことだった。

エドワード・フェラーズはとても評判のいい青年だが、容姿も話し方も特別すばらしいというわけではない。けっして美男子ではないし、あまり親しくない人が相手だと態度もぎこちない。内気すぎて自分の良さを十分に発揮できないのだ。でも生まれつきの内気さが取り払われると、たいへん率直な、愛情あふれる心の持ち主だということが、ひとつひとつの振る舞いにはっきりと表われた。それに生まれつきの頭の良さは、教育によって確実に向上していた。ところが残念ながら、母親と姉の期待にこたえるには、能力的にも性格的にもまったく向いていなかった。母親と姉は、何でもいいから彼に出世してほしいと思っている。なんとか世に出て、ひとかどの人物になってほしいと期待している。母親のフェラーズ夫人は、彼が政治に興味を持って政界に入るか、今をときめく大物たちと近づきになってほしいと願っている。姉のファニーも同じ希望を持っている。でもその夢が叶うまでのあいだ、せめて彼がバルーシュ型四輪馬車を颯爽と乗りまわしてくれたら、姉の気持ちもある程度は満足しただろう。ところがエドワードは、今をときめく大物たちにも、バルーシュ型四輪馬車にもまったく興味がなかった。彼の望みは、ひとえに家庭の幸福と静かな私生活にあった。でも幸い彼には、母親と姉の期待にこたえそうな前途有望な弟がいた。

エドワードがダッシュウッド夫人の目を引くようになったのは、彼がノーランド屋敷に数週間滞在してからのことだった。そのころ夫人は悲しみのどん底にいて、まわりのことにはいっさい無関心だったからだ。ただ、物静かで控えめな青年だと思い、その点は好感を持っていた。無神経な会話で夫人の傷ついた心をかき乱すようなこともなかった。夫人があらためてエドワードに注目してさらに好感を抱くようになったのは、ある日エリナーが、エドワードと姉ファニーとの違いについて漏らした感想がきっかけだった。エドワードは姉と性格が正反対だというエリナーの言葉を聞いて、ダッシュウッド夫人は断然エドワードが好きになったのだ。

「それで十分よ」とダッシュウッド夫人は言った。「ファニーに似ていないというだけで十分よ。それだけで、いい人だってことがわかるわ。私はもうエドワードを愛しているわ」

「彼をもっとよく知れば、きっと彼を好きになると思うわ」とエリナーが言った。

「好きになる?」母親はにっこり笑って答えた。「私はね、好きな人を愛さずにはいられないたちなの」

「彼を尊敬すると思うわ」

「いいえ、尊敬と愛を引き離すことなんて私にはできません」

それからダッシュウッド夫人は、エドワード・フェラーズともっと親しくなろうと大いに努力した。夫人の親しみやすい態度に、彼もすぐに打ち解けて話すようになり、夫人はすぐに彼の長所をすべて理解した。彼がエリナーに好意を持っていると思うからそう思ったのかもしれないが、とにかくダッシュウッド夫人は、エドワードが立派な青年だと確信した。若者の態度はかくあるべしという夫人の理想にはまったく反する、あのおとなしすぎる態度も、彼が愛情深い性格でとても心のやさしい青年だとわかってくると、もはや退屈なものではなくなった。

エリナーにたいするエドワードの振る舞いに愛の兆候を認めると、ダッシュウッド夫人は、ふたりが真剣に愛し合っているのは間違いないと確信し、結婚はもう間近だと期待に胸をふくらませた。

「ねえ、マリアン」と夫人は言った。「あと二、三カ月したら、エリナーはたぶんお嫁に行くわ。私たちは寂しくなるけど、あの子はきっと幸せになるわ」

「お母さま！　お姉さまがいなくなったら私たちはどうなるの？」

「離れ離れになるわけじゃないわ。四、五キロ以内のところに住めば毎日でも会えますよ。おまえには心のやさしいほんとうのお兄さまができるのよ。私はエドワードの心のやさしさをすごく高く買っているの。でも、おまえは浮かぬ顔をしているね、マリアン。エリナーの選んだ人が気に入らないのかい？」

「そうね、すこし意外だったわね」とマリアンは言った。「エドワードはすごくいい人だし、私も大好きよ。でも結婚相手としては……何かが欠けている気がするの。容姿もぱっとしないし。お姉さまが本気で好きになる男性なら、もっとはっきりした魅力があってもいいはずだけど、そういうものがまったくないわ。彼の目には、知性と勇気を示すような情熱の輝きがないわ。それに、彼には趣味らしい趣味がないんじゃないかしら。音楽にはほとんど興味がなさそうだし、エリナーの絵をすごくほめるけど、絵の価値がほんとうにわかっている人のほめ方ではないわ。お姉さまが絵を描いているときにしょっちゅう見に来るけど、絵のことなんか何もわかってないわ。絵の目利きとしてではなく、恋人としてほめているのよ。私を満足させるには、その両方が備わっていないとだめ。趣味がぴったり一致する男性とでなければ、私は絶対に幸せにはなれないわ。何もかも私と同じ感じ方をする人でなければだめ。同じ本や同じ音楽に、ふたりで一緒に夢中になれなくてはだめ。ね、お母さま、昨夜のエドワードの朗読を聞いたでしょ？　単調な棒読みで、情熱のかけらもなかったでしょ？　私はお姉さまに同情したわ。でもお姉さまは落ち着き払って耐えていたわね。朗読のひどさに気づいていないみたいに。私はよっぽど席を立とうと思ったわ。私をいつも夢中にさせるあの美しい詩が、あんなふうに読まれるなんて耐えられないもの！　あの詩をあんなふうに冷静に鈍感に無感動に読むなんて信じられない！」

「そうね。彼の朗読は、簡潔で気品のある散文のほうが合ってるわね。あのときそう思ったわ。でも、おまえがどうしてもクーパーの詩を読んでほしいと言ったのよ」（ウィリアム・クーパーの代表作『仕事』（一七八五年）はロマン派の先駆を成す作品）

「でも、クーパーの詩を読んで感激しない人なんて！　でも、そうね、趣味の違いってことはあるわね。お姉さまは私と感じ方が違うから、あんな朗読でも気にならずに、彼と幸せにやっていけるかもしれないわね。でも私は、愛する人にあんな朗読をされたら一度で幻滅ね。感受性のかけらも感じられないんですもの。ね、お母さま、私は世の中を知れば知るほど、私がほんとうに愛する人には絶対に出会えないような気がしてきたわ。私はとっても理想が高いの！　私の愛する人は、エドワードのようなやさしい心を持ち、しかも容姿も態度もすばらしくて、その善良さを美しく飾ってくれないとだめなの」

「何を言ってるの！　おまえはまだ十七歳にもなっていないのよ。すばらしい結婚をあきらめるなんて早過ぎます。おまえが私より運が悪いわけがない。ね、マリアン、私は祈ってますよ。おまえと私の運命が、ただ一点だけ違ってくれますようにって」

「残念ね、お姉さま、エドワードに絵の趣味がないっていうのは」とマリアンが言った。

「絵の趣味がない？」とエリナーが言った。「なぜそう思うの？　たしかに彼は自分では絵を描かないけど、人が描いた絵を見るのは大好きだし、生まれつきの趣味の良さは持っているわ。それに磨きをかける機会はなかったけど。子供のときから習っていたら、とても上手になったと思うわ。彼は絵については自分の判断に自信がないから、あまり意見は言わないの。でも生まれつきの趣味の良さを持っているから、彼の意見はたいてい正しいわ」

マリアンは姉の気持ちを傷つけたくないので、それ以上は言わなかった。でも、エドワードは人の絵を見るのは大好きだとエリナーは言ったけれど、マリアンに言わせれば、そんなものは趣味のうちに入らない。マリアンが考える趣味とは、もっと強烈な喜びをもたらすものでなければならないのだ。「お姉さまは趣味の何たるかがわかっていないわ。趣味にたいするたいへんな誤解だわ」とマリアンは内心笑った。でもその誤解を生じさせた、姉のエドワードへの盲目的な愛は高く評価した。

「ねえ、マリアン」とエリナーがつづけた。「彼を趣味のない人間だなんて思わないでほしいわ。そんなふうには思っていないと思うけど。彼にたいするあなたの態度は心がこもっているもの。彼を趣味のない人間と思っているなら、あなたは彼にあんな丁重な態度はとらないわ」

マリアンは返事に困った。姉の気持ちを傷つけたくはないけれど、うそは言いたくないからだ。結局マリアンはこう答えた。

「気を悪くしないでね。私はお姉さまと違って、彼の長所をすべて理解しているわけではないの。彼の考え方や、性格や、趣味などのこまかい点については、私はお姉さまほど観察する機会がなかったんですもの。でも私は、彼の善良さと分別は最高に評価しているわ。彼はどこから見ても、心のやさしい立派な人だと思うわ」

エリナーはにっこり笑って答えた。「その賛辞を聞いたら、彼のどんな親友でも満足するわね。それ以上のほめ方は誰にもできないもの」

マリアンは、姉がこんなに簡単に喜ぶのを見てほっとした。

「彼と打ち解けた会話をしたことのある人なら、彼の分別と善良さは誰も疑わないわ」とエリナーはつづけた。「彼のすばらしい知性と道徳心は、彼を無口にさせる内気さによって隠されているだけですもの。あなたは彼の一番大事な長所を正当に評価する程度には、彼を知っているわけね。でもあなたの言う、『彼の性格や趣味のこまかい点』は、やむをえない事情で、私ほどには知らないのね。あなたがお母さまのお世話でかかりきりになっているときに、私はたびたび彼とふたりだけで話す機会があったの。それで彼の気持ちや考え方がずいぶんわかったし、文学や趣味に関する彼の意見もたくさん聞いたわ。あえて言うけど、彼はとても教養豊かで、本が大好きで、想像力も豊かだし、観察力も正確だし、趣味もとても繊細で純粋よ。彼の能力のすばらしさは、彼を知れば知るほどわかってくるわ。態度や容姿だってそうよ。最初見たときは、彼の態度はたしかにぱっとしないし、容姿もけっして美男子とは言えないけど、でも、彼のすばらしい目の表情や、やさしい顔つきに気がつくと、見方がずいぶん変わってくるわ。いまでは私は、彼をほんとうに美男子だと思っているわ。少なくとも美男子に近いと思っているわ。ね、マリアン、あなたはどう思う？」

「いまは思わないとしても、すぐに彼を美男子と思うようになるわ。彼を兄として愛してほしいとお姉さまに言われたら、彼の心にも顔にも何の欠点も認めなくなるでしょうね」

エリナーはマリアンの言葉にびっくりし、エドワードのことを熱っぽくほめすぎてしまったことを後悔した。たしかに自分はエドワードを高く評価しているし、彼も自分に好意を持ってくれていると思う。でも、マリアンはすでにふたりの結婚を確信しているようだが、エリナーはまだそこまでは考えていないのだ。もっと確かなものがなければ、結婚までは考えられない。マリアンと母は何かを推測すると、つぎの瞬間にはそれを事実と思い込んでしまう。マリアンと母の場合、願いはすぐに希望に変わり、希望はすぐに期待に変わってしまうのだ。エリナーはマリアンに実情を説明しなくてはいけないと思った。

「私が彼を高く評価していることは否定しないわ。彼を尊敬しているし、好意を持っているわ」

マリアンが憤然としてさえぎった。

「尊敬？　好意？　お姉さまは冷たい人ね！　冷たいよりもっと悪いわ！　人を愛することは恥ずかしいことだと思っているのね。その言葉をもう一度使ったら、私は部屋を出て行くわ」

エリナーは思わず笑ってしまった。「ごめんなさい。私の気持ちを控えめに言って、あなたを怒らせるつもりはないの。私の気持ちは、いまの言葉より強いものだと思ってくれていいわ。彼はとても立派な人だし、その彼が私に好意を抱いてくれているかもしれないんですもの。もちろん私も彼に特別な感情を持っているわ。軽率だとか愚かだとか言われない程度にね。でも、それ以上のものだとは思わないで。彼がほんとうに私に特別な好意を抱いてくれているのかどうか、私には確信が持てないの。どの程度の好意なのか、わからなくなるときがあるの。だから、彼の気持ちがもっとはっきりわかるまでは、実際以上のことを考えたり言ったりしたくないの。そうやって自分の恋心をかきたてるようなことはしたくないの。それが当然だと思うわ。彼が私に好意を抱いてくれているのは間違いないと、内心では思っているわ。でも彼の気持ちとは別に、考えなければならないことがあるの。彼はまだ経済的に独立していないのよ。彼のお母さまがどういう人かわからないけど、お母さまの言動をファニーがときどき話題にしていて、その話を聞いたかぎりでは、やさしい人ではなさそうね。だからエドワードは、間違いなくこう思ってるはずよ。たいした財産も地位もない女性と結婚しようと思ったら、いろいろな障害があるだろうって」

マリアンは、母と自分の想像がとんだ早合点だったと知ってびっくりした。

「それじゃ、ふたりはまだ婚約していないの？　でも、すぐにそうなるわね。でも婚約が遅れれば、いいことがふたつあるわ。私はそれだけ長くお姉さまと一緒にいられるし、エドワードは結婚する前に、絵にたいする生まれつきの趣味の良さに磨きをかけることができるわ。幸せな結婚生活には、趣味の一致はぜったいに必要ですもの。ああ！　彼がお姉さまの絵の才能に刺激されて、自分でも描くようになったらすばらしいでしょうね！」

エリナーがマリアンに言ったのは、すべて自分のほんとうの気持ちだった。自分とエドワードの愛が、マリアンが思っているほど順調に実を結ぶとは考えられないのだ。ときどき彼の熱意が感じられなくなるときがあるのだ。それは無関心を示すものではないにしても、見込みのなさを物語っている。もしかしたら、彼はエリナーの愛情に確信を持てないでいるのかもしれない。でもそれは、彼に不安以上のものをもたらすはずはない。彼がたびたび襲われるあんな無気力状態を生むとは考えられない。愛情のままに結婚するわけにはいかないという経済的事情が、もっと大きな理由なのではないだろうか。エリナーが聞いたところでは、フェラーズ家の財産は彼の母親がすべて握っていて、母親つまりフェラーズ夫人は、いままでも彼に経済的に楽な暮らしはさせていない。母親の希望どおりに出世の道を歩まなければ、彼はこの先も自分の家庭を持てるような経済的独立は望めないらしい。エリナーはそういう事情を知っているので、楽観的な気持ちにはなれないのだ。エドワードが自分に好意を抱いてくれているからといって、マリアンと母が思っているように順調に実を結ぶとは思えない。

それどころか、彼と一緒にいればいるほど、彼の愛情が疑問に思えてくる。ときどき気まずい感じになるときもあり、ただの友情以上のものではないとさえ思えてくるのだ。

だがファニー・ダッシュウッドは、弟のエドワードがエリナーに好意を持っているらしいとわかると、どの程度の好意であろうとたちまち不安になった。そしてこれはよくある話だが、未亡人一家にたいへん失礼な態度を取るようになった。さっそくダッシュウッド夫人を侮辱する機会をとらえ、弟エドワードの莫大な遺産、二人の息子に立派な結婚をさせようという母フェラーズ夫人の固い決意、そして、エドワードを誘惑しようとする若い女性にふりかかる危険などについて、あてこすりたっぷりに話した。あまりの露骨さに、ダッシュウッド夫人はそのあてこすりに気づかぬふりもできず、冷静さを保つこともできなかった。軽蔑をたっぷりこめた返事をし、憤然として部屋を出てゆき、断固決意した。どんな面倒があろうと、どれだけの費用がかかろうと、すぐにここを引っ越そう。大事なエリナーを、一週間でもファニーのあんなあてこすりにさらすわけにはいかないのだ。

こういう精神状態でいるときに、ダッシュウッド夫人のもとに一通の手紙が届いた。そこにはまさに渡りに船の申し出が書かれていた。夫人のいとこで、デヴォン州に住む、地位も財産もあるサー・ジョン・ミドルトンという人物が、自分の所有する小さな家を格安で貸してくれるというのだ。手紙はサー・ジョン・ミドルトン本人からで、親切心に満ちあふれた文章だった。未亡人一家が家を探していると聞いて申し出てくれたのだ。貸してくれるのはバートン・コテッジという小さな家だが、場所が気に入れば、家の手入れなど必要なことは何でもしてくれるそうだ。家の間取りや庭の様子をくわしく説明したあと、「ぜひお嬢さまたちとご一緒にバートン・パークにお出かけください」と熱心に勧めてくれていた。バートン・パークは彼の屋敷だが、バートン・コテッジも同じ教区にあるので、屋敷に泊まってそこから下見に行って、手入れをすれば気に入った家になるかどうか自分で判断してくださいというのだ。サー・ジョンはぜひとも未亡人一家のお世話をしたいらしく、手紙全体が親切心にあふれた文章で書かれていた。ダッシュウッド夫人はもちろん大喜びだった。義理の息子と嫁から冷たい仕打ちを受けたあとなのでなおさらだった。思案も問い合わせも必要なく、ダッシュウッド夫人は手紙を読みながらすでに引っ越しを決意していた。

バートン・コテッジは、サセックス州から遠く離れたデヴォン州にある。その家がどんなにすばらしくても、二、三時間前なら、その遠い距離が最大の難点になっただろうが、いまはそれが最大の利点だった。ノーランドから遠く離れることは、もはや悲しいことではなくむしろ望ましいことだ。あんな嫁の居候でいつづける不幸に比べたら、まさに幸福そのものだ。愛するノーランド屋敷といえども、あんな嫁が女主人でいるかぎり、住みたくもないし行きたくもない。永遠に去るほうがよっぽど苦痛が少ないだろう。ダッシュウッド夫人は、すぐにサー・ジョン・ミドルトンに感謝と承諾の手紙を書いた。そして娘たちの賛同を得るために、両方の手紙を急いで娘たちに見せた。

ジョン・ダッシュウッド夫妻がいるノーランドの近所よりも、すこし離れた土地に住むほうが賢明だと、エリナーは前から思っていた。したがって距離の点では、デヴォン州に引っ越すという母の提案に反対する理由はなかった。それにサー・ジョンの手紙によると、家もごく簡素なもので、家賃も格安ということなので、その点でも反対する理由はなかった。したがってエリナーは、母親が承諾の手紙を出すのをとめはしなかった。その家にも土地にもあまり魅力は感じられないし、思っていたよりもノーランドから遠く離れることになるけれど。

第五章

　ダッシュウッド夫人は返事を出すと、さっそく義理の息子ジョン夫妻に告げた。「家が見つかりましたので、引っ越しの準備が整い次第出てゆきます。もうあなた方にご迷惑はおかけ致しません」と。ジョンとファニーはこれを聞いてびっくりした。ファニーは何も言わなかったが、ジョンのほうは、「新しいお住まいがノーランドからあまり遠くないといいのですが」と丁重に言った。「いいえ、デヴォン州に引っ越しますの」とダッシュウッド夫人は得意そうに答えた。これを聞くとエドワードがびっくりして向き直り、驚きと心配──その理由は説明するまでもないだろう──の入り混じった声で聞き返した。

「デヴォン州！　ほんとにそこへ引っ越すんですか？　そんな遠い所へ？　デヴォン州のどこですか？」

　ダッシュウッド夫人は場所を説明した。デヴォン州の州都エクセター市から北へ六、七キロのところだ。

「バートン・コテッジという小さな家ですけど、みなさんにいらしていただきたいわ」と夫人はつづけた。「一部屋か二部屋建て増しするのは簡単ですし、遠路はるばる訪ねて来てくだされば、それはもう喜んで十分なおもてなしをさせていただきますわ」

最後にダッシュウッド夫人は、「ぜひバートン・コテッジに遊びにいらしてください」とジョンとファニーを丁重に招待し、エドワードにはさらに愛情のこもった招待の言葉をかけた。ダッシュウッド夫人は、このあいだのファニーとの会話で引っ越しを決意し、準備が整い次第ノーランド屋敷を出ていくことにしたのだが、その会話の原因であり目的であったエリナーとエドワードのことに関しては、いささかの影響も受けていなかった。ふたりの仲を引き裂くことなど、夫人は考えてもいなかった。だから、これ見よがしにエドワードを招待してはっきりと示したかったのだ。この結婚に反対しているファニーの意見など、自分はまったく無視しているということを。

「そんなに遠い所に引っ越すのでは、引っ越しの手伝いができなくてほんとに残念です」とジョンはダッシュウッド夫人に何度も言った。ジョンはほんとに良心の呵責を感じていた。引っ越しの手伝いをして、亡父との約束を果たそうと思っていたのに、引っ越し先が遠すぎて手伝いができなくなったからだ。家具調度類は全部船便で運ばれた。おもにシーツやテーブル・クロスなどのリンネル類、銀食器、陶磁器、本、それにマリアンの立派なピアノなどだ。ファニーは、荷物が運び出されるのをため息をついて見送った。姑一家の収入は自分たちと比べたら微々たるものなのに、あんな立派な食器類を持っていると思うと悔しくてならないのだ。

ダッシュウッド夫人はバートン・コテッジを一年契約で借りた。家具付きで、いつでも入居可能だった。契約も、双方とも問題なかった。あとはデヴォン州に向けて出発する前に、ノーランド屋敷にある自分の持ち物を処分し、召使の人数など、これからの生活をどうするか決めるだけだった。そしてこれもすぐに決まった。彼女は自分のことは何でもてきぱき処理するたちなのだ。夫が残した何頭かの馬は、夫の死後まもなく売り払われ、こんどは馬車を処分しなくてはならないのだが、長女エリナーの熱心な説得で、これも売り払うことに決めた。自分の考えだけで決めたら、夫人は娘たちのためだと言って、手放さずにおいただろうが、エリナーの分別が勝った。同じくエリナーの分別によって、召使の人数は三人に減らされ、メイド二人と、下男一人に決まり、ノーランド屋敷で働いていた召使たちの中からすぐに三人が選ばれた。

下男とメイドの一人がただちにデヴォン州へ送り出され、女主人の到着に備えて家の中を整えることになった。ダッシュウッド夫人はミドルトン夫人と一面識もないので、バートン屋敷に泊めてもらわずに直接バートン・コテッジに行きたいからだ。それに家のことは、サー・ジョン・ミドルトンの手紙の説明を信頼しているので、入居の前に自分で下見をしたいという気持ちはまったくなかった。一刻も早くノーランド屋敷を出てゆきたいという気持ちは、姑の引っ越しを心待ちにしているファニーの満足そうな顔を見てますます募るばかりだった。「ご出発をすこし遅らせてはいかがですか?」とファニーは気のない調子で言うくらいのもので、あとは満足そうな顔を隠そうともしなかった。さて、いまこそジョンが亡父との約束をきちんと果たすべき時だった。本来は彼がノーランド屋敷に移り住んだときに果たすべきなのにそれを怠ったのだから、未亡人一家が屋敷を出てゆくいまこそ、約束を果たすのに最もふさわしい時だ。だがダッシュウッド夫人は、まもなくそういう望みはすべて捨てた。ジョンの口ぶりから判断すると、彼の援助とは、彼女たちをノーランド屋敷に半年間住まわせてくれたことであり、それ以上の援助は一切ないのだと夫人は確信した。ジョンは生活費がかさんでたまらないとか、世間的に地位のある人間は何かと予定外の出費があって大変だとか、しょっちゅう愚痴ばかりこぼしている。人に金をやるどころか、自分がもらいたいくらいだと言っているかのようだった。

サー・ジョン・ミドルトンの最初の手紙がノーランド屋敷に届いた日からわずか二、三週間後に、新しい住まいの用意はすべて整い、ダッシュウッド夫人と三人の娘たちはいつでも出発できる状態となった。

愛するノーランド屋敷に最後の別れを告げるにあたり、彼女たちは思う存分涙を流した。マリアンはこれが最後という晩に、屋敷の庭をひとりさまよいながら嘆きの声を上げた。

「ああ、いとしい、いとしいノーランドよ！　私がおまえとの別れを悲しまなくなるのはいつのことだろう！　新しい家をわが家と思えるようになるのはいつのことだろう！　ああ、幸せな日々を過ごしたわが家よ、いまここからおまえを眺める私の悲しみをわかってもらえるだろうか！　こうしておまえを眺めることはもう二度とないのだ！　そしておまえたち、見慣れた木々たちよ！　でも、おまえたちは変わることはないだろう。私たちが去るからといって、葉一枚朽ちることはないだろう。私たちはもうおまえたちを眺めることはできないというのに、枝ひとつ動きを止めることはないだろう。そう、おまえたちは変わることはない。おまえたちが与える喜びも悲しみも知らず、おまえたちの木陰を歩く者たちの運命の変化もわからないのだ！　でも、これから一体誰がおまえたちを見て楽しむのだろう！」

第六章

ダッシュウッド夫人と三人の娘たちの旅は、最初は物悲しい気分に支配され、退屈で味気ないものだった。でも目的地に近づくにつれて、これから住む土地への関心が、沈んだ気持ちを吹き飛ばしてくれた。バートン谷の美しい風景が見えてくると、晴れ晴れとした気分になってきた。気持ちのいい肥沃な土地で、樹木が生い茂り、豊かな牧草地がひろがっていた。曲がりくねった道を一、二キロ進むと、新居のバートン・コテッジに到着した。家の前には小さな芝生の庭があるだけで、小ぎれいな木戸から庭に入るようになっていた。

住居としては、バートン・コテッジは狭いながらも小ぢんまりした快適そうな家だった。でもコテッジと呼ぶには少々難点がある。建物のかたちは平凡すぎるし、屋根は瓦ぶきだし、窓の鎧戸は緑色ではないし、壁にはスイカズラも這っていない。玄関を入ると、狭い廊下が家の真ん中を貫いて裏庭に通じている。入ってすぐに、廊下の両側に、約五メートル四方の居間があり、廊下を進むと、台所、食糧貯蔵庫、洗濯場などの家事室と階段がある。二階に四つの寝室があり、屋根裏部屋が二つあり、部屋はこれで全部だ。比較的最近建てられた家で、手入れも行き届いている。ノーランド屋敷と比べたら、もちろん比較にならぬほど小さなお粗末な家だ。でも、家に入ったときはノーランド屋敷を思い出してつい涙が出てしまったが、それもすぐに乾いた。主人たちの到着を喜ぶ召使たちのうれしそうな顔を見ると元気が出てきたし、みんなお互いのために明るく振る舞おうと心に決めた。まだ九月の初めで、季節もよく、晴天にも恵まれ、彼女たちはとてもいい条件のもとでその家を見たおかげで、とてもいい印象を受け、その好印象はあとあとまでつづき、彼女たちがその家を気に入るのに大いに役立ってくれた。

まわりの環境も申し分なかった。家のすぐうしろに小高い丘が連なり、両側も程遠からぬところに丘が連なり、そのいくつかは広々とした草原で、ほかのいくつかは耕作地や森になっている。バートン村の大部分はその丘のひとつにあり、バートン・コテッジの窓から美しく眺められる。前方の眺めはさらに広々としている。バートン谷全体をひと目で見渡すことができ、はるか向こうの土地まで眺めることができる。家のうしろと両側は、連なる丘の手前までがバートン谷だが、一番高い二つの丘のあいだを谷はさらに伸びて広がり、その谷はまた別な名前で呼ばれている。

家の大きさと家具については、ダッシュウッド夫人はおおむね満足した。いままでと同じような生活をするには相当手を入れなければならないが、家の修繕や建て増しは大好きだし、各部屋を上品に模様替えするくらいのお金は十分あるからだ。

「この家は私たちが住むには小さすぎるけど、とりあえずこのままで楽しく暮らしましょうね」とダッシュウッド夫人は言った。「修繕するにしても、これから冬に向かうので遅すぎるしね。来年の春になってお金があったら——もちろんあるでしょうけど——建て増しを考えてもいいわね。どちらの居間も、お友達を招いてパーティーを開くには狭すぎるわ。だからこうしたらいいと思うの。廊下と居間の間の壁を取り払って、一つの大きな部屋にして、その一部を玄関ホールにしたらどうかしら。そして客間をひと部屋建て増しして、その上に寝室と屋根裏部屋を作れば、小ぢんまりしたとても感じのいいコテッジになるわ。階段がもうすこし立派だといいけど、何もかもってわけにはいかないわね。でも、階段の幅を広げるのは簡単だと思うわ。春になったら、どれくらいお金の余裕があるか調べて、増改築の計画を立てましょう」

ダッシュウッド夫人は生まれてこのかた貯金などしたことがない。だから、年収五百ポンドでどの程度のお金が残るかわからないし、どの程度の増改築ができるかわからないが、とにかくそれまでは今のままの家で満足することにした。みんな自分の持ち物の整理で忙しく、本や身の回り品をしかるべき場所に配置してわが家らしくするのに一生懸命だった。マリアンのピアノも荷が解かれてしかるべき場所に置かれ、エリナーの絵は居間の壁のあちこちに飾られた。

翌日、朝食のあと、こうしてみんなで忙しくしていると、家主のサー・ジョン・ミドルトンが訪ねてきて仕事は中断された。家主は歓迎のあいさつかたがた、「差し当たって足りないものがあれば、私の家と菜園から何でも用立てましょう」と申し出るために訪れたのだ。サー・ジョン・ミドルトンはちょうど四十歳くらいで、なかなかの美男子だった。ヘンリー・ダッシュウッド家の以前の家であるスタンヒルを訪問したことがあるが、ずいぶん昔のことなので、三人の娘たちは彼を覚えていなかった。顔つきは快活そのもので、態度も手紙の文章と同じで、たいへん親しみがこもっていた。未亡人一家の到着を心から喜んでいる様子で、彼女たちが快適に暮らせるようにと、心から気づかっているようだった。ぜひ親しい近所づきあいをしてほしいと盛んに言い、「家の中が落ち着くまでは、毎日うちでディナーを取ってください」と、じつに心のこもった申し出をしてくれた。その懇願ぶりは丁重さを通り越して少々しつこいほどだが、ぜんぜんいやな感じはしなかった。彼の親切は言葉だけではなかった。彼が帰って一時間もしないうちに、大きな籠に山盛り入った野菜と果物がバートン屋敷から届けられ、さらに夕方には、猟の獲物まで届けられた。そのうえ彼は、郵便物を出しに行くのも取りに行くのも自分に任せてほしいと言い、新聞も屋敷のを毎日届けさせると言った。（当時の新聞は高価だったので、回し読みをするのが普通だった）

ミドルトン夫人は、お伺いしてもご迷惑でなければさっそく表敬訪問したいという、丁重なことづてを夫に託した。これに応えて丁重な招待がなされ、ミドルトン夫人は翌日ダッシュウッド夫人一家に紹介された。

もちろんダッシュウッド夫人もエリナーもマリアンも、バートンでの快適な暮らしを大きく左右する人物に早く会いたいと思っていた。ミドルトン夫人の洗練された容姿は、彼女たちの期待どおりだった。ミドルトン夫人は二十六、七歳で、美人で、すらりと背が高く、とてもおしとやかな話し方をした。物腰にも、夫には欠けている上品さと優雅さがあった。でも、夫の率直さと温かみが少しでも加わったらもっとよかっただろう。それに残念ながら、しばらくすると、彼女たちのミドルトン夫人への最初の賛嘆の念は多少低下することになってしまった。ミドルトン夫人はまことにお上品ではあるけれど、とてもよそよそしくて冷たい感じがするし、ありふれた質問と返事をする以外はほとんど何も話さなかったからだ。

でも会話が途切れることはなかった。サー・ジョンはたいへんな話好きだし、ミドルトン夫人が賢明にも、六歳になるかわいい長男を連れてきたからだ。話題がなくなって困ったら、いつでも子供の話題に戻ればいい。名前や年を聞いたり、かわいらしさをほめたり、あれこれ質問したりすればいい。質問には子供に代わって母親が答えたが、そのあいだ子供は、母親にまつわりついてうつむいているばかりで、これにはミドルトン夫人がびっくりした。家ではずいぶん騒がしい子なのに、人前に出るとなぜこんなに内気になるのかしらと驚いたのだ。ともあれ、改まった訪問に際しては、話題に困らないように必ず子供同伴で行くべきである。今回の場合は、お坊ちゃまは父親似か母親似か、どの点がどちらに似ているか、という話題に花が咲き、それを決するのに十分間ほどかかった。みんなそれぞれ意見が違って、お互いの意見の違いにびっくりしたからだ。

ほかの子供たちについて論じ合う機会も、すぐにダッシュウッド一家に与えられた。サー・ジョンは、翌日ダッシュウッド母娘がバートン屋敷でディナーを取ると約束するまで、どうしても帰ろうとしなかったからだ。

第七章

バートン・パークは、バートン・コテッジから一キロ弱のところにある。ダッシュウッド一家は谷を通ってきたときにその近くを通ったが、コテッジからは、突き出た丘にさえぎられて見えない。大きな立派なお屋敷で、ミドルトン夫妻はここで歓待精神あふれる優雅な生活を送っていた。歓待精神はサー・ジョンを満足させるためであり、優雅な生活は奥さまを満足させるためだった。屋敷に客が滞在していないことはほとんどないし、近隣のどの一家よりも交際が広くて多彩だった。それはふたりの幸せにぜったいに必要なことだった。この夫婦は性格も行動も驚くほど正反対だが、才能と趣味の欠如という点ではじつによく似ていて、社交生活を除くとふたりの活動範囲は非常に限られているからだ。サー・ジョンは狩猟家《スポーツマン》で、ミドルトン夫人は母親以外の何物でもない。つまり、夫はキツネ狩りと鳥撃ちを楽しみ、妻は子供たちをかわいがり、それがふたりの唯一の楽しみだった。ミドルトン夫人は子供たちを一年じゅう甘やかすことができるという利点があるが、サー・ジョンがひとりでやれることは、猟期の関係で半年に限られている。しかし、屋敷や野外で絶えず催されるパーティーが、ふたりの生まれつきの素質や教育の欠陥を補い、サー・ジョンの上機嫌を維持し、ミドルトン夫人のお上品さを発揮する機会を与えてくれた。

　ミドルトン夫人は食卓を始めとして、屋敷内のあらゆるものの優雅さが自慢であり、屋敷で催すパーティーでの彼女の最大の楽しみは、すべてこの種の虚栄心から出ていた。だがサー・ジョンの社交の喜びは、もっとずっと具体的だった。彼の楽しみは、屋敷からあふれんばかりの大勢の若い男女を集めることであり、騒々しければ騒々しいほどうれしかった。近隣の若い男女にとって、サー・ジョンはまことにありがたい存在だった。夏はしょっちゅう野外パーティーを開いて、ハムやチキンを振る舞ってくれるし、冬はバートン屋敷で頻繁に舞踏会を開いてくれる。いくら踊っても踊り足りないという十五歳前後の思春期のお嬢さんは別として、ふつうのお嬢さんには十分すぎるほど頻繁に。

　バートン村に新しい家族が引っ越してくることは、サー・ジョンにはつねに喜ばしいことだが、このたびバートン・コテッジに引っ越してきた一家にはあらゆる点で魅了された。ダッシュウッド家の三人のお嬢さんは若くて、美人で、気取りがまったくない。サー・ジョンの好意を得るにはそれで十分だ。美しい娘が、容姿も人柄も魅力的になるためには、気取りのないことがいちばん重要だからだ。不幸な境遇に落とされた人たちを助けることは、心のやさしいサー・ジョンには大きな喜びだった。彼はいとこのダッシュウッド未亡人一家に親切にして、心からの満足感を覚えた。それに、女性ばかりの一家にコテッジを貸したことで、狩猟家としての満足感も覚えた。なぜなら狩猟家というのは、同じ狩猟を趣味とする男しか尊敬しないくせに、自分の所有地に同好の士を住まわせて狩猟をさせることは好まないからである。

ダッシュウッド夫人と三人の娘たちは、バートン屋敷の玄関でサー・ジョン・ミドルトンに迎えられ、気取りのない真心のこもったあいさつを受けた。サー・ジョンは彼女たちを客間へ案内しながら、前の日に言ったことをくり返し、「今日はすてきな若い男性をご紹介できなくてほんとに申し訳ない」と詫びた。今日の男性客は、彼を除けばたったひとりだけで、屋敷に滞在中の親友だが、あまり若くもないし陽気でもないそうだ。「こんな少人数のディナーで申し訳ないが、二度とこんなことがないようにします」とサー・ジョンは断言した。彼はもうすこし人数を増やそうと、けさ何軒かの家に声をかけたのだが、ちょうど月が明るい時期なので（当時は馬車の明かりも暗く、街灯もないため、帰りが夜になるディナー・パーティーなどは、月が明るい晩のほうが好都合だった）、みんなすでに先約が入っていたのだ。でも幸い、ミドルトン夫人の母親が一時間ほど前に屋敷に到着した。「彼女はとても陽気で楽しい人だから、思ったほど退屈しないでしょう」とサー・ジョンは言った。ダッシュウッド夫人も三人の娘たちも、初対面の客が二人いるだけで十分満足であり、それ以上望みはしなかった。

ミドルトン夫人の母ジェニングズ夫人は、とても陽気で賑やかな、でっぷりと太った年配の婦人で、おしゃべりが大好きで、とても幸せそうで、少々品がなかった。絶えず冗談を言っては笑い、食事中も恋人や夫の話題で冗談を連発し、「お嬢さん方は、サセックス州にいい人を残してきたんじゃないかしら？」などと言い、エリナーたちが赤くなろうとなるまいと、「ほら、赤くなった」などとからかった。マリアンは姉のことを心配し、エリナーがこの攻撃にどう耐えているかと、さかんに視線を送ったが、エリナーにはその視線のほうが、ジェニングズ夫人のからかいの言葉よりもはるかに苦痛だった。

ブランドン大佐はサー・ジョンの親友だが、性格の点では、サー・ジョンの友人としてまったく似つかわしくないように思われた。でもそういえば、同じく性格の点では、ミドルトン夫人はサー・ジョンの妻としてまったく似つかわしくないし、ジェニングズ夫人はミドルトン夫人の母親としてまったく似つかわしくない。ブランドン大佐はものすごく無口で重々しい感じの人物だった。もう三十五歳を過ぎているので、マリアンとマーガレットに言わせると、まさに老いたる独身男だが、風采はそんなに悪くはない。美男子ではないけれど、思慮深そうな顔つきで、物腰もたいへん紳士的だった。

エリナーとマリアンが見たところ、今日のディナーの席には、話し相手として魅力のある人物はひとりもいない。なかでもミドルトン夫人のよそよそしさと面白味のなさはうんざりするほどだ。それに比べれば、ブランドン大佐の重々しさや、サー・ジョンとジェニングズ夫人の騒々しさのほうがまだマシだ。ミドルトン夫人は食事が終わって、四人の騒々しい子供たちが部屋に入ってくると、やっと楽しそうな顔をした。子供たちは母親にまつわりついて服を引き裂き、自分たちに関係のない会話は全部邪魔した。

客間でお茶の時間になり、マリアンが歌とピアノが上手だとわかると、ぜひ聴かせてほしいという声が上がった。ピアノの蓋が開けられ、みんな椅子に座って聴く用意をした。歌の得意なマリアンはリクエストに応えて、ピアノの上に置かれていた歌曲集の曲をつぎつぎに歌った。その楽譜は、ミドルトン夫人が嫁入りのときに持参したものだが、それ以来ずっと同じ場所に置かれていたらしい。ミドルトン夫人は結婚を機にピアノを弾くのをやめてしまったからだ。でも母親のジェニングズ夫人によると、ミドルトン夫人はピアノがとても上手だそうだし、本人も、ピアノを弾くのはいまでも大好きだと言った。

マリアンの歌とピアノは大喝采を博した。サー・ジョンは、一曲終わるごとに大きな声で賛辞を送ったが、演奏中はそれに劣らぬ大きな声でおしゃべりに夢中になった。ミドルトン夫人はたびたび夫に静粛を求め、「なぜみんな静かに聴けないのかしら」と言ったが、なぜか、マリアンが歌い終わったばかりの曲をリクエストしたりした。一座のなかでブランドン大佐だけが、熱狂することなく静かに耳を傾けていた。彼は静聴することで賛辞を送ったのだ。この点に関しては、マリアンは大佐に尊敬の念を覚えた。ほかの連中は、鑑賞能力の嘆かわしい欠如によって彼女の尊敬心を失った。マリアンは、恍惚の喜びこそ音楽のほんとうの楽しみ方だと思っている。大佐の音楽の楽しみ方は、恍惚の喜びとまではいかないけれど、ほかの連中のおぞましいほどの感受性の欠如に比べれば評価できるものだった。男が三十五歳にもなれば、感受性の鋭さや、物事を楽しむ繊細な能力が多少衰えるのはやむを得ないだろう。大佐の高齢を考慮に入れてあげなければいけないと、マリアンは思った。

第八章

ジェニングズ夫人は、莫大な寡婦給与産（夫の死後、妻の所有に帰すように定められた土地財産）を持つ未亡人だった。娘が二人いるが、すでに二人とも良縁を得て嫁いだので、いまは、よそのお嬢さんたちを結婚させること以外何もすることがなかった。縁結びのためならば、自分の能力の及ぶかぎり精力的に活動し、知り合いの若い男女を結婚させるチャンスがあれば絶対に逃さなかった。若い男女の恋心を目ざとく見つけ、「誰々さんはあなたにほの字よ」とほのめかして、若いお嬢さんの頬を染めさせたり虚栄心をくすぐったりして楽しんだ。この類いまれなる目ざとさのおかげで、ジェニングズ夫人はバートンへ来てすぐに、ブランドン大佐がマリアン・ダッシュウッドに恋をしていると断言することができた。まず、バートン屋敷でふたりがはじめて会った晩に、「もしかしたら」と思った。それから、返礼としてミドルトン一家がバートン・コテッジにディナーに招かれたときに、マリアンの歌をまた熱心に聞き入っている大佐の姿を見て、その事実は確認され、「絶対に間違いない」とジェニングズ夫人は確信した。すばらしい縁組になるだろう。ブランドン大佐は金持ちで、マリアン・ダッシュウッドは美人だ。ジェニングズ夫人は、娘がサー・ジョンと結婚してブランドン大佐を紹介されたときから、ずっと大佐の良縁を願っていた。それに、美しいお嬢さんに立派な夫をお世話するのは、彼女がつねに願っていることだった。

ジェニングズ夫人自身の直接的な利益も少なくなかった。若い男女をからかうという無上の楽しみが生まれるからだ。バートン屋敷では大佐をからかい、バートン・コテッジではマリアンをからかった。大佐はジェニングズ夫人のからかいを無視できるかもしれない。少なくとも自分に関することだけなら。でもマリアンは違った。最初は何をからかわれているのかさっぱりわからなかった。そして、ブランドン大佐とのことでからかわれているとわかると、そのばかばかしさを笑うべきか、その無礼を非難すべきか判断に苦しんだ。なぜなら、それは大佐の高齢と、老いたる独身男という寂しい境遇にたいする残酷な冗談だと、マリアンには思えたからだ。

ところで、ダッシュウッド夫人はいま四十歳だから、三十五歳のブランドン大佐は自分より五つ年下にすぎない。だから十代のマリアンが思うほど、大佐がそんなに高齢だとは思わないし、ジェニングズ夫人が大佐の高齢をからかってそんなことを言ったのだとはとても思えなかった。ダッシュウッド夫人がそう言うと、マリアンはこう言った。

「でもお母さま、私とブランドン大佐がどうのこうのって、ジェニングズ夫人が意地悪で言ったのではないとしても、そのばかばかしさは否定できないでしょ？　ブランドン大佐はジェニングズ夫人よりは若いけど、私の父親くらいの年よ。昔は恋をする元気があったとしても、愛だの恋だのという感情は、とっくの昔になくなってるはずよ。ほんとにばかばかしい！　男の人はいくつになったら、そんなばかばかしい冗談を言われなくなるの？　あんなに高齢でよぼよぼになっても、まだからかわれなくちゃならないの？」

「よぼよぼ！」エリナーが思わず大きな声で言った。「ブランドン大佐がよぼよぼだって言うの？　お母さまよりあなたから見たほうが、大佐が高齢に見えるのはわかるわよ。でも誰が見ても、大佐の手足はまだぴんぴんしているわ」

「大佐がリューマチのことをこぼしているのを聞いたことないの？　リューマチはいちばんありふれた老人病よ」

「ねえ、マリアン」母親が笑いながら言った。「そのぶんだと、おまえは私がいつ死ぬかと、いつも心配してるんだろうね。私が四十歳の高齢まで生き長らえたことが奇跡に見えるだろうね」

「お母さま、それは誤解よ。ブランドン大佐がそんなに高齢ではないことはわかってるわ。もうすぐ老衰で亡くなると心配するような年ではないわ。あと二十年は生きられるでしょうね。でも三十五歳というのは、結婚には無縁な年齢よ」

「そうね」とエリナーが言った。「三十五歳と十七歳の結婚は考えないほうがいいかもしれないわね。でも、二十七歳の独身女性がいたら、大佐の三十五歳という年齢は結婚の障害にはならないと思うわ」

マリアンはちょっと考えてから言った。

「二十七歳の女性は、もう愛したり愛されたりすることは望めないと思うわ。でも、親の家にいるのが居心地が悪くて財産もなかったら、妻としての生活の保証と安定のために、看護役を引き受けるかもしれないわね。だから、三十五歳の男性が二十七歳の女性と結婚するのはいっこうに構わないわ。生活のための契約みたいなものだから世間も納得するわ。でも私から見たら、そんなのは結婚でも何でもない。お互いに相手を犠牲にして利益を得ようとする商取引みたいなものね」

するとエリナーが言った。

「二十七歳の女性が三十五歳の男性に愛に近いものを感じて結婚することもありうると思うけど、それをあなたに納得させるのは無理なようね。でも、ブランドン大佐夫妻が一生病室暮らしをするみたいな言い方には絶対反対よ。大佐はきのう、肩にちょっとリューマチの痛みを感じると言っただけなのに。それにきのうは、とても寒くてじめじめした日だったわ」

「でも大佐は、フラノのチョッキの話をしていたわ」とマリアンが言った。「私から見るとフラノのチョッキは、痛みやけいれんやリューマチや、老人と虚弱な人を悩ますあらゆる種類の病気と結びついたものなの」

「大佐が高熱に浮かされていたら、あなたはその半分も彼を軽蔑しないでしょうね」とエリナーが言った。「白状しなさい、マリアン。あなたは肺を病んだ詩人のような、熱で赤らんだ頬や、落ちくぼんだ目や、早鐘のような脈が大好きなんでしょ？」

エリナーが部屋を出てゆくと、すぐにマリアンが言った。

「お母さま、私、病気のことで心配していることがあるの。お母さまには隠せないわ。エドワード・フェラーズさんはきっと具合が悪いのよ。私たちがここへ来てもう二週間になるのに、まだ訪ねてこないんですもの。病気でなければ、こんなに遅くなるわけないわ。病気以外に、彼をノーランドに引きとめるものがあると思う？」

「彼がそんなに早く来ると思っていたの？」とダッシュウッド夫人が言った。「私はそうは思ってなかったわ。それどころか、そのことで気になっていたことがあるの。バートンに遊びに来てくださいって、私が彼に言ったとき、彼はあまりうれしくなさそうな、気が進まなそうな顔をしたの。エリナーは、彼がもうすぐ来ると思っているの？」

「お姉さまとその話をしたことはないけど、もちろん思ってるはずよ」

「それはおまえの思い違いじゃないかしら。きのうエリナーに、客用の寝室の炉格子を新しくしたいって話したら、当分お客さんは来ないと思うから、急ぐ必要はないと言っていたもの」

「おかしいわね！　一体どういうことなの？　あのふたりは一体どうなってるの！　訳がわからない！　最後の別れの時も、ふたりともあんなによそよそしくて、あんなに落ち着き払って！　最後の晩だって、ふたりはろくに話もしなかったわ！　エドワードの別れの言葉は、お姉さまにも私にもまったく同じだったわ。やさしいお兄さまがふたりの妹に言ってるみたいで。最後の朝も、私が二度も席を外して、ふたりだけにしてあげたのに、彼はそのたびに、私のあとから部屋を出てきてしまったの。それにお姉さまは、ノーランドを去ってエドワードと別れるというのに、泣きもしなかったわ。私なんてわんわん泣いたのに。お姉さまの自制心はまさに不動ね。お姉さまはいつ落ち込んだりふさぎ込んだりするのかしら。人に会いたくないと思うときや、人前で不安になったり不満になったりすることがあるのかしら」

第九章

ダッシュウッド一家のバートン暮らしもやっと落ち着いてきた。家も庭もまわりの風景も見慣れたものとなり、ノーランドの魅力の半分を占めていた日常生活の営みが再開された。それは父ヘンリーが亡くなって以来忘れていた大きな喜びだった。サー・ジョン・ミドルトンは、最初の二週間は毎日訪ねてきたが、自宅で家族が忙しく働いている姿を見たことがないので、ダッシュウッド一家がいつも何かをしている姿を見て驚きを隠せなかった。

バートン屋敷の人たち以外には、訪問客はあまりいなかった。もっと近所づきあいをしたほうがいいとサー・ジョンが熱心に勧めてくれて、いつでも馬車をお貸ししますと言ってくれるのだが、ダッシュウッド夫人の独立心は、娘たちに社交の機会を与えたいという気持ちよりもはるかに強いのである。だから夫人は、歩いて行かれない家の訪問ははっきりと断わった。そうすると、歩いて行ける家はほんの数軒だし、その全部が交際するにふさわしい家というわけでもなかった。前にも言ったように、バートン・コテッジから二キロ半ほどのところに、バートン谷から分かれたアレナム谷という、狭い曲がりくねった谷がある。三姉妹は引っ越してきて間もないころに、そのあたりまで散歩した。そして立派なたたずまいの古い屋敷を見つけ、ノーランド屋敷を思い出して想像をかきたてられ、その屋敷のことをもっと知りたいと思った。でも聞いてみると、そこの主人はとても評判のいい年配の婦人だが、残念ながら、病弱のために世間とのつきあいはなく、屋敷から一歩も出たことがないとのことだった。

まわりの田園地帯には美しい散歩道がたくさんあった。バートン・コテッジのどの窓からも小高い丘が見え、頂上のさわやかな空気が誘いかけてくるようだった。谷間の美しい散歩道がぬかるんで歩けないときは、それらの丘がすばらしい散歩道になってくれた。忘れもしないある朝のこと、マリアンとマーガレットは、雨模様の空にわずかに覗いた晴れ間に誘われて、それらの丘のひとつに散歩に出かけた。二日間降りつづいた雨に閉じ込められていたので我慢できなくなったのだ。この晴れ間はこのまま続きそうだし、丘を覆う怪しい雨雲もすぐに吹き払われるだろうとマリアンは言ったが、エリナーと母親はその空を見ても、鉛筆と本を置こうとはしなかった。それでマリアンとマーガレットはふたりで出かけた。

ふたりは元気よく丘をのぼり、雲間から青空が覗くたびに、「やっぱり晴れるわね」と喜んだ。気持ちのいい強い南西風が顔に吹きつけると、むだな心配をしてこの爽快感を味わいそこねた母とエリナーをあわれんだ。

「この世にこれ以上の幸せがあるかしら？」とマリアンが言った。「ねえ、マーガレット、少なくとも二時間は散歩しましょうね」

マーガレットは賛成し、ふたりは強風を全身に受けて、楽しそうに笑い興じながら二十分ほど歩きつづけた。すると突然上空が黒雲で覆われ、激しい雨がふたりの顔を叩いた。ふたりは驚き、残念だがしぶしぶ引き返さなくてはならなかった。わが家より近くには雨宿りの場所もないのだ。でもひとつだけ慰めがあった。ふだんならお行儀が悪くてできないが、緊急事態だから許されるだろう。自宅の庭の入口までまっすぐに伸びている丘の急斜面を、全速力で駆けおりるのだ。

ふたりは駆け出した。最初はマリアンが先頭だったが、突然つまずいて転倒してしまった。マーガレットは姉を助けようにも止まることができず、そのまま全速力で駆けおりて、無事に丘のふもとに到着した。

マリアンが転倒したとき、二匹のポインター犬を引き連れた、銃を持った紳士が丘をのぼってきた。マリアンが倒れた場所から数メートルと離れていなかった。紳士は銃を置いて彼女を助けに駆け寄った。マリアンは地面から起き上がったが、転んだときに足をくじいて立つこともできなかった。紳士は助けを申し出たがマリアンは断わった。ひとりで立つこともできないのに、乙女の恥じらいから断わったのだと見て取ると、紳士はためらうことなく彼女を抱き上げて丘をくだり、マーガレットが開け放しにしてあった木戸を入って庭を通り、マーガレットが着いたばかりの家の中へと、マリアンを抱いたまま運びこんで居間の椅子に座らせた。

エリナーとダッシュウッド夫人はびっくりして立ち上がった。ふたりの目は見知らぬ紳士に釘づけになった。驚きと、立派な風采にたいする賛嘆のまなざしだった。見知らぬ紳士は、率直かつ上品に事の次第を説明して、突然の侵入を詫びた。気品のある声と言葉づかいが、並外れた美男子ぶりにさらに魅力を添えた。たとえその紳士が年寄りで醜男で下品だったとしても、わが子を助けてもらったことにたいして、ダッシュウッド夫人は心からの感謝と好意を感じただろうが、その紳士は若くて、美男子で、気品にあふれていた。当然のことながら、夫人はその親切をいちだんと胸に深く感じることになった。

ダッシュウッド夫人は何度もお礼を言い、いつもの物柔らかな調子で、どうぞお座りくださいと勧めた。だが紳士は、服が濡れて汚れているからと辞退した。ダッシュウッド夫人は、それではせめてお名前をお聞かせくださいと言った。名前はウィロビーで、いまはアレナム村に住んでいると紳士は答え、明日お嬢さまのお見舞いに参上してもよろしいですかと聞いた。もちろん喜んでお待ちしています、というダッシュウッド夫人の返事を聞くと、紳士は男らしい颯爽とした印象を残して、降りしきる雨の中を立ち去った。

ウィロビー氏の男性的な美貌と溢れるような気品は、たちまちダッシュウッド一家の称賛の的となった。彼の騎士道精神によって救われたマリアンはみんなから冷やかされたが、彼がたいへんな美男子であるために、みんなの笑い声もいちだんと活気づいた。じつはマリアンは、みんなほど彼の容姿をよく見ていなかった。彼に抱き上げられたときに、顔が真っ赤になるほどうろたえて、家に入ってからも、まともに彼を見ることができなかったからだ。それでもちらっとは見ていたから、みんなの称賛の声に加わることはできたし、マリアンらしい熱のこもった賛辞を呈することはできた。ウィロビー氏の容姿と態度は、マリアンが愛読する物語の主人公から想像したイメージとぴったりだった。それに、堅苦しいあいさつを省いて彼女を家に運びこんだ素早い行為には、頭の回転の速さが感じられ、マリアンはそれも大いに気に入った。彼に関するすべてのことが興味深かった。ウィロビーという名前もすてきだし、住んでいる場所も、彼女たちが大好きなアレナム谷だ。それにマリアンは、すべての男性服のなかで、狩猟服がいちばん男性的だということに気がついた。彼女の想像力はめまぐるしく動き、何を考えても楽しく、くじいた足首の痛みなどすっかり忘れてしまった。

同じ日の午前中、また雨が上がって外出ができるようになると、サー・ジョンが訪ねてきた。彼はさっそくマリアンの事故のてんまつを聞かされ、アレナム谷に住むウィロビーという名の紳士をご存じですかと熱心な質問を受けた。

「ウィロビー!」とサー・ジョンが大きな声で言った。「彼が来てるんですか? それは吉報だ。さっそく明日馬で行って、木曜日のディナーに招待しよう」

「それじゃ、ご存じなんですね」とダッシュウッド夫人が言った。

「もちろん知ってるとも! 毎年ここへ来るんです」

「どういうお方ですの?」

「たいへんな好青年です。射撃の腕前も確かだし、乗馬もじつにみごとなものだ。あれほど大胆な乗り方をする男は、イングランド中にもそうはいないでしょう」

「あの方について、それしかおっしゃることがないんですか?」マリアンが怒ったように言った。「親しいお仲間といるときはどんな人なんですか? 趣味や才能や性格はどうなんですか？」

サー・ジョンは面食らったように言った。

「正直言って、そういうことはよく知らない。でもとにかく、感じのいい陽気な青年で、みごとな黒い牝のポインター犬を飼ってる。今日もその犬といっしょだったでしょ？」

だがマリアンは、ウィロビー氏のポインター犬の毛色については満足な返答ができなかった。サー・ジョンが、ウィロビー氏の趣味や才能や性格といった、いわば人柄の色合いについては答えられなかったように。

「でも、どういうお方なんですか？」とエリナーが言った。「どちらのご出身なんですか？アレナム村に家をお持ちなんですか？」

この点については、サー・ジョンはもっと正確な情報を持っていた。ウィロビー氏は、アレナム村には家も土地も持っていないそうだ。アレナム・コートというお屋敷に住む老婦人を訪問したときに滞在するだけだが、その老婦人とは親戚で、いずれはその財産を相続するらしい。そしてサー・ジョンはこうつけ加えた。

「いや、ほんとの話、彼は大いにつかまえる値打ちがありますよ、エリナーさん。サマセット州に自分の小さな家屋敷を持っています。私がエリナーさんなら、妹が足をくじいて彼に助けられたからといって、彼を妹に譲ったりしませんね。マリアンさんが男を全部ひとり占めにするなんてよくない。気をつけないと、ブランドン大佐がやきもちを焼きますぞ」

ダッシュウッド夫人がにこやかにほほえみながら言った。

「ウィロビーさんにそんなご迷惑をおかけする心配はございませんわ。うちの娘たちが彼をつかまえるなんて、そんなはしたない真似は致しません。そんなふうに育てた覚えはございません。どんなお金持ちの男性でも心配ご無用ですわ。でもお話をうかがって、ウィロビーさんが立派な青年で、おつきあいしても差し支えないお方とわかってうれしいわ」

「いや、ほんとに、あんな好青年は見たことがない」とサー・ジョンがくり返した。「去年のクリスマスに、うちで小さな舞踏会を開いたときも、午後八時から午前四時まで踊って一度も腰をおろさなかったんだ」

「えっ、ほんとに?」マリアンが目を輝かせて言った。「最後まで優雅に元気よく?」

「もちろん。しかも朝八時に起きて、馬で狩猟に出かけたんです」

「私、そういうの大好きよ」とマリアンが言った。「若い男性はそうでなくちゃ。何をするにも精力的で、節度なんかわきまえずに、疲れなんか知らないってふうでないと」

「なるほど、わかりましたぞ」とサー・ジョンが言った。「どういうことになるか、わかりましたぞ。ウィロビーの気を引くおつもりですな。哀れなブランドンなど眼中になくなりますな」

「そういう言い方は大嫌いですわ、サー・ジョン」マリアンがかっとなって言った。「しゃれたつもりの陳腐な言葉って大嫌い。『男の気を引く』とか、『征服する』とか、そういうのはとくに最悪。粗野で下品で。最初に使われたときは気が利いていて面白いけど、使い古されると面白くもなんともないわ」

サー・ジョンには非難の意味がよくわからなかったが、わかったみたいに大笑いして答えた。

「そう、あなたは何人もの男性を征服するでしょうな。ブランドンもかわいそうに！　彼はもうあなたにすっかり征服されているし、ほんとの話、彼の気を引く価値は十分あるんだがな。丘で転んで足をくじいて、誰かさんに助けてもらった一件は別として」

第十章

マリアンの「命の恩人」――マーガレットが意味の正確さより言葉の優雅さを優先させてウィロビーをこう呼んだのだが――は翌朝早く、彼女を見舞いにバートン・コテッジを訪れた。ダッシュウッド夫人は単なる丁重さ以上の好意をもって彼を迎えた。娘を助けてもらった感謝の気持ちはもちろんだが、サー・ジョンから聞いた話――つまり、いずれはウィロビーがアレナム・コートの財産を相続するらしいという話――も大いに関係していた。一方ウィロビーは、偶然の事故がきっかけでダッシュウッド一家と知り合うことになったのだが、このお見舞いの訪問中に、この一家の良識、上品さ、家族同士の愛情の深さ、家庭的な暖かさなどをしかと確信することになった。三姉妹の容姿の美しさはあらためて見るまでもなく、きのうひと目見てわかっていた。

長女のエリナーは色白で、整った顔立ちで、均整のとれた姿がすばらしかった。だがマリアンはさらに姉以上の美人だった。均整のとれた姿という点では姉に一歩譲るけれど、長身のためにその美しい容姿はいちだんと人目を引いた。とにかく魅力的な顔立ちで、紋切り型のほめ言葉で「美人」と呼んでもけっして大げさではなく、なるほど美人だと誰もがうなずいた。肌は小麦色だが、透きとおるような艶があり、顔色はまさに輝くようだった。目鼻立ちは完璧で、笑顔がかわいらしくてじつに魅力的で、黒い瞳には生命力と生気と情熱がみなぎり、見る者すべてを楽しい気分にしてくれた。だがウィロビーは、最初はマリアンのすばらしい目の表情を見ることはできなかった。マリアンは、彼に抱き上げられたときのことを思い出すと恥ずかしくて、まともに彼の顔を見ることができなかったからだ。しかしその恥ずかしさも消えて気持ちも落ち着き、ウィロビーが紳士としての育ちの良さに加えて、率直さと快活さを備えた青年だとわかると、そしてとりわけ、音楽とダンスが大好きだという彼の言葉を聞くと、マリアンは賛嘆のまなざしでウィロビーを見つめた。おかげでそのあとウィロビーは、もっぱらマリアンとばかり話すことになった。

マリアンを会話に引き込むには、趣味の話をすればいい。趣味の話になったら彼女は黙っていられないし、はにかみも遠慮も忘れてたちまち夢中でしゃべりだす。ふたりともダンスと音楽が大好きだということがすぐにわかり、しかもうれしいことに、ダンスについても音楽についてもおおむね意見が一致した。マリアンはこれに勇気を得て、さらに彼の意見を知りたくなり、こんどは本について質問した。マリアンは自分の好きな詩人たちの名前をあげて熱っぽく語った。二十五歳の青年としては、それまでその詩人に興味がなかったとしても、よほど鈍感でないかぎり、それらの詩のファンにならないわけにはいかなかった。ふたりの趣味は驚くほど似ていて、ふたりとも同じ本と同じ一節が大好きだった。たとえ意見が違って異論が出たとしても、マリアンが目を輝かせて熱弁をふるうと、意見の違いはたちまち解消された。ウィロビーはすべてマリアンの意見に従い、彼女の熱狂ぶりに感染した。ふたりは会話を始めてしばらくすると、もう長年の知り合いのように親しそうに語り合っていた。

「ねえ、マリアン」ウィロビーが帰るとすぐにエリナーが言った。「たったひと朝でたいへんな収穫ね。重要なことについては、ウィロビーさんの意見はもうほとんど全部わかってしまったんじゃない？　彼がクーパー（二十七頁の割注参照）やスコット（歴史小説の開祖として知られるが、その前に詩人として一家を成した。特に、一八一〇年発表のロマンティックな物語詩『湖上の美人』は大評判を呼んだ）の詩をどう思っているかわかったわ。ふたりの詩の美しさを正しく評価していることもわかったし、ポープ（ロマン派の先駆とも言えるクーパーやスコットと対照的に、理性を重んずるイギリス新古典主義を代表する詩人）の詩をあまり高く買っていないこともわかったわ。でも、あらゆる話題をそんなに大急ぎで片づけてしまったら、あなたたちのおつきあいはこれからどうなるの？　ふたりの大好きな話題がすぐに種切れになってしまうんじゃない？　もう一度会えば、『ピクチャレスク・ビューティー』（十八世紀末から十九世紀初頭にかけて大流行した美意識。荒々しい風景や廃墟など、恐怖と美が同居する美しさを称賛し、ロマン派の詩人たちにも大きな影響を与えた）や再婚に関する彼の意見も聞けるでしょうし、そうしたら、あとはもう聞くことがなくなってしまうんじゃない？」

「お姉さま！」マリアンが声を荒げた。「ひどいわ！　あんまりだわ！　私はそんなに話題が乏しいっていうの？　でも、お姉さまの言いたいことはわかってるわ。ウィロビーさんと話しているとき、私はくつろぎすぎて、幸せすぎて、はっきり物を言いすぎたのね。お上品な礼儀作法にそむいたのね。無口で元気のない、退屈なお嬢さまにしていればいいのに、猫をかぶっていればいいのに、率直にいろんなことを言いすぎたのね。お天気や道路の話だけして、十分間に一度だけ口をきいていたら、こんな非難はされないでしょうね!」

「マリアン」と母親が言った。「エリナーに腹を立てちゃだめよ。ただの冗談よ。おまえとウィロビーさんの楽しい会話をとめようなんて、本気で思ってるわけないわ。もしそうなら、私がエリナーを叱ってやりますよ」

マリアンはすぐに機嫌を直した。

一方ウィロビーも、ダッシュウッド家と知り合ったことを喜んでいるのは明らかだった。交際を深めたいと望んでいることが、はっきりと態度に表われていた。彼は毎日やってきた。最初はマリアンのお見舞いが口実だった。しかし日ごとに歓迎の度は高まり、マリアンが全快してお見舞いという口実が使えなくなる前に、そんな口実は不要になった。マリアンは数日間家から一歩も出られなかったが、こんなに楽しい外出禁止は生まれてはじめてだった。ウィロビーはすばらしい才能と能力に恵まれ、活発な想像力と、快活な性格と、率直かつ愛情のこもった態度を備えた青年だった。まさにマリアンの心をとらえるために生まれてきたような青年だった。さらにこれらに加えて、魅力的な容姿はもちろんのこと、生まれつきの情熱的な性格まで備えていた。そしてその情熱的な性格が、マリアン自身の情熱的な性格に刺激されて激しくかきたてられ、それが何物にも増してマリアンの愛情を勝ち得ることになったのだった。

ウィロビーとの交際は、マリアンにとってしだいに無上の喜びとなった。ふたりは一緒に本を読み、話をし、歌を歌った。ウィロビーの音楽の才能はすばらしかったし、朗読にも情感と気迫がこもっていた。そして残念ながら、エドワード・フェラーズにはこれがまったく欠けていた。

　マリアンだけでなくダッシュウッド夫人から見ても、ウィロビーは非の打ちどころのないすばらしい青年だった。エリナーから見ても、ただ一点を除けば、非難すべき点は見当たらなかった。その一点とは、彼がまわりの人間や状況を無視して、思ったことを言いすぎるという点だが、この点もマリアンにそっくりで、とくにマリアンを喜ばせた点でもあった。他人について性急に判断をくだして、すぐにそれを口にする。自分の好きな相手だけに夢中になって、ほかの人たちへの礼儀を忘れてしまう。世間一般の礼儀作法を簡単に無視してしまう。こうした点に、彼の慎重さの欠如が表われていた。ウィロビーとマリアンはそんな慎重さは必要ないと言うが、エリナーはぜったいに賛成できなかった。

　マリアンは十六歳六カ月のときに、自分は理想の男性には一生めぐり会えないと絶望したが、その絶望は早まっていたし間違っていたと認めざるをえなかった。まさにウィロビーこそ、彼女があの絶望の日々や希望の日々に思い描いた理想の男性であり、彼女の心をつかむことができる男性だった。そして彼の振る舞いには、マリアンの心をつかむ自信と希望がはっきりと表われていた。

　ダッシュウッド夫人は、ウィロビーがいずれはアレナム屋敷を相続してお金持ちになるらしいと聞いたが、その財産目当てにふたりの結婚を願うなどということはいっさいなかった。だが一週間もしないうちに、そのダッシュウッド夫人も、ふたりの結婚を希望し期待するようになり、エドワードとウィロビーのようなふたりの立派な婿を得たことをひそかに喜んだ。

ブランドン大佐がマリアンに好意を持っていることは、サー・ジョンやジェニングズ夫人など周囲の人たちが早々と気づいていたが、みんなが注目しなくなった今ようやくエリナーの知るところとなった。周囲の人たちの注目とからかいは、幸運な恋敵であるウィロビーのほうへ移ってしまった。つまり大佐は、マリアンへの恋心が芽ばえる前にからかわれ、からかわれて当然の恋愛感情を抱くようになった今は、まったくからかわれなくなってしまったのだ。

エリナーは不本意ながら認めざるをえなかった。大佐はマリアンに恋心を抱いていると、ジェニングズ夫人が興味本位で騒いでいたが、それが現実のものになったということを。そして、ウィロビー氏はマリアンと性格が似ているために恋愛感情が芽ばえたが、ブランドン大佐のような正反対の性格でも、恋愛感情は芽ばえるのだということを。エリナーは心配しながら成りゆきを見守った。三十五歳の無口な男に勝ち目はない。相手は二十五歳の元気はつらつとした青年なのだ。エリナーは大佐の成功を祈ることはできないので、大佐がこの恋をあきらめてくれればいいと心から願った。エリナーは大佐が好きだった。重々しくて控えめすぎるが、なぜか気になる人物だ。態度はいかめしいけれど、どこかやさしい感じがするし、あの控えめな態度は、生まれつきの暗さというよりも、何かの挫折感から来ているような気がする。大佐はひどい失恋をしたことがあると、いつかサー・ジョンが言っていたが、それは大佐が失意の人であるというエリナーの確信を裏づけてくれた。というわけでエリナーは、大佐を尊敬と同情の目で見ていた。

大佐がウィロビーとマリアンから軽蔑されているために、エリナーはなおさら大佐に敬意と同情を感じるのかもしれない。ウィロビーとマリアンは、大佐が若くもないし元気もないので偏見を持ち、大佐の美点をことさらに過小評価している。ある日ウィロビーはマリアンと大佐の噂をしてこう言った。

「ブランドンは誰からもほめられるけど、誰からも関心を持たれない男だな。彼に会えばみんな喜んであいさつするけど、誰も彼に話しかけようとはしない」

「そうね、私もそう思っていたわ」とマリアンが大きな声で賛成した。

「でも、得意にならないほうがいいわ」とエリナーが言った。「その意見は間違ってるもの。大佐はバートン屋敷の人たちからすごく尊敬されているし、私は大佐に会えばいつも喜んで話しかけるわ」

「あなたにほめられるというのは、大佐に有利な材料ですね」とウィロビーが言った。「でも、バートン屋敷の人たちから尊敬されるのは不名誉なことだ。ミドルトン夫人やジェニングズ夫人から尊敬されて誰が喜ぶものですか。あのふたりから尊敬されたら、ほかの人たちから軽蔑されますよ」

「でも、あなたとマリアンから悪口を言われたら、ミドルトン夫人とジェニングズ夫人から尊敬されたこととの埋め合わせになるんじゃないかしら。つまり、ミドルトン夫人とジェニングズ夫人からほめられるのが不名誉なら、あなたとマリアンから悪口を言われるのは名誉なことだわ。ミドルトン夫人とジェニングズ夫人の見方はそんなに間違っていないけど、あなたとマリアンは大佐に偏見を持っていて、すごく間違った見方をしているもの」

「ご贔屓の人物の弁護となると、ずいぶん辛らつですね」とウィロビーが言った。

「あなたのおっしゃる私のご贔屓の人は、とても良識のある人よ。私は良識のある人にとても魅力を感じるの。そうよ、マリアン、たとえ三十五歳の男性でもね。大佐は世の中をよく知っているし、外国に行ったこともあるし、本もたくさん読んでいるし、物事を深く考える頭脳も持っていらっしゃるわ。いろいろな問題について豊富な知識をお持ちだということは、たびたびお話をうかがってわかっています。私の質問にいつも快く答えてくださって、とても教養のあるやさしい人だということがよくわかるわ」

「つまり」とマリアンが軽蔑したように言った。「東インド（当時はインド、インドシナ、マレー諸島を総称してこう呼ばれた）はすごく暑くて、蚊がうるさいってことを教えてもらったわけね」

「私がそういう質問をしたら、そう教えてくれたでしょうね。でも残念ながら、その程度のことは私も知っているから質問しなかったわ」

「たぶん大佐の観察は」とウィロビーが言った。「インド太守や、モフール金貨や、輿《こし》の存在くらいには及んだろうな」

「あえて言わせてもらいますけど、大佐の観察はお若いあなたよりずっと遠くまで及んでいたわ。でも、あなたはなぜ大佐をそんなに嫌うの？」

「べつに嫌ってはいませんよ。それどころか、すごく立派な人物だと思っています。誰からもほめられるけど、誰からも関心を持たれない人物としてね。それに、使いきれないほどの金と暇を持て余し、毎年二着の服を新調する人物としてね」

「それにこうつけ加えるといいわ」とマリアンが大きな声で言った。「才能も趣味も元気もない人。彼の知性には輝きがないし、感情には情熱がないし、声には表情がないわ」

「ずいぶんぼろくそに言うのね」とエリナーが言った。「あなたたちの勝手な想像力で言いたい放題ね。私がいくら大佐をほめても、迫力不足で負けそうね。でも、これだけははっきり言っておくわ。大佐は良識があって、育ちが良くて、教養があって、穏やかで、とても心のやさしい人よ」

「ミス・ダッシュウッド！」ウィロビーが大きな声で言った。「そういうやり方はいけません。あなたは理詰めでぼくを武装解除させて、無理矢理ぼくを説得しようとしている。でも、そんなことをしても無駄です。あなたがどんな方法でぼくを説得しても、ぼくはぜったいに自分の意見を変えませんよ。ぼくがブランドン大佐を嫌う理由は三つあります。決定的な理由です。第一に、お天気になってほしいとぼくが思っていたときに、彼はぜったいに雨になると言ったんです。第二に、ぼくの二頭立て二輪馬車《カリクル》（現代のスポーツカーのような軽快なおしゃれな馬車）の車体のつけ方にけちをつけたんです。第三に、いくら勧めても、ぼくの栗毛の牝馬を買ってくれないんです。でも、ほかの点では彼は非の打ちどころのない人物だと、ぼくがそう言えばあなたが満足するなら、喜んでそう言いますよ。でも、かなり無理をして言うんですから、そのお返しとして、ぼくが今までどおり大佐を嫌う権利を認めてくださいね」

第十一章

ダッシュウッド夫人と三人の娘たちは、デヴォン州に到着したときは予想もしていなかった。こんなにすぐにいろいろなつきあいが生じて自分たちの時間が取られ、こんなにたびたび招待や来客があって、落ち着いて仕事をする時間がなくなろうとは。だが事実はそうだった。マリアンの怪我が治ると、サー・ジョンが前から計画していた室内と屋外のさまざまな催し事が実行に移された。バートン屋敷でたびたび舞踏会が開かれるようになり、舟遊びも、にわか雨の多い十月の天候が許すかぎりたびたび行なわれた。それらの催し事には必ずウィロビーも招待された。そしてこうしたパーティーにつきものの、遠慮のない打ち解けた雰囲気のおかげで、ウィロビーとダッシュウッド一家の交際はますます親密さを増した。彼はパーティーのたびにマリアンのすばらしさを目の当たりにし、事あるごとに熱烈な賛辞を送り、そして自分にたいするマリアンの振る舞いを見て、彼女の愛情をしかと確信することになった。

エリナーは、マリアンとウィロビーが愛し合うようになったことを驚きはしなかった。ただ、もうすこし目立たないように愛し合ってほしいと思った。もうすこし自制したほうがいいのではないかと、一、二度マリアンに注意したこともあった。ところがマリアンは、率直さは恥ではないと言って、隠し立てをいっさい嫌った。人を愛するという感情が恥ずかしいものでないなら、その感情を抑制することは無用な努力であるばかりか、月並みな誤った考えに理性が屈服することであり、それこそ恥ずべきことだと、マリアンは考えているのだ。ウィロビーの考えも同じであり、ふたりの行動は、すべて自分たちの考えを行動で示したものだった。

ウィロビーがいるときは、マリアンはほかの人間には目もくれなかった。彼のすることはすべて立派で、彼の言うことはすべて正しかった。バートン屋敷のパーティーでトランプゲームになると、彼はいかさまをして、自分とみんなには悪い手を配り、マリアンだけにいい手を配った。ダンスになると、いろいろな人と踊るのが礼儀なのに、ふたりはほとんどいっしょに踊った。いっしょに踊れないときがあると、ふたりで部屋の隅に立って、ほかの人たちとはほとんど口もきかなかった。こういう振る舞いはもちろん物笑いの種になったが、みんなから笑われても、ふたりは恥ずかしいとも思わないし怒りもしなかった。

ダッシュウッド夫人はふたりの気持ちに熱い理解を示し、そのアツアツぶりを止めようとはしなかった。ダッシュウッド夫人に言わせれば、それは若い男女の情熱的な心に生まれた恋愛感情の当然の結果だった。

マリアンはまさに幸福の絶頂にあった。彼女の心はすべてウィロビーに捧げられた。サセックス州を去っても忘れられないノーランド屋敷への熱い思いは、ウィロビーとの交際がバートン・コテッジに与える魅力によって、思ったよりも容易に和らげられそうだった。だがエリナーは、マリアンほど幸福ではなかった。エドワードを思う彼女の心はあまり安らかではないし、舞踏会や舟遊びも心から楽しむことはできなかった。どの舞踏会も舟遊びも、彼女にすばらしい話し相手を与えてはくれなかった。彼女がサセックス州に残してきた人の埋め合わせとなり、ノーランドを懐かしむ彼女の気持ちを和らげてくれるような話し相手を。

ミドルトン夫人もジェニングズ夫人も、エリナーが求めているような話し相手にはなりえなかった。ジェニングズ夫人はいつもしゃべりどおしの話し好きで、自分のおしゃべりの聞き役として、最初からエリナーに目をつけて親切にしてくれたのだが。エリナーはジェニングズ夫人の身の上話を、すでに三、四回聞かされていた。エリナーの記憶力が夫人の饒舌に太刀打ちできるほど優秀だったら、エリナーは夫人と知り合ってすぐに、ジェニングズ氏の病死に関するあらゆる詳細と、ジェニングズ氏の臨終の言葉をすべて覚えてしまっただろう。

ミドルトン夫人が母親のジェニングズ夫人より好感が持てるのは、口数が少ないという点だけだった。エリナーはちょっと観察しただけですぐにわかったが、ミドルトン夫人が控えめなのは、生まれつき物静かなだけであり、分別があるから控えめなのではなかった。夫や母親にたいしてもお客にたいしても、ミドルトン夫人の態度はまったく同じだった。つまりミドルトン夫人は、お客との親しいつきあいなど求めてもいないし望んでもいないのだ。たまに口をひらいても、言うことはいつも同じだ。ミドルトン夫人の退屈さはまさに不動であり、気分もいつも同じだった。夫のサー・ジョンが開くパーティーにはけっして反対しない。パーティーが上品に行なわれて、上の二人の子供がいっしょに出席できればそれでいいのだ。ところが彼女は、どんなパーティーに出席しても特別楽しそうではなく、家にいるときとまったく同じだった。会話に加わってみんなを楽しくさせることもないので、彼女がいてもいなくても同じようなものだった。騒々しい子供の世話を焼く彼女の声を聞いて、みんなはときどき彼女の存在に気づく程度だった。

新しい知り合いのなかで、ともかく尊敬に値する能力を持ち、友達づきあいをしたいという関心をそそり、楽しい話し相手になってくれそうな人物は、エリナーが見たところブランドン大佐だけだった。ウィロビーはもちろん対象外だ。エリナーはウィロビーをすばらしい青年だと思っているし、身内のような感情さえ持っている。しかしウィロビーは恋する男なのだ。マリアンのことで頭がいっぱいなのだ。もっと感じの悪い男でも、話し相手としては、恋に夢中のウィロビーよりはマシだろう。一方ブランドン大佐は、残念ながらマリアンに夢中になる資格を与えられていないので、姉のエリナーと話をして、マリアンの徹底した無関心にたいするせめてもの慰めを見いだしていた。

大佐の失恋はこれで二度目らしいとわかったので、エリナーはますます大佐に同情した。大佐の失恋が二度目らしいということは、ある晩バートン屋敷で大佐がもらした言葉からわかった。みんながダンスをしているあいだ、ふたりで話をするために、いっしょに腰をおろしたときのことだった。大佐はマリアンを見つめ、しばらく沈黙してから、かすかな笑みを浮かべてこう言った。

「妹さんは、二度目の恋愛を認めないでしょうね」

「ええ、マリアンは恋愛に関しては、とてもロマンティックな考えを持っていますから」とエリナーは言った。

「認めないというより、二度目の恋愛などありえないと思っているでしょうね」

「そうですね。でも、なぜ妹がそんな考えを持てるのかわかりません。私たちの父は再婚して二人の妻を持った男性ですもの。でも二、三年すれば、マリアンももっと世間を見て、常識を身につけて、もっと大人の考えを持つようになるでしょう。そうすれば、まわりの人間にも理解しやすい穏当な考え方になると思うわ」

「そうかもしれない」と大佐は答えた。「でも、若い人の偏見には愛すべき点があります。常識的な意見に簡単に屈してほしくないですね」

「その点は賛成できません」とエリナーが言った。「マリアンのように感受性が強すぎると、いろいろ困った点が出てきます。情熱や世間知らずは若さの魅力だと言ってすますわけにはいきません。マリアンの考え方には、人間としての礼儀や節度を無視するという嘆かわしい傾向があります。もっと世間を知ることが、マリアンの将来にとって大事なことだと私は思っています」

　ブランドン大佐はちょっと間を置いてからこう言った。

「妹さんが二度目の恋愛に反対するのはやむを得ないとして、何か区別はないんですか？

二度目の恋はすべて悪いことなんですか？　相手の心変わりや、やむを得ない事情のために初恋が実らなかった場合でも、その人はそのあと一生恋をしてはいけないんですか？」

「妹の恋愛観の細かいことまでは知りません。でも妹の口から、二度目の恋でも許せるという例を聞いたことはありません。それだけは確かです」

「妹さんのその考えが一生つづくとは思えません」と大佐は言った。「いつかは変化が、完全な気持ちの変化が……いや、そんなことを望んではいけない。ロマンティックな純粋な気持ちを持った若い人の夢が破れると、あまりにも通俗的な、あまりにも危険な考え方に突然転向してしまう例がいかに多いことか！　私は経験に基づいて言っているのです。私の知っているある女性は、性格も考え方も、あなたの妹さんにそっくりでした。妹さんと同じような意見をよく口にしていました。ところが突然の環境の変化のために……いろいろ不幸な事情が重なったために……」

　大佐は突然口をつぐんだ。しゃべりすぎたと後悔しているようだった。エリナーは大佐の表情を見て、ある想像をかきたてられた。その表情を見なければそんな想像はしなかっただろうが、たしかに大佐は、「その女性のことは話すべきではなかった」という後悔の表情を見せたのだ。その表情を見なければ、エリナーはその女性のことを何とも思わなかっただろう。だが彼女はたしかに見てしまった。ちょっと想像力を働かせれば、大佐のその心の動揺は、過ぎ去った恋の思い出と関係があると思わないわけにはいかなかった。でもエリナーはそれ以上のことは考えなかった。もしこれがマリアンだったら、そんなことではとてもすまないだろう。あのたくましい想像力で、たちまち一篇の物語を作ってしまうだろう。そして痛ましい大悲恋物語ができあがることだろう。

第十二章

翌朝、エリナーとマリアンがいっしょに散歩していると、マリアンがエリナーにあることを告げた。エリナーは、マリアンの軽率さと無分別は十分知っているつもりだが、あまりの軽率さと無分別にあらためて驚き呆れた。ウィロビーから馬をもらったと、マリアンはうれしそうに話したのだ。ウィロビーがサマセット州の屋敷で自分で育てた馬で、女性が乗るのにぴったりの馬だそうだ。馬を飼うことは母の計画に入っていないし、この贈り物のために計画を変更するとなると、召使用にもう一頭購入しなければならないし、その馬に乗る召使も雇わなくてはならないし、二頭の馬のために馬小屋も建てなくてはならない。マリアンはこうしたことをいっさい無視して、何のためらいもなく贈り物をもらい、有頂天になって姉に話したのだった。

「すぐに馬丁をサマセット州にやって、馬を持ってこさせるそうよ。馬が来たら、ふたりで毎日乗りまわすの。お姉さまにも乗らせてあげるわ。ね、ちょっと想像してみて、このへんの丘を馬で飛ばしたら、ほんとに気持ちがいいでしょうね！」

このすばらしい夢から覚めてきびしい現実を理解することに、マリアンは大いに抵抗した。

馬を飼うことから生じるさまざまな困った事実を認めようともしなかった。「召使をもうひとり雇っても、費用はわずかなものよ。お母さまはきっと反対しないわ。召使の馬はどんなのでもいいし、いつでもバートン屋敷で借りられるわ。馬小屋だって、簡単な小屋で十分よ」といった調子だ。そこでエリナーは手を替えてこう言った。「あまり知らない男性から、つい最近知り合ったばかりの男性から、そんな豪華な贈り物をもらうのはどうかしら」と。

これにはマリアンがかちんときて、猛烈な剣幕で反論した。

「お姉さまは間違ってるわ！　私がウィロビーのことをろくに知らないなんて！　たしかに知り合って間もないけど、彼のことは世界中の誰のことよりもよく知っているわ、お姉さまとお母さまは別として。親密さを決定するのは、時間の長さやチャンスではないわ。問題はふたりの相性よ。七年間つきあっても気心が通じない人もいれば、七日間でも十分すぎる人もいるわ。ウィロビーではなくジョンお兄さまから馬をもらったら、私にとっては、そのほうがずっといけないことよ。ジョンお兄さまとは何年も同じ屋根の下で暮らしたけど、どういう人かほとんど知らないもの。でもウィロビーのことは、もうとっくに何もかもわかっているわ」

エリナーは、この点にはこれ以上触れないほうが賢明だと思った。マリアンの性格をよく知っているからだ。男女の仲に関するこういう微妙な問題で反対されると、マリアンはますますムキになって自分の考えに固執するだろう。そこでエリナーは、こんどは母親思いのマリアンの愛情に訴えた。馬の贈り物のことを母に話したら、子供に甘い母のことだから、馬をもらうことにたぶん賛成するだろう。もう一頭馬を買うことや、もう一人召使を雇うことにも賛成するだろう。そして、家計を担う母は大きな苦労を背負うことになるだろう。エリナーにそう言われると、マリアンはすぐにおとなしくなった。そして、馬の贈り物のことを母に話して軽率な行動を取らせるようなことはしないし、こんどウィロビーに会ったらこの話ははっきり断わると約束した。

　マリアンは約束を守った。その日ウィロビーがバートン・コテッジにやってくると、マリアンは小さな声で、残念だけど馬の贈り物は受け取れないと告げた。小さな声だが、エリナーにもはっきり聞こえた。受け取れない理由も告げたが、その理由は、彼がそれ以上何も言えなくなるような内容だった。しかし、マリアンがほんとはすごくがっかりしていることは彼にもよくわかった。そこでウィロビーは、がっかりしているマリアンの気持ちを心配していろいろ言ってから、小さな声でこう言った。

「でもマリアン、馬はやっぱりきみのものだ。いまは乗れないけど。きみが自分の馬として乗れるようになるまで、ぼくが預かっておく。きみがバートン・コテッジを出て自分の家庭を持つときには、クイーン・マブ号（ウィロビーはこの馬に、シェイクスピアの『ロミオとジュリエット』に登場する妖精の女王の名前をつけた）がきみを迎えるだろう」

　この会話はすべてエリナーの耳に入った。そして話の内容、ウィロビーの話し方、マリアンを洗礼名で呼び捨てにしていることなどから、ふたりの親密さは決定的だとエリナーは判断した。これらの言葉は、ふたりの間に完全な了解があることをはっきりと示しているのだ。

このときからエリナーは、マリアンとウィロビーが婚約しているのは間違いないと思うようになった。婚約自体は別に驚きではないが、ただ、あんなにあけっぴろげで隠し事が嫌いなふたりなのに、姉にも友達にも打ち明けずにいるのは、ちょっと意外な気がした。

　翌日、マーガレットがエリナーにあることを告げたが、それでふたりの婚約はますます現実味を帯びてきた。ウィロビーは前の晩ダッシュウッド家で過ごしたのだが、マーガレットは居間でしばらく彼とマリアンと三人だけになり、ふたりをじっくり観察する機会に恵まれた。そして翌日エリナーとふたりだけになると、マーガレットはもったいぶった顔でこう言ったのだ。

「ね、お姉さま！　マリアンのことですごい秘密を教えてあげるわ。マリアンはもうすぐウィロビーさんと結婚するわよ」

「ふたりがハイ・チャーチの丘で出会ってから、あなたは毎日そう言ってるじゃない」とエリナーは答えた。「それに、知り合って一週間もしないうちに、マリアンの首のロケットにはぜったい彼の細密肖像画《ミニアチュア》が入っていると言ったわね。でも結局それは、私たちの大叔父さまの細密肖像画だったじゃない」

「でも、こんどはほんとよ。ふたりはぜったいにもうすぐ結婚するわ。ウィロビーさんはマリアンの髪の毛を一房持ってるんですもの」

「気をつけて、マーガレット。それは彼の大叔父さまの髪の毛かもしれないわ」

「でもお姉さま、あれはほんとにマリアンの髪の毛よ。ぜったい間違いないわ。ウィロビーさんが切り取るところを私は見たんですもの。ゆうべお茶のあとで、お姉さまとお母さまが部屋を出ていくと、ふたりはひそひそ声で早口で何か話していたの。彼がマリアンに何か頼んでいるみたいだったわ。それから彼がハサミを取り上げて、マリアンの髪から長い一房を切り取ったの。マリアンの髪は背中まで垂れているから。彼は切り取った髪にキスして、白い紙に包んでお財布にしまったわ」

たしかに目撃したという、こんなくわしい話を聞かされて、エリナーは信じないわけにはいかなかったし、否定する気もなかった。自分が見聞きしたことと、すべてがぴったり符合したからだ。

でもマーガレットの機敏さは、いつもこんなふうにエリナーに満足なかたちで発揮されたわけではなかった。マーガレットはある晩バートン屋敷で、「エリナーさんの好きな人の名前を教えてちょうだい」とジェニングズ夫人から攻め立てられたことがあった。ジェニングズ夫人は、エリナーの好きな人の名前を知りたくてうずうずしていたのだ。そのときマーガレットはエリナーのほうを見て、「言っちゃだめよね、お姉さま」と答えたのである。

これにはもちろんみんなが笑ったし、エリナーも笑おうとしたが、あのときはほんとうにつらかった。マーガレットがエドワード・フェラーズという名前を念頭に置いているのは明らかだが、エリナーとしては、その名前がジェニングズ夫人の冗談の種にされるのは耐えられなかった。

マリアンは心から姉に同情したが、残念ながらさらに事態を悪化させてしまった。マリアンは真っ赤になって怒りながら、マーガレットにこう言ったのだ。

「マーガレット！　想像するのは勝手だけど、その名前を人に言う権利はないわよ！」

「想像なんかしてないわ！」とマーガレットは言った。「その名前を教えてくれたのはマリアンお姉さまじゃないの！」

これにはみんなが大笑いし、マーガレットはさらに問い詰められた。

「ね、お願い、マーガレットさん、何もかも教えてちょうだい」とジェニングズ夫人が言った。「その人の名前はなんていうの？」

「教えるわけにはいきません。でも、名前はちゃんと知ってるし、住んでいる場所も知ってるわ」

「ええ、ええ」とジェニングズ夫人が言った。「住んでいる場所はだいたい見当がつくわ。ノーランドの自分の家でしょ？　その人はそこの教区の副牧師さんでしょ？」

「いいえ、違うわ。職業は持ってません」

「マーガレット！」マリアンがまたかっとなって言った。「それはみんなあなたの作り話よ！　そんな人はこの世にいないわ！」

「それじゃ、最近亡くなったのね」とジェニングズ夫人が言った。「その人は、前にはたしかにこの世にいたし、お名前はFで始まるんじゃない？」

「雨がひどくなってきたわね」とミドルトン夫人が言った。

エリナーは、話をそらせてくれたミドルトン夫人に感謝した。ただし、ミドルトン夫人が話をそらせてくれたのは、エリナーへの思いやりからではないということは、エリナーにもよくわかっていた。ミドルトン夫人は、自分の夫や母親を喜ばせている、こういう品のないからかいが大嫌いなのだ。でもとにかく、ミドルトン夫人が切り出してくれた雨の話題は、すぐにブランドン大佐が引き継いでくれた。大佐はどんなときでも他人の気持ちを思いやる人なのだ。ふたりは雨の話題をつづけた。ウィロビーはピアノの蓋を開けて、マリアンに弾いてほしいと頼んだ。こうしてみんなの努力のおかげで、エリナーの話題は立ち消えになった。でもエリナーは、そのときの心の動揺からそう簡単に立ち直ることはできなかった。

その晩、ある計画がもちあがった。バートン村から二十キロほどのところにある美しいお屋敷を、明日みんなで見物に行こうというのだ（貴族や大地主の大邸宅であるカントリー・ハウスの見物は十八世紀から流行していて、図版付きのガイドブックも出版されていた）。ブランドン大佐の義兄が所有する屋敷で、大佐の紹介がないと見物できないそうだ。その義兄はいまは外国にいて、一般の見物は禁止されているのだ。その屋敷は庭園の美しさで有名だった。サー・ジョンがとりわけ熱心にその美しさをほめあげたが、その言葉は信頼できそうだった。彼はこの十年間、毎年夏に二回は見物ツアーを行なっているからだ。その庭園にはすばらしい池があり、そこでの舟遊び[2]は午前中の遊びの目玉になるはずだ。ハムやチキンなどの軽食が持参され、乗り物は無蓋馬車で、すべてこうした物見遊山の慣例に従って行なわれることになった。

でも中には、この計画は危険だと思う者もいた。もう十月でだいぶ寒くなってきたし、この二週間、毎日雨が降っているからだ。もう風邪を引いてしまったダッシュウッド夫人はエリナーに説得されて、泣く泣く家に残ることになった。

第十三章

ウィットウェル屋敷への遠出の計画は、エリナーの予想とはだいぶ違う展開となった。雨でずぶ濡れになったり、くたくたに疲れたり、こわい思いをしたりするのではないかとエリナーは覚悟していたのだが、もっと不幸な結果となった。計画は取りやめになったのである。

十時には全員がバートン屋敷に集合して朝食を取った。まずまずの天候だった。昨夜も一晩じゅう雨が降っていたが、朝になって雲が切れて、たびたび太陽が顔を出していた。みんな明るく上機嫌で、今日は一日楽しもうと張り切っていた。どんな不便も苦難も甘んじて受ける覚悟だった。

みんなが朝食を取っているときに郵便が届いた。そのなかに、ブランドン大佐宛の手紙があった。大佐はその手紙を受け取って宛名を見ると、顔色を変えてすぐに部屋を出ていった。

「ブランドンはどうしたのかな?」とサー・ジョンが言った。

誰にもわからなかった。

「悪い知らせでなければいいわね」とミドルトン夫人が言った。「ブランドン大佐があんなに突然食事の席を立つなんて、よほどのことですわ」

五分ほどして大佐が戻ってきた。

「悪い知らせじゃありませんよね、大佐」大佐が部屋に入るなりジェニングズ夫人が言った。

「いや、べつに。ありがとうございます」

「アヴィニョンから？　まさか、妹さんの具合が悪くなったのではないでしょうね」

「いや、違います。ロンドンから来た仕事の手紙です」

「でも仕事の手紙なら、宛名の筆跡を見ただけであんなにあわてるかしら？　だめ、だめ、そんな説明は通りませんよ、大佐。さあ、ほんとうのことをおっしゃって」

「お母さま、やめてください」とミドルトン夫人が言った。

「いとこのファニーさんが結婚するという知らせじゃないかしら？」娘の言葉を無視してジェニングズ夫人が言った。

「いや、違います」

「それじゃ、わかったわ、大佐。きっとあの方ね。あの方、お元気かしら？」

「誰のことですか？」ちょっと赤くなって大佐が言った。

「あら、おわかりのくせに！」

「奥さま」と大佐はミドルトン夫人にむかって言った。「今日この手紙を受け取るとは非常に残念です。すぐにロンドンに行かなくてはなりません」

「ロンドン！」いちだんと大きな声でジェニングズ夫人が言った。「もう十月よ、この季節にロンドンにどんなご用があるの？」

「こんな楽しい遠出に参加できないのは、私も非常に残念です」と大佐はつづけた。「でも、もっと困ったことがあります。ウィットウェル屋敷は、私が行かないと入れてもらえないのです」

これは一行にとってなんという打撃だろう！

「でも、ブランドンさんが女中頭に一筆書いてくだされば、それですむことじゃない？」ムキになったようにマリアンが言った。

大佐は頭を振った。

「とにかく、行かないわけにはいかん」とサー・ジョンが言った。「ここまで来て延期するわけにはいかん。ブランドン、きみは明日までロンドンへは行けないよ。そういうことだ」

「そう簡単に行けばいいのですが。でも、一日も遅らせるわけにはいかないのです！」

「どういうご用なのか教えてくだされば、延期できるかできないかわかるわ」とジェニングズ夫人が言った。

「お屋敷見物を終えてから出発しても、六時間とは遅れませんよ」とウィロビーが言った。

「一時間の猶予もないんだ」と大佐が言った。

ウィロビーが小声でマリアンにこう言っているのが、エリナーに聞こえた。

「楽しいことが嫌いな人間もいるのさ。ブランドンもそのひとりだ。風邪を引くのがこわくて、こんな小細工をして逃げるつもりなんだ。五十ギニー賭けてもいい。あの手紙は大佐が自分で書いたんだ」

「そうね、きっとそうね」とマリアンが答えた。

「ブランドン」とサー・ジョンが言った。「きみは一度決心したら変えない男だ。昔からよく知ってる。いくら言っても無駄だとはわかってる。でも、もう一度よく考えてくれないか。はるばるニュートンから、ケアリー家の二人のお嬢さんがお見えだし、ダッシュウッド家の三人のお嬢さんは家から歩いてこられたし、ウィロビー君はこのウィットウェル見物のために、いつもより二時間も早起きしたんだ」

ブランドン大佐は、みなさんをがっかりさせて申し訳ないとくり返したが、「でもやはり、すぐに出発しなければなりません」ときっぱりと言った。

「やむを得ん。それじゃ、いつ戻るんだね？」とサー・ジョンが言った。

「ロンドンでのご用が済み次第お戻りになりますわね」とミドルトン夫人が言った。「あなたがお帰りになるまで、ウィットウェル見物は延期ですわ」

「ありがとうございます。しかし、いつ戻れるかわかりません。約束はできません」

「いや、ぜったいに戻ってもらわなくちゃ困る！」とサー・ジョンが声を張り上げた。「週末までに戻らなかったら私が探しに行くぞ！」

「ぜひそうして、サー・ジョン！」とジェニングズ夫人も声を張り上げた。「そうすれば、大佐のご用が何なのかわかるかもしれないわ！」

「私は他人のプライバシーは覗きたくない。たぶん、人に知られたくないことなんだろう」とサー・ジョンは言った。

ブランドン大佐の馬の用意ができたと告げられた。

「まさか、ロンドンまで馬で行くつもりじゃないだろうな」とサー・ジョンが言った。

「いいえ、ホニトンまで馬で行って、あとは駅馬車で行きます」

「ま、どうしても行くと言うなら、道中の無事を祈る。しかし、考え直してくれるといいんだが」

「どうしても行かなくてはならんのです」

そして大佐はみんなに別れを告げ、エリナーにむかって言った。

「ミス・ダッシュウッド、この冬ロンドンで、あなたや妹さんたちとお会いできる見込みはありませんか?」

「ええ、残念ですけど」

「では残念ですが、しばらくお別れしなくてはなりません」

大佐はマリアンには一礼しただけで何も言わなかった。

「ねえ、大佐、ご出発の前に、どんなご用かお願いだから教えて」とジェニングズ夫人が言った。

大佐はジェニングズ夫人にさよならのあいさつをし、サー・ジョンに伴われて部屋を出ていった。

いままで礼儀上抑えられていた不満と悲しみの声が一斉に爆発した。こんなにがっかりさせられるなんてほんとに癪に障ると、みんなで何度も何度もうなずき合った。

「でも、大佐の用事が何なのか、私にはだいたい察しがつくわ」とジェニングズ夫人が得意そうに言った。

「えっ、ほんとに？」みんなが口をそろえて言った。

「ええ。きっとミス・ウィリアムズのことよ」

「ミス・ウィリアムズって誰ですか？」とマリアンがたずねた。

「あら、ミス・ウィリアムズをご存じないの？　どこかで噂を聞いたはずよ。ミス・ウィリアムズは大佐の親戚なの。ものすごく近い親戚よ。どれくらい近い親戚かは言えませんけど。若いお嬢さんたちにショックを与えるといけませんからね」

　そしてジェニングズ夫人は声を低めてエリナーに言った。

「じつはね、ミス・ウィリアムズは大佐の私生児なのよ」

「まさか！」

「いいえ、ほんとうよ。お顔も大佐にそっくりなの。たぶん大佐は全財産を彼女に残すでしょうね」

　お上品なミドルトン夫人はたいへんなショックを受け、私生児などという下品な話題を消すために、自分からお天気の話題を始めた(3)。

　サー・ジョンは部屋に戻ってくると、この不幸な結果をみんなと一緒になって残念がった。でも最後には、せっかくみんな集まったのだから、何か楽しいことをしようと言い出した。そしてみんなで相談し、ウィットウェル見物には遠く及ばないが、田園を馬車でドライブして気を晴らそうということに決まった。馬車の用意が命じられ、ウィロビーの馬車が最初に来たが、それに乗りこむマリアンの顔は、見たこともないほど幸せそうだった。ウィロビーの馬車は猛スピードで出発し、あっという間に見えなくなった。そのあと、ふたりの姿を見た者はいなかった。やっと帰ってきたのは、みんなが戻ったあとだった。ふたりともドライブを大いに楽しんだ様子だったが、ウィロビーは、「みなさんが丘をドライブしているあいだ、ぼくたちは小道を走りまわっていたんです」とあいまいに言うだけだった。

晩はダンスをして、一日を思いきり楽しもうということに決まった。ディナーにはケアリー家からさらに何人かが加わり、ほぼ二十人が食卓を囲むという賑やかさで、サー・ジョンはその様子を満足そうに見まわした。ウィロビーはいつものように、エリナーとマリアンのあいだに座った。ジェニングズ夫人はエリナーの右側に座り、席に着くとすぐにエリナーとウィロビーの背中越しに身を乗り出して、ふたりにも聞こえる大きな声でマリアンに言った。

「ごまかそうとしてもだめよ。あなたたちが今日どこにいたか、私にはちゃんとわかってますよ」

「えっ？　どこですか？」マリアンが赤くなって、あわてて聞き返した。

「ご存じないんですか？　ぼくの二輪馬車《カリクル》でドライブしてたんです」とウィロビーが言った。

「はい、はい、それはよくわかってますよ、そこの厚かましいお方。それで私は、あなたたちがどこへ行ったか突きとめることにしたの。マリアンさん、未来のおうちは気に入ったかしら？　とっても大きなお屋敷ね。あなたがあそこの女主人におなりになったら、ぜひ伺わせていただくわ。それまでに家具を新しくしておいてくださいね。私が六年前にお邪魔したときは、家具がずいぶん寂しかったわ」

マリアンはあわてたように顔をそむけた。ジェニングズ夫人は心からおかしそうに笑った。ジェニングズ夫人は、ふたりがどこへ行っていたのかどうしても知りたくて、メイドに命じてウィロビーの馬丁に探りを入れ、ふたりがアレナム屋敷に行っていたことを突きとめたのだそうだ。ふたりは庭園を散歩したり、屋敷の中を見てまわったりして、かなりの時間をそこで過ごしたらしい。

エリナーはこれを聞いてもにわかには信じられなかった。マリアンはアレナム屋敷の女主人であるスミス夫人とは一面識もないのに、そのスミス夫人の在宅中に、屋敷に入ろうなどとウィロビーが言い出したり、マリアンが承知したりするとは考えられないからだ。

ダイニングルームを出ると、エリナーはすぐにマリアンにそのことをたずねた。すると驚いたことに、ジェニングズ夫人の話は全部ほんとうだという返事が返ってきた。それどころかマリアンは、その話を信じないエリナーに腹を立てた。

「なぜお姉さまは、私たちがアレナム屋敷へ行っていないとか、屋敷の中を見ていないとか思うの？　お姉さまだって、アレナム屋敷へ行って中を見てみたいって、いつも言ってたじゃない」

「たしかにそうよ、マリアン。でも私は、スミス夫人がいらっしゃるときにお邪魔したりしないわ。それに、ウィロビーさんとふたりだけで行くなんて」

「でも、あのお屋敷を案内する権利があるのはウィロビーさんだけよ。それに私たちは、二人乗りの馬車で行ったんですもの。ほかの人を連れて行けるわけがないじゃない。とにかく、あんなに楽しい一日を過ごしたのは生まれてはじめてよ」

「でも、楽しいことが正しいとは限らないわ」とエリナーが言った。

「いいえ、楽しいことは正しいに決まってるわ。私のしたことがほんとうに悪いことなら、私はそのときに気づいたはずよ。悪いことをしているときは自分でもわかるし、悪いことをしていると思ったら、楽しい気持ちになんかなれないもの」

「でもマリアン、ウィロビーさんとふたりだけでアレナム屋敷へ行ったために、あなたは現に、みなさんからいろいろ失礼なことを言われているのよ。あなたのしたことが軽率だったとは思わないの？」

「ジェニングズ夫人に失礼なことを言われたから、私のしたことが間違っているというなら、私たちはいつも悪いことをしていることになるわ。私はジェニングズ夫人にほめられても何とも思わないし、非難されても何とも思わないわ。アレナム屋敷の庭園を散歩したり、屋敷の中を見物したりしたことが悪いことだなんて思わないわ。アレナム屋敷はいずれウィロビーさんのものになるんだし、そして……」

「マリアン、いずれあなたのものになったとしても、あなたのしたことが正しかったということにはならないわ」

マリアンは顔を赤らめたが、明らかにうれしそうだった。そして十分ほどひとりで考えてから、またエリナーのところへやってきて、ひどく上機嫌にこう言った。

「お姉さま、アレナム屋敷に行ったことは、たしかにちょっと軽率だったかもしれないわね。でも、ウィロビーさんがどうしても私に見せたいと言ったの。ほんとにすばらしいお屋敷よ。二階にとてもすてきな居間があるの。毎日使うのにちょうどいい広さで、新しい家具を入れればすばらしいお部屋になるわ。そこは角部屋で、両方が窓になっていて、片方の窓からは、裏のローン・ボウリング用の芝生越しに、急斜面の美しい森が見えるの。もう片方の窓からは教会と村が見えて、その向こうに、私たちがいつも見とれているあの美しい高い丘が見えるの。そのお部屋は、いまは家具がみすぼらしくて見栄えがしないけど、新しい家具を入れて模様替えすれば——ウィロビーさんが言うには二百ポンドもかければ——イングランドでも有数の、夏向きのすばらしいお部屋になるわ」

　エリナーがほかの人たちに邪魔されずにそのまま耳を傾けていたら、マリアンはアレナム屋敷のすべての部屋についてうれしそうに説明したことだろう。

第十四章

ブランドン大佐は突然バートン屋敷を発って、ロンドンへ行ってしまった。しかもその理由をひた隠しにして。おかげでジェニングズ夫人はそれから数日間、理由はいったい何かしらと、そのことで頭がいっぱいになってしまった。知人の行動に旺盛な関心をもつ人はたいていそうだが、ジェニングズ夫人はたいへんな詮索好きで、好奇心のかたまりのような女性だった。「大佐がロンドンへ行った理由はいったい何かしら？」と夫人は寝ても覚めても考えた。何か悪い知らせにちがいないと勝手に確信し、大佐に降りかかりそうなあらゆる不幸に思いをめぐらせ、ぜったいにこのうちのどれかにちがいないと考えた。

「きっと、とても悲しいことがあったのよ」と夫人は言った。「お顔を見てわかったわ。ほんとうにお気の毒！　経済的に苦しいのかもしれないわね。デラフォードの土地は、年収がせいぜい二千ポンドだし、お兄さまが土地を担保にだいぶ借金をしていたらしいし。そうよ、きっとお金の問題でロンドンへ行ったのよ。ほかに考えられる？　でも、ほんとにそうかしら。なんとしても真相を知りたいわね。もしかしたら、ミス・ウィリアムズのことかしら？　そうね、きっとそうよ。私がミス・ウィリアムズの名前を出したら、大佐の顔つきが変わったもの。たぶんミス・ウィリアムズが、ロンドンで病気になったのよ。これは大いにありうるわね。噂では、彼女は体が弱いらしいの。賭けてもいいわ、大佐はミス・ウィリアムズのことでロンドンへ行ったのよ。そうね、経済的に苦しいというのは、ありそうもないわね。大佐はとても慎重な人だし、土地の担保のことも、もうきれいに整理したはずよ。ほんとに、いったい何かしら。もしかしたら、アヴィニョンにいる妹さんの具合が悪くなって呼ばれたのかしら？　あんなにあわてて出発したところを見ると、そうかもしれないわ。とにかく、大佐が一刻も早く心配事を片づけることを、心からお祈りするわ。それに、いい奥さまをおもらいになることもね」

ジェニングズ夫人はこんな具合にめまぐるしく思いをめぐらせ、しゃべりまくり、新たな推測をするたびにころころと意見が変わり、そのすべての推測がもっともらしく聞こえるのだった。エリナーは、ブランドン大佐の身を案じる気持ちはもちろんあったけれど、大佐が突然ロンドンへ行ったことに関しては、ジェニングズ夫人が期待するほどの好奇心を示すことはできなかった。そういうことをいつまでも話題にしたり推測したりするのはあまり感心しないと思ったたし、エリナーの好奇心はほかへ向けられていた。マリアンとウィロビーが婚約について異様な沈黙を守っていることが、エリナーには不思議でならないのだ。ふたりはすでに婚約したとみんなが思っているし、本人たちも、みんなからそう思われていることを十分承知しているはずなのに。この沈黙は、日にちがたてばたつほど奇妙に思われたし、ふたりの性格にまったく合わない気がした。ふたりがすでに婚約しているということは、ふたりの親密な態度が何よりもよく物語っている。それなのになぜふたりは、母や私にはっきりとそう言わないのだろう。エリナーは不思議でならなかった。

たとえ婚約してもすぐには結婚できないかもしれないということは、エリナーにも容易に想像できた。ウィロビーはいちおう経済的に独立しているけれど、あまり裕福とは思えないからだ。サー・ジョンの推測によると、ウィロビーの地代収入は年六、七百ポンドくらいらしいが、彼の生活ぶりは明らかにその収入以上であり、実際、ウィロビー本人がたびたび経済的苦しさをこぼしていた。しかし、この婚約に関するふたりの不可解な秘密主義を――実際はぜんぜん隠しているうちに入らないのだが――エリナーはどう解釈していいかわからなかった。ふたりのふだんの考え方や行動とあまりにも矛盾するので、エリナーはときどき、「ふたりはほんとうに婚約したのかしら?」と疑うほどだった。そしてその疑いがあるために、エリナーはマリアンに直接聞く気にはなれなかった。

ウィロビーの振る舞いは、ダッシュウッド一家にたいする愛情にあふれていた。マリアンにたいしては、恋人だけが示し得るやさしさにあふれ、ダッシュウッド夫人にたいしては息子のような、エリナーとマーガレットにたいしては兄のような情愛にあふれていた。バートン・コテッジをわが家のように愛し、アレナム屋敷よりもここで過ごす時間のほうが多かった。バートン屋敷で集まりがないときは、朝の散歩の帰りに必ずバートン・コテッジに立ち寄り、そのあとは一日マリアンのそばで過ごし、ポインター種の愛犬はマリアンのそばにおとなしく座っていた。

ブランドン大佐が突然ロンドンへ去ってから一週間ほどしたある晩のこと、ウィロビーの心は、いつも以上にバートン・コテッジに深い愛着を感じているようだった。春になったら家の改築をするつもりだとダッシュウッド夫人が言うと、ウィロビーは猛然と反対した。自分は今のままのバートン・コテッジが大好きなので、いかなる手を加えることにも反対だと言うのだ。

「なんですって！　このコテッジを改築する？　ぼくは絶対反対です！　ぼくの気持ちを思ってくださるなら、壁に石ひとつ加えることも、部屋を一センチ広げることもしないでください」

「心配なさらないで」とエリナーが言った。「改築なんてできません。うちにはそんなお金はありませんから」

「いや、それを聞いて安心しました」大きな声でウィロビーが言った。「もっと有効にお金を使えないなら、母上がいつも貧乏でありますように」

「ありがとう、ウィロビーさん」とダッシュウッド夫人が言った。「でも安心なさって。あなたであれ誰であれ、私の愛する人がこの家をそんなに愛してくださって、改築に絶対反対だとおっしゃるなら、改築なんて致しません。春にどれだけお金が残っていても、あなたを苦しめるくらいなら使わずに取っておきますよ。でも、このコテッジをほんとにそんなに気に入ってらっしゃるの？　修繕の必要はまったくないとお思いなの？」

「ええ、今のままで完璧です」とウィロビーが言った。「それどころか、こういうコテッジでないとぼくは幸せにはなれないと思っています。もしぼくにお金があったら、すぐにクームの家を取り壊して、このコテッジとまったく同じ家を建てます」

「暗くて狭い階段と、煙がこもる台所も？」とエリナーが言った。

「もちろん」ウィロビーは熱っぽい調子でつづけた。「何もかもこのままです。便利な点も不便な点も、いささかの変更もあってはなりません。そうすれば、ぼくはクームの新しい家でも、バートン・コテッジにいるときと同じように幸せになれるかもしれない」

「お言葉ですけど」とエリナーが言った。「もっと立派な部屋と広い階段という不利な条件があっても、あなたは将来住むご自分の家を、バートン・コテッジと同じくらい完璧だとお感じになると思うわ」

「たしかにいろいろな点で、自分の家に愛着を感じることになるかもしれない」とウィロビーが言った。「でもこのバートン・コテッジには、これからもずっとぼくに愛される理由があるんです。ほかの家にはありえない理由が」

ダッシュウッド夫人はうれしそうにマリアンを見た。マリアンの美しい目は、ウィロビーをうっとりと見つめていた。彼の言葉の意味がはっきりとわかっているのだ。

「去年のいまごろアレナムにいたとき、ぼくは何度思ったか知れない。バートン・コテッジに誰か住めばいいのにって！　このへんを散歩してバートン・コテッジを見るたびに、立地条件のすばらしさに感心し、誰も住んでいないのは残念だと思った。だから、今年アレナムに来たとき、バートン・コテッジに借り手がついたとスミス夫人から聞かされたときはほんとにびっくりした。ぼくはすぐに満足感を覚えて好奇心に駆られた。たぶん、そのことによって自分がすばらしい幸せを味わうことになると予感したからです。そうとしか説明のしようがない。ね、そうだろ、マリアン？」とウィロビーはマリアンにささやき、またふつうの声に戻ってつづけた。「それなのにダッシュウッド夫人、あなたはこの家を台無しにしようというのですか？　勝手な改築をして、このコテッジの素朴さを奪おうというのですか？　私たちのおつきあいが始まり、楽しい時を一緒に過ごしたこの大切な居間を、平凡な玄関にしてしまうのですか？　そんなことをしたら、この部屋をみんなさっさと通り抜けることになるのですよ。どんなに立派な広い部屋でも味わえない、ほんとうの居心地の良さと安らぎを与えてくれたこの部屋を」

そんな改築はしないと、ダッシュウッド夫人はあらためて約束した。

「ありがとうございます」熱っぽい調子でウィロビーは言った。「そのお言葉を聞いて安心しました。でも、その約束のお言葉をもうすこし広げてくださるともっとうれしいですね。この家が今のまま変わらぬだけでなく、ダッシュウッド家の皆さまも今のまま変わらぬと約束してください。これからもずっと私にやさしくしてくださると約束してください。皆さまにこんなにやさしくしていただいたおかげで、この家のすべてのものが、ぼくにとってこんなに大切なものとなったのです」

その約束はすぐに与えられ、その晩のウィロビーの振る舞いは、最後まで愛情と幸福感に満たされることとなった。

「明日、ディナーにいらしてくださいますか?」ウィロビーが別れを告げるとダッシュウッド夫人が言った。「午前中とは申しません。午前中は、ミドルトン夫人にごあいさつにバートン屋敷に行かなくてはなりませんので」

ウィロビーは午後四時に伺いますと約束した。

第十五章

翌日ダッシュウッド夫人は、エリナーとマーガレットを連れてミドルトン夫人を訪問した。マリアンはちょっと用があると言って同行を断わった。さては昨夜ウィロビーさんが、明日みんなの留守中に会いに来ると約束したのだなと、ダッシュウッド夫人は判断し、マリアンが家に残ることにまったく異存はなかった。

バートン屋敷から戻ると、ウィロビーの二頭立て二輪馬車《カリクル》と従僕が家の前に待機していた。ダッシュウッド夫人は自分の推測が当たったと確信した。そこまでは彼女の予想どおりだった。だが家の中に入って目にしたのは、まったく思いも寄らぬ光景だった。三人が廊下に入ると、マリアンがハンカチを目に当てて泣きながら居間を飛び出してきて、三人に目もくれずに二階へ上がってしまった。三人は驚いて、マリアンが出てきた居間に入ると、ウィロビーがひとりでぽつんと、戸口に背を向けてマントルピースにもたれて立っていた。みんなが入ってゆくとくるりと振り向いたが、その顔はマリアンと同様、激しい感情に打ちのめされているようだった。

「マリアンはどうかしたの？　気分でも悪いの？」部屋に入るなりダッシュウッド夫人が叫

んだ。

「違うと思います」努めて明るい調子でウィロビーは答え、作り笑いを浮かべてつけ加えた。「気分が悪いのはぼくのほうかもしれません。ぼくはいまひどい失望を味わっているんです」

「失望？」

「そうです。今日のディナーのご招待をお受けすることができなくなったのです。今朝スミス夫人が金持ちの特権を行使して、貧乏な甥にロンドンへ行く用事を言いつけたのです。たったいま緊急の命令を受けて、アレナム屋敷に別れを告げてきたところです。それでこうして自分を元気づけるために、みなさんにお別れを告げにきたのです」

「まあ、ロンドンへ？　今日お発ちなんですか？」

「ええ、いますぐに」

「それは残念ですわね。でも、スミス夫人のご用なら仕方ありませんね。あまり長くかからないとよろしいわね」

ウィロビーは顔を赤らめて答えた。「ありがとうございます。しかし、当分デヴォン州には来られないと思います。ぼくがスミス夫人のアレナム屋敷を訪れるのは年に一回なので」

「でも、あなたのお友達はスミス夫人だけですの？　あなたを歓迎する家はアレナム屋敷だけですの？　水くさいことをおっしゃいますわね、ウィロビーさん。バートン・コテッジにはいついらしてもよろしいのよ」

ウィロビーの顔はさらに赤くなり、床を見つめたまま、「あなたはご親切すぎます」と答えただけだった。

ダッシュウッド夫人は驚いてエリナーを見た。エリナーも同じように驚いていた。しばらくみんな黙りこんでしまった。ダッシュウッド夫人が最初に口をひらいた。

「とにかくウィロビーさん、バートン・コテッジはいつでもあなたを歓迎しますわ。それだけを申し添えておきます。すぐに戻ってくださいとは申しません。すぐに戻ることがスミス夫人のお気に召すかどうか、それを判断できるのはあなただけですからね。すぐに戻りたいというあなたのお気持ちを私は信じていますし、すべてあなたのご判断にお任せしますわ」

「私の用事は、いまは――つまりその――私の口からは申し上げられない性質のもので――」ウィロビーはしどろもどろに答えて黙ってしまった。

ダッシュウッド夫人は驚きのあまり何も言えず、また沈黙がつづいた。こんどはウィロビーが沈黙を破り、力なくほほえんで言った。

「こんなふうにぐずぐずするのは愚かなことです。これ以上皆さまと一緒にいて自分を苦しめるのはやめます。私はもう、皆さまと楽しいおつきあいをすることはできない人間なのです」

ウィロビーはあわただしくみんなに別れを告げて部屋を出ていった。彼が馬車に乗り込むのが見え、馬車はすぐに見えなくなった。

ダッシュウッド夫人は何が何だかわけがわからず、胸がいっぱいになって口もきけず、すぐに居間を出ていった。この突然の出発がもたらした驚きと不安に、ひとりで思いきり身を任せたいのだ。

エリナーの不安も母親に劣らなかった。たったいま起きた出来事を、不安と不信をもって思いめぐらした。みんなに別れを告げたときのウィロビーの冷ややかな態度。あのうろたえぶり。無理に明るさを装った感じ。そしてとりわけ、いつでもバートン・コテッジにいらしてくださいという母の招待に応じなかったこと。そして恋人らしくなく、彼らしくなく、しどろもどろになって尻込みしたこと。それらを思い出すと、エリナーは激しい不安に襲われた。ウィロビーは最初から真剣な気持ちなどなかったのではないか。あるいは、ふたりは何かひどい喧嘩をしたのではないか。マリアンが泣きながら部屋を飛び出してきたことを考えると、ひどい喧嘩があったと見るのがいちばん自然だ。でもウィロビーにたいするマリアンの愛の深さを考えると、喧嘩などするはずがない……。

しかし、ふたりの別れの理由が何であれ、マリアンの悲しみは疑いようがない。エリナーは限りない同情をもって、妹の激しい悲しみを思いやった。マリアンは悲しみにおぼれて自分を慰めるだけでなく、もっともっと悲しまなければいけないと自分を責めているにちがいないのだ。

三十分ほどして、ダッシュウッド夫人が居間に戻ってきた。目は赤いが、顔つきはそう暗くはない。

「ウィロビーさんはもうだいぶ遠くまで行ってしまっただろうね、エリナー」腰をおろして刺繡道具を手に取りながら夫人は言った。「ずいぶん気の重い旅だろうね」

「まったくわけがわからないわ」とエリナーは言った。「あんなに突然行ってしまうなんて！　キツネにつままれたみたい。ゆうべは私たちと一緒に過ごして、あんなに幸せそうで、あんなに楽しそうで、あんなに愛情にあふれていたのに。それが今日はたった十分のあいさつで、もう戻らないと言って行ってしまうなんて！　私たちに言えないような何か重大なことがあったにちがいないわ。言葉も態度も、いつもの彼らしくなかったわ。いつもと違うことにお母さまも気がついたでしょ？　一体どういうことかしら？　ふたりは喧嘩でもしたのかしら？　そうでなければ、彼はなぜあんなに気乗りのしない返事をしたのかしら？　うちにいつでもいらしてくださいって、お母さまがあんなに招待したのに」

「気乗りがしないわけではないのよ、エリナー。私にはもうはっきりわかったわ。彼は何か事情があって、招待を受けることができないのよ。私はその点をじっくり考えたわ。最初は私もわけがわからないと思ったけど、いまはすべてはっきり説明できるわ」

「ほんとに？」

「ええ、ほんとよ。私には十分納得のいく説明がついたわ。でもエリナー、おまえは何でも疑うのが好きだから、おまえは納得しないだろうね。でも、おまえが何て言おうと、私の考えは変わりませんよ。私はこう思っているの。スミス夫人は、ウィロビーさんがマリアンを好きになったと気がついて、それが気に入らなくて――たぶんスミス夫人は、ウィロビーさんの結婚相手は自分で選ぶつもりなのよ――それで彼をこの土地から遠ざけたいと思ったのね。ロンドンの用事というのは、彼をこの土地から遠ざけるための口実よ。ぜったいにこれが真相ね。それにウィロビーさんは、スミス夫人が彼とマリアンとの結婚に反対だと知っているので、いまはまだマリアンとの婚約を夫人に打ち明けられないのよ。彼は裕福ではないし、いずれはアレナム屋敷を相続する立場上、いまはスミス夫人の考えにおとなしく従って、当分はデヴォン州に来ないほうがいいと思ったのね。そうかもしれないし、そうじゃないかもしれないと、おまえは言うだろうけど、おまえがいくらケチをつけても、私は耳を貸しませんよ。これより納得のいく説明をしてくれない限りはね。さあ、エリナー、何か言いたいことがあるかい？」

「いいえ、ありません。私の言いたいことは、もうお母さまが全部言ってしまいましたから」

「それじゃやっぱり、『そうかもしれないし、そうじゃないかもしれない』と言いたかったのね。エリナー、おまえはほんとに変な子だね！　いつだって、良いことより悪いことを信じたがるんだから。気の毒なウィロビーさんの弁護をしないで、彼が心変わりしてマリアンが失恋したと思いたがるんだからね。彼がいつもより冷ややかに別れを告げたので、彼が心変わりしたとおまえは思っているんだろ？　ちょっとした過ちを大目に見ることはできないのかい？　彼は突然ロンドン行きを命じられて、しばらくデヴォン州に戻れないことになって気分が落ち込んで、それでいつもと態度が違ったのよ。そういう事情を考えてあげることはできないのかい？　ふたりの結婚は絶対確実ではないからといって、その可能性を全部否定するのかい？　私たちが彼を愛する理由は山ほどあるけど、悪く思う理由はこれっぽっちもないわ。それなのに、彼の事情を何も考えてあげられないのかい？　いまはどうしても言えないけど、やむにやまれぬ事情があるかもしれないじゃないか。それにしても、おまえはウィロビーさんの何を疑っているんだい？」

「私にもよくわからないわ。でも、彼のあの変わりようを見たら、背後に何かいやなことがあると思うのが当然よ。でも、彼の事情も考えてあげるべきだというお母さまの意見はもっともだし、私は誰のことも公平に判断したいと思っているわ。ウィロビーさんがああいう態度を取ったのには相当な理由があったでしょうし、そうあって欲しいわ。でも、その理由をすぐにはっきりと言ったほうがウィロビーさんらしいわ。秘密を守ることが大事な場合もあるかもしれないけど、彼がそういうことをすると、やっぱり首をかしげたくなるわね」

「いつもの彼らしくないからといって彼を責めちゃだめよ。どうしてもそうせざるを得ない場合だってありますからね。でも、彼の事情も考えてあげるべきだという私の意見には賛成なんだね？　ありがとう。これで彼は無罪放免ね」

「完全に無罪放免というわけにはいかないわ。ふたりの婚約を――ほんとうに婚約していればの話だけど――スミス夫人に隠すのは賢明かもしれない。スミス夫人がふたりの結婚に反対なら、ウィロビーさんは当分デヴォン州に来ないほうがいいわ。でも、私たちにまで隠す必要はないわ」

「私たちに隠す？　ウィロビーさんとマリアンが私たちに婚約を隠しているというのかい？　変なことを言う子だね、おまえは。あのふたりがあんまりアツアツぶりを見せつけるから、おまえはその軽率さを毎日責めていたじゃないの」

「ふたりが愛し合っているのはよくわかってるわ。でも、婚約したという証拠はないわ。私が知りたいのは、たしかに婚約したというはっきりした証拠なの」とエリナーは言った。

「ふたりは愛し合って婚約したと私は信じてますよ」

「でも婚約については、ふたりともお母さまにひと言も話していないでしょ？」

「行動がはっきり物語っているんですから、言葉なんて必要ありませんよ。この二週間の、マリアンと私たちにたいする彼の態度を見れば、彼がマリアンを愛して、未来の妻と考えていることは明らかじゃないの。それに、私たちに近親者としての愛情を感じていることも。私たちはお互いに完全に理解し合っているはずよ。彼は表情や、態度や、やさしい心づかいや、愛情のこもった尊敬心によって、毎日のように私の同意を求めていたわ。ねえ、エリナー、これでもふたりの婚約を疑うのかい？　よくもそんなことを考えるわね、おまえは。ウィロビーさんはマリアンの愛を信じているはずよ。そしてたぶん何カ月も離れ離れになるのよ。それなのに、彼は自分の愛を打ち明けずに行ってしまったというのかい？　そんなことあるはずないじゃないか。ふたりがお互いの愛を打ち明けずに別れるなんて」

「一点を除いて、すべての事実がふたりの婚約を裏づけていることは認めるわ」とエリナーは言った。「でもその一点、つまり、ふたりが婚約についてひと言も言っていないという事実は、ほかのすべての事実より重みがあると私は思うの」

「まあ、おかしな話だこと！　おまえはウィロビーさんをずいぶんひどい人だと思っているんだね。ふたりの間にあれだけはっきりしたおつきあいがあったのに、ふたりが恋人同士だということを疑うなんて。いままでの彼の振る舞いは、すべてお芝居だったというのかい？」

ウィロビーさんはマリアンのことを何とも思っていないというのかい？」

「いいえ、そうは思わないわ。彼は間違いなくマリアンを愛していると思うわ」

「それはずいぶん変わった愛情だね。おまえが言うように、将来のことを何も考えずに、そんなにあっさりとマリアンのもとを去ることができるとしたら」

「ねえ、お母さま、私はそもそも、この婚約を確かなものと考えたことは一度もないの。前からずっと疑問に思っていたの。でもその疑問も以前より薄れてきたし、そのうち完全に消えるかもしれないわ。これからふたりが文通を始めれば、私の心配もすっかり消えると思うわ」

「まあ、たいへんな譲歩だこと！　おまえは、ふたりが祭壇の前に立つのを見ないうちは、ふたりの婚約を信じられないいんだね。呆れた子だね。でも私はそんな証拠はいりません。私の考えでは、ふたりのおつきあいには疑わしいことは何ひとつなかったし、秘密めいたことも一切なかったし、最初から最後まですべて率直で遠慮がなかったわ。ウィロビーさんと結婚したいというマリアンの気持ちはおまえも疑いようがないだろうから、そうすると、おまえはウィロビーさんを疑っているわけだね。でもなぜだい？　彼は名誉を重んずる思いやりのある人ではないのかい？　おまえを不安にさせるような矛盾した振る舞いをしたことがあるのかい？　彼が私たちをだましているというのかい？」

「そんなことはないと思う、ぜったいにないと思うわ」エリナーは思わず大きな声で言った。「私はウィロビーさんが大好きよ。ほんとに大好きよ。彼の誠実さを疑うなんて私だってつらいわ。その疑いは自然にふっと湧いたものだし、これ以上強めるつもりはないわ。でも正直言って、今日の彼の態度の変わりようにびっくりしたの。言葉づかいもいつもの彼と違っていたし、いつでもいらしてくださいというお母さまの招待にも応じなかったし。でもこうしたことはすべて、お母さまが言った彼のいろいろな事情のためだと説明できるかもしれないわね。私たちが居間に入ったとき、彼はマリアンに別れを告げて、マリアンが泣きながら部屋を出ていくのを見たばかりだったし。それに彼は、スミス夫人の機嫌を損なってはいけないから、バートン村にすぐに戻りたいという誘惑に打ち勝たなければいけない。でも一方で、お母さまの招待を断わったり、当分ここへは来られないと言ったりしたら、私たちにたいする薄情な不可解な振る舞いになる。だからどうしていいかわからなくなって、彼がしどろもどろになったのも無理はないわ。でもそういう場合は、自分の苦しい立場を正直にはっきり言ったほうが立派だし、いつもの彼らしいと思うの。でも私は、私と意見が違うとか、私が考える正しい道から外れているからといって、人さまの振る舞いをとやかく言うつもりはないわ」

「そのとおりよ。ウィロビーさんはやましいことをするような人じゃありませんよ。私たちは彼と知り合ってまだ日が浅いけど、彼はこの辺では知られた顔だし、彼のことを悪く言う人なんていませんよ。彼が自分の一存で行動できて、すぐに結婚できる立場にあるなら、私に何も打ち明けずに行ってしまうのはおかしいけど、実情はそうじゃないのよ。この婚約は、ある意味では前途多難よ。だって、結婚はいつになるかわからないんだからね。だから、もし秘密にできるなら、当分秘密にするのが賢明かもしれないね」

マーガレットが部屋に入ってきたので、ふたりの話は中断された。エリナーは母親の意見をじっくりと検討し、いくつかは母親の言うとおりかもしれないと思い、すべてが母親の言うとおりであってくれればいいと願った。

マリアンはずっと寝室に引きこもったきりで、ディナーのときにやっと姿を見せ、何も言わずに食卓の席についた。目は赤く腫れあがり、それでもまだ泣き足りなくて、必死に涙をこらえているようだった。下を向いたまま誰とも目を合わさず、食べることもしゃべることもできなかった。しばらくして、母親がやさしくそっと手を握ると、わずかに残っていた気丈さも崩れ、わっと泣き出して部屋を出ていってしまった。

この慰めようのない傷心ぶりはその晩もずっとつづいた。元気を出そうという気がまったくないので、悲しみに溺れるばかりで無力そのものだった。ウィロビーに関係のある話がちょっとでも出るとたちまち泣き崩れてしまった。ウィロビーのことを思い出させまいとみんながいくら気をつかっても、何か話をするとなれば、ウィロビーを連想させる話題をすべて避けることなど不可能だった。

第十六章

マリアンはウィロビーと別れた夜に一睡でもしたら、自分を許せないと思っただろう。朝ベッドを出るとき、前夜以上にやつれていなかったら、家族に顔向けできないと思っただろう。しかし、そのような平静さを恥と思うマリアンが、そのような非難を受ける気づかいはまったくなかった。マリアンは一晩じゅう一睡もせず、ほとんど泣きどおしだった。起きると頭痛がし、口をきく気力もなく、何も食べる気がしなかった。家族みんなを心配させ、誰が慰めてもいっさい受けつけなかった。マリアンはまことに感受性豊かな女性なのだ。

朝食後、マリアンはひとりで散歩に出かけ、アレナム村のあたりをさまよい、過ぎ去った楽しい思い出に耽り、現在の不幸に涙しながら午前中の大半を過ごした。

晩も同じように悲しみにどっぷりと浸って過ごした。いつもウィロビーに弾いてあげた曲や、いつもウィロビーと一緒に歌った曲をつぎつぎに演奏し、ピアノの前に座ったまま、ウィロビーが彼女のために書き写してくれた楽譜をいつまでも見つめていた。やがて彼女の心は、これ以上悲しむことができないほど悲しみでいっぱいになった。しかしこの悲しみは毎日新しい糧を与えられた。何時間もピアノの前に座ったまま弾いたり泣いたりし、その歌声はたびたび涙で途切れてしまった。音楽だけでなく、本を読む場合も、過去と現在の対比が与えてくれる悲しみを求め、いつもふたりで一緒に読んだ本しか読まなかった。

　だが、このような激しい悲しみが永遠につづくはずはない。数日たつと、もうすこし穏やかな悲しみへと変わっていった。しかし、これがマリアンの日課になったのだが、ひとりで散歩したり物思いに耽っていたりすると、ときどき突然最初の激しい悲しみがよみがえった。

　ウィロビーから手紙は来なかった。マリアンも彼の手紙を待っている様子はなかった。ダッシュウッド夫人は驚き、エリナーはまた不安になった。でもダッシュウッド夫人は、いつも自分に都合のいい説明を見つけることができ、少なくとも自分はその説明で満足した。

「いいかい、エリナー」と夫人は言った。「サー・ジョンはいつもうちの手紙を、郵便局から取ってきてくれたり持って行ってくれたりするだろ？　あの婚約は当分秘密にしたほうがいいかもしれないと、私たちの意見は一致したけど、ふたりが手紙のやりとりをしたら、必ずサー・ジョンに知られてしまって、秘密が保てなくなるだろ？　その事実も考えなくちゃね」

　エリナーはなるほどと思った。ふたりが手紙のやりとりをしないのはそういう理由かもしれない。でも事の真相を知るには、もっと手っ取り早くて適切な方法がある。その方法を使えば、すべての謎が一瞬にして解けると思われるので、エリナーはそれを母に言わずにはいられなかった。

「ウィロビーさんと婚約しているかどうか、お母さまはなぜマリアンに直接聞かないの？」

とエリナーは言った。「こんなにやさしくて寛大なお母さまが聞けば、マリアンは怒ったりしないわ。マリアンをあんなにかわいがっているお母さまですもの、聞くのが当然よ。マリアンは隠し立てはしない子よ。とくにお母さまには」

「そんなことは聞けませんよ。もし婚約していなかったらどうなるの？　その質問があの子の気持ちをどんなに傷つけるかわからないのかい？　いいえ、そんなむごい質問はぜったいにできません。いまは誰にも言いたくないことを無理に言わせたら、あの子に二度と信頼してもらえなくなるわ。マリアンの気持ちはよくわかっているの。あの子は私を心から愛してくれているし、話してもいい時機が来たら真っ先に私に話してくれるはずよ。私は誰の秘密だって、無理に聞きたくはありません。自分の子供ならなおさらよ。親に命令されたら、話すのがいやでもいやとは言えなくなるもの」

マリアンの若さを考えると、この心づかいは少々行き過ぎだとエリナーは思い、やはりマリアンに直接聞くべきだとさらに言ったが無駄だった。常識的な考え方も、心配も、用心もすべて、ダッシュウッド夫人の常識外れなロマンティックな思いやりのなかに埋没してしまった。

それから数日のあいだ、家族の者は誰もマリアンの前でウィロビーの名前を口にしなかった。でもサー・ジョンとジェニングズ夫人は、あまりこまかい神経を使わない人たちだった。ふたりの無神経な冗談は、マリアンのつらい時間をいっそうつらいものにした。ところがある晩、ダッシュウッド夫人がふとシェイクスピアの本を取り上げて言った。

「私たち、まだ『ハムレット』を読み終えていないわね、マリアン。読み終える前にウィロビーさんが行ってしまったからね。これは当分お預けね。彼が戻ったら……何カ月も先になるかもしれないけど」

「何カ月も先？」マリアンが驚いて大きな声で言った。「そんなことないわ！　何週間先でもないわ！」

ダッシュウッド夫人は自分の言ったことを後悔したが、エリナーは喜んだ。マリアンがウィロビーを信頼し、彼の気持ちを知っているということが、マリアンの返事からわかったからだ。

ウィロビーがデヴォン州を去って一週間ほどたったある朝、マリアンはエリナーに説得されて、今日はひとり歩きをやめて、以前のように三人で散歩することにした。この一週間ほど、マリアンは用心深く連れを避けて、いつもひとりで散歩していたのだ。エリナーとマーガレットが丘へ行こうとすると、マリアンはこっそり小道のほうへ行き、ふたりが谷へ行こうと話していると、やはりこっそりと丘のほうへ行ってしまい、ふたりが出かけるときにはもう姿が見えなかった。でも、そんなふうにいつもひとりで散歩するのはよくないと、エリナーが懸命に説得してやっと承知させたのだ。三人は谷間の道を黙って歩いていった。マリアンの気持ちはまだ安定していないし、エリナーは目的をひとつ達成したので、とりあえずそれ以上のことは望まなかった。谷の入口を過ぎると、土地は同じように緑豊かだが、野生のままの鬱蒼とした感じではなくなって視界がひらけた。ダッシュウッド一家がはじめてバートン村に来たときに通った道が、目の前に長く伸びていた。そこまで来ると三人は立ちどまって、あたりをじっくりと見まわした。いつもバートン・コテッジから眺めている景色だが、いままで散歩でこんなに遠くまで来たことはないので、こんなに近くから眺めたのははじめてだった。

まもなくその風景のなかに、動くものが目に入った。馬に乗った人物がこちらへやってくるのだ。そしてすぐに、それがひとりの紳士であることがわかった。するとマリアンが狂喜したように叫んだ。

「彼よ！　たしかに彼よ！　間違いないわ！」

と叫んで駆け出したが、エリナーが大きな声で呼びとめた。

「マリアン！　違うわ！　ウィロビーさんじゃないわ。ウィロビーさんはもっと背が高いし、体つきの感じも違うわ」

「いいえ、彼よ」とマリアンは言った。「間違いないわ。体つきも、上着も、馬も、彼に間違いないわ。そうよ、すぐに戻ってくるとわかっていたの」

マリアンはそう言いながらまた駆け出した。エリナーは、その紳士がウィロビーではないとわかっているので、マリアンが変な人と思われるのを防ぐために、自分も駆け出してマリアンに追いついた。ふたりはすぐにその紳士から三十メートル足らずのところまで近づいた。マリアンはその紳士をもう一度見てがっかりして、くるりと背を向けて引き返そうとしたが、エリナーとマーガレットが声を張り上げて引きとめた。そしてもうひとつの声が――ウィロビーの声に劣らぬほど聞き慣れた声が――「待ってください！」とマリアンに呼びかけた。マリアンは驚いて振り向き、その紳士がエドワード・フェラーズだとわかって、歓迎のあいさつをした。

エドワードはこのとき、ウィロビーではないことを許してもらえる唯一の人物であり、マリアンから笑顔を引き出せる唯一の人物だった。マリアンは涙を払って彼にほほえみかけ、エリナーの喜びようを見て、しばらくは自分の失望を忘れた。

エドワードは馬からおりて召使に手綱を渡し、三姉妹といっしょにバートン・コテッジまで歩いた。彼はダッシュウッド一家を訪問するためにはるばるやってきたのである。

三人ともエドワードを心から歓迎したが、とくにマリアンは、エリナー以上に熱烈な歓迎ぶりを示した。でもマリアンの目から見ると、エドワードとエリナーの再会は、ノーランド屋敷でたびたび目にしたあの不可解なよそよそしさの続きでしかなかった。とくにエドワードの表情と言葉には、恋人同士が再会したときに見られるはずのものがまったく見られなかった。どぎまぎして、再会の喜びも感じていないみたいで、うれしそうでもなく、陽気でもなく、質問に答える以外はほとんど口もきかず、エリナーに特別な愛情を示すこともなかった。マリアンはそれを見れば見るほど、聞けば聞くほど、驚きが募るばかりで、なんだかエドワードが嫌いになってきた。そして――マリアンの気持ちは最後はそこへ行かずにはすまないのだが――またウィロビーのことを考えはじめ、それにしても、ウィロビーの颯爽とした態度は、未来の義兄エドワード・フェラーズとなんという違いだろうと、つくづく思った。

再会の驚きとあいさつにつづく短い沈黙のあと、マリアンがエドワードに、「ロンドンから真っ直ぐいらしたんですか?」と聞くと、「いいえ、デヴォン州に来て二週間になります」とエドワードは答えた。

「二週間!」マリアンは思わずくり返した。二週間前からデヴォン州にいるのに、なぜエリナーに会いに来なかったのかと驚いたのだ。

エドワードは、プリマスの近くに住む友達の家に滞在していたのだと、ばつが悪そうにつけ加えた。

「最近サセックス州にいらっしゃいましたか?」とエリナーが聞いた。

「一カ月ほど前にノーランドに行ってきました」

「で、私のいとしいノーランドはどんな様子でした?」マリアンが大きな声で言った。

「あなたのいとしいノーランドは、たぶんいつもと変わらないでしょうね」とエリナーが言った。「毎年いまごろは、森も散歩道も枯葉でおおわれて」

「ああ! ノーランドでは、枯葉が落ちるのをどんなにうっとりと眺めたことでしょう! 散歩中に、まわりの枯葉が吹雪のように風に舞うのを見て、どんなに楽しかったことでしょう! 枯葉は、そして季節と大気は、なんというすばらしい感情をかきたてることでしょう! でも、もうノーランドには枯葉を愛でる人もいないのね。枯葉は邪魔物扱いされて、さっさと掃き寄せられて、人目につかないところへ追いやられてしまうのね」

「誰もがあなたのように枯葉を愛するわけではないわ」とエリナーが言った。

「そうね。私の気持ちはあまり共感を得られないし、あまり理解してもらえないわね。でも、時にはあるわ」

マリアンはそう言ってしばし物思いに沈んだが、また元気を出してまわりの景色を指差しながら言った。

「ねえ、エドワード、これがバートン谷よ。よく見て。感動せずにはいられないはずよ。ほら、あの幾重にも連なる丘を見て！　あんな美しい景色を見たことがあるかしら？　あの左手の森と畑の真ん中に、バートン屋敷があるの。屋敷の端が見えるでしょ？　そしてあのいちばん遠くの、雄大にそびえた丘のふもとにバートン・コテッジがあるの」

「美しい土地ですね」とエドワードは答えた。「でもこの辺の窪地は、冬はずいぶんぬかるむでしょうね」

「こんな美しい景色を目の前にして、なぜぬかるみのことなんか考えるの？」

「美しい景色の中に泥んこ道が見えたので」とエドワードは答えてほほえんだ。

「変な人！」マリアンは歩きながら心の中でつぶやいた。

「ご近所の人たちはいい人たちですか？　ミドルトン家の人たちはいい人たちですか？」

「いいえ、ぜんぜん。その点は最悪ね」とマリアンは答えた。

「マリアン！」とエリナーが言った。「なぜそんなことを言うの？　なぜそんなひどいことを言うの？　フェラーズさん、誤解しないで。ミドルトン一家は立派な人たちよ。私たちにもとても親切にしてくださいます。マリアン、あの方たちのおかげで私たちがどんなに楽しい日々を過ごしたか忘れたの？」

「忘れてないわ」とマリアンが小声で言った。「あの人たちのおかげで、すごくつらい思いをしたこともね」

エリナーはこれは無視して、客のエドワードに注意を向けた。現在の家やその快適さについて話し、ときには彼にも質問させたり何か言わせたりして、なんとか会話らしきものをつづけようと努力した。でもエドワードのよそよそしさと無口ぶりに、エリナーの心はひどく傷ついた。いらいらしたし、半分腹も立った。でも、現在ではなく過去の思いによって、彼への態度を律しようと心に決めた。怒りや不満はいっさい顔に出さないようにし、はるばる訪ねてきてくれた親戚、つまり、腹違いの兄の義弟として丁重に扱った。

第十七章

ダッシュウッド夫人はエドワードを見て驚いたが、それもほんの一瞬だった。夫人の考えでは、彼がバートン・コテッジに来るのは当然であり、前からわかっていたことだからだ。というわけで、夫人の驚きはすぐに喜びと歓迎のあいさつに変わった。エドワードはダッシュウッド夫人の熱烈な歓迎を受け、さすがの内気さも、よそよそしさも、遠慮も、そのような歓迎にさからうことはできなかった。彼の内気な感情は、家に入る前にだいぶ薄れはじめていたのだが、夫人の真心のこもった気さくな態度によって完全に追い払われた。実際、ダッシュウッド家の娘に恋をした男なら、その愛を母親にまで及ぼさずにはいられないだろう。エリナーは、エドワードがいつもの彼に戻るのを見てうれしかった。ダッシュウッド家にたいする彼の愛情はよみがえり、みんなの幸福を願う気持ちも再び感じられるようになった。でも彼はなぜか元気がなかった。家をほめ、家からの眺めに感心し、やさしい心づかいを示すのだが、なぜか元気がなかった。家族全員がそれに気づいた。ダッシュウッド夫人は、彼の母親の心の狭さが原因だと考え、自分勝手な親たちにたいして怒りを覚えながら、ディナーの席についた。

「エドワード、あなたのお母さまは、あなたの将来についてどうお考えなの？」食事がすんで、みんなで暖炉を囲むと、ダッシュウッド夫人が言った。「やっぱりあなたのお嫌いな政界に入って、大雄弁家にならなくてはいけないの？」

「いいえ、母はもうあきらめていると思います。ぼくは政界に入る才能も気持ちもないって」

「でも、それならどうやって有名になるつもり？　ご家族のみなさんを満足させるには、有名にならなくてはいけないんでしょ？　贅沢はお嫌いで、知らない人に会うのもお嫌いで、職もなくて、自信もないとなると、有名になるのはむずかしいかもしれないわね」

「ぼくは有名になるつもりはありません。なりたいとも思わないし、なりたいと思わない理由も十分あります。ありがたいことに、才能や雄弁をぼくに期待するのは無理ですから」

「あなたが野心家でないのはわかっているわ」とダッシュウッド夫人が言った。「あなたの望みはとても控えめね」

「ええ、控えめですけど、世間一般の人と同じだと思います。ぼくもみんなと同じように、ほんとに幸せになりたいと願っています。でも、誰でもそうだと思いますけど、自分が望んだ幸せでなければなりません。ぼくは出世して偉くなっても、幸せにはなれません」

「なれたら不思議よ！」マリアンが大きな声で言った。「富や出世は、幸せとは関係ないわ」

「出世はともかく、富は幸せと大いに関係あるわ」とエリナーが言った。

「お姉さまったら、そんなこと言って恥ずかしくないの！」とマリアンが言った。「お金が幸せをもたらすことができるのは、お金以外に幸せをもたらすものがない場合だけよ。私の場合は、普通に生活できるお金があればそれでいいの。それ以上お金があっても、ほんとうの幸せは得られないわ」

「たぶん私たちは、同じことを言っているのよ」エリナーが笑みを浮かべて言った。「つまり、あなたの言う『普通に生活できるお金』と、私の言う『富』は、たぶん同じものだと思うわ。そしてそのお金がなければ、いまの世の中では、人並みの幸せは得られないと思うわ。この点も意見が一致するはずよ。あなたの考え方が、私よりすこし高尚なだけよ。あなたの言う『普通に生活できるお金』って、どれくらいなの？」

「年収千八百ポンドから二千ポンドね。それ以上はいらないわ」

エリナーは声を上げて笑った。「年収二千ポンド！　私の言う『富』というのは、年収千ポンドよ！　ほらね、そんなことだと思っていたわ」

「でも年収二千ポンドなんて、ものすごく控えめな収入よ」とマリアンが言った。「それ以下の収入では、一家をちゃんと養うことなんてできないもの。私の要求はぜんぜん贅沢ではないはずよ。召使が十数名、馬車が一台か二台、猟馬と猟犬。これを養うには、二千ポンド以下じゃとっても無理よ」

マリアンがクーム・マグナ（サマセット州にあるウィロビーの屋敷）での将来の生活設計をこんなにくわしく言うのを聞いて、エリナーはまたほほえんだ。

「猟馬？」とエドワードが言った。「なぜ猟馬が必要なんですか？　みんなが狩猟をするとは限りませんよ」

マリアンは顔を赤らめて答えた。「でも、たいていの人はするわ」

「誰かが私たちに財産をどっさりくれたらいいわね！」マーガレットが新しい提案を打ち出した。

「そうね、そうしてくれたらいいわね！」マリアンは目を輝かせ、想像上の幸福の喜びに頰を紅潮させた。

「その願いでは、全員意見が一致したようね。たとえ、富が幸せをもたらさないとしてもね」とエリナーが言った。

「ああ、財産がどっさりあったら幸せでしょうね！　何に使おうかな！」とマーガレットが言った。

マリアンのお金の使い道は、もうはっきりしているようだった。

「娘たちがみんなお金持ちになって、私の助けがいらなくなったら、私に財産がどっさりあっても困ってしまうわ。何に使おうかしら」とダッシュウッド夫人が言った。

「この家の修繕や増改築を始めればいいわ。そうすれば悩みはすぐに解消するわ」とエリナーが言った。

「そうなったら、この家からロンドンへ大量の注文が行くでしょうね」とエドワードが言った。「本屋も楽譜屋も版画屋もほくほくですね。エリナーさん、あなたは新しい版画のめぼしいものを全部送るように言いつけるでしょう。マリアンさんはスケールが大きいから、ロンドンにある楽譜だけでは満足しないだろうな。それに本！　トムソン、クーパー、スコット（いずれもロマン派の先駆となるような詩人）。彼らの本を片っ端から買うでしょうね。くだらない人間の手に渡らないように、全部買い占めるんじゃないかな。それに、ねじ曲がった老木の観賞法（六十八頁、「ピクチャレスク・ビューティー」の割注参照）を書いた本も全部買うだろうな。そうでしょ、マリアン？　言い過ぎだったらごめんなさい。でも、ぼくたちの昔の議論を忘れていないことを見せたかったんだ」

「昔のことを思い出させてもらうのは大好きよ、エドワード。悲しいことでも楽しいことでも、昔のことを思い出すのは大好きよ。あなたが昔のことをいくら話しても、私は怒ったりしないわ。それに、私がお金を何に使うか、あなたの推測は当たってるわ。少なくとも部分的にはね。私の自由になるお金があったら、間違いなく、楽譜と本をどっさり買うでしょうね」

「それにあなたの財産の多くは、本の作者やその相続人たちの年金にあてられるだろうな」

「いいえ、エドワード、もっとほかに使い道があるわ」

「それならたぶんこれだ。『人間は一生に一度しか恋はできない』という言葉があなたは大好きだけど、この意見を擁護する立派な論文を書いた人に賞金をあげるんじゃないかな。この点についてあなたの意見は変わっていないでしょ？」

「もちろんよ。私くらいの年になると、物の考え方はだいたい固まってくるわ。自分の考え方が変わるようなことを見たり聞いたりすることは、もうありそうにないもの」

「マリアンは相変わらず頑固一徹よ。まったく変わってないわ」とエリナーが言った。

「前よりすこし暗い感じになったかな」

「あら、エドワード、あなたに言われたくないわ」とマリアンが言った。「あなただってあまり陽気なほうじゃないわ」

「なぜそう思うのかな？」エドワードがため息まじりに言った。「でも、たしかにぼくは陽気なほうではないですね」

「マリアンもそうよ」とエリナーが言った。「マリアンはけっして陽気な人間じゃないわ。何をするにも熱心で、真剣で、ときどきすごく饒舌になるし、いつも元気いっぱいだけど、ほんとに陽気なときってあまりないわ」

「そうですね、そのとおりですね」とエドワードが言った。「でも、ぼくはいままで、なんとなくマリアンさんを陽気な人だと思っていました」

「私もそういう思い違いをすることがよくあるの」とエリナーが言った。「人の性格を完全に誤解してしまうことが。誰かを実際より陽気だと思ったり、暗いと思ったり、利口だと思ったり、馬鹿だと思ったり。そういう誤解がどこから生まれるのかはわからないけど。本人の言葉に左右されることもあるし、他人の言葉に左右されることもあるわ。自分でよく考えて判断しないから、そういう誤解をすることになるのね」

「あら、お姉さま」とマリアンが言った。「他人の意見に左右されるのが正しいのかと思っていたわ。世間の人たちの意見に従って判断をするのが、正しいのかと思っていたわ。それがお姉さまの教えじゃなかったかしら？」

「いいえ、ぜんぜん違うわ、マリアン。他人の意見に従いなさいなんて言った覚えはないわ。

私があなたに注意したのは、あなたの振る舞いのことよ。私の言ったことを誤解しないで。たしかに私はあなたにたびたび注意したわ。私たちの知り合いにたいしてもっと礼儀正しく振る舞いなさいって。でも大事な問題に関して、みんなと同じような考え方をしなさいとか、みんなの意見に従いなさいとか言った覚えはないわ」

「すると」とエドワードがエリナーに言った。「あなたはまだ妹さんに、世間一般の礼儀作法を身につけさせることに成功していないんですね。まったく進歩なしですか？」

「逆にひどくなってるわね」エリナーはたっぷり意味をこめてマリアンを見て言った。

「礼儀作法の問題に関しては、ぼくはエリナーさんの意見にまったく賛成です」とエドワードが言った。「でも残念ながら、ぼく自身の振る舞いはマリアンさんに近いですね。人に不快な感じを与える気はまったくないのに、ぼくは自分でも呆れるほど内気なために、みんなから無愛想な人間と思われてしまうんです。生まれつき不器用なので、いつもうしろに引っ込んでるだけなのに。ぼくは生まれつき下層階級の人たちが好きなのかもしれない。上流階級の知らない人たちと一緒にいると落ち着かないんです」

「マリアンは内気ではないから、内気を無愛想の言い訳にすることはできないわね」とエリナーが言った。

「マリアンさんは自分の価値をよく知っているから、はにかむ必要なんかないんです。内気は何かの劣等感の表われです。自分がほんとにゆったりした上品な態度を取れるという自信があったら、ぼくだって内気になんかなりません」

「でもあなたは、これからもよそよそしい態度を取るんでしょうね。そのほうがもっと悪いわ」とマリアンが言った。

エドワードが目を丸くした。「よそよそしい？　ぼくの態度がよそよそしいんですか？」

「ええ、とっても」

「あなたの言う意味がわかりませんね」エドワードは頬を紅潮させた。「ぼくの態度がよそよそしい！　一体どういうふうによそよそしいんですか？　ぼくはあなたに何を言えばいいんですか？　あなたはぼくに何を言ってほしいんですか？」

突然感情的になったエドワードを見てエリナーは驚き、この話題を笑っておしまいにしようとして彼に言った。

「マリアンの言う意味がわからないの？　まだ彼女をよくご存じないのね。マリアンにとっては、自分と同じようにたくさんしゃべってくれない人や、自分が夢中になったものに同じように夢中になってくれない人は、みんなよそよそしい人なのよ」

エドワードは返事をしなかった。あのいつもの生真面目な、考え込むような表情に戻ってしまい、しばらく無言のままぼんやりと座っていた。

第十八章

エリナーは、エドワードの元気のなさを見てものすごく不安になった。彼の訪問はエリナーにわずかな満足しか与えなかったし、彼のほうも、この訪問を心から楽しんでいるようには見えなかった。彼が幸せそうでないのは明らかだった。以前は、彼はたしかにエリナーに特別な愛情を抱いていたはずなのだが、その愛情がいまでも変わっていないことをエリナーは願った。でもいまのところ、その愛情がまだ続いているかどうか、どうもはっきりしなかった。彼の生き生きしたまなざしが、ほんの一瞬愛情をほのめかしたかと思うと、つぎの瞬間にはよそよそしい態度に変わってしまうのだ。

翌朝、まだみんながおりてくる前に、エリナーとマリアンが朝食の部屋にいると、エドワードがやってきた。ふたりの幸せの後押しなら何でもしてあげたいと思っているマリアンは、ふたりだけにしてあげようと思ってすぐに部屋を出た。ところが階段を半分も上がらないうちに、部屋のドアが開く音が聞こえたので振り返ると、呆れたことにエドワードも出てきてしまった。

「まだ朝食の用意ができていないようなので、村へ行って馬の様子を見てきます。すぐに戻ります」とエドワードは言った。

エドワードは美しい景色にあらためて感心して戻ってきた。村へ行く途中、バートン谷の美しい景色がいくつも目に入ったし、村はバートン・コテッジより高いところにあって見晴らしがいいので、それも彼を大いに喜ばせた。マリアンはそういう話題なら大好きなので、さっそく自分もそれらの景色を絶賛しはじめ、とくにどの景色にどういうふうに感心したのかと、こまかい質問をはじめた。するとエドワードはマリアンをさえぎってこう言った。

「あの、あまりこまかい質問はしないでください。ぼくは『ピクチャレスク』という美学のことは何も知らないんです。こまかいことを聞くと、ぼくの無知と無趣味にがっかりしますよ。『そそり立つ丘』と言うべきところを『急な丘』と言ったり、『ごつごつした奇怪な山肌』と言うべきところを、『でこぼこの変な山』と言ったり、『おぼろに霞む定かならぬもの』と言うべきところを、『遠くてよく見えないもの』と言ったりしそうです。ぼくの正直なほめ言葉で満足してください。バートン村はとても美しい村です。急な丘がたくさんあって、森には、立派な材木になりそうな木が生い茂り、こぢんまりしたのどかな谷間には、豊かな牧草地がひろがり、こぎれいな農家があちらこちらに点在している。ぼくが考える美しい田園風景のイメージにぴったりです。美と実用を兼ね備えているからです。それにあなたが絶賛するんだから、ピクチャレスクな美しさもあると思う。ごつごつした岩や、崖や、灰色の苔や、灌木の茂みもあると思う。でも、そういうものはぼくの目には入らない。ぼくは『ピクチャレスク』という美学のことは何も知らないんです」

「そうかもしれないわね」とマリアンが言った。「でも、知らないということをなぜそんなに自慢するの？」

「たぶん彼は、ある種の気取りを避けようとして、別な気取りに陥っているのね」とエリナーが言った。「最近、自然の美にたいして実際以上に感動する人が多いでしょ？　彼はそういう気取りが嫌いなのよ。だから実際以上に無関心を装って、観賞能力がないようなふりをするのね。彼は繊細で気むずかしくて、自分流の気取りを持ちたいのよ」

「風景に感動することが流行になっているのは事実ね」とマリアンが言った。「『ピクチャレスク』の美を定義した人の趣味と言葉を、誰も彼もが真似して、そういう風景に感動したふりをして、そういう言葉でその美しさを説明しようとするわ。私も流行言葉は大嫌いよ。私は風景に感動しても、使い古された陳腐な表現しか思い浮かばないときは、軽々しく自分の感動を口にはしないわ」

「マリアンさんが美しい風景を見たとき、あなたの言うとおりの喜びを感じていることは認めます。そのかわりエリナーさんは、ぼくがぼくの言うとおりの喜びしか感じていないということも認めてください。ぼくも美しい風景は好きだけど、『ピクチャレスク』という美意識とは関係ない。ひねこびた、ねじ曲がった枯れ木なんか好きじゃない。青々とした、真っ直ぐに伸びた大木のほうが好きです。荒れ果てたあばら屋なんか好きじゃないし、イラクサや、アザミや、ヒースの花も好きじゃない。物見の塔なんかより、こぢんまりした農家のほうが好きだし、美しく着飾った盗賊一味なんかより、こざっぱりした幸せそうな村人たちのほうが好きです」

マリアンは呆れたようにエドワードを見て、気の毒そうにエリナーを見たが、エリナーはただ笑っただけだった。

この話題はこれでおしまいになった。マリアンはしばらく無言で何か考えていたが、突然珍しいものが目にとまった。マリアンはエドワードのとなりに座っていたのだが、彼がダッシュウッド夫人からお茶を受け取るとき、彼の手がマリアンの目の前に差し出された。そのとき彼の指輪が目にとまり、指輪の中央にはめ込まれた髪の毛が目に入ったのである。

「エドワード、あなたが指輪をはめているのを初めて見たわ」マリアンが大きな声で言った。「それはファニーお姉さまの髪の毛？　そういえばいつか彼女が、あなたに髪の毛をあげると約束していたわね。でも、ファニーお姉さまの髪はもうすこし黒っぽかったと思うけど」

マリアンは思ったとおりのことをうっかり口にしたのだが、その言葉がどんなにエドワードをあわてさせたか気がつくと、自分の軽率さに気がついて、エドワードに劣らぬくらい当惑した。エドワードは真っ赤になってエリナーをちらっと見て答えた。

「そうです、姉の髪の毛です。台にはめ込むと色合いがすこし変わるんです」

エリナーはエドワードと目が合い、同じように当惑の表情を見せた。それは自分の髪の毛にちがいないと、エリナーもマリアンと同様即座に思ったのだ。ただし、ふたりの結論の相違点はこうだ。マリアンは、その髪がエリナーからの贈り物だと思ったが、エリナーは、自分の知らぬ間に盗まれたか何かしたにちがいないと思ったのである。でもエリナーは、自分の髪の毛が盗まれたことを不快には思わなかった。すぐにほかの話をして、いまの出来事は気にとめないふりをし、内心では、これからあらゆる機会をとらえてその髪を見て、自分の髪の色に間違いないことを確かめようと決意した。

エドワードはそのあともしばらく落ち着かない様子だった。最後はいつもよりひどい放心状態におちいり、午前中ずっと暗い顔をしていた。マリアンはよけいなことを言ってしまった自分を責めたが、髪の毛の件はエリナーに不快感を与えていないと知ったら、もっと早く自分を許すことができただろう。

正午前に、サー・ジョンとジェニングズ夫人がやってきた。バートン・コテッジに紳士が到着したと聞いて、どんな客か確かめようとさっそく探りに来たのである。サー・ジョンはジェニングズ夫人の助けを得て、客の名前はフェラーズで、頭文字がFであることをすぐに察知した。これはまさに、恋するエリナーをからかう絶好の種だ。エドワードと初対面でなかったら、ふたりはさっそくからかいの言葉を連発したことだろう。でもいまのところエリナーは、ふたりの意味ありげな目配せを見て、こう気づいただけだった。いつぞやのマーガレットの失言から、ふたりはすでに自分とエドワードのことを知っているらしいと。

サー・ジョンはダッシュウッド家を訪問すると、必ずみんなを翌日のディナーに招待するか、その晩のお茶に招待した。でも今日は、このお客さまを盛大にもてなすのが自分の重大な義務と考え、今夜のお茶と翌日のディナーの両方に招待した。

「今夜はぜひうちでお茶を召し上がってください。家族だけでは寂しいんです。そして明日はぜったいにディナーにいらしてください。きっと大宴会になりますからね」

ジェニングズ夫人もすかさず後押しした。

「ダンスも始まるかもね。そう聞いたら、マリアンさんもうずうずしてくるんじゃない？」

「ダンス？　まさか！　いったい誰が踊るの？」マリアンが大きな声で言った。

「誰？　もちろんあなたたちと、ケアリー家やウィティカー家の人たちよ。あら！　誰かさんがいないと、ダンスができないと思っていたの？」

「ウィロビーが帰ってきてくれたらなあ！」サー・ジョンも大きな声で言った。

これを聞いてマリアンが赤くなったので、エドワードは新たな疑いを抱き、「ウィロビーって誰ですか？」と、となりに座っているエリナーに小声で聞いた。

エリナーは簡単に答えた。マリアンの表情のほうが、ずっと多くのことを語っていた。エドワードはみんなの言葉の意味だけでなく、いままで不可解だったマリアンの表情の意味も完全に理解した。サー・ジョンとジェニングズ夫人が帰ると、エドワードはすぐにマリアンのところへ行ってささやいた。

「わかりましたよ。ぼくの推測を言いましょうか？」

「何のこと？」

「言いましょうか？」

「ええ、どうぞ」

「それじゃ言います。ウィロビー氏は恋の狩人」

マリアンは驚き、あわてたが、エドワードの悪意のない冗談にほほえむしかなく、一瞬黙ってからこう言った。

「エドワード！　よくもそんなことを！　でもその時が来たら……きっと彼を気に入ってくれるわ」

「ええ、もちろん」マリアンの真剣な調子に驚いてエドワードは答えた。彼はウィロビー氏とマリアンとの間に何かあるらしいと聞き、そのあいまいな事実に基づいて、マリアンの交際全般をからかうつもりで冗談を言ったのだ。そうでなければ、ウィロビーとマリアンの深い関係を暗示するような冗談など口にはしなかっただろう。

第十九章

エドワードはバートン・コテッジに一週間滞在した。もっと滞在するようにとダッシュウッド夫人が熱心に勧めたのだが、エドワードは自分に苦行を課するかのように、友人たちとの楽しい交わりが最高潮に達したときに立ち去る決心をしたようだった。この二、三日間、彼の気分は相変わらず不安定だったが、最初に比べると格段に良くなっていた。バートン・コテッジとまわりの環境がますます気に入ったらしく、出発のことを口にするたびにため息をもらした。かと思うと、自分はまったく暇な身で、ここを出てもどこへも行く当てがないなどと言った。それでもやはり出てゆかなくてはならないのだという。「一週間がこんなに早く過ぎたことはありません。ここへ来てもう一週間もたったなんて信じられません」とエドワードはくり返し言った。そのほかにも、彼の気持ちの揺れを物語り、行動との矛盾を示すようなことをいろいろ言った。「ノーランドにいても楽しくないし、ロンドンも大嫌いです。でもノーランドかロンドンへ帰らなくてはなりません。ダッシュウッド家のみなさんの親切は何よりもありがたいし、みなさんと一緒にいるのが最高に幸せです。でも一週間したらお別れしなくてはなりません。自分がここにいることがみなさんの希望でもあり、自分の希望でもあり、自分には時間の制約などないのですが」などなど。

　エドワードのこの矛盾した言動は、すべて彼の母親すなわちフェラーズ夫人のせいだと、エリナーは思った。エリナーには幸いなことに、彼の母親がどういう人物かよく知らないおかげで、息子の言動の不可解な点をすべて母親のせいにすることができた。エドワードのはっきりしない態度に失望し、いらだち、ときには腹も立ったけれど、全体としては彼の行動を、いろいろな事情を考慮に入れて寛大に見てあげようという気持ちだった。あのウィロビーが突然立ち去ったときには、ダッシュウッド夫人からあんなにいろいろ言われても、そんな寛大な気持ちにはなれなかったのだが。

　エドワードが元気がなくて、その言動が率直さと一貫性に欠けるのは、彼が経済的に独立していなくて、財産を握る母親の性格と意向をよく知っているからだと、エリナーは考えた。一週間という滞在期間の短さや、どうしても帰るという決意の固さも、原因は同じだろう。経済的に独立していないためにいろいろな束縛があり、母親の意向に添うように行動しなければならないのだ。義務と自由意志、親と子という、昔ながらの対立がすべての原因なのだ。こうした問題が解決され、対立が解け、フェラーズ夫人が態度を改めて、エドワードが自分の自由意志で幸せをつかめる日が一日も早く来ることを、エリナーは願った。しかし、そういうはかない望みはともかくとして、いまは、現在に目を向けて慰めを求めるほかはない――エドワードの愛情にたいする新たなる信頼、バートン滞在中の彼の表情や言葉に示された好意のしるしの数々、そして何よりも、彼がいつも指にはめているあのうれしい愛の証《あかし》に慰めを求めるほかはない。

最後の朝食の席で、ダッシュウッド夫人がこう言った。

「ねえ、エドワード、私はこう思うの。あなたは何か職業を持って、それに時間を費やして、自分の計画や行動にはっきりした目的を与えたほうが、もっと幸せになれるんじゃないかしら。もちろん、そのためにお友達にすこしは不便をかけるかもしれないけど。いままでみたいに、お友達にたっぷり時間を割くことはできなくなるから。でも、(ダッシュウッド夫人はにっこりほほえんだ) あなたにとってひとつだけいいことがあるわ。お友達の家を去るとき、『どこへも行く当てがない』なんてことにはぜったいにならないわ」

「もちろんその点については、ぼくもずっと前から考えてきました」とエドワードは答えた。「毎日の仕事と経済的独立を与えてくれる職業を持たず、何もすることがないというのは、過去現在未来にわたり、ぼくにとって大きな不幸です。でも困ったことに、職業の選択に関しては、ぼくも家族も選り好みが激しいんです。それでぼくはこんな情けない怠け者になってしまったんです。職業の選択に関しては、ぼくと家族はどうしても意見が一致しないんです。ぼくは牧師になりたいと、ずっと前から思っていたし、いまでもそう思っています。でも母や姉は、それではぱっとしないと言って、どうしても賛成してくれないんです。家族はぼくに、陸軍の軍人になれと勧めましたが、陸軍の軍人なんて立派すぎて、ぼくには荷が重すぎます。弁護士なら、紳士の職業だからいいと言われました。ロンドンの法学院《テンプル》に事務所を持つ青年弁護士たちは、みんな上流社交界に出入りして、しゃれた二輪馬車でロンドンの町を走りまわっています。でも、ぼくは弁護士になるつもりはありません。家族が賛成した弁護士になるための、初歩的な法律の勉強でさえ肌に合わないのです。海軍なら体裁はいいけど、海軍の話が出たときには、ぼくは年を食いすぎていて入れなかった（普通は十二歳から十五歳くらいまでに海軍兵学校に入る）。それで結局、それならいっそ何もしないほうが世間体がいいと言われたんです。そもそも経済的には、ぼくは職業なんか持つ必要はないし、赤い軍服なんか着なくても、格好よく贅沢に暮らしていけるからです。十八歳の若者が、家族から何もしないでいいと言われたら、わざわざ苦労して職業なんかにつくはずはありません。そういうわけで、ぼくはオックスフォード大学に入れられて、それ以来何もせずにぶらぶらしているんです」

「その結果は、たぶんこうなるでしょうね」とダッシュウッド夫人が言った。「暇はあなたを幸せにしなかったわけだから、あなたは自分の息子たちを、カルメラ（リチャード・グレイヴズの小説『カルメラ』（一七七九年）の主人公。自分の無為で怠惰な人生を反省し、息子たちにはいろいろな職業につかせた）の息子たちみたいに、いろいろな趣味や仕事や、職業や商売を身につけるように育てるでしょうね」

「息子はぜったいにぼくに似ないように育てます。考え方も、行動も、境遇もすべて」とエドワードは真剣な口調で言った。

「まあ、まあ、エドワード」とダッシュウッド夫人が言った。「いまは元気がないからそんなことを言うのよ。気持ちが落ち込んでいるから、自分に似ていない人がみんな幸せに見えるのよ。でも、お友達と別れるときの悲しみは誰でも同じよ。教育や社会的地位は関係ありません。自分の幸せを自覚したほうがいいわ。あなたにいま必要なのは忍耐心よ。もうすこし魅力的な言葉で言えば、希望ね。そのうちあなたのお母さまが、あなたの欲しがっている経済的独立を与えてくださるわ。息子の青春時代が不満のうちに空費されるのを防ぐことが、母親のいちばん大事な義務ですもの。遠からず、それがお母さまの幸せになるでしょうし、きっとそうなるはずよ。大丈夫、二、三カ月すればいろいろなことが起きるわよ」
「何カ月たっても、ぼくにはいいことなんて何も起きないと思います」とエドワードは答えた。

エドワードの落ち込んだ暗い気分は、ダッシュウッド夫人には感染しなかったけれど、いよいよ別れの時が来ると、みんなをいっそう悲しい気持ちにさせた。とくにエリナーをものすごく不安な気持ちにさせ、それを静めるには多少の努力と時間を要した。でもエリナーはなんとかその不安な気持ちを静め、エドワードが去ったことを、母や妹たち以上に悲しんでいる様子はぜったいに見せまいと決意した。ウィロビーが去ったときマリアンは、自分の悲しみを増大させ定着させるために、沈黙と孤独と無為を求めたが、エリナーはそういうことは一切しなかった。悲しみを増大させたいか、静めたいか、ふたりの目的はまったく違っていた。当然、手段もまったく違っていて、それぞれの手段はそれぞれの目的にぴったり適っていた。

エドワードが去ると、エリナーはすぐに絵画用の自分の机に向かい、一日じゅう忙しく何かをし、エドワードの名前が出ることを求めもせず、避けもせず、日常生活のいろいろなことにいつもどおりの関心を示した。そうすることによって、悲しみを和らげることはできなかったにしても、不必要に増大させることは防げたし、少なくとも、母親や妹たちにあまり心配をかけずにすんだ。

エドワードが去ったときのエリナーの振る舞いは、ウィロビーが去ったときのマリアンの振る舞いとまさに正反対だが、マリアンは姉の振る舞いを立派だとは思わなかったし、自分の振る舞いが間違っていたとも思わなかった。マリアンは自制心の問題をまことに簡単に片づけた。愛情が激しい場合は、自制心を保つのは不可能だが、穏やかな愛情しか持っていない場合は、誰だって自制心を保つことができるし、そんなことは別に立派なことではないというわけだ。姉は穏やかな愛情しか持てない人間だということを、マリアンは事実として認めたくはないけれど、あえて否定はしなかった。そして、そんな穏やかな愛情しか持てない姉を、それでもやはり愛し尊敬している自分は、つくづく愛情の激しい人間だと思った。

エリナーは自分の殻に閉じこもったり、家族を避けてひとりで散歩したり、一晩じゅう寝ずに物思いに耽ったりはしなかった。それでも毎日エドワードのことや、彼の振る舞いについて、そのときそのときの彼女の精神状態に応じて、さまざまに思いをめぐらす時間はあった。やさしさ、あわれみ、是認、非難、あるいは疑いの気持ちをもって思いをめぐらす時間が。母や妹たちがそばにいても、それぞれがしている仕事の性質上、おしゃべりができなくて、ひとりでいるのと同じ状態になることもたくさんあった。そういうときは、エリナーの頭は当然自由であり、彼女がいま考えることはひとつしかなかった。エドワードと自分に関する興味深い問題に関して、過去と未来が目の前に現われて、いやおうなく彼女の注意を引きつけ、彼女の記憶と思考と想像力を独占せずにはおかなかった。

エドワードが去って間もないある朝のこと、エリナーは絵画用の机の前に座ってこうした物思いに耽っていたが、客の到来によって我に返った。そのとき部屋にはエリナーしかいなかった。家の前の、芝生の庭の入口の木戸が閉まる音がしたので窓の外を見ると、数人の客が玄関のほうへ歩いてくるのが見えた。客はサー・ジョンとミドルトン夫人とジェニングズ夫人だが、もう二人、エリナーの知らない紳士と婦人が交じっていた。サー・ジョンは、窓ぎわに座っているエリナーを見ると、ドアのノックはほかの人たちに任せて、ひとりだけ芝生を横切って窓のほうへやってきた。エリナーは彼と話すために仕方なく窓を開けた。その窓と玄関との距離はごくわずかなので、窓ぎわでの会話は玄関前の人たちに聞こえてしまうのだが。

「やあ、はじめてのお客をお連れしたよ。あの二人をどう思う?」とサー・ジョンが言った。

「しっ! 聞こえますよ」

「聞こえたって構わんさ。親戚のパーマー夫妻だ。シャーロットはなかなかの美人だよ。ほら、ここから見てごらん」

そんな失礼なことをしなくてもすぐに本人に会えるので、エリナーは辞退した。

「マリアンはどこかな? われわれが来たので逃げたのかな? ピアノの蓋が開いているね」

「散歩だと思います」

そこへジェニングズ夫人が加わった。玄関のドアが開くのを待ちきれずに、早く自分の話をしたくて窓のところにやってきたのだ。

「こんにちは、エリナーさん。お母さまはお元気？　妹さんたちはどこ？　まあ！　おひとりなの？　それじゃお客さんは大歓迎ね。私のもうひとりの娘夫婦をお連れしたの。何の知らせもなく突然やってきたのよ。ゆうべお茶を飲んでいるときに、馬車の音を聞いたときは、まさか娘夫婦が来たなんて夢にも思わなかったわ。てっきりブランドン大佐が戻ったのだと思って、サー・ジョンにもそう言ったの。『馬車の音がしたけど、ブランドン大佐が戻ったのかしら』って――」

エリナーはほかの三人を迎えるために、話の途中でジェニングズ夫人のそばを離れざるをえなかった。ミドルトン夫人が二人の客を紹介した。そこへダッシュウッド夫人とマーガレットが二階からおりてきた。みんなで腰をおろして顔を見合わせていると、ジェニングズ夫人がサー・ジョンを相手にさっきの話をつづけながら居間に入ってきた。

パーマー夫人は、姉のミドルトン夫人よりいくつか年下で、姉とはあらゆる点で対照的だった。小柄でぽっちゃりして、かわいらしい顔立ちで、とても陽気な明るい表情をしている。立ち居振る舞いはミドルトン夫人ほど優雅ではないが、かえってずっと感じがいい。にこにこしながら家に入ってきて、そのあともずっと、声を上げて笑うとき以外はいつもにこにこしていて、最後に家を出てゆくときもやはりにこにこしていた。夫のパーマー氏は、二十五、六歳の重々しい顔つきの青年で、妻よりずっと洗練されて頭も良さそうだが、人を楽しませ自分も楽しもうといった感じはあまりない。偉そうな態度で部屋に入ってきて、何も言わずに女性たちに軽く会釈をし、女性たちと部屋をちょっと見まわすと、テーブルから新聞をとりあげ、この訪問の間じゅうずっとそれを読んでいた。

夫とは対照的に、パーマー夫人は生まれつき誰にたいしても丁重で、四六時中楽しそうにしていられる性格なので、腰をおろすかおろさぬうちに、居間とそこにあるすべてのものをほめはじめた。

「まあ！　すてきなお部屋ね！　こんなすてきなお部屋は見たことないわ！　ねえ、お母さま、この前私が来たときよりずっと良くなってるわね！　ね、お母さま、バートン・コテッジはすてきな家だと私はいつも思っていたのよ！　（それからダッシュウッド夫人にむかって）でも、ほんとにすばらしい模様替えをなさったのね！　ね、お姉さま、何もかもすてきだわ！　私もこんな家に住みたいわ！　ね、あなた、そう思わない？」

パーマー氏は返事もせず、新聞から目を上げることもしなかった。

「私の話を聞いていないのね」パーマー夫人は笑いながら言った。「主人はときどき私の話を聞いていないときがあるの。面白いわね！」

これはダッシュウッド夫人には新しい経験だった。人に無視されて面白がるなんて聞いたことがない。夫人は思わず驚きの目でまじまじとこの夫婦を見てしまった。

ジェニングズ夫人は声を張り上げてしゃべりつづけ、昨夜娘夫婦が突然やってきたので驚いたという話を、全部話し終えるまでやめなかった。パーマー夫人は昨夜のみんなの驚きぶりを思い出して大笑いし、ほんとにうれしい驚きだったと、みんなで何度もうなずき合った。

「娘夫婦を見て私たちが喜んだとお思いでしょ？」ジェニングズ夫人がエリナーのほうに身を乗り出して――ふたりは部屋の別々の側に離れて座っているのだが――内緒話でもするみたいに声を低めて言った。「でも私は、ふたりがそんなに急いで長旅をすることには反対なの。用事があってロンドンに寄って来たんですって。（意味ありげにパーマー夫人のほうへうなずいて）そんなことをしたら娘の体に障るわ。今朝も家で休んでいたほうがいいと言ったのに、どうしても一緒に行くと言ってきかないのよ。みなさんにどうしてもお会いしたいと言って」


パーマー夫人は大きな声で笑って、「体になんか障らないわ」と言った。

「この子は二月に出産の予定なの」とジェニングズ夫人がつづけた。

ミドルトン夫人はこんな会話にこれ以上耐えられず、思い切ってパーマー氏にむかって、

「面白い記事はありますか？」と聞いた。

「いや、何も」とパーマー氏は言って読みつづけた。

「おや、マリアンのお帰りだ」サー・ジョンが大きな声で言った。「パーマー、ものすごい美人にお目にかかれるぞ」


サー・ジョンはすぐに廊下に出てゆき、玄関ドアを開けてマリアンを迎え入れた。ジェニングズ夫人はマリアンの姿を見るなり、「ね、アレナムに行ってきたんじゃないの？」と聞いた。パーマー夫人は、質問の意味がわかったみたいにおかしそうに笑った。パーマー氏は

マリアンが入ってくると、新聞から顔を上げてじろじろ見てから、また新聞に目を戻した。パーマー夫人の目は、こんどは部屋の壁に飾られた絵に引きつけられ、すぐに立ち上がってそれらの絵を見てまわった。

「まあ、きれい！　すばらしいわ！　ちょっと見て、お母さま、ほんとにすてきよ！　ほんとにみごとな絵だわ！　いつまで見ていても飽きないわ」

だがパーマー夫人は腰をおろすと、そんな絵が部屋にあったことなどすぐに忘れてしまった。

ミドルトン夫人が立ち上がると、パーマー氏も立ち上がり、新聞を置いて伸びをして、みんなをぐるりと見まわした。

「あなた、眠っていたの？」パーマー夫人がおかしそうに笑った。

パーマー氏は返事をせず、もう一度部屋を見まわしてから、「天井が低くて歪んでるな」と言い、会釈をしてみんなといっしょに部屋を出ていった。

サー・ジョンはいつものように、「明日はぜひみなさんでうちへおいでください」と熱心に誘った。ダッシュウッド夫人は、自宅よりも頻繁にバートン屋敷で食事をするようなことはしたくないので、自分だけは固辞した。娘たちは好きなようにすればいい。でもエリナーとマリアンも、パーマー夫妻の食事の仕方など見たいとは思わないし、この夫婦から楽しいことなどとても期待できそうにないので、「お天気がはっきりしませんし、明日は雨になりそうなので」と言って、同じく辞退した。しかしサー・ジョンは納得せず、「それなら馬車を寄こすから、ぜひおいでください」と言った。ミドルトン夫人も、ダッシュウッド夫人には強いて勧めなかったが、エリナーとマリアンには、「ぜひお出かけください」と何度もお願いした。ジェニングズ夫人とパーマー夫人も口をそろえてお願いした。みんな家族だけのパーティーを避けたいのだ。それで、エリナーとマリアンは仕方なく行くことになった。

「なぜ私たちを誘うのかしら」サー・ジョンの一行が立ち去るとマリアンが言った。「バートン・コテッジの家賃は安いらしいけど、ずいぶん高くつくわね。バートン屋敷からうちにお客さんが来るたびに、あそこで食事をしなければならないなんて」

「最近のたびたびのお招きも、二、三週間前のお招きも、私たちへの礼儀とご親切のおつもりなのよ」とエリナーが言った。「バートン屋敷のパーティーが退屈でつまらなくなったとしても、あの方たちが変わったからではないわ。最初から同じよ。変化を求めるなら、ほかに求めるしかないわね」

第二十章

つぎの日、エリナーとマリアンがバートン屋敷の客間に入ると、パーマー夫人が前日と変わらぬ上機嫌なうれしそうな顔で、別のドアから駆けこんできて、愛情たっぷりにふたりの手を取って、「また会えてとてもうれしいわ」とあいさつした。

「ほんとによく来てくださいました！」とパーマー夫人は、エリナーとマリアンの間に座って言った。「お天気が悪いので、来ていただけないんじゃないかって心配していたの。そうなったらものすごくショックだったわ。明日はロンドンへ帰るんですもの。来週ウェストンご夫妻がうちへおいでになるので、どうしても帰らなくちゃならないの。こちらへ来たのもほんとに突然で、馬車が玄関に来るまで私は何も知らなくて、突然主人が、バートンへ一緒に行くかって聞いたのよ。うちの主人って、ほんとにおかしな人ね！　私には何も話してくれないの。もっと長く居られなくてほんとに残念だわ。でも、すぐにまたロンドンでお会いできるわね」

エリナーとマリアンは、ロンドンへは行かないと、はっきり答えざるをえなかった。

「まあ、ロンドンへは行かないですって？」パーマー夫人は笑いながら大きな声で言った。

「いらしてくれなかったら、ほんとにがっかりだわ。ハノーヴァー・スクエアのうちのお隣りに、すてきな家をお世話しますから、ぜひいらしてね。お母さまが人前に出るのがお嫌いなら、私が喜んで付き添い役をつとめるわ。お産の床につくまではね」

エリナーたちはお礼を言ったが、いくらお願いされても断わるほかなかった。

「あら、あなた」とパーマー夫人は、ちょうど部屋に入ってきた夫に言った。「お願い、ダッシュウッド家のお嬢さまたちを説得して。この冬はぜひロンドンに来てくださいって」

パーマー氏は返事をせず、エリナーたちに軽く会釈して、天候のことをこぼしはじめた。

「ほんとにうんざりだな！　こう天気が悪くちゃ、何もかも誰もかもいやになる。雨の日は、家の中も外も陰気でたまらん。知り合いもみんないやになる。屋敷にビリヤード室をつくらないなんて、サー・ジョンは一体どういうつもりなんだ！　快適な生活の何たるかを知らん人間が多くて困る！　サー・ジョンはこの天気と同じくらい馬鹿だ！」

すぐにサー・ジョン夫妻とジェニングズ夫人も部屋に入ってきた。

「残念でしたね、マリアンさん」とサー・ジョンが言った。「この天気じゃ、今日はアレナムへの散歩ができなかったでしょ？」

マリアンはむっつりして何も言わなかった。

「あら、私たちの前でそんな内緒話はしないで」とパーマー夫人が言った。「私たちはみんな知ってるのよ。マリアンさんの趣味の良さには感心するわ。彼はとても美男子ですもの。うちのサマセット州のお屋敷は、彼のお屋敷とそんなに離れていないの。たぶん十五キロくらいよ」

「五十キロは離れてる」とパーマー氏が言った。

「あら、そう？　でも大した違いじゃないわ。私は行ったことないけど、とてもすてきなお屋敷だそうよ」

「見たこともないほどひどい屋敷だ」とパーマー氏が言った。

マリアンは黙ったままだが、この話に関心があることははっきり顔に出ている。

「ひどい屋敷？」とパーマー夫人がつづけた。「それじゃ、すてきなお屋敷というのは別のお屋敷ね」

みんながダイニングルームで席につくと、サー・ジョンが残念そうに言った。

「全部でたった八人か。ねえ、おまえ、こんな少人数では情けないね。なぜギルバート夫妻に声をかけなかったんだね？」

「それは無理だと、さきほど申し上げたでしょ？　ギルバート夫妻はこの前お招きしたばかりです」とミドルトン夫人が言った。

「サー・ジョン、あなたも私もそんな形式にはこだわらないわよね」とジェニングズ夫人が言った。

「それじゃお育ちが悪いんでしょう」パーマー氏が大きな声で言った。

「あなたったら、誰にでも反対するのね。すごく失礼だってわかっているの？」パーマー夫人がいつものように笑いながら言った。

「おまえの母上を育ちが悪いと言ったら、誰にでも反対したことになるのかね？　それは知らなかったね」とパーマー氏が言った。

「いいえ、お好きなだけ私の悪口を言ってもけっこうよ」と気のいいジェニングズ夫人が言った。「あなたは私の手からシャーロットを奪って、もう返すわけにはいかないんですから、私のほうが断然有利よ」

　夫は私を厄介払いできないんだわ、とパーマー夫人は思って、おかしそうに笑い、「私たちは一生いっしょに暮らさなければならないの。だから、夫が私にどんなにつらく当たっても平気よ」と勝ち誇ったように言った。パーマー夫人ほど底抜けに気がよくて、四六時中幸せそうにしていられる人間はそうめったにいないだろう。夫の故意の無関心も無礼も不満も、彼女には何の苦痛も与えないし、夫に叱られても罵られても、心からそれを面白がった。

「主人はほんとにおかしな人ね！　いつも機嫌が悪いのよ」パーマー夫人はエリナーにささやいた。

　エリナーは、パーマー氏をちょっと観察した結果こう思った。パーマー氏は自分を不機嫌で無作法な人間に見せようとしているけど、ほんとはそれほど不機嫌でも無作法でもないのではないか。もしかしたら、多くの男性と同様、美人を好むというあの説明しがたい性癖のおかげで、馬鹿な女と結婚してしまったために、すこし気むずかしい人間になったのかもしれない。でもこの種の失敗は、どんな男性にもよくあることなので、いつまでもそれを気に病むはずはない。それよりこう考えるほうが自然ではないか。パーマー氏は自分を偉く見せたいために、誰にでも軽蔑的な態度を取って、目の前にあるものを何でもけなすのではないだろうか。みんなより自分のほうが上だということを見せたいのだ。そういう人間はよくいるので、驚くには当たらない。でも残念ながらその方法では、自分を誰よりも無作法な人間に見せることには成功しても、妻以外は誰も彼を偉いとは思わないだろう。

「あ、そうだわ、ミス・ダッシュウッド」すぐあとにパーマー夫人が言った。「あなたと妹さんにぜひお願いがあるの。今度のクリスマスに、サマセット州のクリーヴランド屋敷に遊びに来てくださらない？　ね、ぜひそうして。ウェストンご夫妻がいらっしゃるあいだにいらしてね。来てくださったら私がどんなにうれしいか、想像もつかないでしょうね！　ほんとにすばらしいわ！　ねえ、あなた」と夫にむかって、「ダッシュウッド家のお嬢さんたちにクリーヴランドに来てほしいでしょ？」

「もちろん。私がデヴォン州に来たのはそのためだ」パーマー氏が皮肉な調子で言った。

「ほらね」とパーマー夫人が言った。「主人も楽しみにしているわ。もう断われないでしょ？」

エリナーとマリアンはその招待をはっきりと断わったが、パーマー夫人はこう言った。

「でも、ほんとにぜひいらしてね。いらっしゃればきっと気に入ってくださるわ。ウェストンご夫妻もお見えになるし、ほんとにすばらしいわ。クリーヴランドがどんなにすてきなお屋敷か想像もつかないでしょうね。それに、うちはいますごく賑やかなの。主人は選挙運動のために、あの辺一帯を遊説して回っているの。だから私の知らない人が大勢ディナーにいらっしゃるの。ほんとに楽しいわ！　でも主人はかわいそう！　もうへとへとよ！　だって、誰からも好かれるようにしなくちゃいけないんですもの」

「それはたいへんなお仕事ですね」とエリナーは相づちを打ちながら、笑いをこらえるのに苦労した。

「主人が国会議員になったら楽しいでしょうね！　ね、そうじゃない？　笑っちゃうでしょうね！　主人宛の手紙に全部ＭＰ（国会議員）なんて書かれているのを見たら、おかしいでしょうね！　でも主人は、私の郵便物には無料配達の署名（国会議員の特権）はしないって言うのよ。絶対にしないんですって。ね、あなた、そうでしょ？」

　パーマー氏は知らんふりをした。

「主人はそんな署名をするのが耐えられないのね。ぞっとするんですって」

「いや、私はそんな馬鹿なことを言った覚えはない」とパーマー氏が言った。「おまえのくだらん冗談を私に押しつけないでくれ」

「ほらね、主人はおかしな人でしょ？　いつもこんな調子なの。私と半日も口をきかないときがあるかと思うと、突然おかしなことを言い出すの――それはもう、いろんなことで」

　食事が終わって女性たちが客間に戻ると、パーマー夫人は、「主人をすごく気に入ってくれたでしょ？」と言ってエリナーを驚かせた。

「もちろんです。とても感じのいい方ですね」とエリナーは言った。

「ほんと？　それはうれしいわ。そう言ってくださると思っていたの。主人はほんとに感じ

たちがクリーヴランドに来てくださらないと、主人はすごくがっかりするわ。なぜ来てくださらないのか、私にはさっぱりわからないわ」

エリナーはその招待をあらためてはっきりと断わり、話題を変えて、パーマー夫人の嘆願に終止符を打った。パーマー夫人はウィロビーと同じサマセット州に住んでいるので、ウィロビーがどんな人物か知っているのではないかと、エリナーは思った。ウィロビーとほんの浅いつきあいしかしていないミドルトン夫妻よりも、くわしいことが聞き出せるかもしれない。ウィロビーのいい噂を聞いて、マリアンのために不安の種を取り除きたいとエリナーは思ったのだ。それでまず、「クリーヴランドではウィロビーさんによくお会いになるんですか？」あの方と親しいおつきあいをしているのですか？」と聞いた。

「ええ、もちろん。とてもよく知っているわ」とパーマー夫人は言った。「直接お話をしたことはないけど、ロンドンでしょっちゅうお見かけするわ。でもどういうわけか、彼がアレナムにいるときは、私はバートンにいたことがないの。母は前に一度ここで会ったことがあるけど、私はそのときはウェイマスの叔父のところにいたの。でもサマセット州でたびたび会ってもいいはずなのに、残念なことに、一度も一緒にあそこにいたことがないの。彼はクーム屋敷にはめったに来ないのね。でもたびたび来たとしても、主人は会いに行かないと思うわ。ウィロビーさんは野党の支持者だし、家がだいぶ離れているもの。でも、あなたがなぜウィロビーさんのことを聞くのか、私にはちゃんとわかってるわよ。妹さんが彼と結婚するんでしょ？　私もすごくうれしいわ。そうなったら、妹さんとご近所同士になるんですもの」

「えっ！　そんな結婚を予想する根拠でもおありなんですか？」とエリナーが言った。「それじゃそのことについては、私より奥さまのほうがよくご存じなのね」

「知らないふりをしてもだめ。それはもうみんなが話していることよ。私はロンドンに寄ったときに聞いたの」

「まさか！」

「いいえ、ほんとよ。ロンドンを発つ月曜日の朝に、ボンド・ストリートでブランドン大佐にお会いして聞いたんですもの」

「そんなこと、信じられません。ブランドン大佐が奥さまにそんな話をするなんて！　何かの間違いです。たとえその結婚がほんとうだとしても、ブランドン大佐が、無関係な方にそんな話をするとは思えません」

「でも、ほんとにほんとなの。どういうことか説明するわ。ボンド・ストリートで会ったとき、大佐は引き返して私たちといっしょに歩いたの。それで姉夫婦の話などをしているうちに、私は大佐にこう言ったの。『そうだわ、大佐、バートン・コテッジに新しい一家が引っ越してきたんですってね。母の手紙によると、娘さんたちはとても美人で、ひとりはクーム・マグナのウィロビーさんと結婚するんですってね。ほんとなの？　あなたはこのあいだまでデヴォン州にいらしたからご存じでしょ？』って」

「大佐はなんて言ったんですか？」

「口では言わなかったけど、ほんとうだと顔に書いてあったわ。それで私は間違いないと思ったの。ほんとにすばらしいわ！　結婚式はいつかしら？」

「ブランドン大佐はお元気でしたか？」

「ええ、とっても。あなたのことをほめちぎっていたわ。あなたのことばかりほめていたわ」

「大佐にほめてもらうなんて光栄です。彼はとても立派な人だし、あんなに感じのいい人はめったにいません」

「私もそう思うわ。でも、あんなにいい人なのに、あんなに生真面目で退屈なのは残念ね。母の話だと、彼も妹さんに恋をしたそうね。もしそうなら、妹さんにとってこんな名誉なことはないわ。大佐が恋をするなんてたぶんはじめてよ」

「サマセット州のお宅のあたりでは、ウィロビーさんはよく知られた人なんですか？」

「もちろんよ。でも、クーム・マグナはずいぶん離れているから、彼とおつきあいのある人は、そんなに多くないでしょうね。でも、みんな彼をすごく感じのいい人だと思ってるはずよ。ウィロビーさんはどこへ行っても人気者ですもの。妹さんにそう言っても構わないわよ。彼を射止めるなんてものすごく運がいいわ。でも、妹さんを射止めた彼のほうが、もっと運がいいかもしれないわね。妹さんはあんなに美人で感じがよくて、どんな男性にももったいないくらいですもの。でも私は、妹さんがあなた以上に美人だとは思わないけど。おふたりともとてもきれいだと思うし、主人もそう思ってるはずよ。ゆうべは白状させることができなかったけど」

　ウィロビーに関するパーマー夫人の情報はあまり具体性がなかったが、彼に好意的な証言なら、どんなささいなものでもうれしかった。

「お近づきになれてほんとにうれしいわ」とパーマー夫人はつづけた。「これからもずっと仲良しでいましょうね。私がどんなにあなた方に会いたかったかわからないでしょうね！　あなた方がバートン・コテッジに住んでくださってほんとにうれしいわ！　こんなにうれしいことはないわ！　それに、妹さんがすてきな結婚をするのもうれしいわね！　クーム・マグナにたびたびいらしてね。すてきなお屋敷だってみんな言ってるわ」

「ブランドン大佐とは長いおつきあいなんですか？」

「ええ、とっても。姉がサー・ジョンと結婚してからずっとですもの。大佐はサー・ジョンの親友なの。あのね」とパーマー夫人は小声でつづけた。「大佐は私と結婚したかったんだと思うわ。サー・ジョンと姉はそれをとても望んでいたの。でも母はもっといい結婚を望んだのね。そうでなければ、サー・ジョンが大佐にその話をして、私たちはすぐに結婚していたと思うわ」

「サー・ジョンがお母さまにその話をする前に、ブランドン大佐はそれをご存じだったんですか？　大佐はあなたに愛を告白したんですか？」

「いいえ、それはなかったわ。でも母が反対しなかったら、大佐はたぶん私と結婚していたでしょうね。私が学校を出る前だから、大佐は私に二度くらいしか会っていないけど。でも私は、いまのほうがずっと幸せよ。主人は私の大好きなタイプですもの」

第二十一章

　その翌日、パーマー夫妻はサマセット州のクリーヴランド屋敷に帰ってゆき、バートン村では、またミドルトン家とダッシュウッド家だけのつきあいとなった。だがその状態も長くはつづかなかった。エリナーはパーマー夫妻のことがなかなか頭から離れず、「パーマー夫人はなぜわけもなくあんなに楽しそうなのかしら？　パーマー氏は立派な能力があるのに、なぜあんな愚かな振る舞いをするのかしら？　世の中にはなぜあんな不似合いな夫婦が多いのかしら？」などと思っていたが、サー・ジョンとジェニングズ夫人の熱心な社交的努力のおかげで、すぐにまた新しい知り合いを得て観察することになった。

　ある朝、サー・ジョンとジェニングズ夫人はエクセターまで遊びに行ったときに、ふたりの若い女性に出会ったが、夫人が大喜びしたことに、そのふたりは夫人の遠い親戚だとわかった。そこでサー・ジョンがここぞとばかり、「エクセターでの用事が済んだらバートン・パークにおいでください」とふたりを招待したのである。ふたりはそんなありがたい招待を受けて、自分たちの用事は早々に済ませることにした。ミドルトン夫人は、ふたりの若い女性がもうすぐ訪ねてくると、帰宅したサー・ジョンから告げられて、少なからず不安な気持ちになった。そのふたりには一度も会ったことがないし、洗練された女性なのかどうか、まあまあの生まれ育ちなのかどうかさえわからないのだ。そういうことについては、夫と母親の言葉はまったく当てにならないし、そのふたりが自分の親戚だということも気に入らない。だからジェニングズ夫人の慰めの言葉は逆効果だった。自分たちは親類同士で、お互いに我慢し合わなくてはならないのだから、そのふたりがあまり洗練された女性でなくても気にしないようにと、ジェニングズ夫人はミドルトン夫人に忠告したのだ。でももう訪問を止めることは不可能なので、ミドルトン夫人は娘のミドルトン夫人は育ちのいい女性らしく、冷静にその事実を受け入れ、その件に関して毎日五、六回、夫にやんわりといや味を言うだけで満足するほかなかった。

そのふたりの若い女性、すなわちスティール姉妹が到着したが、見たところぜんぜん無作法でもなく、野暮ったくもなかった。服装はとても洒落ていて、態度も非常に礼儀正しくて、ふたりともバートン屋敷に感激し、立派な家具を見てうっとりし、おまけにたいへんな子供好きなので、屋敷に到着して一時間もしないうちに、ミドルトン夫人にすっかり気に入られてしまった。「とても感じのいいお嬢さんたちね」とミドルトン夫人は言ったが、これは夫人としては最高級の賛辞だった。サー・ジョンはこの賛辞を聞いて、自分の判断に自信を強めると、さっそくバートン・コテッジに出かけ、ダッシュウッド姉妹にスティール姉妹の到着を告げ、世界一すばらしいお嬢さんたちだと太鼓判を捺した。でもこういう太鼓判はあまり当てにはならない。種々さまざまな姿と顔と性格と頭を持った、世界一すばらしいお嬢さんがイギリスの至るところにいることを、エリナーはよく知っているのだ。ともあれサー・ジョンは、ダッシュウッド一家にいますぐにバートン屋敷に来てもらって、すばらしいお客さんを見せてあげたいと思ったのだ。まことに善意と博愛精神にあふれた人物である！　たとえ遠い親戚でも、独り占めにするのは心苦しいのである。

「さあ、いますぐ行こう」とサー・ジョンは言った。「お願いだ。来なくちゃだめだ。ぜったいに来てもらうよ。彼女たちを気に入るに決まってる。ルーシーはものすごくきれいで、とても明るくて感じがいいんだ。子供たちは昔からの知り合いみたいに、彼女にまとわりついて離れないんだ。それに、ふたりともあなたたちにすごく会いたがってる。あなたたちがとびきりの美人だって、エクセターで噂を聞いたんだ。まさにそのとおり、いや、噂以上の美人だって、私も言ってやった。あなたたちもきっとスティール姉妹を気に入るよ。うちの子供たちにオモチャを馬車いっぱい持ってきてくれてね。え？　いまは行かれない？　なぜそんなわからんことを言うんだね？　スティール姉妹はあなたたちの親戚みたいなものじゃないか。ダッシュウッド姉妹は私の親戚で、スティール姉妹は家内の親戚だ。だからダッシュウッド姉妹とスティール姉妹は親戚に間違いない」

だがサー・ジョンの説得は成功せず、一両日中に伺いますという約束を取りつけるのが精いっぱいだった。サー・ジョンは、ダッシュウッド姉妹の無関心さに驚きながらバートン・コテッジをあとにし、屋敷に戻ると、こんどはスティール姉妹にむかってダッシュウッド姉妹の魅力を吹聴した。ついさっきダッシュウッド姉妹にむかってスティール姉妹の魅力を吹聴したように。

エリナーとマリアンは、約束どおりバートン屋敷を訪れて、スティール姉妹に紹介された。姉のアンはもう三十歳近くて、不器量で、頭も悪そうで、いいところは何もなかった。だが妹のルーシーはまだ二十二、三歳で、かなりな美点が認められた。美しい顔立ちで、機敏そうな目をして、とても利口そうな感じで、ほんとうの優雅さや気品はないけれど、その容姿はたいへん人目を引いた。ふたりの態度はとても丁重で礼儀正しかった。エリナーは、ふたりが絶えず気をつかってミドルトン夫人に気に入られようとしているのを見て、ある種の分別を持った人たちだと認めた。いつも子供たちに夢中で、かわいらしいとほめそやし、絶えず気を引こうと努め、あらゆる気まぐれに調子を合わせてご機嫌をとった。こうして子供たちの言うことを何でも聞いてお相手をしてやって、さらに時間に余裕があれば、奥さまのしていること——何かしていればの話だが——に何でも感心した。あるいは、奥さまがきのうお召しになっていたドレスはほんとうにすてきでしたとほめちぎって、型紙を取らせてもらったりした。

こういうお世辞でご機嫌とりをする連中にとって幸いなことに、子供を溺愛する母親というのは、わが子をほめてもらいたがることにかけては誰よりも貪欲だが、同時に、誰よりも信じやすい人間である。要求は法外だが、お世辞なら何でも鵜呑みにするのである。

それゆえミドルトン夫人は、わが子にたいするスティール姉妹の度の過ぎた愛情と忍耐強さを見ても、なんの驚きも疑いも感じなかった。子供たちがスティール姉妹にどんなに乱暴ないたずらをしても、母親の自己満足にひたって眺めていた。子供たちがスティール姉妹の腰帯をほどいたり、耳元の髪の毛を引っぱったり、刺繍袋を引っかきまわしたり、ナイフやハサミを盗んだりしても、お互いにふざけあって楽しんでいるのだとしか思わなかった。ミドルトン夫人にとっては、エリナーとマリアンが仲間に入らずに落ち着いて座っていることのほうが、はるかに驚きだった。

「ジョンは今日は元気がいいのね！」長男のジョンがアン・スティールのハンカチを奪って窓の外に投げるのを見ると、ミドルトン夫人は言った。「ほんとにいたずらっ子ね！」

それからすぐあとに、もうひとりの男の子が同じアンの指を乱暴につねると、かわいくてたまらないというように、「ウィリアムはほんとに冗談が好きね！」と言った。

「ほら、私のかわいらしいアナマリアを見て」それまで二分ほどおとなしくしていた三歳の女の子をやさしく抱きあげて、ミドルトン夫人は言った。「この子はいつもこんなにおとなしくて静かなの。こんなおとなしい子は見たことないわ！」

ところが不幸なことに、こうして抱いているうちに、ミドルトン夫人の髪飾りのピンがその子の首を引っかいてしまい、おとなしさの模範であるはずのその子の口から、すさまじい悲鳴が上がった。騒々しさで有名ないかなる生き物もかなわぬほどの、それはそれはすさまじい悲鳴だった。ミドルトン夫人の狼狽ぶりはもちろんたいへんなものだった。しかしスティール姉妹の驚愕ぶりには遠く及ばなかった。三人はこの非常事態に直面し、とにかく幼き受難者の苦悶を和らげなければいけないと、愛情深い心が思いつく限りのあらゆる手段を試みた。ミドルトン夫人は女の子を膝に抱いて接吻攻めにし、介抱のためにひざまずいたスティール姉妹のひとりが、首の引っかき傷をラヴェンダー香水で洗い、もうひとりが砂糖菓子を口にいっぱい詰めこんだ。泣いたおかげでこんなに手厚い扱いを受けたのだから、女の子はすぐに泣きやむほど馬鹿ではなかった。ますます威勢よく泣きわめき泣きじゃくり、なでて慰めようとしたふたりの兄を蹴飛ばすありさまで、みんなでなんとかなだめようとしてもまったく効果がなかった。でもミドルトン夫人がいいことを思い出した。先週同じような騒ぎがあったとき、こめかみのかすり傷にあんずのマーマレードを塗ってあげたら泣きやんだのだ。そこでこの不幸な引っかき傷にも、同じ療法を試みましょうと熱心に提案した。すると女の子がほんの一瞬泣きやんだので、これはうまく行きそうだという希望が生まれ、女の子はこの手当てを受けるために、ミドルトン夫人の腕に抱かれて部屋から連れ出された。ふたりの男の子も、ここにいなさいと母親に強く言われたが一緒についていった。ダッシュウッド姉妹とスティール姉妹は、この数時間この部屋に無縁だった静けさの中に取り残された。

「かわいそうね！」ミドルトン母子がいなくなると、姉のアン・スティールが言った。「たいへんな事故になるところだったわ」

「そうかしら？」マリアンが大きな声で言った。「あんなことでこんな大騒ぎをするのはおかしいんじゃない？　でもこれは、ほんとうは騒ぐ理由なんかないのに大騒ぎをするという、よくある例ね」

「ミドルトン夫人はほんとにやさしい方ね！」と妹のルーシー・スティールが言った。

マリアンは黙ってしまった。どんなささいなことでも、思ってもいないことは言いたくないからだ。だから、礼儀上必要なうそを言う役目はいつもエリナーが引き受けた。エリナーはいまもその役目を引き受け、実際に感じている以上の熱意をもって、精いっぱいミドルトン夫人をほめあげたが、アン・スティールの熱意には遠く及ばなかった。

「それにサー・ジョンもほんとにすてきな方ね！」とアンが大きな声で言った。

ここでもエリナーの賛辞はとても簡潔で、派手さはまったくなかった。「サー・ジョンはとても陽気で親切な方ですね」とエリナーは言っただけだった。

「それに、ほんとにすばらしいお子さまたちね！」とアンはつづけた。「あんなかわいらしいお子さまたちは見たことないわ！　私はあのお子さまたちに夢中よ。ほんとに目に入れても痛くないいくらい」

「そうでしょうね。今朝の様子を拝見したのでよくわかります」とエリナーはにこやかに言った。

「あなたはこう思っているんでしょうね」と妹のルーシーが言った。「ミドルトン家の子供たちは甘やかされ過ぎているって。そうね、もしかしたら度が過ぎているかもしれないわね。でも、母親のミドルトン夫人としては当然じゃないかしら。元気で活発な子供たちを見るのは私も大好きよ。すなおでおとなしい子供なんてごめんだわ」

「でも正直言って」とエリナーが言った。「私はバートン屋敷にいるときに、すなおでおとなしい子供をいやだと思ったことはありませんわ」

ちょっと沈黙が流れたが、おしゃべりが大好きらしい姉のアンが唐突にこう言った。「ところでミス・ダッシュウッド、デヴォン州はどう？　サセックス州を去るのはいやだったんじゃない？」

エリナーはこのなれなれしい質問、というより、なれなれしい口調に驚いて、「そうですね」と答えた。

「ノーランドはものすごくきれいなお屋敷なんでしょ？」とアンがつづけた。

「サー・ジョンがとてもほめているのを聞いたものですから」とルーシーが、姉の無遠慮を弁解するように言った。

「ノーランドを見たことのある人なら、誰でもほめずにはいられないと思います」とエリナーは答えた。「でも、私たちほどそのすばらしさがわかる人はいないでしょうけど」

「それに」とアンが言った。「サセックス州にはすてきな伊達男がたくさんいるんでしょうね。デヴォン州にはあまりいないんじゃない？　すてきな伊達男がいるといないじゃ大違いよね」

「でも、なぜデヴォン州にはサセックス州ほどすてきな紳士がいないと思うの？」姉を恥ずかしく思っているような顔つきで、ルーシーが言った。

「いいえ、いないなんて言うつもりはないわ」とアンが言った。「エクセターにもすてきな伊達男はたくさんいるわよ。でもノーランドのあたりには、どんなにすてきな伊達男がいるかわからないでしょ？　私はただ、あちらほどたくさんいなかったら、おふたりがバートン村で退屈しているんじゃないかと思っただけよ。でも、あなたたちのような若いお嬢さんは、伊達男なんか興味がなくて、いないほうがいいと思ってるかもしれないわね。でも私は、洒落た身なりで颯爽と振る舞う男性を見たら、ものすごくうれしいわ。むさくるしいみっともない男性を見るのは大嫌いよ。ほら、エクセターにローズさんっているでしょ？　シンプソンさんのところで事務員をしている若い人。ものすごくお洒落で、たいへんな伊達男よ。でも朝なんかに会うと、とても見られたもんじゃないわ。ねえ、ミス・ダッシュウッド、あなたのお兄さまは、結婚前はさぞかし伊達男だったんでしょうね。とてもお金持ちだし」

「はっきり言って、わかりません」とエリナーが答えた。「伊達男という言葉の意味がはっきりわかりませんので。でも、これだけは言えます。もし兄が結婚前に伊達男でしたら、いまでも伊達男です。兄は結婚前とまったく変わっていませんから」

「あら、いやね！　結婚している伊達男なんて考えられないわ。結婚した男性はもっとほかにすることがありますもの」

「お姉さんったら！　伊達男の話しかできないの？　この人は伊達男のことしか頭にないんだって、ミス・ダッシュウッドに思われてしまうわ」とルーシーが言い、話題を変えるために、バートン屋敷の家と家具をほめはじめた。

スティール姉妹のような人はもうたくさんだった。姉のアンは下品で、なれなれしくて、愚かでお話にならないし、妹のルーシーにも、エリナーは目を惑わされることはなかった。たしかに美人だし、賢そうな目をしているが、ほんとうの上品さと純真さがまったくないのだ。エリナーは、これ以上この姉妹とはつきあいたくないと思いながらバートン屋敷をあとにした。

ところがスティール姉妹のほうはそうではなかった。ふたりは、サー・ジョン・ミドルトン一家とその親戚一同にふりまく称賛の言葉をたっぷり用意して、エクセターから乗りこんできたのだが、いまやその少なからぬ称賛の言葉が、サー・ジョンの親類の娘たちに向けられることになった。ダッシュウッド姉妹は見たこともないほど美しくて、上品で、教養があって、感じのいい女性だと、ふたりは断言し、もっと親しいおつきあいをしたいと切望した。というわけで、スティール姉妹ともっと親しいおつきあいをするのは避けられぬ運命だと、エリナーはまもなく悟った。サー・ジョンは完全にスティール姉妹の味方なので、相手のほうが断然有利であり、毎日同じ部屋で一、二時間一緒に過ごすという程度のおつきあいは、断わるわけにはいかなかった。サー・ジョンにはそれ以上のことはできないが、それ以上のことが必要だとも思わなかった。彼の考えでは、一緒にいるということは親しいということであり、彼女たちを会わせるという自分のもくろみがうまくいっているあいだは、彼女たちが親しい友達同士だということをすこしも疑わなかった。

サー・ジョンのためにひとこと言っておくと、彼は彼女たちの遠慮のないおつきあいを手助けするために、できるだけのことはした。たとえばダッシュウッド姉妹の非常にデリケートな問題についても、自分の知っていることや推測したことを、全部スティール姉妹に教えてあげた。それでエリナーは、スティール姉妹に二度目に会ったときに、早くも姉のアンからこう言われた。

「妹さんは運がいいわね！　バートンに来てから、とてもすてきな伊達男をモノにしたんですってね！　あんなに若くて結婚したらすばらしいわ。お相手はたいへんな伊達男で、ものすごい美男子なんですってね。あなたも早くそういう幸運に恵まれるといいわね。でも、もうどこかにいい人がいるんじゃない？」

　サー・ジョンはマリアンとウィロビーのことを、スティール姉妹にすっかり話してしまったらしいが、エリナーは、サー・ジョンが自分とエドワードのことで、マリアンの件より慎重になるとは思えなかった。それどころか、エリナーとエドワードの件のほうが新しいし、まだ推測の段階なので、サー・ジョンはむしろこちらのほうを好んで冗談の種にしていた。エドワードのあの訪問以来、サー・ジョンはみんなで食事をするたびに、意味ありげにうなずいたりウィンクしたりして、必ずエリナーの愛のために乾杯して、みんなの興味をかきたてた。頭文字のFも必ず持ち出されて何度も冗談の種にされたので、エリナーには、Fの字がアルファベットのなかでいちばん面白い文字になってしまった。

　案の定、スティール姉妹はこうした冗談をすでに全部聞かされていた。姉のアンは、そのほのめかされた紳士の名前をぜひ知りたいと好奇心をかきたてられ、無遠慮にも、ぜひ教えてほしいと何度も言った。それはダッシュウッド一家のすべてのことにたいする彼女の無遠慮な好奇心とまったく同種のものだった。しかしサー・ジョンは、自分のかきたてた好奇心を長いこともてあそぶようなことはしなかった。アンはその名前を聞きたくてたまらないのだが、サー・ジョンはその名前を言いたくてたまらないのだから。

「その人の名前はフェラーズだよ」とサー・ジョンは、みんなに聞こえるような声でささやいた。「でも誰にも言わないでくれ。大事な秘密なんだ」

「フェラーズ?」アンが驚いたようにくり返した。「その幸せ者はフェラーズさんなの? まあ! ね、ミス・ダッシュウッド、あなたの兄嫁の弟さんでしょ? とても感じのいい青年ね。私もよく存じあげているわ」

「お姉さんったら、よくそんなことが言えるわね!」いつも姉の言葉に訂正を加えるルーシーが大きな声で言った。「叔父さまの家で、その人に一、二度お会いしたことはあるけど、よく存じあげているというのは言い過ぎじゃない?」

エリナーはこの会話を、たいへんな興味と驚きをもって聞いた。その叔父さまとは誰かしら? どこに住んでいるのかしら? エドワードとはどういう知り合いなのかしら? エリナーは、自分はその会話に加わらなかったが、その話題をぜひもっとつづけてほしいと思った。でもその叔父さんの話はそれ以上出なかった。「ジェニングズ夫人はそのことについて、なぜもっとこまかいことを聞いたり言ったりしないのかしら」とエリナーは、ジェニングズ夫人の好奇心の不足をはじめて残念に思った。エドワードのことを話したときのアン・スティールの口調が、エリナーの好奇心をいっそうかきたてた。なんだか意地悪そうな感じで、彼に不利なことを知っているか、知っているつもりらしいという感じがしたからだ。でも残念ながら、エリナーの好奇心が満たされることはなかった。そのあとサー・ジョンがフェラーズという名前をほのめかしても、露骨に口に出しても、アンはそれ以上関心を示そうとしなかったからだ。

第二十二章

もともとマリアンは、無礼、下品、無能、そして自分との趣味の違いにさえ我慢できないのだが、とくにいまの精神状態では、スティール姉妹を気に入るはずはなく、彼女たちからいくら話しかけられても仲良くする気はまったくなかった。エリナーは、自分がスティール姉妹から好かれるのは、マリアンがいつも彼女たちに冷たい態度で接して、彼女たちの親しくなろうとする努力をいっさい受けつけないからだと思った。エリナーへの好意は、スティール姉妹の言動にすぐに表われ、とくにルーシーは、あらゆる機会を逃さずエリナーに話しかけ、自分の気持ちを気軽に正直に話してなんとか親しくなろうとした。

ルーシーは生まれつき頭は良いほうだった。彼女の言うことはしばしば正しくて面白いし、三十分くらいの話し相手としては楽しいとエリナーは思った。でも残念ながら、その生まれつきの能力は教育によって磨かれたことはなく、ルーシーは無知で無教養だった。いくら自分をよく見せようとしても、ルーシーの知的訓練の不足と、常識的な事柄に関する知識不足は、エリナーの目には隠しようがなかった。教育によって立派なものになったかもしれない才能が粗末に扱われているのを見て、エリナーは気の毒に思った。しかし、バートン屋敷でのルーシーの心づかいと熱心さとお世辞から垣間見られる、繊細さと正直さと誠実さの完全な欠如にたいしては、エリナーはきびしい目を向けた。要するにルーシーは、無知なうえに不誠実であり、無教養なためにエリナーとは対等の会話ができないし、いくらエリナーに心づかいと敬意を示しても、ほかの人への振る舞いによってその努力を台無しにしてしまうのだ。エリナーは、そういう人物とはあまり長く一緒にいたくないと思った。

ある日、バートン屋敷からバートン・コテッジまでふたりで一緒に歩いているときに、ルーシーがエリナーにこう言った。

「おかしな質問と思われるかもしれないけど、あなたは兄嫁のお母さまの、フェラーズ夫人をよくご存じなんですか？」

ほんとにおかしな質問だとエリナーは思ったし、その気持ちを顔にも出して、フェラーズ夫人には一度も会ったことがないと答えた。

「えっ、ほんとに？」とルーシーが答えた。「それは意外ね。ノーランドで何度かお会いしたんじゃないかと思ったの。それじゃ、どんな人か教えてもらえないわね？」

エリナーは、エドワードの母親に関する自分の意見は言いたくないし、そんな失礼な好奇心を満足させてあげる気もないので、「ええ、フェラーズ夫人のことは何も知りません」と答えた。

「こんなふうにフェラーズ夫人のことを聞くなんて、ずいぶん変だとお思いでしょうね」とルーシーは、エリナーをじっと見つめながら言った。「でも、これにはわけがあるの。思いきって言ってしまいたいけど。でも、私が失礼なことを言うつもりではないってことだけはわかっていただきたいわ」

エリナーは丁重な返事をし、ふたりはしばらく無言で歩きつづけた。やがてルーシーが口をひらき、さっきの話を蒸し返してためらいがちに言った。

「私が失礼な質問をしていると、あなたに思われるのは耐えられないわ。私はあなたからよく思ってもらいたいの。そのあなたからそんなふうに思われるくらいなら、どんなことでもするわ。それに私は、あなたに打ち明けることはすこしも恐れていないの。それどころか、私のような苦しい立場に立たされたらどうしたらいいか、あなたに忠告してもらえたらすごくうれしいわ。でもやっぱり、わざわざあなたを煩わせる必要はないし。とにかく、あなたがフェラーズ夫人をご存じないのは残念だわ」

「知らなくてすみません」エリナーは非常に驚いて言った。「でも、フェラーズ夫人についての私の意見を知ったら、何かあなたのお役に立つのですか？　でもほんとうに、あなたがフェラーズ家とご縁があるとは知りませんでした。ですから、あなたがフェラーズ夫人についてそんなに真剣に質問するのを聞いて、ちょっと驚いたんです」

「そうでしょうね。あなたが驚くのは当然よ。でも、私がすべてをお話ししたら、それほど驚かないでしょうね。フェラーズ夫人は、たしかにいまは私とは何の関係もありません。でも、私たちが非常に親しい関係になる時が来るかもしれないの。どれくらい早く来るかは、フェラーズ夫人次第だけど」

ルーシーはそう言って、かわいらしくはにかむように下を向き、いまの言葉の効果を確かめるように、横目でちらっとエリナーを見た。

「まあ！」エリナーは思わず大きな声を上げた。「それ、どういう意味？　あなたはロバート・フェラーズさんとお知り合いなの？　ね、そうなの？」

エリナーはこんな義妹を持つことになるのかと思うと、あまりうれしい気はしなかった。

「いいえ、ロバート・フェラーズさんとではありません」とルーシーが言った。「その方には一度も会ったことがありません。(エリナーをじっと見つめて) そうではなくて、その方のお兄さまとです」

その瞬間、エリナーは一体何を感じただろう？「そんなことはうそだ」とすぐに思ったのだが、そう思わなかったら、その驚きはあまりにも強烈すぎるし、あまりにも痛ましすぎただろう。エリナーは、相手がそんなことを言う理由も目的もさっぱりわからず、声も出ないほど驚いてルーシーのほうへ向き直った。エリナーの顔色は変わったが、「そんなことはうそだ」という気持ちはまったく変わらず、おかげで、ヒステリーの発作を起こしたり卒倒したりする危険は感じなかった。

「驚くのも無理ないわ」とルーシーはつづけた。「そんなこと思ってもいなかったでしょうから。彼はあなたにもご家族にも、ちらっとでもほのめかしたことはないでしょうから。これは絶対に秘密にする約束だし、私も今の今まで、誰にも話したことはありません。姉のアン以外は、私の身内も誰もこのことを知らないし、あなたの口の堅さを信頼していなければ、あなたにも絶対に話さなかったでしょう。フェラーズ夫人のことをいろいろ聞いて、変だと思われたにちがいないから、わけを説明しなければいけないと思って、仕方なく話したんです。私があなたに打ち明けたと知っても、フェラーズさんは怒らないと思います。フェラーズさんはあなたのご一家をとても尊敬しているし、あなたと妹さんたちを、実の妹のように思っていますから」

ルーシーはここでひと息ついた。

エリナーはしばらく無言だった。聞かされたことへの驚きが大きすぎて、最初は言葉が出なかったのだ。でもやっと気力をふりしぼって、驚きと不安をなんとか隠して、慎重に口をひらいてこう言った。

「失礼ですけど、婚約なさってどれくらいになるのかしら?」

「婚約して四年になります」

「四年!」

「はい」

エリナーはさらに大きな衝撃を受けたが、相手の言葉がまだ信じられなかった。

「ついこの間まで、あなたたちがお知り合いだということさえ知らなかったわ」

「でも私たちのおつきあいは、もうずいぶん長いんです。彼はかなり長い間、私の叔父の世話になっていたんです」

「あなたの叔父さま?」

「ええ、プラットさんです。彼がプラットさんの話をするのを聞いたことがありますか？」

「あると思うわ」とエリナーは、感情の高まりとともに増してきた気力をふりしぼって答えた。

「私の叔父が彼の家庭教師をしていて、彼は、プリマスの近くのロングステイプルに住む私の叔父の家に四年間いたんです。姉と私はよく叔父の家に泊まりに行っていたので、私たちはそこで知り合ったの。婚約したのもそこよ。でもそれは、彼が四年間の勉強を終えて、叔父の家を去ってから一年後のことです。彼はそのあともしょっちゅう叔父の家に遊びにきたの。わかっていただけると思うけど、彼のお母さまに知らせもせずに、お許しも得ずに婚約するのは、私は気が進みませんでした。でも私はまだ若かったし、彼をとても愛していたので、もっと慎重になるべきなのにそれができなかったの。でもミス・ダッシュウッド、あなたは彼を私ほどよくご存じないでしょうけど、あなたも彼にたびたびお会いしているからわかるはずよ、彼には女性を夢中にさせる魅力があるってことは」

「ええ、もちろん」とエリナーは、自分が何を言っているかわからずに答えた。でも一瞬考えたあと、エドワードの道義心と愛と、ルーシーのうそをあらためて確信してこう言った。「エドワード・フェラーズさんと婚約してる？　正直言って、あなたのおっしゃることにはほんとうに驚きました。でも失礼ですけど、あなたは人か名前を間違えているのだと思います。同じフェラーズさんであるはずがないわ」

「ほかの人であるはずがないわ」とルーシーが笑いながら大きな声で言った。「私の言ってるエドワード・フェラーズさんは、パーク・ストリートのフェラーズ夫人のご長男で、あなたの義理のお姉さまであるジョン・ダッシュウッド夫人の弟さんよ。私の幸せのすべてがかかっている男性の名前を、私が間違えるはずがないわ」

「おかしいわね」エリナーは困惑しきった表情で言った。「彼があなたの名前を口にするのを一度も聞いたことがないんですもの」

「いいえ、私たちの置かれた立場を考えれば、すこしもおかしくないわ。私たちにとっていちばん大事なことは、婚約を秘密にすることですもの。あなたは私のことも私の家族のこともご存じなかったんですから、彼があなたに私の名前を言う必要はまったくなかったはずよ。それに彼は、お姉さまに感づかれるのをいちばん恐れていたから、それだけでも、彼が私の名前を口にしなかった十分な理由になるわ」

ルーシーは黙った。エリナーの確信は揺らいだが、自制心は揺るがなかった。

「婚約して四年になるのね」とエリナーはしっかりした口調で言った。

「ええ。そしてあと何年待たなければならないのかわかりません。かわいそうなエドワード！　彼はそれですっかり元気をなくしているの」ルーシーはポケットから、ペンダントに入った細密肖像画《ミニアチュア》を取り出して言った。「間違いがないように、この顔をよくごらんになって。あまりよく描けていないけど、誰の顔かは間違えようがないと思うわ。私はこれを、三年以上肌身離さず持っているんです」

ルーシーはそう言いながら、その細密肖像画をエリナーに手渡した。エリナーはそれを見たとき、ぜったいに早合点すまいと思ったり、うそを見破りたいと思ったりしたために、いろいろな疑いが頭に浮かんだけれど、それがエドワードの顔であることは疑いようがなかった。エリナーは、それがエドワードの肖像画であることを認めてすぐに返した。

「私の肖像画を、お返しに彼にあげたいんですけど、まだそれができなくてすごく残念なの。彼はとても欲しがっているんですもの。でも、機会があり次第そうするつもりよ」

「まったくあなたの言うとおりね」とエリナーが穏やかに言った。

ふたりはそれからしばらく無言で歩きつづけたが、やがてルーシーが口をひらいた。

「あなたは絶対にこの秘密を守ってくださると思います。彼のお母さまの耳に入らないようにすることがどんなに重要か、あなたにもおわかりのはずですから。フェラーズ夫人はたぶんこの婚約を認めてくださらないでしょう。私には何の財産もありませんし、フェラーズ夫人はとても気位の高い方だと思いますから」

「この打ち明け話は、私が頼んだわけではありませんけど、私を信用してもらって結構です」とエリナーが言った。「あなたの秘密は絶対に守ります。でも失礼ですけど、ちょっと驚きましたわ。必要もないのに、なぜ私にあんな打ち明け話をなさったのかしら？　まさか、私に話せば秘密の安全性が増すと思ったわけではないでしょ？」

エリナーはそう言いながら、ルーシーの顔をじっと見つめた。その表情に、いまの話がみんなうそだという証拠を何か発見できるかもしれない。しかし、ルーシーの表情には何の変化もなかった。

「あなたにあんな話をしたら、ずいぶんなれなれしいと思われるのではないかと心配したんです」とルーシーは言った。「あなたと知り合って、少なくとも直接知り合って、まだ日が浅いんですもの。でもあなたとご家族のことは、ずっと前から話に聞いて知っていたので、お会いしたとたん、昔からの知り合いみたいな気がしたんです。それに、エドワードのお母さまのことをあんなに根掘り葉掘り聞いてしまったので、あなたに訳をはっきり説明しなければいけないと思ったんです。私には相談する相手がいないの。姉のアンだけはこの婚約のことを知っているけど、姉はこういうことの判断力がまったくなくて、私の助けになるどころか害になるばかりで、いつ秘密をもらされるかと心配のしどおしなの。あなたもお気づきでしょうけど、姉はとてもおしゃべりで、こういうことを黙っていられないたちなの。このあいだサー・ジョンがエドワードの名前を言ったとき、姉が何もかもしゃべってしまうのではないかと、ほんとにはらはらしたわ。そのことで私がどれほどつらい思いをしているか、あなたにはわからないでしょうね。この四年間、エドワードのことであんなに苦しい思いをして、自分がまだ生きているのが不思議なくらいよ。何もかも宙ぶらりんではっきりしなくて、彼にはめったに会えないし——年に二度以上は会えないの。ほんとに、胸が張り裂けないのが不思議なくらいよ」

ここでルーシーはハンカチを取り出したが、エリナーはあまり同情を感じなかった。

ルーシーは涙を拭いてからつづけた。「ときどき、もう別れてしまったほうがいいと思うときもあるの」そう言いながらルーシーはエリナーの顔を見つめた。「でも、その決心がぐらつくときもあるの。彼を悲しませると思うと耐えられないの。そんなことを言ったら、彼が悲しむに決まっているもの。それに私だって、こんなに彼を愛しているのに、別れるなんて絶対に無理よ。ミス・ダッシュウッド、こういう場合どうしたらいいか教えてください。あなたならどうしますか?」

「悪いけど、お答えできません」その質問にびっくりしてエリナーは言った。「そういうことは自分で決めなくてはいけないわ」

しばらくふたりとも黙りこんだあと、ルーシーがつづけた。

「もちろんフェラーズ夫人は、いつかは彼に何かしてくれるでしょうけど、かわいそうにエドワードは、そのことですっかり悲観的になっているの。彼がバートンへ行ったとき、ひどく元気がないと思いませんでしたか? バートンへ行くためにロングステイプルで私たちと別れたとき、彼はすっかり落ち込んでいたわ。あなたたちに病気だと思われないかと、私が心配したくらいよ」

「それじゃ、彼はうちへ来たとき、あなたの叔父さまの家から来たの?」

「ええ、そうよ。私たちのところに二週間滞在していたの。ロンドンから直接来たと思っていたの?」

「いいえ」エリナーは、ルーシーの証言が正しいことを示す新たな事実にショックを受けた。「プリマスの近くに住むお友達の家に二週間滞在していたと、彼が言っていたのを覚えているわ」エリナーはそのときの驚きも思い出した。彼はそのとき、その友達のことをそれ以上何も言わず、名前さえ言わなかったのだ。

「彼はすごく元気がないと思いませんでしたか？」とルーシーはくり返した。

「思ったわ。着いたばかりのときはとくに」

「あなたたちに変に思われるといけないから元気を出してねって、私は彼に言ったの。でも、私たちのところに二週間しか滞在できなくて、私が悲しんでいるのを見て、彼もすっかり落ち込んでしまったのね。かわいそうに！　いまも同じ状態じゃないかしら。私がエクセターを出るときに、彼からすごく元気のない手紙が来たの」ルーシーはポケットから手紙を取り出し、無造作にその宛名をエリナーに見せた。「彼の筆跡はご存じでしょ？　とてもきれいな字よ。でも、これはいつもほどきれいじゃないわね。便箋びっしりの手紙を書いたあとだから、たぶん手が疲れていたのね」

　エリナーが見たところ、それはたしかにエドワードの筆跡だった。もはやすべて疑いようがなかった。あの細密肖像画はエドワードからもらったものではなくて、偶然どこかで手に入れたものかもしれない、と思うことはできるけれど、ふたりの間で交わされた手紙となると、これはもう、はっきり婚約しているとしか考えられず、それ以外には説明のしようがない。エリナーは打ちのめされた感じで、一瞬気が抜けたようになり、ほとんど立っていられないほどだった。でもここはなんとしても踏ん張らなくてはならない。エリナーは決然として虚脱感と戦い、すぐに立ち直って、とりあえずはいつもの自分に戻った。

「手紙のやりとりだけが」とルーシーは手紙をポケットに戻しながら言った。「こんなに長い間離れ離れになっている私たちの唯一の慰めなの。もちろん私には、彼の肖像画というもうひとつの慰めがあるわ。でもかわいそうに、エドワードにはそれさえないの。私の肖像画を持っていれば、すこしは慰めになるって彼は言うの。だから私、彼がこの前ロングステイプルに来たとき、私の髪の毛を指輪にはめ込んで贈ったの。それがすこしは慰みになると彼は言ったけど、もちろん肖像画と同じというわけにはいかないわ。彼に会ったとき、その指輪に気がついたでしょ?」

「ええ」とエリナーは落ち着いた声で答えたが、その裏には、彼女がいまだかつて感じたことのない動揺と悲しみが隠されていた。エリナーは、屈辱と衝撃と敗北感に打ちのめされていた。

だが幸い、ふたりはもうバートン・コテッジに到着し、その話をそれ以上つづけることはできなかった。しばらくみんなとおしゃべりしてから、スティール姉妹はバートン屋敷に帰ってゆき、エリナーはそれからやっとひとりになって、物思いとみじめさに思う存分浸ることができた。

第二十三章

エリナーはルーシーの言うことをあまり信用してはいないが、今回の場合は、どう考えてもその真実性を疑うことはできなかった。ルーシーがわざわざあんな作り話をするとは思えないし、そんな馬鹿な真似をする理由がないからだ。したがって、これが真実だとルーシーが主張したことを、エリナーは疑うことはできないし、もはや疑う勇気もなかった。ルーシーの話はあらゆる点で、もっともらしさと証拠によって裏づけられており、異論を唱えるのは、この話がうそであってほしいというエリナーの願望だけだった。ふたりがプラット家で知り合う機会があったという事実が、すべての土台であり、これは反論の余地がないと同時に、いちばん気がかりな点だ。そして、プリマスの近くに住む友達の家に二週間滞在したというエドワードの言葉、彼の落ち込んだ精神状態、自分の将来にたいする不安、エリナーにたいするあいまいな態度。そしてしばしばエリナーを驚かせた、ノーランド屋敷とダッシュウッド家の親戚についてのスティール姉妹の精通ぶり。そしてあの細密肖像画と、手紙と、髪の毛がはめ込まれた指輪。これらすべてが証拠となって、エドワードとルーシーの婚約は事実だということを示し、いかにひいき目に見ても、エドワードがエリナーにひどい仕打ちをしたことは、もはや疑いようのない事実だと思われた。

　彼の不実な振る舞いにたいする憤りと、自分がその餌食になったことにたいする腹立たしさから、エリナーはしばらくはひたすら自分を哀れんだ。だがやがて、ほかの考えが頭に浮かんだ。エドワードは故意に私をだましたのだろうか？　彼が私に示した愛情は、いつわりの愛情だったのだろうか？　ルーシーとの婚約は、ほんとうの愛情があっての婚約なのだろうか？　違う。かつてはどうであったにせよ、彼がいまルーシーを愛しているとはとても思えない。彼の愛情はすべて私のものだ。これはぜったいに私の思い違いではない。ノーランドでは私の母も、妹たちも、エドワードの姉ファニーも、みんな彼の私への愛情に気がついていた。これは私の虚栄心から生まれた妄想ではない。彼はたしかに私を愛している。

　この確信は、エリナーの心をどれほど慰めたことだろう！　すぐにも彼を許してあげたいと思ったほどだ。ほかの女性と婚約していながら、私に愛情を感じはじめてからもノーランドに滞在しつづけたことは、たしかに非難さるべきことだ。非常に非難さるべきことであり、この点は弁護の余地がない。しかし、たしかに彼は私の心を傷つけたけれど、彼の心はもっと傷ついているはずだ。たしかに私は哀れな状態だけれど、彼はもっと絶望的な状態だ。彼の無分別のおかげで、私はしばらくの間みじめな思いをしたけれど、彼は自分の無分別のおかげで、みじめな思いから抜け出す機会を永遠に失ってしまったように思われる。私はいずれは平静さを取り戻せるだろうが、彼は自分の将来に何を期待したらいいのだろう。彼はルーシー・スティールと結婚してすこしでも幸せになれるだろうか。私への愛情は別にしても、彼のような誠実さと、繊細さと、教養豊かな知性を持った青年が、ルーシーのような無教養で、狡猾で、自分勝手な妻に満足できるだろうか。

十九歳の青年がのぼせあがって、ルーシーの美貌とやさしさに目がくらんだとしても無理はない。しかしその後の四年間が――まともに過ごせばたいへんな知性の向上がありうる四年という歳月が――彼の目を開かせて、ルーシーの教育上の欠陥に気づかせたにちがいない。一方ルーシーは、同じ四年という歳月を、くだらない連中とくだらないことをして過ごしたために、かつてはその美貌に魅力を添えていたかもしれない純真さを失ってしまったのではないだろうか。

仮にエドワードが私との結婚を望んだ場合、母親の反対が大きな障害になるとしたら、ルーシーとの結婚の場合は、母親の反対はさらに大きな障害になるだろう。ルーシーは親戚の点でも財産の点でも、明らかに私より劣っているからだ。でも実際は、エドワードの心はすでにルーシーから離れてしまっているとしたら、こうした障害はあまり彼の心の重荷にはなっていないかもしれない。それにしても、自分が交わした婚約を、冷たい家族が反対してくれると予想してほっとするというのは、なんという不幸なことだろう！

こうした痛ましい考えがつぎつぎに頭に浮かび、エリナーは自分のためではなくエドワードのために泣いた。しかし、自分は現在の不幸を招くようなことは何もしていないし、エドワードも私の尊敬を失うようなことは何もしていないと、エリナーはしっかりと自分に言い聞かせた。そしてこの確信に支えられ、この信頼に心慰められ、エリナーは、たったいま受けたすさまじい打撃の激痛に苦しんでいる今でさえ、母や妹たちに真相を気づかれぬように自制心を保つことができると思った。そして実際、自分の期待に立派に応えることができた。エドワードにたいするすべての希望が消えてからわずか二時間後に、家族みんなが食事の席についたとき、その外見からは、エリナーが愛する人から永遠に引き離されたことを嘆き悲しんでいるとは、誰も想像もしなかったろう。そして一方ではマリアンが、理想の男性の心を完全につかんだと信じて疑わず、ひたすらその人の帰りを待ちわびて、家の近くを馬車が通るたびに期待に胸をときめかせているということも。

ルーシーから打ち明けられた秘密を母とマリアンに隠すためには、絶えざる努力が必要だったが、それはエリナーの苦しみを増大させることはなかった。それどころか、ふたりを悲しませるようなことを伝えずにすみ、エリナーを愛するあまりふたりの口から噴き出すと思われる、エドワードにたいする非難の言葉を聞かずにすむのはありがたかった。そんな非難の言葉を聞くのはエリナーには耐えられなかった。

ふたりに相談しても、ふたりと話しても、何の助けにもならないことはエリナーにはわかっていた。ふたりにやさしくされたり悲しまれたりすれば、悲しみがさらに増すだけだ。それに自制心という点では、エリナーのほうがはるかに優っていて、ふたりはまったくお手本にはならないし、ふたりにほめられても何の励ましにもならない。エリナーはひとりのほうが強いし、しっかりと分別に支えられているから、胸の張り裂けるような悲しみのなかにあっても、彼女の自制心はすこしも揺るがず、快活な態度はまったく変わらなかった。

エリナーは、ルーシーから婚約の事実を聞かされてあんなに苦しんだのに、すぐにまたルーシーとその話をしたいと思った。それにはいくつかの理由がある。ふたりの婚約についてくわしいことをもう一度聞きたいし、エドワードにたいするルーシーのほんとうの気持ち、つまり、彼を愛しているというルーシーの言葉が真実かどうかはっきり見きわめたい。それに、自分から進んでその話題を持ち出して、冷静にその話をして、自分はその婚約に友人として関心を持っているだけだということをルーシーに示したい。今朝の会話では思わず動揺してしまったので、この点は疑われたにちがいないと非常に心配なのだ。

ルーシーがエリナーに嫉妬している可能性は大いにある。エドワードがいつもエリナーのことをほめていたのは明らかだ。ルーシーもそう言っていたが、それだけでなく、知り合ってまもないエリナーにあんなに重大な秘密を打ち明けたことからも明らかだ。それに、エドワードとエリナーに関するサー・ジョンの冗談めかした情報も、ルーシーの嫉妬心をかきたてたにちがいない。でもとにかく、エリナーはほんとうにエドワードから愛されていると確信しているのだから、ルーシーが嫉妬するのは当然であり、ほかの理由をあれこれ考える必要はない。そして、ルーシーがエリナーに婚約を打ち明けたということが、彼女がエリナーに嫉妬している何よりの証拠なのだ。つまりルーシーは、エドワードにたいする自分の優先権をエリナーに知らせ、今後いっさい彼に近づくなと警告するために、エドワードとの婚約をエリナーに打ち明けたのだ。ほかに理由が考えられるだろうか。ルーシーのこうした意図を見抜くのは、エリナーにはそうむずかしいことではなかった。そしてエリナーは、ルーシーにたいしてつねに名誉と正直さを忘れずに振る舞い、エドワードにたいする自分の愛情を抑え、できるだけ彼に会わないようにしようと固く決意した。しかし一方で、自分の心はまったく傷ついていないということをルーシーにはっきりわからせて、せめて自分を慰めたかった。それにこの問題については、すでに聞かされた以上につらいことを聞かされるはずはないから、くわしい話を落ち着いて聞けるという自信もあった。

しかし、ルーシーもエリナーと同じように、機会があればすぐにでもまたその話をしたいと思っていたのだが、残念ながらその機会はすぐにはやってこなかった。散歩に出ればいちばん簡単にふたりだけになれるのだが、このところ天候が悪くて、ふたりが散歩でいっしょになる機会もなかったからだ。それにふたりは、ほとんど一晩おきにバートン屋敷かバートン・コテッジで——おもに前者で——顔を合わせたが、みんなは会話を楽しむために集まるわけではない。サー・ジョンもミドルトン夫人も、会話を楽しむことなど考えてもいない。したがって、ちょっとした雑談の機会さえ与えられず、特別な話をする時間など皆無だった。バートン屋敷では、みんなでいっしょに食べて飲んで笑って、トランプやコンシクエンシズ（他人が何を書いたか知らずにめいめい勝手に書いたものをあわせて一つの話を作る遊び）などのゲームをして、賑やかに騒ぐために集まるのである。

こうした集まりが一、二度あったが、エリナーはルーシーとふたりだけで話す機会は得られなかった。ところがある朝、サー・ジョンがバートン・コテッジにやってきて、自分はエクセターのクラブの会合に出かけなくてはならないので、今日はみなさんでバートン屋敷に来て妻と食事をしてほしいと、拝むように言った。みなさんに来ていただかないと、妻の食事の相手が母親とスティール姉妹だけになって、妻が寂しい思いをするからだという。エリナーはすぐに招待に応じた。サー・ジョンがみんなを集めて賑やかに騒ぐパーティーよりも、ミドルトン夫人が静かにお上品に取り仕切るパーティーのほうが、自由にふたりだけになれそうなので、かねてからの目的を果たすいい機会だと思ったからだ。マーガレットも母親の許可を得てすぐに同意した。マリアンは、バートン屋敷のパーティーにはいつも出たがらないが、何の気晴らしもせずに引きこもってばかりいる娘を心配した母親に説得されて、やはり行くことになった。

というわけで、ダッシュウッド三姉妹はバートン屋敷に出かけ、おかげでミドルトン夫人は、夫の心配していた恐ろしい孤独を味わわずにすんだ。そのパーティーの活気のなさは、エリナーが予想していたとおりだった。目新しい考えも言葉もいっさいなく、ダイニングルームでの会話も客間での会話も、これほどつまらないものはなかった。客間では子供たちも加わったが、子供たちがいるあいだは、ルーシーとふたりだけで話すことは不可能だとわかっているので、エリナーは無駄な努力はしなかった。お茶が片づけられると、子供たちはやっと引きあげた。するとすぐにトランプテーブルが用意された。エリナーは、バートン屋敷で会話の機会を見つけられると期待していた自分のうかつさに呆れた。みんなはラウンド・ゲーム（組にならず各自単独で行なうゲーム）をするために立ち上がった。

「あら」とミドルトン夫人がルーシーに言った。「あなたは今夜アナマリアのかごを作るんじゃなかったのね。でもよかったわ。ろうそくの明かりで紙縒《こよ》り細工など作ったら、あなたの目に悪いもの。アナマリアはがっかりするでしょうけど、明日よく言い聞かせて、何か埋め合わせをするわ。そうすれば納得すると思うわ」

これだけ言われれば十分であり、ルーシーはすぐに気がついてこう言った。

「あら、それはたいへんな誤解です、奥さま。私はただ、私抜きでもトランプができるかどうかと待っていただけで、そうでなければ、もう紙縒り細工に取りかかっていましたわ。かわいいお嬢さまをがっかりさせるなんてとんでもないことです。もしいまトランプゲームに私が必要なら、お夜食のあとでかごを仕上げるつもりです」

「それはありがとう。目を悪くしないといいけど。呼び鈴を鳴らして、仕事用のろうそくを持ってこさせたら？　そうね、明日かごが出来ていなかったら、アナマリアはすごくがっかりするわね。きっと無理だと言ってはおいたけど、あの子は今夜出来上がると信じているでしょうから」

ルーシーはすぐに仕事台をそばに引き寄せ、お嬢さまのために紙縒り細工のかごを作ることほど楽しいことはございません、とでもいうように、いそいそとまた席についた。

ミドルトン夫人は、カジノ（二～四人でするトランプ）の三番勝負をしましょうと言った。誰も反対しなかったが、マリアンだけは、いつものように礼儀作法を無視して大きな声でこう言った。

「奥さま、私は失礼させていただきます。トランプは大嫌いなんです。私はピアノのところへ行きます。調律してからまだ一度も手を触れていないんです」それだけ言うとくるりと背を向けて、ピアノのほうへ歩いていった。

ミドルトン夫人は、「ありがたいことに、私はあのような無作法な言葉を口にしたことはございません」といった顔をした。

「奥さま、マリアンはあのピアノから長いこと離れていることができないのです」とエリナーが、マリアンの無礼をとりなすように言った。「でも無理もないわ。あのピアノはほんとうにすばらしい音なんですもの」

カジノをするには人数がひとり多いので、残った五人がカードを引いて決めることになった。

「あの」とエリナーがつづけた。「私が降りれば、ルーシーさんのお手伝いができるかもしれませんね。紙縒り細工の紙を縒ってあげられます。それに、かごはまだぜんぜん出来ていませんし、ルーシーさんひとりでは、今晩じゅうに仕上げるのはとても無理ですわ。私はこういう手仕事は大好きなので、よろしければぜひお手伝いさせてください」

「それはもう、手伝ってくださったらほんとにありがたいわ」とルーシーが大きな声で言った。「思っていたよりすることが多くて困っていたの。アナマリアお嬢さまをがっかりさせることになったら大変ですし」

「まあ、そんなことになったらほんとに大変！」と姉のアンが言った。「ほんとにかわいらしいお嬢さまで、私は大好きよ！」

「どうもありがとう」とミドルトン夫人がエリナーに言った。「あなたはこういう手仕事がほんとにお好きらしいから、今回は降りても構わないわね。それとも、いちおうカードを引いてみる?」

エリナーは喜んで今回は降りることにした。こうして彼女は、マリアンにはとても真似のできないちょっとした親切によって自分の目的を達し、かつ、ミドルトン夫人をも満足させた。ルーシーがすぐにエリナーのために場所を空け、ふたりの恋敵は同じテーブルに並んで座り、仲良く協力してひとつの仕事を進めることになった。幸いピアノがすぐそばにあったので、これなら例の話題を持ち出しても、ピアノの音にまぎれて、トランプテーブルのほうまで聞こえる心配はないと、エリナーは判断した。それにマリアンは、自分の演奏と物思いに夢中で、部屋に自分以外の人間がいることなどもうすっかり忘れていた。

第二十四章

慎重だがしっかりした口調で、エリナーはこう切り出した。

「先日打ち明けてくださったお話を、もっと聞きたいという好奇心を起こさなかったら、かえって失礼でしょうね。ですから、あの話をまた持ち出すことについて弁解はしないわ」

「そちらから口火を切ってくださってありがたいわ」とルーシーが熱っぽい調子で言った。「月曜日にあんなお話をして、あなたを怒らせてしまったのではないかと心配していたんです」

「私を怒らす？　なぜそんなふうに思うの？　あなたにそんなふうに思われるなんて、これほど不本意なことはないわ」とエリナーは真剣な調子で言った。「あなたが私に打ち明けてくれたというのは、私にはとても光栄なうれしいことよ。そうではないと思う理由でもあるの？」

「でも」とルーシーは、小さな鋭い目にたっぷり意味をこめて言った。「このあいだのあなたの態度には、冷たさといらだちが感じられて、それで私は心配になったの。あなたは怒っているにちがいないと思ったの。だから、あれからずっと後悔していたんです。私の個人的なことであなたを煩わせるような馬鹿な真似を、なぜしてしまったんだろうって。でも、それは私の思い過ごしで、あなたが怒っていないとわかってうれしいわ。寝ても覚めてもひとりで考えて悩んでいたことをあなたにすっかり打ち明けて、私がどんなに気が楽になって慰められたか、それをわかっていただければきっと私に同情して、ほかのことはすべて大目に見てくださると思います」

「よくわかるわ。あのことを私に打ち明けて、ほんとにほっとしたでしょうね。それに、打ち明けたことを後悔する必要はまったくないから安心して。でも、あなたの立場はほんとうにお気の毒ね。いろいろな障害に取り囲まれて、これを耐え抜くにはお互いの愛情が必要ね。フェラーズさんはまだ完全に親がかりなんでしょ？」

「自分のお金は二千ポンドしかないの。それで結婚するのは無茶でしょうね。でも私は、それ以上の収入が期待できなくてもぜんぜん平気よ。少ない収入には慣れているし、彼のためならどんな貧乏にも耐えられるわ。でも、私は彼を心から愛しているから、自分勝手な真似はしたくないの。お母さまの気に入る結婚をすればもらえるはずの財産を、ふいにさせるようなことはしたくないの。だから、私たちは待たなくてはなりません。何年かかるかわからないけど。ふつうの男性なら、そう思っただけで不安になるでしょうね。でもエドワードの私にたいする愛情は、何があっても絶対に変わらないと私は信じているわ」

「そう信じることが、あなたにはいちばん大事なことね。彼も同じように、あなたの愛を信じて自分を支えているのでしょうね。もしお互いの愛が衰えたら、あなたの立場はほんとうにお気の毒なことになっていたでしょうね。婚約して四年もたてば、どんな男女だって、いろいろな事情から愛情が衰えることはあるでしょうから」

ルーシーはここで顔を上げたが、エリナーは、自分の言葉に不審を抱かせるような表情を絶対に見せないように注意した。

「エドワードの私への愛は」とルーシーは言った。「婚約してからずっと別れて暮らしてきたことで十分に試され、その試練に立派に耐えてきたわ。いま私が彼の愛を疑ったら罰が当たります。その点に関しては、彼は私を一瞬でも不安にさせたことはないと、私は自信をもって言えるわ」

ルーシーのこの自信たっぷりな言葉に、エリナーはほほえむべきか、ため息をつくべきかわからなかった。ルーシーはつづけた。

「私は生まれつき嫉妬深いほうなの。おまけに私たちは境遇も違うし、社会的身分も違うし、いつも離れて暮らしてきました。だから、何か変わったことがあれば、私はすぐに疑って、すぐに真相を見抜いたと思うわ。たとえば彼と会ったときに、私にたいする彼の態度にちょっとでも変化があったり、理由もなく元気がなかったり、ひとりの女性のことをたびたび口にしたり、あるいは、ロングステイプルに来ても前ほどうれしそうじゃなかったりしたら、すぐに気がついたはずよ。私はとくに観察力が鋭いとか目ざといとか言うつもりはないけど、そういう場合は絶対にだまされないわ」

「結構なお話ね。でも、そんな話はあなたも信じていないでしょうし、私も信じないわ」とエリナーは心の中でつぶやいた。

しばしの沈黙のあと、エリナーが言った。

「でも、これからどうなさるの？　フェラーズ夫人が亡くなるのをただ待つつもり？　それはあまりにも悲しい話ね。フェラーズさんはそうするつもりなの？　婚約を打ち明けて、お母さまのお怒りを買う危険を冒すより、このまま宙ぶらりんの状態で、あなたと一緒に何年でも待つつもりなの？」

「お母さまのお怒りがすぐに収まればいいんですけど！　でもフェラーズ夫人は、ものすごく頑固で気位の高い方だから、婚約と聞いた瞬間に怒りに駆られて、全財産をロバートに譲ると言い出すかもしれないわ。それを思うと、エドワードのために、性急な真似はしないほうがいいって思ってしまうの」

「あなた自身のためにもね。そうでなければ、あなたはご自分の無欲を美化していることになるわ」

ルーシーはまたエリナーを見たが、何も言わなかった。

「あなたはロバート・フェラーズさんをご存じなの？」とエリナーが聞いた。

「いいえ、一度もお会いしたことはありません。でも、お兄さまとはぜんぜん違うらしいわ――愚かで、すごい気取り屋で」

「すごい気取り屋？」と姉のアンが言った。マリアンの演奏が突然やんだので、その言葉が耳に入ったのだ。「あら、ふたりでお気に入りの伊達男の話をしているのね」

「いいえ、それは誤解よ」とルーシーが大きな声で言った。「私たちのお気に入りの伊達男は、すごい気取り屋なんかじゃないわ」

「ミス・ダッシュウッドのいい人が気取り屋じゃないってことは、私が保証するわ」とジェニングズ夫人が大笑いしながら言った。「あんなに控えめでお行儀のいい青年なんて見たことないもの。でもルーシーのほうは、とってもずるい子だから、誰が好きなのかさっぱりわからないわね」

「あら！」アンが意味ありげにみんなを見まわして言った。「たぶんルーシーのいい人も、ミス・ダッシュウッドのいい人と同じくらい控えめでお行儀がいいわよ」

　エリナーは思わず赤くなり、ルーシーは唇を嚙んで姉をにらみつけ、ふたりともしばらく黙りこんだ。マリアンが華麗なコンチェルトを弾きはじめると、ルーシーは、その強力な防護壁があるのにいちだんと声を低めて言った。

「私たちの結婚を進めるために、私が最近思いついた計画を正直にお話しするわ。じつは、あなたには打ち明けないわけにはいかないの。あなたにも関係のあることなの。あなたはエドワードと何度も会っているから、彼が牧師になりたいと思っていることはご存じでしょ？　そこで私の計画は、彼にできるだけ早く聖職按手式を済ませてもらって、それからあなたのお力で——彼への友情と、できれば私への好意から、きっとそうしてくださると思うけど——とにかくあなたのお力で、あなたのお兄さまつまりジョン・ダッシュウッド氏を説得して、エドワードにノーランドの聖職禄[4]を与えてもらうことなの。ノーランドの聖職禄はとてもいいそうだし、いまの牧師さんはもうお年で、先が長くないらしいの。彼が牧師になれば、私たちは結婚できるし、あとはすべて時と運に任せればいいわ」

「フェラーズさんに尊敬と友情のしるしを示すことは、いつでも喜んでしますけど」とエリナーが答えた。「この場合は、私の力はまったく必要ないんじゃないかしら。フェラーズさんはジョン・ダッシュウッド夫人の弟さんよ。彼女が夫に頼むのがいちばんいいわ」

「でもジョン・ダッシュウッド夫人は、弟さんが牧師になることには反対なの」

「それじゃ私の力も役には立たないわね」

ふたりはまたしばらく黙りこんだ。やがてルーシーが大きなため息をついて言った。

「いっそのこと婚約を解消して、何もかも終わりにするのがいちばん賢明かもしれないわね。私たち、ほんとに八方ふさがりなんですもの。しばらくは悲しい思いをするでしょうけど、結局はそのほうが、ふたりとも幸せになるんじゃないかしら。でもミス・ダッシュウッド、あなたの意見もお聞きしたいわ」

「いいえ」とエリナーは、心の動揺を隠すためにほほえみながら言った。「そういう問題にはお答えできません。あなたの望むような意見でなければ、あなたには何の役にも立たないでしょ？」

「あら、それは誤解よ」ルーシーがひどく真面目な調子で言った。「私はあなたの判断力を何よりも高く買っているの。だからもしあなたが、エドワード・フェラーズとの婚約は解消したほうがいい、そのほうがふたりとも幸せになれると、私に言ってくれたら、私はすぐに婚約を解消するわ」

　エドワードの未来の妻のあまりの不誠実さに、エリナーは思わず顔を赤らめて言った。

「そんなふうにおだてられると、たとえ意見があったとしても、こわくて何も言えなくなるわ。私の責任が大きすぎるもの。こんなに愛し合っているふたりの仲を裂くなんて、第三者には荷が重過ぎるわ」

「あなたが第三者だからこそ、あなたの意見が私にはとても重要なのよ」ルーシーは第三者という言葉に力をこめて、すこし怒ったように言った。「もしあなたが私情をまじえて判断したら、あなたの意見は聞く値打ちがなくなるわ」

　エリナーは何も答えないほうが賢明だと思った。このまま話をつづけると、遠慮のない気安い友達になったと誤解されそうだからだ。だからこの問題については、もう二度と話すまいと半ば決意した。それゆえ、このあとまたしばらく沈黙がつづいたが、ルーシーがまた先に口を切り、いつものなれなれしい調子で言った。

「ところで、この冬はロンドンへいらっしゃるの？」

「いいえ」

　ルーシーはそれを聞いて目を輝かせて言った。「それは残念ね。ロンドンで会えたらすごくうれしいのに！　でも、そうは言ってもやっぱり行くんじゃない？　きっとジョン・ダッシュウッドご夫妻からご招待があるわよ」

「たとえ招待されても行かれないでしょうね」

「それは残念ね！　ぜったいにロンドンで会えると思っていたのに。姉と私は、一月の末にロンドンへ行く予定なの。数年前からたびたび誘われている親戚のところへ行くの。でも私は、エドワードに会うために行くのよ。彼は二月にロンドンに来るはずなの。そうでなければ、私にはロンドンなんか何の魅力もないわ。私には向いていないのね」

トランプの最初の三番勝負が終わり、エリナーはトランプテーブルのほうへ呼ばれた。それでふたりの内緒話はおしまいになったが、ふたりとも残念だとは思わなかった。結局どちらからも、お互いの反感を和らげるような言葉はひと言も出なかったからだ。エリナーは悲しい確信を抱いてトランプテーブルの席についた。エドワードは妻になる女性をもう愛していないばかりか、結婚しても幸せになれる可能性はまったくないのだ。ルーシーのほうに真実の愛情があれば、すこしは可能性があるかもしれないが、ルーシーのほうにも、もう真実の愛情などないのだ。男性の愛情がすっかり冷めていることがわかっているのに、その男性をいつまでも婚約で縛りつけるというのは、真実の愛情などではなく、女性の利己心以外の何物でもないのだ。

これ以後、この話題がエリナーから口にされることは二度となかった。だがルーシーは、この話題をもちだす機会を見逃すことはなく、とくにエドワードから手紙をもらったときなどは、自分の幸せをエリナーに見せびらかすことをぜったいに忘れなかった。そういう場合エリナーは、冷静かつ慎重に対処し、礼を失しない程度にできるだけ早くおしまいにした。ルーシーはそういう会話を楽しむ資格はないし、自分にとっては危険なことだとエリナーは思ったからだ。

　スティール姉妹のバートン屋敷における滞在は、最初の予定よりずっと長くなった。ふたりはミドルトン一家にますます気に入られて、なくてはならぬ存在となり、サー・ジョンはふたりが帰ると言っても耳を貸さなかった。ふたりとも、エクセターに前からの約束がいろいろあり、その約束を果たすためにすぐに帰る必要があるのだと言い、週末になるたびにそれを強く訴えるのだが、そのたびに引きとめられて、二カ月近くもバートン屋敷にとどまり、とうとうクリスマスの季節を祝う手伝いまですることになった。クリスマスの大切さを示すために、バートン屋敷でも、いつも以上に頻繁に個人舞踏会や盛大なディナー・パーティーを開かなければならないのである。

第二十五章

ジェニングズ夫人は一年の大部分を、自分の子供や、親戚や、友人たちの家で過ごす習慣だったが、自分の家がないわけではなかった。ロンドンのあまり上品ではない地区で商売をしていた夫が亡くなってから、毎年冬は、ロンドンのポートマン・スクエアの近くにある自分の家で暮らしていた。一月が近づくと、夫人はこの家に頭が行きはじめ、ある日突然、エリナーとマリアンに一緒にロンドンへ行かないかと、まったく思いがけないことを言い出した。マリアンの顔色が変わり、その申し出に無関心ではないことを示すかのように、急に目が輝いたが、エリナーはそれには気づかずに、「ありがたいお話ですけど、ふたりとも行かれません」とすぐにはっきりと断わった。マリアンも自分と同じ気持ちだと思ったのだ。一月に母親を残して家を離れるわけにはいかないというのがその理由だった。ジェニングズ夫人は断わられたことに驚き、すぐに招待の言葉をくり返した。

「まあ！　お母さまはあなたたちがいなくても大丈夫よ。お願いだから、ぜひ一緒に行きましょうよ。だって、私はもうそう決めているのよ。私に迷惑がかかるなんて気づかいはご無用よ。私はあなたたちのためにこれっぽっちも無理なんかしませんよ。メイドのベティーを乗合馬車で行かせればすむことだし、それくらいの費用はなんでもないし、私たち三人は、私の馬車で楽々行けるわ。そしてロンドンでは、私の行くところへ行きたくなければ、それでも結構よ。うちの娘たちの誰かと出かければいいわ。お母さまは反対なんてなさらないわよ。私は娘たちをみんないいところへお嫁にやったんですもの。あなたたちを預かるには最適な人間だと思ってくださるはずよ。私があなたたちとお別れする前に、あなたたちのどちらかにいいお婿さんをお世話できなかったとしても、それは私の責任じゃありませんよ。私はロンドンのすべての若い男性に、あなたたちのことをほめてまわりますからね」

「私が思うに」とサー・ジョンが言った。「こういう計画には、お姉さんが賛成すればマリアンさんは反対しないだろうな。実際、お姉さんが望まないからといって妹が楽しんじゃいかんというのは、じつにひどい話だ。だから私はふたりに忠告したい。バートンに飽きたら、エリナーさんには何も言わずに、さっさとふたりでロンドンへ行けばいいんだ」

「いいえ、だめ！」とジェニングズ夫人が大きな声で言った。「エリナーさんが来ても来なくても、マリアンさんが来てくれるならすごくうれしいけど、でも、多ければ多いほど楽しいわ。それにおふたりのためにも、おふたり一緒のほうが何かと具合がいいわ。私に飽きたら、ふたりでおしゃべりして、私の変な癖を陰で笑ったりできるしね。でもおふたりが無理なら、どちらかひとりは絶対に来てもらわないと困るわね。ああ、どうしましょう！　この冬までいつもシャーロットが一緒にいてくれたのに、突然ひとりぼっちになってどう暮らせばいいの？　さあ、マリアンさん、このへんで手を打ちましょう。それにエリナーさんも、あとで気が変わってくれれば、もちろんますます結構よ」

「ありがとうございます、奥さま、ほんとにありがとうございます」とマリアンが熱っぽい調子で言った。「ご招待いただきましたこの感謝は一生忘れません。ご招待をお受けすることができれば、こんなにうれしいことはありません。でも母が、大切なやさしい母が——姉の言ったことはもっともです。私たちが家を留守にしたために、もし母が寂しい思いをするようなら——いいえ、どんなことがあっても母を置いて行くわけにはいきません。そんなことは絶対にしないし絶対にすべきではありません」

ジェニングズ夫人は、「お母さまはあなたたちがいなくても大丈夫ですよ」ともう一度保証した。エリナーはマリアンの気持ちがわかった。マリアンはウィロビーに再会したい一心で、ほかのことにはまったく無関心になっているのだ。だからエリナーは、この計画に自分はこれ以上反対しないで、母親の決断に任せることにした。ただし、ロンドン行きをやめさせようとする自分の努力に、母親の支持が得られると期待してはいなかった。エリナーとしては、いまロンドンへ行くことはマリアンのためにも反対だし、自分のためにも、いまは行きたくない特別な理由があるのだが、母はマリアンの望むことなら何でも賛成して、熱心に事を進めるだろう。ウィロビーが突然ロンドンへ去ったとき、エリナーはマリアンにたいするウィロビーの愛情に疑問を抱き、そのことを何度も母に言ったのだが、母はまったく耳を貸そうとしなかった。だから今度もまた、マリアンをウィロビーのいるロンドンへ行かせるのは慎重にしたほうがいいと、エリナーがいくら忠告しても、ダッシュウッド夫人は耳を貸さないだろう。それにエリナーは、自分がロンドンへ行きたくない理由をあえて説明する気はなかった。

それにしてもマリアンは、人の好き嫌いがあんなに激しくて、ジェニングズ夫人の言動をあんなによく知っていて、いつもあんなに嫌っているのに、そういう不愉快さにはすべて目をつぶるつもりなのだ。ウィロビーと再会するためなら、自分の神経過敏な感情が、ジェニングズ夫人の無神経な言動によってどんなに傷つけられようと、すべて無視するつもりなのだ。これはつまり、ウィロビーと再会することが、マリアンにとっていかに重要なことであるかを示す証拠であり、これまでのいきさつをすべて知っているエリナーでさえ、これほど強力かつ十分な証拠を見せられて驚くばかりだった。

ダッシュウッド夫人はこの招待のことを聞かされると、それがエリナーにもマリアンにもとても楽しい旅行になると確信したし、それに、お母さまを置いては行けないというマリアンの愛情あふれる心づかいの中に、じつはどうしてもロンドンへ行きたいのだというマリアンの本心をすぐに見抜いた。したがって、自分のためにふたりがこの招待を断わることは断じて許さず、ふたりともすぐにお受けしなさいと命じた。そして、このしばしの別れが家族みんなにもたらすさまざまな利点について、いつものように陽気に話しはじめた。

「このご招待はほんとにありがたいわね。まさに願ったり叶ったりよ。私とマーガレットにも、あなたたちと同じくらいいいことがあるわ。あなたたちとミドルトン一家がいなくなれば、私とマーガレットはふたりだけで、静かに楽しく本を読んだり、ピアノを弾いたりできるじゃないの。あなたたちが戻ってきたら、マーガレットの上達ぶりにびっくりするわよ。それに、あなたたちの寝室をちょっと模様替えしたいの。留守中なら誰にも不便をかけずにできるわ。あなたたちがロンドンへ行くのはとてもいいことよ。あなたたちのような若い娘はみんなロンドンへ行って、ロンドンの習慣や娯楽に親しんだほうがいいって、私はいつも思っているの。それにあなたたちは、母親のようなやさしいジェニングズ夫人のお世話になるんだし、きっとご親切にしてくださるわ。それにきっと、あなたたちのお兄さんにも会うでしょうね。あの人やあの嫁にどんな欠点があろうと、とにかく私の夫だった人の息子なんだし、あなたたちにとっては腹違いの兄なんですから、あなたたちとまったく疎遠になるのは見るに忍びないのよ」

「お母さまはいつものように、私たちの幸せを考えて、すべての障害物を取り除いてしまったけど、私の考えでは、そう簡単には取り除けない障害物がひとつ残ってるわ」とエリナーが言った。

マリアンの表情が曇った。

「あら」とダッシュウッド夫人が言った。「用心深いエリナーはいったい何を言い出すのかしら？　どんな恐ろしい障害物を持ち出すのかしら？　費用のことなら聞きたくありませんよ」

「私が反対する理由はこうよ。ジェニングズ夫人はとてもいい人だと思うけど、あの人とおつきあいしても楽しくないし、あの人に引き立ててもらっても私たちの名誉にはならないわ」

「それはそのとおりね」とダッシュウッド夫人が言った。「でも、あの人とおつきあいするといっても、いつも誰かが一緒だろうし、公けの場所に出るときは、いつもミドルトン夫人が一緒だと思うけど」

「お姉さまはジェニングズ夫人とのおつきあいに耐えられないかもしれないけど」とマリアンが言った。「私はべつに平気だから、ご招待をお受けしても構わないわよ。私はそんなに神経質ではないし、それくらいの不愉快さなんて簡単に我慢できるわ」

ジェニングズ夫人の無神経な振る舞いを気にしないというマリアンの言葉に、エリナーは苦笑せずにはいられなかった。ジェニングズ夫人にたいしてもっと礼儀正しくしなさいと、エリナーはこれまでたびたびマリアンに注意したのに、ぜんぜん聞いてもらえなかったからだ。しかし、マリアンがどうしても行くと言うなら自分も行こうとエリナーは決心した。マリアンを自分だけの判断で行動させるのはよくないし、ジェニングズ夫人が家で過ごす時間を、すべてマリアンの意のままにさせるのもあんまりだと思ったからだ。それに、エドワード・フェラーズは二月にならないとロンドンへ来ないという、ルーシーの話を思い出し、すこし気楽にこの決心をすることができた。自分たちの滞在を無理に短くしなくても、エドワードが来る前にロンドンを去ることができるからだ。

「私はふたりとも行かせますよ」とダッシュウッド夫人が言った。「反対するなんて馬鹿げてます。ロンドンへ行けば楽しいことがいっぱいあるわ。とくにふたりで一緒に行けば。エリナーだって、楽しむ気があればいろいろ楽しいことがあるはずよ。たとえばフェラーズ家の方たちとの交際を深めるのも楽しいんじゃない?」

　エリナーは、自分とエドワードとの愛情を信じきっている母の期待をなんとか弱めようと、前から機会をうかがっていた。事実が明らかにされたときの母のショックをすこしでも小さくしたいからだ。そしていまこの攻撃を受けたのはいい機会だと思い、(成功する望みはないと思いながらも)その計画を実行することにし、できるだけ落ち着いてこう言った。

「私はエドワード・フェラーズさんが大好きだから、彼にはいつでも喜んで会うわ。でも、フェラーズ家のほかの人たちには、知り合いになろうとなるまいと、私はまったく興味がないわ」

　ダッシュウッド夫人はほほえんだだけで何も言わなかった。マリアンは驚いて顔を上げた。エリナーは言わないほうがよかったと思った。

　これ以上はほとんど話し合うこともなく、結局ふたりとも招待を受けることに決まった。ジェニングズ夫人はその知らせを聞いて大喜びし、ロンドンでは精いっぱい面倒を見ると何度も約束した。喜んだのは彼女だけではなく、サー・ジョンも大喜びだった。ひとりになることをいつも恐れている人にとっては、ロンドンの人口がたとえふたりでも増えることはありがたいことなのだ。ミドルトン夫人までが、ふつうはそんなことはしないのだが、わざわざ喜びの表情を見せた。そしてスティール姉妹は、とくにルーシーはこの知らせを聞くと、こんなにうれしい気持ちになったのは生まれてはじめてだと、ずいぶん大げさなことを言った。

エリナーは、自分の希望に反するロンドン行きの決定に、自分でも意外なほどすなおに従った。自分としては、もうロンドンへ行っても行かなくてもどちらでもよかった。しかし、母はこの計画に大喜びしているし、妹は顔も声も態度も浮き浮きして、すっかりいつもの元気を取り戻して、いつも以上に陽気になってきた。それを見るとエリナーとしても、これ以上ロンドン行きに反対する気にはなれず、ロンドン行きの結果を心配する気にもなれなかった。

マリアンの喜びようは、幸せなどという生やさしいものではなく、もうすぐウィロビーに会えるかもしれないという興奮と、一刻も早くロンドンへ行きたいと焦る気持ちは、それはもうたいへんなものだった。母のそばを離れたくないという気持ちが唯一の鎮静剤となったが、いよいよ別れの時が来ると、こんどはその別れの悲しみがまたたいへんなものだった。母の嘆きようもまた、マリアンに劣らずたいへんなもので、これは永遠の別れではないと思っているのはエリナーだけのようだった。

エリナーとマリアンがロンドンへ向けて出発したのは、一月の第一週のことだった。ミドルトン一家も、一週間ほどして後を追う予定だった。スティール姉妹はまだバートン屋敷にとどまり、ミドルトン一家が出発するときにいっしょに屋敷を離れることになっていた。

第二十六章

エリナーはジェニングズ夫人の馬車に同乗し、夫人の保護のもとに、しかも夫人の客としてロンドンへ向かう自分を見て、つくづく自分の立場の不思議さを思わずにはいられなかった。ジェニングズ夫人とはついこのあいだ知り合ったばかりだし、年齢的にも性格的にもぜんぜん合わないし、つい数日前には、このロンドン行きにあんなに反対していたのだ。だがその反対意見も、マリアンと母が共有する若い情熱に負けて無視されてしまった。それにエリナーは、ウィロビーの誠実さにはときどき疑問を抱いてはいるけれど、マリアンが恍惚として期待に胸をふくらませて、目を輝かせているのを見ると、それに比べて自分の前途がいかにむなしく、自分の気持ちがいかに暗いかを痛感せずにはいられなかった。マリアンと同じような不安な状況に身を置いて、同じような胸のときめきを感じて、同じような希望を持つことができたらどんなにうれしいだろうと、つい思わずにはいられなかった。

でもまもなく、ウィロビーのほんとうの気持ちがはっきりわかるにちがいない。たぶん彼はロンドンにいるはずだ。マリアンがこんなにロンドンへ行きたがるのは、彼がそこにいると信じているからだ。エリナーは決意した。ウィロビーの人柄について自分でもよく観察し、他人の意見もよく聞いて、得られるかぎりの新しい事実を手に入れよう。そして同時に、マリアンにたいする彼の振る舞いをしっかりと観察し、ふたりがあまりたくさん会わないうちに、彼がほんとうはどんな人間で、マリアンのことをほんとうはどう思っているか、それをしっかり突きとめるのだ。そしてもし観察の結果、彼が好ましくない人物だとわかったら、どんなことをしてもマリアンの目を開かせるつもりだ。しかし、もし好ましい人物だとわかったら、エリナーの努力はまったく違ったものになるだろう。そのときは、自分とマリアンの幸不幸の比較などいっさいやめて、マリアンの幸せを祝福する気持ちに水を差すような、自分のエドワードへの未練な気持ちはすっかり追い払わなくてはならない。

　デヴォン州からロンドンまでは三日の旅だったが、旅のあいだのマリアンの振る舞いは、彼女がこの先ジェニングズ夫人にどんな丁重さと愛想のよさを示すことになるのか、それを予想させるいい見本だった。マリアンは旅のあいだずっと無言で、自分の物思いに耽り、「ピクチャレスク・ビューティー」（六十八頁の割注参照）の見本のような風景が目に入って歓声を上げるとき以外は、自分からはいっさい口をきかず、その歓声もエリナーにむかって言うだけだった。そのためエリナーは、妹のこの失礼な態度をつぐなうために、丁重な応対役をすぐに買って出て、ジェニングズ夫人に精いっぱいの心づかいを示し、夫人と話し、夫人と笑い、できるかぎり夫人の話に耳を傾けた。ジェニングズ夫人のほうはふたりを最高に親切に扱い、ふたりが楽しく旅ができるように絶えず気をつかっていた。宿の食事で、ふたりに自分の好きな料理を選ばせることができず、サケとタラとどっちが好きか、鳥肉の蒸し煮と子牛のカツレッツとどっちが好きか、ふたりに白状させることができなかったのが、夫人としてはただひとつ残念なことだった。三人は三日目の午後三時にロンドンに到着し、このような長旅のあとで、窮屈な馬車から解放されてほっとし、一刻も早く暖かい暖炉の前でくつろぎたいと思った。

ジェニングズ夫人の家はたいへん立派で、家具調度類もじつに立派なものだった。エリナーとマリアンはすぐにとても居心地のいい部屋をあてがわれた。以前はシャーロット（つまりいまのパーマー夫人）の部屋で、マントルピースの上の壁には、彼女が作った絹の刺繡の風景画がまだ飾られていて、ロンドンの一流の学校で七年間学んだ成果を示していた。

ディナーの用意が整うまで二時間ほど間がありそうなので、エリナーはその時間を利用して、母に手紙を書こうと机に向かった。するとマリアンもすぐに同じことを始めたので、エリナーは、「マリアン、私がうちへ手紙を書いているから、あなたは一日か二日あとにしたほうがいいんじゃない？」と言った。

「私はお母さまに書くんじゃないの」とマリアンはあわてたように答え、それ以上聞いてほしくないという態度だった。エリナーはそれ以上何も言わなかった。それならウィロビーに書いているにちがいないと、すぐにぴんときたからだ。そして心に浮かんだ結論は、「なぜふたりがこんなにこっそりと事を運びたがるのかわからないが、とにかくふたりは婚約しているにちがいない」ということだった。ウィロビーにたいする疑念が完全に消えたわけではないが、この確信はエリナーを喜ばせ、彼女はせっせと手紙を書きつづけた。マリアンはほんの二、三分で書き終えた。長さはメモ程度のものにちがいなく、すぐにたたまれて、封をされて、大急ぎで宛名が書かれた。エリナーは、宛名に大文字のWが見えたような気がした。マリアンは宛名を書くとすぐに呼び鈴を鳴らし、現われた従僕に、その手紙を二ペンス郵便(つまり、ロンドンの市内郵便。ちなみに、当時のロンドンの市内郵便は、一日に四回から八回の集配達があった)で出してくれるように頼んだ。これで事はすべてはっきりした。

マリアンの上機嫌はそのままつづいたが、どこか落ち着かないところがあり、それがエリナーにはすこし心配だったが、その落ち着きのなさは、晩になるとさらに激しくなった。マリアンは食事にはほとんど手をつけず、ディナーが終わってみんなが客間に戻ると、馬車が通るたびに不安そうに耳を澄ましているようだった。

エリナーがほっとしたことに、ジェニングズ夫人は何か用事で忙しくて、自分の部屋に入ったきりで、この様子をほとんど見ていなかった。お茶が運ばれてきたが、マリアンはすでに一度ならず、隣家のドアのノックの音にがっかりさせられていた。そこへ突然、ほかの家の音とは聞き違えようのない大きなノックの音が聞こえた。エリナーはウィロビーの訪問に間違いないと確信し、マリアンはぱっと立ち上がってドアのほうへ向かった。家じゅうがしんと静まり返った。こんな静寂にそう長く耐えられるものではない。マリアンはドアを開けて、階段のほうへ二、三歩進み、しばらく耳を澄ましてから、ウィロビーの声を聞いたのなら無理もないと思われるような、興奮しきった様子で部屋に戻ってきた。そして思わず無我夢中で、「お姉さま! ウィロビーよ! 間違いないわ!」と叫び、いまにも彼の腕の中に飛び込まんばかりであった。ところが、部屋に現われたのはなんとブランドン大佐だった。

マリアンはあまりのショックに取り乱して、駆け出すように部屋を出ていった。エリナーもがっかりしたが、ふだんからブランドン大佐に敬意を抱いているので、なんとか歓迎の意を示すことができた。エリナーが何よりも心を痛めたのは、ブランドン大佐はマリアンをこんなに愛しているのに、マリアンは大佐を見ても悲しみと失望しか感じないということであり、大佐がいまその事実を目の当たりにしたということだった。大佐がそれに気づいたことは、エリナーにもすぐにわかった。それどころか大佐は、部屋を出ていくマリアンを驚きと心痛の表情で見つめ、エリナーへのあいさつを忘れたほどだった。

「妹さんはご病気ですか？」と大佐は言った。

「はい、そうなんです」とエリナーは困ったように答え、「頭痛がするんです、元気がないんです、疲れているんです」などと、マリアンの失礼な振る舞いの言い訳になるようなことをあわてて並べ立てた。

大佐はじっとそれを聞いていたが、やがて我に返ったように、その話題は打ち切りにして、「ロンドンでお会いできてうれしいです」と話しはじめ、旅の様子や、デヴォン州に残してきた家族のことなど、型どおりの質問をした。

こうして穏やかに、双方とも何の興味もなく話しつづけた。ふたりとも元気がなく、お互いに頭の中ではそれぞれほかのことを考えていた。エリナーは、ウィロビーがいまロンドンにいるかどうかを聞きたかったが、恋敵のことを聞いて大佐に苦痛を与えたくなかった。やがて、何か言わなくてはならなくなって、「バートンを出てからずっとロンドンにいらしたんですか」とエリナーがたずねた。

「ええ、ほとんどずっと」大佐はちょっとあわてたように答えた。「一度か二度、ほんの二、三日デラフォード（ドーセット州にあるブランドン大佐の屋敷）へ帰りましたが、バートンへはどうしても行かれなくて」

大佐のこの言葉と言い方を聞いて、エリナーはすぐに、大佐が突然バートンを去ったときのことと、それがジェニングズ夫人にもたらした不安や疑念を思い出した。そしていまの自分の質問は、この問題にたいして、実際に感じている以上の好奇心をほのめかしてしまったのではないかと心配した。

まもなくジェニングズ夫人が部屋に入ってきて、いつもの騒々しい陽気な調子で言った。

「まあ、ブランドン大佐！　お会いできてうれしいわ！　ごあいさつが遅れてごめんなさいね！　身の回りの片づけものがあったもので。ずいぶん長いこと留守にしていましたからね。ほら、ちょっと留守にしても、こまかい雑用がいろいろたまってしまうでしょ？　それに、カートライトとも話をつけなくてはならなかったし。ほんとにもう、食事が終わってからずっと、目の回るような忙しさだったわ！　でも大佐、私がいまロンドンにいるって、なぜわかったのかしら？」

「パーマー氏のお宅にディナーに招かれて、そこでうかがったんです」

「まあ、そうだったの！　それで、パーマー家のみなさんはどうでした？　シャーロットは

ました」

「パーマー夫人はとてもお元気そうでした。明日必ず伺うとお伝えするようことづかってき
元気でしたか？　もうだいぶお腹が大きくなったでしょうね」

「ええ、もちろんそう思っていましたよ。ところで大佐、デヴォン州から若いお嬢さんをふたりお連れしましたよ。いまここにはひとりしかいないけど、もうひとりどこかにいるはずよ。あなたのお友達のマリアンさんよ。ね、うれしいでしょ？　マリアンさんをめぐって、あなたとウィロビーさんはどうなさるおつもりかしら？　ほんとにまあ、若くて美しいというのは結構なことね。いいえ、私だって昔は若かったのよ。でも残念だけど、あまり美しくはなかったわね。でも、すばらしい夫に恵まれたの。どんな美人だって、こんな幸運はなかなかつかめませんよ。ああ、かわいそうに！　主人が亡くなってもう八年以上になるわ。ところで大佐、バートンでお別れしたあと、どちらへ行ってらしたの？　あなたの用事はどうなりましたの？　さあ、私たちはお友達なんですから、秘密はなしにしましょうよ」

大佐はいつもの温厚な調子で、夫人のすべての質問に答えたが、どれも夫人を満足させる答ではなかった。エリナーがお茶をいれ、マリアンも仕方なく部屋に戻ってきた。

マリアンが入ってくると、ブランドン大佐は前よりむずかしい顔をして黙りこんでしまい、ジェニングズ夫人がいくら言っても長く引きとめることはできなかった。その晩はほかには客はなく、三人は早寝することに意見が一致した。

翌朝、マリアンは元気を取り戻して晴れ晴れした顔で起きてきた。昨夜の失望は今日の期

待のなかに忘れられたかのようだった。みんなが朝食を終えてまもなく、バルーシュ型四輪馬車が玄関前にとまり、すぐにパーマー夫人が笑いながら部屋に入ってきた。三人の顔を見るとはしゃいだように大喜びし、母親との再会と、ダッシュウッド姉妹との再会と、どちらのうれしさのほうが大きいかわからないほどだった。おふたりがロンドンに来たなんてびっくりしたわ。でも、きっと来ると思っていたのよ。私の招待を断わったのに、母の招待に応じるなんてあんまりね。でも、もし来なかったらぜったいに許さなかったわ！

「主人はあなたたちに会ったらとても喜ぶわ」とパーマー夫人はつづけた。「あなたたちが母といっしょに来ると聞いて、主人がなんて言ったと思う？　ちょっと忘れたけど、すごく面白いことを言っていたわ！」

ジェニングズ夫人の言う楽しいおしゃべり、というより、ジェニングズ夫人の知り合い全員に関するさまざまな質問と、パーマー夫人の理由のない笑いで一、二時間過ごしたあと、パーマー夫人が、これから買い物に行くのでつきあってほしいと言い出した。ジェニングズ夫人とエリナーは、自分も買いたい物があるのですぐに賛成した。マリアンは最初は断わったが、みんなに説得されて結局行くことになった。

マリアンはどこへ行っても絶えず周囲に目をやっていた。とくに、みんなが買い物をするボンド・ストリートでは、マリアンの目はきょろきょろとまわりばかり見ていた。どの店に入ってもうわの空で、目の前にある品物にも、ほかの三人が目を奪われている珍しい品物にも、いっさい興味を示さなかった。どこへ行っても落ち着きがなくて不満そうで、エリナーが買い物の相談をしても、ふたりに関係のある品物の場合でさえ、返事もしなかった。どんな品物にもまったく興味がなく、とにかく早く家に帰りたくて、パーマー夫人の長たらしい買い物へのいらだちをやっと抑えているようだった。そのパーマー夫人は、きれいな物や、高価な物や、目新しい物など何にでも目を奪われて、どれもこれも買いたがるのだが、何ひとつ自分で決められず、有頂天の喜びと優柔不断のうちにだらだらと時間を空費するのだった。

四人は午前中遅くに帰宅したが、マリアンは家に入るとすぐに二階へとんでいった。エリナーがあとを追って部屋に入ると、マリアンが悲しそうな表情でテーブルから離れた。ウィロビーが来た形跡がない証拠だ。

「私たちが出かけたあと、私宛の手紙が来なかった?」とマリアンは、買い物の包みを持って入ってきた従僕に言った。

「いいえ」という返事だった。

「それは確かなの?」とマリアンは念を押した。「召使も郵便配達人も、手紙もメモも置いていかなかったの?」

誰も何も置いていきませんでした、と従僕は答えた。

「おかしいわね!」マリアンはがっかりしたようにつぶやいて、窓のほうへ向かった。

「ほんとにおかしいわね!」エリナーは心配そうにマリアンを見ながら、心の中でつぶやいた。「マリアンは、彼がロンドンにいると思っているから、市内郵便を出したのだろう。そうでなければクーム・マグナへ出したはずだ。もし彼がロンドンにいるなら、彼がここへ来ないのはおかしい。手紙も寄こさないなんておかしい。ああ、お母さま！　お母さまはやっぱり間違ってる！　こんな若い娘とあんな素性の知れぬ男が、怪しげな秘密めいた婚約をしているかもしれないというのに、本人に問いただしもしないで黙って放っておくなんて、やっぱり間違ってる！　私がはっきり問いただしたいけど、私が口出しをしたらなんて言われることやら！」

　エリナーはしばらく考えてから決心した。もしこんないやな状況が何日もつづくようなら、この問題について真剣に調べる必要があることを、はっきりと母に言おう。

　その日はパーマー夫人と、ジェニングズ夫人の親友であるふたりの年配の婦人（ジェニングズ夫人がその朝会って招待したのだ）といっしょにディナーを取った。パーマー夫人は晩の約束があるので、食事のあとのお茶がすむとすぐに帰っていった。そのためエリナーは、ジェニングズ夫人とふたりの婦人がホイスト（二人ずつ組んで四人で行なうトランプゲーム。ブリッジの前身）をするのにつきあわなくてはならなかった。マリアンはトランプが嫌いで覚える気がないので、こういうときは役に立たない。だからマリアンは、自分の時間を自由に使えたのだが、不安な期待と狂おしい失望のうちに過ごしたので、けっしてエリナー以上に楽しい晩とはならなかった。何度か本を手に取って読もうとしたが、すぐに本を投げ出して、部屋の中を行ったり来たりして、窓辺に来るたびに立ちどまり、待ちわびるノックの音はまだかまだかと耳を澄ましていた。

第二十七章

翌朝、朝食の席でジェニングズ夫人が言った。

「このままいい天気がつづくと、サー・ジョンは来週バートンを発つのをいやがるわね。狩猟家《スポーツマン》は一日でも楽しみを逃すと、すごく残念がるもの。かわいそうな人たちね！　見るたびに気の毒になるわ。胸が張り裂けたみたいに残念がるんですもの」

「ほんとにそうね！」マリアンが急に元気になったように大きな声で言って、窓辺へ行って空を見上げた。「それを考えてなかったわ。こんないい天気では、狩猟家はみんな田舎にとどまって、ロンドンへは出てこないわね」

それに気がついたのは幸いで、おかげでマリアンはすっかり元気を取り戻した。

「ほんとに、狩猟家にとっては絶好の日和ね」とマリアンは言いながら、幸せそうな顔で朝食の席についた。「ほんとに楽しいでしょうね！　でも、（またすこし心配そうに）こんないい天気がそんなに長くつづくとは思えないわ。いまは一月だし、このあいだまであんなに雨の日が多かったんだし、そんなに長くつづくはずがないわ。すぐに霜がおりるわ。一日か二日したら、きっとひどい霜がおりるわ。こんな暖かい日がこれ以上つづくはずないし――そうよ、今夜にも寒波が来るかもしれないわ！」

「とにかく来週の末には、サー・ジョンとミドルトン夫人がロンドンにいらっしゃるでしょうね」マリアンの胸の内をジェニングズ夫人に悟られないようにするために、エリナーは言った。

「そうね、それは保証するわ」とジェニングズ夫人が言った。「メアリー（ミドルトン夫人）はいつも自分の思いどおりにしますからね」

「こうなると、マリアンは今日の便でクーム・マグナへ手紙を書くわね」とエリナーは心の中で推測した。

しかしその手紙は、たとえ書かれたとしても、こっそり書かれてこっそり出されたらしく、事実を確かめようと目を光らせていたエリナーも気がつかなかった。でも真相はどうあれ──エリナーとしては釈然としないものがあるけれど──とにかくマリアンは元気そうなので、エリナーもそんなに暗い気持ちにはならなかった。実際マリアンは元気だった。暖かい陽気を眺めて──つまり、ウィロビーは狩猟のために田舎に帰っているのだろうと思って──幸せな気持ちになり、霜がおりるのを期待して──つまり、ウィロビーがロンドンに帰ってくるのを期待して──さらに幸せな気持ちになった。

その日の午前中は、ジェニングズ夫人がロンドンに戻ったことを知らせるために、知人の家に名刺を置いてくることに費やされた。そしてマリアンは、しょっちゅう風向きを調べたり、空模様の変化を見たり、気温の変化を推測したりするのに忙しかった。

「ね、お姉さま、朝より寒くなったと思わない？　はっきり違うと思うけど。マフに手を入れていても手が冷たいわ。きのうはこんなじゃなかったわ。雲も切れてきたみたい。もうすぐ太陽が出て、午後はきっと晴れるわね」

エリナーはそんなマリアンを見て、おかしがったり胸を痛めたりした。でもマリアンはつねに大真面目で、夜は暖炉の燃えさかる火の中に、朝は大気の気配の中に、近づく寒気の確かな兆候を見て取っていた。

ジェニングズ夫人の生活スタイルや交際相手に関しては、エリナーもマリアンもあまり不満はなかった。自分たちにはつねに親切にしてくれて、その点でもまったく不満はなかった。ジェニングズ家の家事の切り盛りはたいへん気前よく行なわれていたし、それにジェニングズ夫人は、昔の商人仲間の数人——娘のミドルトン夫人はその交際をいやがっているのだが、ジェニングズ夫人はいまだにつきあいをやめないのだ——を除けば、エリナーとマリアンの感情を害するような、つまり、紹介してほしくないと思うような人物を訪問することはなかった。その点では予想以上に居心地がよかったので、エリナーは晩の集まりの退屈さには我慢することにした。ジェニングズ夫人が関係する晩の集まりは、自宅でも訪問先でもトランプゲームばかりで、エリナーにはまったく面白くないのだけれど。

ブランドン大佐は、いつでもいらしてくださいという言葉に甘えて、ほとんど毎日のようにやってきた。マリアンの顔を見て、エリナーと話をするためにやってくるのだ。エリナーとしては、ほかのことよりも大佐との会話のほうが楽しいのだが、大佐がまだマリアンに好意を寄せているのを見ると、非常に心配になった。大佐の愛情はますます募るばかりなのではないかとさえ思えた。真剣なまなざしでマリアンを見つめている大佐を見ると、エリナーは悲しかった。大佐は明らかに、バートンにいたときよりも元気がなかった。

エリナーたちがロンドンに来て一週間ほどして、ウィロビーもロンドンにいることがはっきりした。彼女たちが朝のドライブから帰ると、テーブルに彼の名刺が置かれていたのだ。

「まあ！　私たちが出かけているときに来たんだわ！」とマリアンは叫んだ。

「きっと、明日またいらっしゃるわよ」彼がロンドンにいるとわかって、エリナーもうれしくなって言った。

だがマリアンは聞いていない様子で、ジェニングズ夫人が入ってくるとその大事な名刺を持って逃げ出した。

この出来事でエリナーはすっかり元気になったが、マリアンには以前の落ち着きのなさが戻ってしまった。いや、前以上に落ち着きがなくなった。この瞬間から、マリアンの気持ちはひとときも落ち着くことがなかった。ウィロビーに会えるのを今か今かと待ちわびて何も手につかなかった。つぎの朝、ほかのふたりが出かけても、自分はどうしても残ると言って聞かなかった。

エリナーは、自分たちの留守中にバークリー・ストリート（ロンドンのポートマン・スクエアの西にある通り）のジェニングズ夫人宅で何が起きているかと、そればかり気になった。だが帰宅すると、マリアンの顔をひと目見ただけで、今日はウィロビーが来なかったことがわかった。ちょうどそこへ、従僕が手紙を持ってきてテーブルに置いた。

「私に？」とマリアンが大きな声で言って大急ぎで駆け寄った。

「いいえ、お嬢さま、うちの奥さま宛でございます」

でもマリアンは納得せずに、すぐに手紙を取り上げた。

「ほんとにジェニングズ夫人宛だわ。癪に障るわね！」

「それじゃ、手紙を待っているの？」エリナーが黙っていられなくなって言った。

「ええ、ちょっとね――でも、そうでもないけど」

ちょっと沈黙があってから、

「私を信用していないのね、マリアン」とエリナーが言った。

「あら、お姉さまからそんなことを言われるなんて！　お姉さまこそ誰も信用しないじゃない！」

「私が？」エリナーが面食らって言った。「だってマリアン、私は何も打ち明けることがないのよ」

「私もないわ」マリアンが激しい調子で言った。「それじゃ、私たちの状況は似てるわね。つまり、ふたりとも何も言うことがないわけね。お姉さまは人に何も打ち明けないから。そして私は何も隠していないから」

エリナーは自分の秘密主義を非難されて当惑した。たしかに自分はいま秘密を持っているが、その秘密（つまりルーシー・スティールとエドワード・フェラーズとの婚約）は誰にも話すわけにはいかない。そういう状況なので、エリナーはマリアンにむかって、「すべてを打ち明けて」と迫ることはできなかった。

まもなくジェニングズ夫人が現われ、手紙を受け取ると声に出して読んだ。それはミドルトン夫人からの手紙で、前夜コンディット・ストリート（ロンドンの高級住宅街であるメイフェア地区にある通り）の家に着いたことを知らせ、明晩お母さまとダッシュウッド姉妹に来ていただけないかと書かれていた。サー・ジョンは用事があり、ミドルトン夫人はひどい風邪で、バークリー・ストリートにあいさつに来られないのだという。招待は受け入れられた。ところが約束の時間が近づくと――ジェニングズ夫人にたいする礼儀上、姉妹そろって同行するのが当然なのだが――エリナーはマリアンにいっしょに行くよう説得するのがたいへんだった。というのは、マリアンはまだウィロビーに会っていないので、外出を楽しむ気にはならないし、自分の留守中に彼が訪ねてくるという危険を冒したくないというわけだ。

住居が変わっても性格は変わらないものだと、エリナーはその晩つくづく思った。というのは、サー・ジョンはロンドンに来てまだ三日目だというのに、二十人ほどの若い人たちを集めて舞踏会を催したのだ。でもこれは、ミドルトン夫人としてはほんとうは反対だった。田舎なら準備不足の舞踏会でもかまわない。しかしロンドンでは、「洗練された舞踏会」という評判は非常に大事だし、そう簡単には得られないのだから、ほんの数名の娘たちを喜ばすために、準備不足の舞踏会を催すことはあまりにも危険なことなのだ。ミドルトン夫人ともあろうものが、わずか八、九組の男女を招いて、ヴァイオリン二挺と、サイドボードでの軽食だけの舞踏会を催すというのは――。

パーマー夫妻も来ていた。エリナーとマリアンがパーマー氏に会うのは、ロンドンに来てからこれがはじめてだった。パーマー氏は、姑《しゅうとめ》のジェニングズ夫人の家にはちょっとでも気をつかっていると見られたくないので、バークリー・ストリートの夫人の家には寄りつかないからだ。だがエリナーとマリアンが部屋に入っていっても、パーマー氏は知らん顔をしていた。部屋の向こうから、誰だか知らないといった顔でちらっとふたりを見て、ジェニングズ夫人にうなずいただけだった。マリアンは部屋に入るとぐるりとまわりを見まわした。それで十分であり、ウィロビーはそこにはいなかった。そこでマリアンは、今夜はもう楽しみを受ける気も与える気もなくなって腰をおろした。みんなが集まってから一時間ほどすると、パーマー氏がぶらぶらとエリナーとマリアンのほうへやってきて、ロンドンでお会いするとは驚きましたと言った。しかし、エリナーとマリアンがロンドンにいることを、ブランドン大佐はパーマー氏の家で知ったというし、パーマー夫人の話では、ダッシュウッド姉妹がジェニングズ夫人といっしょにロンドンに来ると聞いて、パーマー氏はすごく面白いことを言ったそうなので、これはずいぶん妙な話だ。

「おふたりともデヴォン州にいると思っていました」とパーマー氏は言った。

「そうですか」とエリナーは答えた。

「いつお帰りですか？」

「わかりません」

これでふたりの会話は終わった。

マリアンは、今夜ほどダンスをしたくないと思ったことはないし、ダンスをしてこんなに疲れたのも生まれてはじめてだった。バークリー・ストリートに戻りながら彼女はその疲労を訴えた。

「はい、はい、そのわけはよくわかってますよ」とジェニングズ夫人が言った。「誰かさんが来ていたら、ちっとも疲れなかったでしょうね。ほんとの話、招待されたのにあなたに会いに来ないなんてあんまりね」

「招待されたですって！」とマリアンが叫んだ。

「娘がそう言っていたわ。今朝サー・ジョンが、どこかの通りで偶然彼に会って招待したらしいの」

マリアンはそれきり何も言わなかったが、ひどく傷ついた様子だった。エリナーは、もうこうなった以上は、マリアンを救うために何かしなければいけないと思い、明日母に手紙を書こうと決心した。マリアンの健康が心配だということを母にわからせ、延び延びになっているマリアンへの質問（つまり、ウィロビーとの婚約の有無についての質問）をすぐにしてくださいと母に頼むのだ。翌日の朝食のあと、マリアンがまたウィロビーに手紙を書いているのを見て――手紙の相手はウィロビー以外には考えられない――エリナーの決心はますます強まった。

昼ごろ、ジェニングズ夫人は用事があってひとりで外出したので、エリナーはさっそく手紙を書きはじめた。マリアンはそわそわして何も手につかず、不安で話もできず、窓から窓へと歩きまわったり、暖炉のそばに座って悲しそうに物思いに耽ったりしていた。エリナーは必死で母に訴えた。ロンドンへ来てからの一部始終を説明し、ウィロビーの心変わりにたいする疑いを述べ、こうなった以上は、母親の義務と愛情によって、ウィロビーとの婚約についてすぐにマリアンに問いただしてほしいと訴えた。

やっと手紙を書き終えたところへ、ドアをノックする音が聞こえ、従僕がブランドン大佐の来訪を告げた。マリアンは窓から大佐の姿を見たが、いまは誰にも会いたくないので、大佐が入ってくる前に部屋を出ていってしまった。大佐はいつも以上に重々しい表情で、とくにエリナーに話があるらしく、「あなたがおひとりで、ちょうどよかったです」と言ったが、あとはしばらく無言で座っていた。マリアンのことで話があるのだろうとエリナーは確信し、大佐が口をひらくのをじりじりしながら待った。エリナーが大佐を前にして同じような確信を抱いたのは、これがはじめてではなかった。「妹さんは今日は気分がすぐれないようですね」とか、「妹さんは元気がありませんね」などと言ってから、マリアンのことで特別なことを打ち明けようとしている、あるいはたずねようとしていると思えたことが、これまでにも何度かあったからだ。数分間の沈黙がつづいたあと、大佐がすこし動揺した声で、「あなたに義弟《おとうと》さんができそうですが、いつお祝いを言ったらよろしいですか？」と聞いた。エリナーは、そんな質問は予想もしていなかったので、とっさに返答ができず、とりあえずありきたりな逃げ言葉で、「どういう意味ですか？」と聞き返した。大佐は笑顔をつくりながら、

「妹さんとウィロビー氏との婚約はもう知れ渡っていますよ」と答えた。

「えっ？　そんなはずはありません。家族の者が知らないんですから」とエリナーは言い返した。

「申し訳ありません。ぶしつけな質問でした」大佐は驚いた顔で言った。「しかし、秘密になさっているとは思わなかったのです。おふたりは公然と手紙のやりとりをしているし、おふたりの結婚はもうみんなが噂していますから」

「いいえ、そんなはずはありません。一体どなたからそんな話をお聞きになったのですか？」

「いろいろな人からです。あなたの知らない人や、あなたが非常に親しくしている人たち、つまりジェニングズ夫人や、パーマー夫人や、ミドルトン夫妻からです。しかし、今日ここへ通されたときに、召使が持っていたあの手紙を、つまり、妹さんの筆跡で書かれたウィロビー氏宛の手紙を偶然目にしなかったら、まだ信じなかったかもしれない。人間の心というのは、何かを信じたくない場合は、それを疑う根拠になるものをつねに見つけるものですからね。私は今日、そのことをお聞きするためにうかがったのですが、お聞きする前にわかってしまいました。もうすべてはっきり決まったのですか？　もう私には望みが……。いや、私には何の権利もないし、成功の見込みもまったくない。申し訳ありません、ミス・ダッシュウッド。よけいなことを言い過ぎました。しかし、自分でもどうしていいかわからないし、私はあなたの思慮分別を心から信頼しています。教えてください。もうすべて完全に決まったことなのですか？　もうどんなことをしても……つまり、残された道はただひとつ、隠しておけるものなら隠しておくという道しかないのですか？」

大佐のこれらの言葉は、マリアンへの愛をはっきりと告白したも同然であり、エリナーは激しく動揺し、すぐには何も言えなかった。気を取り直したあとも、どう答えるのがいちばんいいかと、しばらく思いをめぐらした。マリアンとウィロビーの間がどうなっているのか、自分にもよくわからない。だから自分が何か説明すれば、言い過ぎになるか、舌足らずになるか、どちらかになってしまう。しかし、マリアンがウィロビーを愛しているのは間違いのない事実であり、その愛がどういう結果になろうと、ブランドン大佐にまったく望みがないことは確かだ。そして同時に、マリアンの振る舞いが誰からも非難されないようにしてあげたい。そこでエリナーは、しばらく考えてからこう結論をくだした。自分が実際に知っている以上のことを、あるいは、自分が実際に信じている以上のことを大佐に言ってやるのが、いちばん賢明で親切かもしれない、と。そこで彼女は大佐にはっきりとこう言った。マリアンとウィロビーの関係がいまどうなっているのか、本人たちからは何も聞いていないが、ふたりが愛し合っていることは間違いないと思うし、ふたりが手紙のやりとりをしていると聞いても驚きません、と。

大佐はエリナーの言葉を無言でじっと聞いていたが、彼女が話し終わるとすぐに立ち上がり、気持ちのこもった声で、「妹さんの幸せを心からお祈りします。そしてウィロビーには、彼女にふさわしい人物になるよう努力することを祈ります」と言って、いとまを告げて立ち去った。

エリナーはこの会話から、ほかのいろいろな不安を和らげてくれるような安堵感は得られなかった。それどころか、ブランドン大佐の不幸という悲しい印象だけが残ってしまった。しかも彼女は、その不幸が取り除かれることを願うことさえできないのだ。なぜなら彼女は、大佐のその不幸を決定づける、マリアンとウィロビーとの結婚を願っているのだから。

第二十八章

エリナーが母親に必死に訴える手紙を書いたあと三、四日のあいだ、手紙を書いたことを後悔させるようなことは何も起きなかった。やはりウィロビーは来なかったし、手紙も寄こさなかったからだ。エリナーとマリアンはミドルトン夫人のお供をして、あるパーティーに出ることになった。ジェニングズ夫人は、娘のパーマー夫人の体調が悪いために出席できなかった。マリアンはまったく元気がなく、なりふりも気にせず、行っても行かなくてもどちらでもいいという感じで、何の期待感もなく、うれしそうな顔ひとつせずにパーティーの身支度をした。お茶がすむと、客間の暖炉のそばに座り、ミドルトン夫人の到着を待つあいだ、一度も椅子から動かず、姿勢も変えず、ひとりで物思いに沈み、そばにエリナーがいることすら気づかない様子だった。そして、「ミドルトン夫人が玄関でお待ちです」と告げられると、今夜のパーティーのことを忘れていたかのようにびくっとした。

三人はやがてパーティー会場に到着し、先着の馬車の列につづいて、順番がくると馬車をおり、家の階段をのぼり、自分たちの名前が踊り場から踊り場へと大きな声で告げられるのを聞き、華やかに明かりの灯った、すでに客でいっぱいの、むっとするような暑い部屋へと入っていった。その家の女主人に膝を曲げて丁重なあいさつをすますと、客でごった返す部屋の奥へと入ってゆき、三人の到着でさらに増したにちがいない暑さと窮屈さをみんなと共にすることを許された。しばらく会話らしい会話もなく手持ち無沙汰に過ごしたあと、ミドルトン夫人はカジノというトランプゲームの席についた。エリナーとマリアンは、マリアンが部屋を歩きまわる元気がなく、幸い椅子が空いたので、トランプテーブルから遠からぬ所に腰をおろした。

こうして椅子に落ち着いてからまもなく、エリナーはなんとウィロビーの姿を認めた。ほんの数メートル先に立って、とても洗練された感じの若い女性と熱心に話し込んでいるのだ。エリナーがすぐにウィロビーの視線をとらえ、彼はすぐに会釈をしたが、エリナーに話しかけようとはせず、また、マリアンの姿が見えないはずはないのに、マリアンのほうへ来ようともせず、その洗練された女性とそのまま話しつづけていた。エリナーは、マリアンはまだ気づいていないのかと、思わず横を向いてマリアンを見た。マリアンはちょうどそのときはじめてウィロビーに気づき、突然の喜びに顔じゅうを輝かせた。エリナーが服をつかんで止めなかったら、すぐに彼のほうへ飛んでいったことだろう。

「まあ！」マリアンが大きな声で言った。「彼がいるわ！　あそこにいるわ！　なぜ私を見ないのかしら？　なぜ彼と話してはいけないの？」

「お願い、落ち着いて！」とエリナーが言った。「人前で自分の気持ちをさらけ出さないで。たぶん彼は、まだあなたに気がついていないのよ」

でもそんなことは、エリナーにも信じられなかった。それに、こんなときに落ち着くなんてマリアンにはできっこないし、そんなことを望むほうが無理だ。マリアンはいらだち、顔じゅうに苦悶の表情を見せて座っていた。

やがてウィロビーがまた振り向いて、ふたりを見た。マリアンはさっと立ち上がり、愛情たっぷりに彼の名を呼びながら、彼のほうへ手を差し出した。ウィロビーはとうとうこちらへやってきたが、まるでマリアンの視線を避け、彼女の振る舞いを見まいと決意したかのように、マリアンではなくエリナーに話しかけ、「お母さまはお元気ですか？」とあわてたように言い、「いつからロンドンにいらっしゃるのですか？」と聞いた。突然そんなあいさつをされて、エリナーはすっかり心の平静を失って何も言えなかった。だがマリアンの感情はたちまち爆発した。顔じゅうを紅潮させて、感情をむき出しにして言った。

「ウィロビー！　これは一体どういうこと？　私の手紙を受け取っていないの？　私と握手もしてくれないの？」

ウィロビーはそう言われて握手をしないわけにはいかなかったが、マリアンの手に触れるのが苦痛であるかのように、ほんの一瞬手を握っただけだった。彼は必死に落ち着こうとしているようだった。エリナーは彼の顔を見ていたが、その表情がしだいに落ち着いてくるのがわかった。しばしの沈黙のあと、ウィロビーが落ち着いた声で言った。

「先週の火曜日に、バークリー・ストリートのお宅にお伺いしましたが、残念なことに、あなたたちもジェニングズ夫人もお留守でした。名刺をご覧いただいたと思いますが」

「でも、私の手紙は受け取っていないの？」マリアンがじれったそうに言った。「これは何かの間違いよ！　ひどい間違いよ！　これは一体どういうことなの？　教えて、ウィロビー。お願いだから教えて。一体どういうことなの？」

ウィロビーは何も答えなかった。顔色が変わり、またすっかりどぎまぎした様子に戻ってしまった。しかし、さっきまで話をしていた若い女性と視線が合うと、ここは頑張らなければいけないと思ったらしく、また落ち着きを取り戻し、「ええ、ご親切にお送りいただいたロンドン到着のお知らせは、ありがたく受け取りました」と言ってから、軽く一礼して急いでその場を離れ、あの洗練された若い女性のところへ戻ってしまった。

マリアンは顔面蒼白となり、立っていることもできず、崩れるように椅子に座り込んでしまった。エリナーはいまにもマリアンが失神するかと思い、みんなの目から彼女を隠すようにしながら、ラヴェンダー香水をかがせて必死に元気づけた。

「お姉さま、彼のところへ行って、彼をここへ連れてきて！」口がきけるようになるとマリアンが言った。「もう一度会いたいって、すぐに話がしたいって彼に伝えて！　このままでは頭がおかしくなりそうよ。説明を聞くまでは一瞬だって気が休まらないわ。恐ろしい誤解があるのよ。お願い、すぐに彼のところへ行って！」

「それは無理よ。だめよ、マリアン。待たなきゃだめ。ここでそんな話をするのは無理よ。せめて明日まで待って」

だがエリナーは、マリアンが自分で彼のあとを追うのを止めるのがやっとだった。興奮を抑えて、せめて表面だけは落ち着いて、もっと人目のない場所で実りのある話ができるようになるまで待ちなさい、と説得するのは不可能だった。マリアンはみじめな声でわが身の不幸を嘆きつづけた。だがしばらくするとエリナーは、ウィロビーが階段に通ずるドアから部屋を出ていくのを目にした。そこで、彼は帰ってしまったとマリアンに告げ、もう今夜は彼と話はできないと言って、なんとかマリアンを落ち着かせようとした。するとマリアンは、あまりにもみじめでもうここにはいられないから、すぐに家まで送ってくれるように、ミドルトン夫人に頼んでほしいとエリナーに言った。

ミドルトン夫人はカジノの三番勝負の真っ最中だったが、マリアンの体の具合が悪いと聞くと、帰りたいという希望に反対するわけにはいかず、自分の持ち札を友人に渡して、馬車が来ると三人ですぐに出発した。バークリー・ストリートに戻るまで、誰もひと言も口をきかなかった。マリアンは悶々として黙りこみ、すっかり打ちのめされて涙も出なかった。しかし、幸いジェニングズ夫人はまだ帰宅していなかったので、ふたりはすぐに自分たちの部屋へ行き、マリアンは気付け薬ですこし元気を取り戻し、すぐに着替えをしてベッドに入った。エリナーは、マリアンがひとりになりたそうなので部屋を出た。そしてジェニングズ夫人の帰りを待つあいだ、いままでのことをじっくりと思い返した。

ウィロビーとマリアンの間に、何らかの約束があったことは間違いない。そして、ウィロビーがそれをいやになったことも明らかだ。マリアンはまだ希望を抱いているかもしれないが、エリナーとしては、ウィロビーのあのような振る舞いが、何かの間違いや誤解のためだとは到底考えられなかった。完全に心変わりしたという以外に、説明のしようがない。ウィロビーのあのどぎまぎした様子を目にしなかったら、エリナーの怒りはさらに激しいものになっただろう。あのあわてぶりは、自分の背信行為を自覚している証拠だ。だからエリナーとしては、彼がこれといった目的もなく、最初からマリアンの愛情をもてあそんだのだとは思えなかった。それほどの破廉恥な男だとは思えなかった。離れていたあいだに愛情が薄れ、何かの事情で別れる決意をしたのかもしれない。しかしマリアンにたいする愛情は、最初はたしかにあったはずだし、エリナーとしては、そこまで疑う気にはなれなかった。

マリアンのことを思うと、心配で胸が張り裂けそうだった。ウィロビーとあのような悲しい再会をして、すでに十分すぎるほどの苦しみを味わっているにちがいないが、これからさらに残酷な結果と、残酷な苦しみが待っているかもしれないのだ。それに比べれば、自分の不幸はまだまだ軽いほうだとエリナーは思った。いずれはエドワードと別れ別れになるとしても、いままでどおり彼を尊敬できれば、なんとか自分の気持ちを支えることができるだろう。だがマリアンの場合は、あらゆることがあの不幸にさらに追い討ちをかけ、ウィロビーとの最後の別れ、すなわち、間近に迫った決定的な決裂というマリアンの悲しみを、さらにひどいものにしそうなのだ。

第二十九章

つぎの日、メイドがまだ暖炉に火を入れる前、一月の陰うつな寒い朝にまだ太陽も昇りきらぬころに、まだ着替えもすませぬマリアンが、窓辺のわずかな光を求めて、窓ぎわの作り付けの腰掛けの前にひざまずき、とめどなく流れる涙を払いながら必死にペンを走らせていた。マリアンの激しいすすり泣きで目を覚まされたエリナーがまず目にしたのは、そんな光景だった。エリナーは、しばらく黙って心配そうにマリアンを見つめてから、思いやりにあふれたやさしい声で言った。

「マリアン、聞いてもいい？」

「いいえ、お姉さま、何も聞かないで。すぐに何もかもわかるわ」とマリアンは言った。

そう言ったときの、マリアンの絶望的な平静さとでもいうものは長くはつづかず、言い終わるとすぐにまた、さっきと同じ激しいすすり泣きへと戻ってしまった。しばらくは手紙を書きつづけることもできず、書きはじめてからもたびたび悲しみの激しい発作に襲われて、そのたびにペンを止めなくてはならなかった。それはつまり、これがウィロビーへの最後の手紙になるとマリアンが思っている証拠でもあった。

エリナーは黙って控えめに精いっぱいの心づかいを示した。マリアンがいらだってきつい口調で、「お願いだから話しかけないで！」と言わなかったら、エリナーはもっとマリアンをなだめたり、落ち着かせようとしたりしただろう。こういう場合は、長く一緒にいないほうがお互いのためだ。落ち着かない精神状態にあるマリアンは、着替えがすむと一瞬も部屋にじっとしていられず、孤独を求め、場所の変化を求め、朝食の時間まで、みんなの目を避けながら家のあちこちを歩きまわった。

朝食の席についてもマリアンは何も食べず、手をつけようとさえしなかった。エリナーはマリアンに無理に食べさせようとしたり同情したりせず、彼女のことを気にしている素振りさえ見せず、ジェニングズ夫人の関心を自分だけに引きつけようと努力した。

ジェニングズ夫人は朝食が大好きなので、かなり時間がかかったが、三人が食事を終えて、共用の仕事台につこうとすると、マリアン宛の手紙が届いた。マリアンは召使からそれをひったくるように受け取ると、死人のように顔面蒼白になってすぐに部屋を出ていった。エリナーはそれだけでもう、ウィロビーからの手紙だとわかり、急に胸が苦しくなって顔を上げることもできず、体じゅうが震えて、ジェニングズ夫人に気づかれるのではないかと心配した。だが夫人は、マリアンがウィロビーから手紙を受け取ったことに気づいただけだった。それは絶好の冗談の種になるので、「いいお手紙だといいわね」と笑いながら言ったが、エリナーの動揺ぶりには、敷物用の生地の長さを測るのに忙しくて気がつかなかった。そしてマリアンがいなくなると、夫人は落ち着いた調子でこうつづけた。

「ほんとに、あんなに恋に一途な娘さんは見たことがありませんよ。うちの娘たちなんか比べものにもならないわ。けっこうのぼせあがったりはしたんですけどね。それにしても、マリアンさんは人が変わってしまったみたいね。彼がこれ以上彼女を待たせないようにしてほしいわね。心からそう願うわ。あんなにやつれて寂しそうなマリアンさんを見るのはつらいもの。ねえ、ふたりはいつ結婚するの？」

エリナーは、このときほど口をききたくないと思ったことはなかったが、こんな攻撃はすぐに迎え撃たなければならず、笑顔を浮かべてこう答えた。

「それじゃ奥さまは、マリアンがウィロビーさんと婚約していると本気で思っているのですか？　私はただの冗談だと思っていました。でも、そんなに真剣にお聞きになるからには、冗談ではなさそうですね。それならぜひお願いします。もうこれ以上思い違いをするのはおやめください。はっきり申し上げます。あのふたりが結婚するなんてあり得ません」

「まあ、あきれた！　よくそんなことが言えるわね！　私たちが知らないとでも思っているの？　結婚は間違いないわ。ふたりははじめて会ったときからお互いに首っ丈だったんでしょ？　私はデヴォン州で、ふたりが毎日、朝から晩まで一緒にいるのを、ちゃんとこの目で見ていたのよ。いいえ、私にはちゃんとわかってます。マリアンさんは婚礼衣装を買うためにロンドンへ来たんでしょ？　さあ、さあ、ごまかしてもだめ。あなたはうまく隠しているつもりで、誰も気がつかないと思ってるのね。でも、そうはいかないわ。この婚約のことは、ずっと前からロンドンじゅうに知れ渡っているわ。私がみなさんにお話ししたし、うちのシャーロットだってそうよ」

「いいえ、奥さまはほんとに勘違いをなさっています」エリナーは真剣な調子で言った。「そんな噂を広めるなんてあんまりです。いまは私の言うことを信じられなくても、いずれ勘違いだとわかります」

ジェニングズ夫人はまた笑ったが、エリナーはそれ以上言う気力はなかった。それに、ウィロビーが手紙でなんて書いてきたのか一刻も早く知りたくて、急いで自分の部屋に引き取った。ドアを開けると、ベッドでぐったり横になっているマリアンの姿が目に入った。悲しみのあまり息も絶え絶えで、一通の手紙を手に持ち、さらに二、三通の手紙がそばに散らかっていた。エリナーはそばへ寄ったが何も言わなかった。自分もベッドに座って、マリアンの手を取り、愛情をこめて何度かキスをし、こらえきれずに突然わっと泣き出した。その激しさは、最初はマリアンに劣らなかった。マリアンは口はきけなかったが、エリナーのやさしさに感激した様子で、こうしてしばらくいっしょに嘆き悲しんだあと、すべての手紙をエリナーに手渡し、それからハンカチで顔をおおって号泣した。このような愁嘆場を見るのはつらいけれど、一度は通らなくてはならないのだ。エリナーは、マリアンの激しい悲しみがすこしおさまるまでそばで見守り、それから急いでウィロビーの手紙を開いた。こういう内容だった。

ボンド・ストリートにて、一月

拝啓

お手紙ありがたく拝受致しました。心よりお礼申し上げます。私の昨夜の振る舞いに、あなたのお気に召さぬ点があったと聞き、まことに残念でなりません。いかなる点があなたのお怒りを買うことになったのか見当もつきませんが、私の意図したものでないことだけは確かですので、何卒お許し願います。デヴォン州でのあなたさまご一家とのおつきあいを思い出すたびに、心からの感謝と喜びを感じております。その良き思い出は、いかなる誤解によっても乱されることはないと確信しております。あなたさまご一家にたいする私の敬愛の念は、うそいつわりのない真実であります。しかし、万一不幸にも、私が感じていた以上のものを、あるいは、私が意図していた以上のものを、皆さまに感じさせてしまったとすれば、敬愛の念の示し方に慎重さが足りなかった私を責めるほかありません。私があなたさまご一家にたいして敬愛の念以上のものを抱くことなどあり得ません。それは、私がずっと以前よりほかの女性と婚約しており、数週間後には婚礼の運びになるという事実を見れば、おわかりいただけると思います。まことに残念ですが、これまでにいただいたあなたのお手紙と、ご親切にもお贈りくださいましたあなたの髪を、ご命令に従いお返し致します。

敬具

ジョン・ウィロビー

エリナーがこの手紙を読んでどれほどの怒りを覚えたか想像できるだろう。ウィロビーが心変わりを告白し、マリアンとの別れを永遠のものとする内容だということは、読む前からわかっていたが、それを伝えるのに、このような言い方が許されるとは思ってもいなかった。あのウィロビーが、高潔かつ繊細な感情の持ち主という外見からこんなにもかけ離れ、紳士としての普通の礼節すらわきまえず、このような厚顔無恥な残酷な手紙を送りつけてこようとは、まったく思ってもいなかった。この手紙は、「残念ですがお別れしなければなりません」と謝っているわけではない。それどころか、いかなる背信行為も認めず、そもそも最初から特別な愛情などなかったと主張しているのである。ここに書かれたすべての言葉が、マリアンにたいするひどい侮辱であり、この手紙によって、ウィロビーが見下げ果てた卑劣漢だということが明々白々となったのである。

エリナーは怒りと驚きでしばらく呆然としていたが、それから二度、三度と手紙を読み返した。だが読み返すたびに、ウィロビーにたいする憎しみと嫌悪感が増すばかりだった。その嫌悪感があまりにも強烈で、不用意に口もきけなかった。つまりエリナーとしては、この婚約解消はマリアンの幸福を奪うものではなく、見下げ果てた破廉恥漢と生涯の契りを結ぶという、取り返しのつかない最悪の不幸を免れたということであり、まさに正真正銘の解放であり、最高に喜ばしいことだと思うのだが、うかつにそれを言ったら、マリアンをさらに深く傷つけるかもしれないからである。

エリナーはこの手紙の内容と、このような手紙を書いたウィロビーの堕落した心について、それにたぶん、こんな男とは似ても似つかぬエドワード・フェラーズの、似ても似つかぬ心について（ただし、エドワードはこの件にはまったく関係ないし、ただエリナーが、今回のことをエドワードに結びつけてあれこれ考えただけなのだが）夢中で思いをめぐらせていた。そのためエリナーは、マリアンがいま悲しみのどん底にいることも、まだ読んでいない三通の手紙が膝の上にあることも、この部屋に来てからどれくらいの時間がたったのかも忘れてしまった。そこへ、馬車が玄関前にとまる音が聞こえたので、こんなに朝早く誰が来たのだろうと思いながら窓辺に行くと、ジェニングズ夫人の四輪馬車なのでびっくりした。ジェニングズ夫人と午後一時に出かける約束になっていたのだ。いまマリアンの気持ちを楽にしてやれるようなことは何もできそうにないけれど、とにかくマリアンのそばにいてあげようと決心し、エリナーは急いで階下へ行き、今日は妹の体の具合が悪いのでお供できませんと、ジェニングズ夫人に断わった。ジェニングズ夫人は、わかってますよという感じで、マリアンの病気を上機嫌で心配して、すぐにお供を免除してくれた。エリナーが夫人を見送って部屋に戻ると、マリアンがちょうどベッドから起き出そうとしていて、床に倒れそうになったところを、危うくエリナーが抱きとめた。長いあいだの睡眠不足と栄養不足のために、めまいがして卒倒しそうになったのだ。マリアンはもう何日も前からまったく食欲がなく、もう幾晩もほとんど眠っていないのだ。そしていま、狂おしい期待と不安という心の支えを失ったために、その影響が一挙にあらわれ、頭痛と吐き気と神経の衰弱を招いたのである。エリナーがすぐにワインを持ってきて飲ませると、マリアンはすこし気分が良くなり、やがて姉のやさしさに感謝する気持ちを口にできるようになった。

「お姉さま！　心配をかけてすみません！」

「私はね、あなたを慰められることなら何でもしてあげたいと、そう願っているだけよ」とエリナーは言った。

いまは何を言われても同じだろうが、このやさしい言葉をかけられて、マリアンはもうこらえきれず、「ああ、お姉さま！　私はほんとうにみじめよ！」と苦悶の叫びを発すると、あとはもう激しく泣きじゃくるばかりだった。

身も世もあらぬこの悲しみようを、エリナーはこれ以上黙って見てはいられなかった。

「マリアン！　しっかりしなきゃだめよ！」とエリナーは言った。「あなたと、あなたを愛する人たちを死なせたくないと思ったら、元気を出さなきゃだめよ！　お母さまのことを考えて。そんなあなたの姿を見たら、お母さまがどんなに悲しむかを考えて。お母さまのために、元気を出さなくちゃだめよ！」

「無理よ、そんなこと無理よ！」とマリアンは言った。「私のことはほっといて！　私のことが迷惑なら、私のことはほっといて！　私を憎んで、私のことは忘れて！　でも、私をそんなに苦しめないで！　自分に苦しみのない人間が、人に元気を出せと言うのは簡単よ。幸せいっぱいのお姉さまに、私の苦しみがわかるはずないわ！」

「マリアン、私が幸せだって言うの？　ああ、何もわかっていないのね！　それに、あなたがいまそんなに不幸なのに、私が幸せでいられると思うの？」

「許して、許して」マリアンはエリナーの首に抱きついた。「お姉さまが私に同情してくれているのはわかっているわ。お姉さまがどんなにやさしい心を持っているかわかっているわ。でも、お姉さまはいま幸せなはずよ。エドワードに愛されているんですもの。そんな幸せを奪えるものなんてこの世にあるわけないわ！」

「いろいろな事情があるのよ」エリナーが改まった調子で言った。

「うそよ！　そんなはずないわ！」マリアンが激しい調子で言った。「彼はお姉さまを愛しているわ。お姉さまだけを愛しているわ。お姉さまに悲しいことなんてあるはずないわ」

「あなたがこんな状態なのに、私が幸せでいられるわけがないでしょ？」

「私は永遠にこの状態よ。私のこの不幸は何があっても変わらないわ」

「そんなことを言ってはだめよ、マリアン。あなたには何も慰めがないの？　家族や友達はいないの？　彼を失ったことは、そんなに慰めようがないことなの？　いまはすごく苦しいかもしれないけど、こういうふうには考えられないの？　彼がどんな人間かわかるのがもっと遅くなっていたら、つまり、これから何カ月もしてから彼が婚約を解消したら、いまよりもっとつらい思いをしたかもしれないって。彼にたいするあなたの間違った信頼が、長くつづけばつづくほど、あなたのショックはそれだけ大きくなったはずよ」

「婚約？」とマリアンが驚いたように言った。「婚約なんてしていないわ」

「婚約していない？」

「ええ、していないわ。彼はお姉さまが思ってるほどひどい人じゃないわ。私との約束を破ったわけじゃないわ」

「でも、彼はあなたを愛していると言ったんでしょ?」

「ええ。いいえ、はっきり言ったことはないわ。毎日そういう感じのことは言っていたけど、はっきりと愛を告白したことはないわ。告白されたと私が思ったことはあるけど——でも、彼がはっきり告白したことは一度もなかったわ」

「でも、あなたは彼に何度も手紙を書いたでしょ?」

「ええ、書いたわ。あんなにいろいろなことがあったんだから当然でしょ? でも、もう何も話したくない」

エリナーはそれ以上何も言わず、さっきより俄然興味が増した三通の手紙に目を向け、すぐに全部に目を通した。一通目は、マリアンがロンドンに来てすぐにウィロビーに出したもので、こういう内容だった。

バークリー・ストリート、一月

ウィロビーさま、この手紙を受け取ったらびっくりなさると思います。私がいまロンドンにいると知ったら、もっとびっくりなさると思います。ジェニングズ夫人と一緒ですが、ロンドンへ来る誘惑には勝てませんでした。今夜こちらへいらっしゃるのに間に合うように、この手紙が届くといいのですが、そこまでは期待していません。とにかく明日にはお会いしたいと思います。それまでごきげんよう。

二通目は、ミドルトン家での舞踏会の翌朝書かれたもので、こういう内容だった。

一昨日はせっかくお訪ねくださったのにお会いできなくて、ほんとうに残念でした。それに、私が一週間以上前にお出しした手紙に何のご返事もいただけなかったことに、非常に驚いています。私はあなたからのお便りを、そしてそれ以上に、あなたにお目にかかれることを、毎日今か今かとお待ちしています。どうか一刻も早く、もう一度お訪ねくださ い。そして、なぜ私がこのような待ちぼうけを食わされなければならないのか説明してください。ジェニングズ夫人と私たちはたいてい午後一時には外出しますので、このあいだより早い時間にいらっしゃったほうがいいと思います。私たちは昨夜、ミドルトン夫人のお宅で開かれた舞踏会へまいりました。あなたも招待されていたと聞きましたが、そんなことがあり得るのでしょうか？　もしそれが事実なら、つまり、あなたは招待されていたのに来なかったのだとしたら、お別れしてからあなたはほんとうに変わってしまったのでしょう。でも私はそんなことは信じません。一刻も早くあなたの口から、そんなことはないと言っていただけることを祈っております。

M・D

最後の手紙はこういう内容だった。

ウィロビー、あなたの昨夜の振る舞いはどう考えたらいいのですか？　あらためて説明を求めます。私たちはバートンであのような親しいおつきあいをし、このように長いあいだ離れ離れになっていたのですから、私は当然、親しさにあふれた再会の喜びを分かち合えるものとばかり思っていました。ほんとうに不愉快でした！　侮辱としか言いようのないあなたの振る舞いを許すにはどうすればよいのかと、いろいろ考え、ほんとうにみじめな一夜を過ごしました。でも、いまだにあなたの振る舞いを弁護する方法が見つかりませんが、あなたが釈明なさるなら喜んでお聞きします。たぶんあなたは、私のことで何か間違った情報を耳にして、あるいは故意にうそを吹きこまれて、それで私をいやになったのだと思います。どういうことなのか教えてください。あなたがあのような振る舞いをした理由を説明してください。そうすれば、すぐにお互いの誤解を解くことができるでしょう。あなたのことを悪く思わなくてはならないなんて、こんな悲しいことはありません。でも、もしそうしなくてはならないのなら――つまり、あなたは私たちが思っていたような人ではなく、私たち一家へのあなたの好意はすべていつわりで、私にたいするあなたの振る舞いは、すべて私をだますためのものだったのだと、私が早く悟らなくてはいけないのなら――どうぞすぐにそうおっしゃってください。私の気持ちはいま恐ろしく揺れ動いています。あなたの無罪を願っていますが、どちらにしても事実がはっきりしたほうが、いまの私の苦しみを和らげてくれるのです。あなたのお気持ちが以前とは変わってしまったのなら、あなたがお持ちになっている私の手紙と髪をどうぞお返しください。

M・D

このような愛情と信頼にあふれた三通の手紙に、あのような返事を書けるとは、エリナーはウィロビーのためにも信じたくなかった。だがエリナーは、ウィロビーをひどい男だと思うと同時に、そもそもマリアンがこれらの手紙を書いたこと自体が間違っていると、思わないわけにはいかなかった。ふたりの間に何の約束も交わされていないのに、そして求められてもいないのに、このような愛の言葉を書きつらねて、このようなひどい目にあうマリアンの軽率さを、エリナーは心の中で嘆かずにはいられなかった。

やがて、エリナーが手紙を読み終えたことに気がついたマリアンが、「その手紙には、同じ立場にいたら誰でも書くようなことしか書いてないわ」と言ってから、こうつけ加えた。「私は彼と正式に婚約していると思っていたの。厳格な法律上の契約で結ばれているのと同じように」

「そうでしょうね。でも、彼はそうは思っていなかったようね」とエリナーは言った。

「いいえ、お姉さま、彼もそう思っていたのよ。何週間もずっとそう思っていたのよ。それは確かよ。何が彼を変えてしまったのかわからないけど――私を呪う邪悪な魔法のせいとしか思えないけど――私はこれ以上望めないくらいに彼に愛されていたの。この髪の毛も、いまはこんなにあっさり返してきたけど、彼が何度も真剣に頼むからあげたのよ。あのときの彼の真剣な顔と態度を、お姉さまに見せてあげたかったわ！　あの真剣な声を聞かせてあげたかったわ！　それに、私たちがバートンで一緒に過ごした最後の晩のことを忘れたの？それから、私たちが別れたあの朝のことも！　また会えるのは何週間も先になるかもしれないと彼が言ったときの、あの悲しそうな顔を、私は一生忘れないわ！」

マリアンは声を詰まらせてしばらく何も言えなかったが、この感情の高ぶりがおさまると、しっかりした口調でこう言った。

「お姉さま、私はひどい仕打ちを受けたけど、ウィロビーにではないわ」

「マリアン、彼以外に誰がいるの？　いったい誰が彼をそそのかしたっていうの？」

「彼の心ではなくて、世の中すべてが彼をそそのかしたのよ。私の知り合いがみんなで寄ってたかって私を中傷して、彼が私をいやになるように仕向けたのよ。彼が自分でこんなひどいことをするわけないわ。どういう人か知らないけど、彼が手紙に書いているあの女性も、ほかの人もみんな、つまり、お姉さまとお母さまとエドワード以外は、みんな私を中傷していたかもしれないわ。私はウィロビーの気持ちはよくわかっているの。ウィロビーを疑るくらいなら、世の中すべての人を疑るわ。お姉さまたち三人は別だけど」

エリナーは言い争うのはやめてこう答えた。

「その憎むべき敵が誰であろうと、あなたは自分の潔白と善意を信じて、気持ちをしっかり持って、その邪悪な勝利感に浸っている人たちを見返してやりなさい。それがそういう悪意に立ち向かう、理性的な立派なプライドというものよ」

「いいえ、だめ」とマリアンが言った。「私のような不幸な人間は、プライドなんて持てないわ。私が不幸だということを、誰に知られたってかまわない。不幸な私を見て、世の中の人がみんな勝利感に浸ればいいいわ。ねえ、お姉さま、苦しみのない人は、いくらでも立派なプライドを持てるし、侮辱に立ち向かうことも、屈辱をはね返すこともできるかもしれないけど、でも、私はだめ。私はこの苦しみを感じつづけなくてはいけないし、不幸でなくてはいけないの。そういう私を見て楽しみたい人は、勝手に楽しめばいいわ」

「でも、お母さまや私のためにも――」

「自分のためではなく、そうできることならそうしたいわ。でもこんなに不幸なのに、幸福そうな顔をするなんて、そんなこと絶対に無理よ！」

　またふたりとも黙りこんだ。エリナーはじっと考えこみながら、暖炉から窓辺へ、窓辺から暖炉へと行ったり来たりしたが、暖炉の暖かさにも気づかず、窓の向こうにある物さえ目に入らなかった。マリアンはベッドの端に座って、ベッドの柱に頭をもたせかけていたが、またウィロビーの手紙を取り上げて、一行一行身を震わせながら読み直すと、こう嘆きの声を上げた。

「あんまりだわ！　ああ、ウィロビー、ウィロビー、これがあなたの書いた手紙なの？　ひどい、ほんとにひどい！　あなたを無罪釈放にするなんて絶対にできない。ね、お姉さま、彼を無罪釈放にするなんて絶対にできないわ。彼が私のどんな悪口を聞いたにしても、すぐに信じるなんておかしいわ。まず私にそのことを話して、私に釈明の機会を与えるべきよ。『ご親切にもお贈りくださいましたあなたの髪——』だなんて、ほんとに許せない！　ウィロビー、この言葉を書いたとき、あなたの心はどこへ行ってしまったの？　なんて野蛮な無礼な言葉なの！　ね、お姉さま、彼を許せると思う？」

「いいえ、マリアン、絶対に許せないわ」

「それにしても、この女性って誰かしら？　どんな手練手管を使ったのか、いつから計画していたのか、どんな腹黒いたくらみだったのか知らないけど、いったい誰かしら？　彼が女性の知り合いの誰かを、若くて美しい人として話題にしたことがあったかしら？　いいえ、一度もないわ。彼は私のことしか話さなかったわ」

また沈黙がつづいた。マリアンはひどく興奮していたが、やがてこう言った。

「お姉さま、私、バートンへ帰るわ。早く帰って、お母さまを慰めなくちゃ。明日帰れないかしら？」

「明日帰るですって、マリアン！」

「そうよ。私はもうここにいる必要はないわ。私はウィロビーに会うためだけに来たのよ。それに、もう私のことなんか誰も構わないし、誰も気にしないわ」

「明日帰るなんて無理よ。私たちはジェニングズ夫人にさんざんお世話になっているのよ。明日突然帰るなんて失礼なことはできないわ」

「それじゃ、もう一日か二日いるわ。でも、もうここには長くはいられない。みんなにいろいろ聞かれたり言われたりするなんて耐えられない。ミドルトン夫妻やパーマー夫妻に同情されるなんて耐えられない。ミドルトン夫人みたいな人に同情されるなんて！　ああ、彼が聞いたらなんて言うでしょう！」

もう一度横になったほうがいいとエリナーが言うと、マリアンはしばらく横になっていたが、どんな姿勢を取っても楽にはなれず、心身の絶え間ない痛みにもだえて、絶えず姿勢を変えて、ますますヒステリックになった。エリナーは、彼女をベッドに寝かせておくのがやっとで、一時は助けを呼ぶしかないと思ったほどだった。でもなんとか説得してラヴェンダー水を飲ませると、やっとすこし落ち着いてきて、それからジェニングズ夫人が帰宅するまで、マリアンはそのままおとなしくベッドに寝ていた。

第三十章

ジェニングズ夫人は帰宅すると、すぐにエリナーとマリアンの部屋にやってきて、どうぞ、という返事も待たずにドアを開け、いかにも心配そうな顔で入ってきた。

「具合はどう?」と夫人は、同情たっぷりな声でマリアンに言ったが、マリアンは返事もせずに顔をそむけてしまった。

「ね、エリナーさん、妹さんはどうなの? かわいそうに! ひどく具合が悪そうね。無理もないわ。でも、残念だけどほんとうよ。彼はもうすぐ結婚するの。ひどい男! ほんとに我慢ならないわ。ついさっきテイラー夫人から聞いたの。彼女はミス・グレイの親友から聞いたそうよ。そうでなければ、私はこんな話は信じやしません。聞いたときはほんとに卒倒しそうだったわ。私は夫人にこう言ったの。『その話がほんとなら、彼は私の知り合いのお嬢さんにひどい仕打ちをしたことになるわ。彼は結婚したら、奥さんからさんざん苦しめられるといいわ』って。これからもずっとそう言ってやるわ。男性がこんなひどいことをするなんて信じられません。こんど会ったら、こっぴどく言ってやります。でもマリアンさん、がっかりすることはないわ。結婚相手としてふさわしい男性は、この世に彼ひとりというわけじゃないし、あなたほどの美人なら、それこそ引く手あまたよ。でも、ほんとにかわいそう！　これ以上何も言わないわ。こういうときは思いっきり泣いて、すべてを忘れるのがいちばんよ。でも、ちょうどよかったわ。パリー夫妻とサンダースン夫妻が今夜いらっしゃるから、マリアンさんもきっと気が晴れるわよ」

ジェニングズ夫人は一気にこれだけ言うと、忍び足で部屋を出ていった。まるで、物音を立てるとマリアンの悲しみが増すとでもいうように。

エリナーが驚いたことに、マリアンはみんなと一緒に食事をすると言い出した。やめたほうがいいとエリナーは言ったが、マリアンは聞かず、「いいえ、みんなと一緒に食べるわ。ちゃんと耐えられるし、そのほうが騒がれなくてすむわ」と言った。エリナーは、マリアンが食事の最後まで座っているのは無理だろうと思ったが、一瞬でもそういう気持ちになったことを喜び、それ以上何も言わなかった。そして、マリアンがベッドにいるあいだに服の乱れを直してやり、食事の知らせが来たらすぐにダイニングルームに連れて行けるようにした。

マリアンの食卓での様子は痛々しいほどだったが、エリナーが予想していたよりもよく食べたし、落ち着いてもいた。もし何か話そうとしたり、あるいは、ジェニングズ夫人の善意に満ちたお節介な心づかいに半分でも気づいたりしたら、この落ち着きは保てなかっただろう。だがマリアンはひと言も口をきかなかったし、ほとんど放心状態なので、自分の目の前で起きていることを何も知らずにすんだ。

ジェニングズ夫人の過剰な親切は、迷惑でもあり滑稽でもあったが、その親切心はありがたいとエリナーは思い、マリアンに代わってお礼を言ったり、親切のお返しをしたりした。善意あふれるジェニングズ夫人は、マリアンがすっかり落ち込んでいるのを見ると、すこしでも元気を出してあげられそうなことをしてあげるのが、自分の義務だと考えた。それゆえ夫人は、子供に甘い母親が、休暇の最後の日を過ごすわが子を扱うように、マリアンを扱った。つまり、マリアンを暖炉のそばの一番いい席に座らせ、ありったけのごちそうを勧め、今日見聞きした出来事を何もかも話して楽しませてあげるのだ。エリナーはマリアンの悲しそうな顔を見て、とても笑う気にはなれなかったが、そうでなければ、いろいろなお菓子や、オリーヴの実や、暖炉の火などでマリアンの失恋の痛手を癒そうとするジェニングズ夫人の努力を、面白がって眺めたことだろう。ところが、ジェニングズ夫人のこうした努力があまりにも執拗にくり返されたので、とうとうマリアンも気がついてしまい、とたんにいたたまれなくなった。マリアンは突然苦痛の叫びを上げ、ついてこないでとエリナーに合図して、すぐに席を立って逃げるように部屋を出ていった。

マリアンがいなくなると、ジェニングズ夫人が大きな声で言った。

「かわいそうに！　見ているだけで胸が痛むわ！　あら、ワインも飲んでないわ！　それに干しサクランボも！　困ったわね！　失恋の痛手にはどれも効き目がなさそうね。彼女の欲しいものがわかればロンドンじゅう探させるんだけど。それにしても、あんな美人にあんなひどい仕打ちをするなんて信じられない！　でも、あちらのお嬢さんは大金持ちで、マリアンさんは財産がほとんどないとなると、美人もへったくれもないのね！」

「するとその方は——ミス・グレイとおっしゃいましたね——すごいお金持ちなんですか?」とエリナーが言った。

「五万ポンドはあるそうよ。お会いになったことある?　とても現代的な垢抜けたお嬢さまだけど、あまり美人ではないらしいわね。彼女の叔母さまの、ビディー・ヘンショーのことはよく覚えているわ。大金持ちと結婚したの。でも、あの一家はみんなお金持ちだけど。それにしても、五万ポンド!　噂によれば、ウィロビーは相当お金に困っているらしいわ。もう破産同然なんですって。でも不思議はないわね。お洒落な二輪馬車《カリクル》を乗りまわしたり、猟馬と猟犬をいっぱい引き連れたりして派手にやってたんだから。こんなことをいまさら言っても仕方ないけど、若い男性が美人のお嬢さんに言い寄って、結婚の約束までしたのに、自分がお金に困って、お金持ちの別のお嬢さんが現われたからといって、約束を反故にして逃げ出すなんて、ほんとに許せません。お金に困っているなら、まず、馬を売り払ったり、屋敷を人に貸したり、使用人たちに暇を出したりして、自分の生活の立て直しに取りかかるのが当然でしょ。きっとマリアンさんだって、事態が良くなるまで喜んで待ったはずよ。でも、近ごろはそうは行かないのね。最近の若い男性は、快楽を求めることにとても熱心で、そのためには何ひとつあきらめられないんですからね。ほんとに困ったものよ」

「ミス・グレイはどんなお嬢さんかご存じですか?　感じのいい人なんですか?」

「べつに悪い噂は聞かないわね。じつはいままで名前も聞いたことがなかったの。でも、今朝テイラー夫人から聞いた話では、いつかミス・ウォーカーがこう言っていたそうよ。ミス・グレイが結婚してくれたら、エリソン夫妻はほっとするにちがいないって。ミス・グレイとエリソン夫人はとても仲が悪いらしいの」

「エリソン夫妻ってどなたですか？」

「ミス・グレイの後見人よ。でも、彼女はもう成年に達しているから、自分のお婿さんは自分で選べるの。それにしても立派なお婿さんを選んだものね！」ちょっと間を置いてから、「ところで、マリアンさんはひとりで悲しむためにお部屋へ行ったのね。彼女を慰められるものは何もないのかしら？　かわいそうに！　ひとりぼっちにさせておくのは残酷よ。でも、もうすぐお友達が何人かお見えになるから、それですこしは気が紛れるでしょう。トランプは何をしましょう？　マリアンさんはホイスト（二人ずつ組んで四人で行なう。ブリッジの前身）が嫌いだったわね。ラウンド・ゲーム（組にならず各自単独で行なうトランプゲーム）で彼女の好きなのは何かしら？」

「あの、そのお心づかいは必要ありません。マリアンは、今夜はもう部屋を出ないと思います。できれば、早く床につくように説得するつもりです。ずっと睡眠不足で、休息が必要なんです」

「そうね、それが一番いいわね。夜食は何がいいか聞いて、早く寝かせておやんなさい。この一、二週間あんなに顔色が悪くて、元気がなかったのも無理ないわ。このことでずっと思い悩んでいたのね。それで今日手紙が来て、すべて終わったというわけね。かわいそうに！　そうとわかっていたら、私だって彼女をからかったりしなかったのに。でも、そんなこと私にわかるはずないでしょ？　ふつうのラブレターだとばかり思っていたし、若い人はそういうことでからかわれるのが大好きなんですもの。サー・ジョンとうちの娘たちが聞いたら、どんなに心配するでしょうね！　私も気が動転していなかったら、途中でコンディット・ストリートに寄って、サー・ジョンたちにさっそく話してきたのに。でもいいわ、明日会って話すから」

「あの、妹の前で、ウィロビーさんの名前を言ったり、今回のことに触れたりしてほしくないのですが、パーマー夫人とサー・ジョンに、わざわざ奥さまからそのことを注意していただく必要はないでしょうね。みなさん思いやりのある方たちですもの。妹の前で、今回のことをすこしでも知っている素振りを見せることが、どんなに残酷なことかよくおわかりだと思います。それに、なるべく私にも、もうその話はしないでいただければ、私も助かります。もちろん奥さまにはわかっていただけると思いますけど」

「あら、もちろんよ。もちろんわかってるわ。その話を聞かされるのは、あなたとしてはすごくつらいわよね。それに妹さんには、ぜったいにひと言だって言いやしませんよ。ね、ディナーのときも何も言わなかったでしょ？　サー・ジョンやうちの娘たちだってそうよ。みんな思慮深くて思いやりのある人たちですもの。私がひと言注意すれば、ぜったいに話題になんかするもんですか。必ずみんなに言っておくわ。こういうことは話題にしないのがいちばんよ。そうすればすぐにみんな忘れるわよ。こういうことは、みんなで話し合ってもどうにもなりませんからね」

「害になるだけだと思います。こういうことはよくあることですけど、今回はとくに害になるかもしれません。世間の話題になると、関係者全員が迷惑することになりますから。でもウィロビーさんの名誉のために、これだけは言っておかなくてはなりません。彼はマリアンとはっきり婚約していたわけではないんです。だから、婚約を破棄したわけではないんです」

「なんですって？ 彼の弁護なんてしないでちょうだい。はっきり婚約していたわけではないですって？ 彼女をアレナム屋敷に案内して、将来ふたりで住む予定の部屋まで決めたくせに！」

エリナーはマリアンのことを考えると、婚約のことはそれ以上言いたくなかったし、ウィロビーのためにも、それ以上質問されないことを願った。婚約していなかったという事実を公表したところで、マリアンは失うものが大きいし、ウィロビーもほとんど得るところはないからだ。ふたりともしばらく黙りこんだが、ジェニングズ夫人がまたいつもの陽気な調子で一気にまくしたてた。

「ほら、風が吹けば桶屋が儲かるとはよく言ったものね。だって、ブランドン大佐にとってはもっけの幸いですもの。大佐はついに彼女をものにするわね。ええ、しますとも。ふたりはきっと、聖ヨハネ祭（六月二十四日）までには結婚するわ。この知らせを聞いたら、大佐はほくほく顔でしょうね！ 今夜来ればいいのに。マリアンさんにとっては、こっちのほうが断然玉の輿よ。借金も欠点もなくて、しかも年収二千ポンドですもの！ そうそう、大佐には私生児がいたわね。それを忘れていたわ。でもその子は、ちょっと費用を出して年季奉公に出せばいいわ。そうすれば問題ないわ。大佐のデラフォード屋敷は、とてもすてきなお屋敷よ。あれぞまさに、快適さと便利さを兼ね備えた古き良きお屋敷ね。立派な塀でぐるっと囲まれて、塀の内側は、土地一番のみごとな果樹におおわれて、片隅にとても立派な桑の大木があるの。娘のシャーロットを連れて一度だけ行ったときに、ふたりで桑の実をたらふく食べたわ。それに鳩小屋もあるし、とてもすてきな養魚池も掘り割りもあるわ。要するに、みんなが欲しがるようなものがすべて揃ってるの。それに教会もすぐ近くにあるし、有料道路（劣悪な道路事情を解消するため、十八世紀に有料道路がさかんにつくられた）までほんの四、五百メートルだから退屈もしないわ。屋敷の裏のイチイの木陰に座っていれば、馬車の往来が眺められるんですもの。ほんとにすてきなお屋敷よ！　肉屋もすぐ近くの村にあるし、牧師館も目と鼻の先よ。私の好みで言わせてもらえれば、バートン屋敷より千倍もいいわ。バートン屋敷だと、肉屋まで五キロもあるし、バートン・コテッジのほかには、お隣りさんが一軒もないんですもの。とにかく、すぐにでも大佐に活を入れるわ。ほら、羊の肩肉をひとつ食べたらもうひとつ食べたくなるって言うでしょ？　マリアンさんの頭からウィロビーを追っ払うことさえできればねえ！」

「そうですね、それさえできれば、ブランドン大佐がいてもいなくてもうまくいくと思います」とエリナーは言って席を立ち、マリアンの様子を見に行った。案の定マリアンは、自分の部屋で暖炉の残り火にかがみこむようにして、ひとりで悲しい物思いに耽っていた。エリナーが入ってくるまで、部屋の明かりはそのわずかな残り火だけだった。

「ひとりにしておいて」エリナーが入っていっても、マリアンはひと言そう言ったきりだった。

「ベッドに入ればひとりにしてあげるわ」とエリナーは言った。だがマリアンは、耐えがたい苦しみゆえに意固地になって、ベッドに入ろうとしなかった。でもエリナーが熱心にやさしく説得すると、すぐにすなおになって言われたとおりにした。エリナーは、マリアンが痛む頭を枕にのせて、うとうとしはじめるのを見届けてから部屋を出た。

客間へ行ってしばらくすると、ジェニングズ夫人が、なみなみと注がれたワイングラスを持って現われた。

「あのね、うちに年代物の極上のコンスタンシア・ワイン（南アフリカのケープタウン付近産のデザート・ワイン）があるのを思い出したの。それでマリアンさんに一杯持ってきたの。亡くなった主人の大好物だったのよ。持病の疝気性痛風が出るたびに、これが一番よく効くって言ってたわ。ぜひマリアンさんに持っていってあげて」

「まあ、ありがとうございます！」よく効くといっても病気の種類が違うので、苦笑しながらエリナーは言った。「でも、たったいまマリアンをベッドに寝かせたところで、もうそろそろ眠っていると思います。いまのマリアンには睡眠が一番の薬だと思いますので、よろしければそのワインは私が頂きます」

ジェニングズ夫人は、もう五分早く来なかったことを残念がったが、その妥協案で仕方なく納得した。エリナーはワインを飲み干しながら思った。疝気性痛風に効くかどうかはどうでもいいけれど、失恋を癒す効能があるかどうか自分も試してみようかな、と。

みんなが客間でお茶を飲んでいると、ブランドン大佐がやってきた。マリアンを探して部屋を見まわす大佐の様子を見て、エリナーはすぐに思った。大佐はマリアンが部屋にいることを期待してもいないし望んでもいない、つまり、マリアンが部屋にいない理由をすでに知っているのだな、と。でもジェニングズ夫人はそうは思わなかった。大佐が部屋に入ってくると、夫人はすぐにエリナーのテーブルのところへやってきてささやいた。

「大佐はいつもどおりのむずかしい顔をしているわ。あのことをまだ知らないのよ。さあ、早く教えてあげて」

しばらくすると、大佐は椅子をエリナーのほうへ引き寄せて、「話はすべて聞きました」という表情でマリアンの様子をたずねた。

「マリアンは具合が良くないんです」とエリナーは言った。「一日じゅう気分がすぐれなくて、さっきやっとベッドに寝かせたんです」

「するとやはり」大佐はためらいがちに言った。「私が今朝聞いた話は……まさかとは思いましたが、やはりほんとうなんですね」

「何をお聞きになったのですか？」

「ある紳士が、たしかその人物は……つまり、すでにある女性と婚約しているはずの人物が……いや、どう申し上げたらいいか。あなたはすでにご存じのはずだから、私が言う必要はないでしょう」

「ウィロビーさんとミス・グレイの結婚のことですか？」エリナーは平静さを装って答えた。

「ええ、そのことなら知っています。今日はそのことが世間に知れ渡る日なのかしら。私たちも今朝知ったばかりなんです。ウィロビーさんてわからない人ね！　その話をどこでお聞きになりました？」

「買い物に立ち寄ったペル・メル街の文房具屋です。ふたりの女性が馬車を待っていて、ひとりが大きな声でその結婚の話をしていたんです。まわりを気にせずに大きな声で話していたので、いやでも耳に入ってしまいました。ウィロビーという、ジョン・ウィロビーという名前が何度もくり返されたので、つい耳をそばだてると、つぎに耳に入ってきたのは、そのウィロビーとミス・グレイの結婚話が完全に決まったという話でした。もう秘密にする必要もないんです。結婚式はこの二、三週間のうちに行なわれるそうで、いろいろこまかい準備の話をしていました。とくにひとつだけよく覚えています。そのウィロビーという人物が誰か、それでますますはっきりしたからです。結婚式を終えたら、ふたりはすぐにクーム・マグナという、サマセット州にある彼の屋敷へ行くというのです。いや、ほんとに驚きました。でも、そのときの私の驚きは、とても口では説明できません。ふたりが出ていってから店の人に聞いたんですが、その話好きの女性は、エリソン夫人という人だそうです。そしてこれはあとで知ったんですが、エリソン夫人はミス・グレイの後見人だそうです」

「そうです。でも、ミス・グレイには五万ポンドの財産があるということもお聞きになりましたか？　今回のことは、それで全部説明がつくと思うのですが」

「そうかもしれない。しかしウィロビーという男は……少なくとも私が思うに……」大佐は一瞬黙りこみ、それから自信なさそうな声でつづけた。「それで妹さんは……どんなふうに……」

「妹のショックはそれはもう大変なものでした。苦しみが激しいぶんだけ短くてすめばいいと願うしかありません。とにかくひどい悲しみようで、いまだに立ち直れません。妹はきのうまで、彼の愛情を一度も疑ったことはないと思います。たぶんいまでも……でも私が思うに、彼は妹を本気で愛したことなど一度もないのだと思います。彼はずっと私たちをだましていたんです！　それに、とても冷たい心を持った人だと思います」

「そう、そのとおりです！」とブランドン大佐が言った。「でも妹さんは……いまあなたがおっしゃいましたね……妹さんはそうは思っていないと」

「妹の性格はよくご存じだと思います。たぶん、いまでも彼を弁護したいと思っているでしょうね」

大佐は何も答えなかった。それからまもなくお茶が片づけられ、トランプゲームの用意が整ったので、その話はそれきりになった。ふたりが話しているのをうれしそうに見ていたジェニングズ夫人は、エリナーの話の効果がすぐに現われるものと期待した。つまり、ブランドン大佐が若さと希望と幸せに満たされた男にふさわしく、陽気に顔を輝かせるだろうと思ったのだ。ところが夫人が驚いたことに、大佐はその晩ずっと、いつも以上に真剣な顔で何かじっと考え込んでいた。

第三十一章

マリアンは、その夜は思っていた以上によく眠ることができたが、翌朝目を覚ますと、前夜目を閉じたときと同じみじめな気持ちに戻ってしまった。

エリナーは、マリアンに胸の内を吐露させたほうがいいと思い、朝食の前に、今回のウィロビーの婚約についてふたりで何度も話し合った。エリナーはいつものように揺るぎない確信をもって、愛情あふれる助言をし、マリアンはいつものように激しい感情を爆発させて、くるくると意見を変えた。「ウィロビーは私と同じように不運なのよ。彼には何の罪もないのよ」と言ったかと思うと一転して、彼の有罪を確信して絶望したりした。世間の目なんて気にしないと言ったかと思うと、一生隠遁生活を送りたいと言い出したり、また一転して、ぜったいに世間と戦ってみせるなどと言った。でも終始一貫して意見の変わらぬことがひとつだけあった。ジェニングズ夫人と顔を合わせるのを極力避け、どうしても同席せざるをえないときは、断固沈黙を守るということだ。ジェニングズ夫人が同情して一緒に悲しんでくれるなんてありえないと、マリアンは信じて疑わなかった。

「いいえ、そんなはずないわ!」とマリアンは声を荒げた。「ジェニングズ夫人には思いやりの気持ちなんてこれっぽっちもないわ。彼女の親切は思いやりから出たものではないわ。彼女の善意はやさしさではないわ。彼女が欲しいのはゴシップだけよ。彼女がいま私を気に入っているのは、私がいまゴシップを提供できるからよ」

エリナーはこの言葉を聞くまでもなく、他人にたいするマリアンの意見がしばしば公平さを欠くことをよく承知していた。マリアンは神経過敏な繊細な心を持ち、鋭敏で繊細な感受性や、洗練された気品のある態度などをあまりにも重要視するために、他人にたいする評価がきびしくなりすぎるのだ。もしこの世の半数の人たちが賢くて善良だとしても、マリアンはその半数の人たちと同様、すばらしい能力と性格に恵まれているのに、残念ながら、理性的でもなければ公平でもなかった。たとえば彼女は、他人が自分と同じ意見や感情を持つことを期待し、他人の行動が直接自分に及ぼす影響——つまり自分がこうむった痛手——によって他人の行動の動機を判断した。そういうわけで、エリナーとマリアンが朝食後自分たちの部屋にいたときに、ジェニングズ夫人の心にたいするマリアンの評価をいちだんと下落させるような出来事があった。ジェニングズ夫人はまったくの善意からある手紙を持参したのだが、マリアンの心の弱さゆえに、その手紙が彼女に新たな苦しみをもたらしたからである。

ジェニングズ夫人は、その手紙がマリアンに慰めをもたらすと確信して、にこにこしながら部屋に入ってきてこう言った。

「さあ、いいものを持ってきましたよ。これを読めばきっと元気が出るわ」

マリアンはそれだけ聞けば十分であり、たちまち彼女の想像力が羽ばたいた。これはウィロビーからの手紙だ。やさしさと後悔と反省に満ちあふれ、今回のことが一部始終納得のいくかたちで説明されているはずだ。そしてすぐあとにウィロビーが部屋に飛びこんできて、私の足元に身を投げ出して私を見つめ、手紙に書かれたことはすべて真実だと訴えるのだ。だがその空想は一瞬にしてぶちこわされた。母親の筆跡が目に入ったのだ。いつもならその筆跡を見たらうれしいはずだが、いまはウィロビー以外の筆跡はすべて疎ましかった。有頂天の喜びの直後の残酷な落胆は、いままでの苦しみなど苦しみのうちに入らぬと思うほどの激しい苦しみをマリアンにもたらした。

マリアンはいかなる雄弁を駆使しても、ジェニングズ夫人の残酷さを表現することはできなかっただろう。いまはただ、煮えたぎるような悔し涙で夫人を責めるしかなかった。ところが、その非難の涙はジェニングズ夫人にはまったく通じず、夫人は同情の言葉を連発し、「その手紙を読めばきっと元気が出るわ」とまた言いながら部屋を出ていった。

しかしその手紙は、マリアンはすこし気持ちが落ち着いてから読んだのだが、まったく慰めにはならなかった。最初から最後までウィロビーのことが書かれていたが、ダッシュウッド夫人はふたりの婚約をまだ信じきっていて、ウィロビーの変わらぬ愛にもまだ絶大な信頼を寄せていた。ウィロビーとの婚約についてマリアンに問いただしてほしいと、エリナーが手紙で訴えたので、その返事として、家族にもっと心を開いてほしいとマリアンに言ってきたのだった。しかもその手紙は、マリアンにたいするやさしさと、ウィロビーにたいする愛情と、ふたりの将来にたいする確信に満ちあふれていた。マリアンは読んでいる間じゅうあまりのつらさに泣きどおしだった。

すぐにバートン・コテッジに帰りたいという気持ちが、またマリアンにぶり返した。母親がいままで以上に大切な存在に思えて――ウィロビーを過度に信頼している母親がいっそう大切な存在に思えて――無性に家に帰りたくなったのだ。だがエリナーは、マリアンがこのままロンドンにいたほうがいいか、バートンに帰ったほうがいいか、自分では判断がつかず、「お母さまの考えがはっきりするまで辛抱したほうがいいわ」とだけ忠告し、そしてやっとのことで、母の考えがわかるまで待つことをマリアンに約束させた。

ジェニングズ夫人はいつもより早く外出した。ミドルトン夫妻とパーマー夫妻に一刻も早くこの悲報を告げて、いっしょに嘆き悲しまないことにはどうにも落ち着かないのだ。それで夫人は、お供しますというエリナーの申し出をきっぱり断わって、ひとりで出かけ、午前中いっぱい戻らなかった。エリナーは重い気持ちで母への手紙にとりかかった。この知らせが母をどんなに悲しませるかわかっているし、そのための地ならしもうまくいかなかったことが、マリアンに来た手紙でわかっているからだ。でもとにかくこの悲しい知らせを伝えて、これからどうすべきか指示を仰がなければならない。一方マリアンは、ジェニングズ夫人が出かけるとすぐに客間にやってきて、エリナーが手紙を書いているテーブルに腰を据え、ペンの動きをじっと見つめ、そういうつらい手紙を書かなければならない姉を気の毒に思い、その手紙を読んだ母の悲しみを思うといっそう心が痛んだ。

こうして十五分ほどたったころ、マリアンはドアのノックの音にぎょっとした。彼女の神

ないと思っていたのに」

「いったい誰かしら？」とエリナーが言った。「こんなに朝早く！　ぜったいに邪魔は入らないと思っていたのに」

　マリアンが窓辺に行き、外を見ていらだたしそうに言った。

「ブランドン大佐よ！　私たちはぜったいに彼から逃れられないのね」

「ジェニングズ夫人がお留守だから、お入りにはならないでしょう」

「さあ、どうかしら」マリアンは自分の部屋に逃げこみながら言った。「自分の時間を持て余している人間は、他人の時間を平気で邪魔するわ」

　マリアンの推測は公平さを欠いた誤解に基づくものだが、結果的にはその推測は当たってしまった。ブランドン大佐は部屋に入ってきたのだ。でもエリナーにはよくわかっている。大佐はマリアンのことが心配でたまらずにやってきたのだ。不安に満ちた悲しそうな表情と、マリアンの様子をたずねる短いけれど心配そうな言葉に、マリアンの身を案ずる気持ちがあふれている。だからエリナーは、そういう大佐をそんなに軽んじるマリアンを許せなかった。

「ボンド・ストリートでジェニングズ夫人にお会いしました」あいさつがすむとブランドン大佐は言った。「それで、こちらへ伺うように勧められたのですが、私には渡りに船のお言葉でした。いま伺えば、あなたおひとりだろうと思ったからです。ぜひあなたに聞いていただきたい話があるのです。私の目的は――私の願いは――つまり、私の唯一の願いは――そうなってほしいし、そうなると信じていますが――私の話が、妹さんの心に慰めを与えることになれば、ということです。いや、慰めという言葉は適当ではない。現在の慰めではなく、妹さんの心に確信を、永続的な確信を与えることです。妹さんと、あなたと、お母さまにたいする私の愛情をわかっていただくために、私はある話をしたいのです。許していただけますか？　うそいつわりのない愛情と、なんとかあなた方のお役に立ちたいという切なる願いがなければ、とてもお話しできません。この話をすべきだという私の判断は正しいと確信していますが、自分にそう納得させるのにずいぶん時間がかかりましたから、もしかしたら間違っているかもしれないという心配はあります」

大佐は言葉を切った。

「よくわかりました」とエリナーが言った。「ウィロビーさんのことで話したいことがあるのですね？　その話をすれば、彼がどういう人物かいっそうはっきりするのですね？　その話は、マリアンにたいする最高の親切になると思います。私たちはウィロビーさんがどういう人物か知りたいのです。そういう話なら何でもお聞かせください。私はこの場でお礼を申し上げますし、マリアンもいずれは感謝するはずです。どうぞ、どうぞお聞かせください」

「それでは話します。手短に言うと、去年の十月に、私が突然バートンを去ったときに——いや、これではわからないでしょうね——もっと遡らないと。私は話が下手なんです。どこから始めたらいいのか、それさえわからない。まず、私のことを手短に説明する必要があります。これはほんとうに簡単にすませます」大佐は重いため息をついた。「こういう話を長々とするつもりはありません」

大佐は言葉を切ってちょっと考え、またため息をついてからつづけた。

「私はあなたにある話をしたことがありますが、たぶんあなたはもうお忘れでしょう。あんな話を覚えているはずがない。ある晩バートン屋敷でお話ししたことです。舞踏会の晩でした。そのとき私は、昔知り合いだったある女性がマリアンさんにそっくりだったと、あなたにお話ししました」

「いいえ、その話ならよく覚えています」とエリナーが言った。

大佐はうれしそうな顔をしてつづけた。

「あいまいな記憶や愛情のおかげで思い違いをしているのでなければ、その女性とマリアンさんは、容姿も心もそっくりです。ふたりとも情熱的で、想像力がたくましくて、活力にあふれていて、その点でもそっくりです。その女性は、私の非常に近い親戚で、幼いときに両親を亡くし、私の父が後見人になっていました。私たちはほぼ同い年で、幼いころから仲のいい遊び友達でした。名前はイライザといいますが、私はいつも彼女を愛していました。愛していなかった時期など一度もありません。ふたりが大きくなってからの、イライザにたいする私の愛はたいへんなものでした。いまの私の、孤独で陰気な真面目くさった感じからは、とても想像できないでしょう。そして私にたいするイライザの愛は、ウィロビーにたいするマリアンさんの愛と同じくらい熱烈なものでした。そして原因は違いますが、その愛は同じように不幸な結果に終わりました。イライザが十七歳のときに、私は永遠に彼女を失いました。彼女は結婚したのです。むりやり私の兄と結婚させられたのです。イライザには莫大な財産があり、ブランドン家は多額の借金を抱え、土地も屋敷も抵当に入っていました。イライザの伯父であり後見人である人物すなわち私の父は、ブランドン家の借金返済のために、イライザを私の兄と結婚させたのです。しかし、私の兄は彼女にふさわしい人物ではなかったし、彼女のことを愛してもいなかった。でも私は、彼女が私への愛を心の支えとして、いかなる困難にも耐えてくれるだろうと思っていたし、実際、しばらくは耐えてくれました。しかしあまりにもひどい仕打ちを受け、その悲惨な境遇ゆえに、とうとう彼女の決意も力尽きてしまった。たとえどんなことがあっても、と私に約束してくれたのに――いや、話が飛んでしまった。こうなるまでのいきさつをまだ話していません。イライザは私の兄との結婚を断わり、もうすこしで私とスコットランドへ駆け落ちするところだったのに、イライザのメイドの裏切り、というより愚かさゆえに、事が露見してしまったのです。私は遠くの親戚の家に追い払われ、イライザは行動の自由も、人づきあいも、楽しみもいっさい奪われて、とうとう私の兄とむりやり結婚させられました。私は彼女が最後まで耐え抜いてくれると思っていたので、私のショックはたいへんなものでした。でも、彼女の結婚生活が幸せなものだったら、私はそのときはまだ若かったから、数カ月もすれば、仕方ないとあきらめたでしょう。少なくとも、いまこうして嘆き悲しむことはなかったでしょう。しかし、彼女の結婚生活は幸せどころではなかった。私の兄は彼女に何の愛情も持っていなかったし、兄の楽しみは妻や家庭以外のところにあり、最初から彼女にひどい仕打ちをしたのです。イライザのような世間知らずの若い情熱的な女性が、そういう仕打ちを受けたらどういう結果になるか、火を見るより明らかです。でも彼女は、その悲惨な境遇を最初は甘んじて受け入れ、やがて私への思いも断ち切りました。しかし、そこまで生き長らえたことが、かえって彼女の不幸でした。彼女は妻の不貞を挑発するような夫と暮らし、忠告したり止めたりしてくれる家族も友人もいなかったのです。私の父は、ふたりが結婚して数カ月後に亡くなり、私は東インド諸島の連隊にいました。これでは彼女が不貞に走るのも無理はない。私がイギリスにいれば、もしかしたら——しかし私は、ふたりの幸せのためには、当分私が彼女から離れていたほうがいいと思って、わざわざ東インド諸島に転属させてもらったのです。私にとって、彼女の結婚はもちろんたいへんなショックでした」大佐は震えるような声でつづけた。「しかしその二年後に、彼女が離婚したと聞いたときの私のショックは、その何十倍もすさまじいものでした。私がこんな陰気な人間になったのは、すべてそれが原因です。そのときのショックを思い出すと、いまでも——」

大佐は絶句し、突然立ち上がってしばらく部屋を歩きまわった。エリナーは大佐の話と、それ以上に、彼の苦悩に心を揺さぶられて何も言えなかった。大佐は、エリナーの思いやりに満ちた心配そうな表情を見ると、彼女に歩み寄って手を取り、きつく握りしめて、感謝と敬意をこめてキスをした。それからさらに数分間無言で自分を励まし、やっと落ち着きを取り戻して話をつづけた。

「私がイギリスに戻ったのは、この不幸な出来事があってから三年後でした。私は帰国すると、もちろんすぐに彼女を探しました。でもそれは、憂うつなばかりか、まったく実りのない捜索でした。彼女を最初に誘惑した男を突きとめることはできたが、その後の彼女の行方はわからなかった。その男と別れてから、さらに罪深い生活に堕ちていった可能性がある。彼女のもともとの財産に比べると、離婚後に彼女に支払われる手当ては不当なほど少額で、彼女が安楽に暮らすにはとても十分とはいえなかった。しかも兄の話では、その手当てを受け取る権利は、数カ月前にほかの人に譲渡されたとのことでした。兄の想像では、彼女は浪費が祟って、毎日の生活費にも困って、当座しのぎのために権利を手放したのだろうということでした。よくも平然と、そんな想像ができたものです。

しかし、イギリスに戻って半年後に、私はついに彼女を見つけ出しました。むかし私の召使をしていた男が落ちぶれて、借金を払えなくて債務者監獄に入っていたのですが、その男に面会に行くと、そこになんとイライザがいたのです。やはり借金を払えずに、債務者監獄に入れられていたのです。この世のあらゆる苦労を経験して、容色もすっかり衰え、やつれきった変わり果てた姿でした！　目の前にいる病み衰えた哀れな女性が、かつて私があれほど愛した、あの健康に満ちあふれた美しいイライザの成れの果てだとは、とても信じられなかった。あの変わり果てた姿を見たときの私のショックは——いや、それをくどくどと説明してあなたにいやな思いをさせる権利は私にはない。私はすでに十分あなたにいやな思いをさせてしまった。イライザが、明らかに肺病の末期症状を呈していたことは——そう、もはやそういう状況では、それが私には最大の慰めでした。人生はもう彼女に何もしてあげられない。すこしでもましなかたちで死なせてあげるために、準備の時間を与えることくらいしかできない。そしてその時間は与えられました。私はイライザを居心地のいい下宿へ移し、ちゃんとした看護人をつけ、その短い生涯の残りの日々、毎日彼女を見舞いに訪れ、臨終のときもそばに付き添っていました」

大佐は気持ちを落ち着けるためにまた言葉を切った。エリナーは、大佐の恋人のあまりにも悲しい運命に、同情にあふれた嘆きの声を上げた。

「前にもお話ししたように」と大佐はつづけた。「この転落の人生を送った哀れなイライザは、マリアンさんにそっくりでした。でも、そう言ってもマリアンさんはまさか怒らないでしょう。ふたりの運命や運勢まで同じなわけはない。それにイライザだって、あの生まれつきのやさしい性格が、もっとしっかりした心や、もっと幸せな結婚によって守られていたら、将来のマリアンさんのような幸せな人生を送れたかもしれない。でも、いまさらこんなことを言っても始まらない。言っても詮ないことを言ってあなたを悩ませてしまいました。ああ！　ミス・ダッシュウッド、こんな話は——十四年間も黙ってきたのに——話さずにすめばそれに越したことはないんだが。いや、もっと落ち着いて簡潔に話します。

イライザは、三歳の女の子を私に託しました。最初の不倫でできた娘です。彼女はその娘を愛し、いつも手元に置いて育てていました。私にとっては、貴い大切な預かりものでした。事情が許せば、私が自分でその子の教育を監督して、イライザとの約束を喜んで果たしたでしょう。でも当時の私には家族も家庭もなかった。それで私は、幼いイライザを仕方なく寄宿学校に預け、できるかぎりたびたび面会に行きました。五年前に兄が亡くなって、私がブランドン家の財産を相続してからは、イライザもたびたびデラフォード屋敷に遊びに来るようになりました。私は彼女を遠い親戚の子だとみんなに言っていましたが、じつは隠し子ではないかと疑われていたことは、十分承知しています。ちょうど三年前、彼女が十四歳になったときに、寄宿学校をやめさせて、デヴォン州に住む立派な婦人に預けることにしました。同じ年ごろの娘を四、五人預かっていたので、安心して預けられると思ったのです。それから二年間、私はあらゆる点で彼女の境遇に満足していました。

ところが去年の二月、一年ほど前に、イライザは突然失踪してしまった。いまにして思えばうかつでしたが、私はイライザのたっての希望で、彼女がバース（十八世紀の一番有名な温泉リゾート地）へ行くことを許してしまったのです。彼女の友達の父親がバースで療養中なので、その友達といっしょにバースへ行きたいと言ったのです。私はその父親がちゃんとした人物だということを知っていたし、娘もちゃんとした娘だと思っていた。でもそれは買いかぶりだった。その娘はイライザの失踪について何もかも知っていたはずなのに、頑として口をつぐんで何も話してくれず、何の手がかりも教えてくれなかった。その娘の父親は善人だけど頭は鈍いほうで、ほんとうに何も知らなかったのだと思う。病気のためにほとんど家に引きこもりきりで、それをいいことに、娘たちはバースの町を歩きまわって自由気ままな交際を楽しんでいたのです。父親は、自分の娘はイライザの失踪にはいっさい関係ないと固く信じこんでいて、私にもそう言いました。要するに、イライザが失踪したということ以外何もわからなかった。それから八カ月間、私はただただあれこれ推測するしかなかった。私が何を考え、何を恐れたか想像がつくでしょう。そして私がどれほど苦しんだかも」

「まあ！」エリナーが思わず声を上げた。「まさか！　まさかウィロビーが！」

「去年の十月に」と大佐はつづけた。「イライザ本人から手紙が来て、やっと彼女の消息がわかりました。みんなでウィットウェル屋敷の見物に行く予定だったあの朝、私はデラフォードから転送されてきた彼女の手紙を受け取ったのです。それであのように突然バートンを去ったのです。あのときの私の行動を、みなさんは変に思ったでしょうし、怒った人もいると思います。ウィロビー氏は、遠出を中止させた私の無作法を非難するように私を睨みつけました。彼がひどい目にあわせたかわいそうな娘を救うために、私が呼ばれて駆けつけるのだとは、思ってもいなかったでしょう。しかし、たとえ彼がそれを知っていたとしても何の役に立ったでしょう。マリアンさんに愛されて得意絶頂の彼が、そのためにすこしでも暗い気持ちになったり落ち込んだりするはずがない。あの男はすでにひどいことをしたのです。他人にたいする同情心がすこしでもあればとてもできないような、じつに卑劣なことをした男なのです。あの男は、若い純真な娘を誘惑して捨てたのです。イライザはまともな住まいも、援助も、友達もなく、あの男の住所さえ知らされずに置き去りにされて、貧窮のどん底に突き落とされたのです。ウィロビーは戻ると約束しながら戻りもせず、手紙も書かず、助けもしなかったのです」

「信じられない！」エリナーは思わず叫んだ。

「ウィロビーはそういう男です。金づかいの荒い放蕩者で、じつに許しがたい卑劣きわまる男です。私は数週間前にこの事実を知りました。それなのに、マリアンさんはまだ彼を愛していて、近々結婚する予定だと聞いたときの、私の気持ちをお察しください。あなた方ご一家を心配して私がどんな気持ちになったかお察しください。私は先週あなたがおひとりのときにここへ伺いましたが、あれはマリアンさんとウィロビーがほんとうに結婚するのかどうか確かめに来たのです。といっても、ほんとうに結婚するとわかっても、どうしたらいいかわかりませんでしたが。あのときの私の態度をあなたは奇妙に思ったでしょうね。でもいまはわかっていただけますね。あなた方がウィロビーにだまされているのを黙って見ていられなかったのです。マリアンさんがあんな男と――でも、あのとき私に何ができたでしょう。私が口出ししてもうまくいく望みはないし、それに、マリアンさんの感化で、ウィロビーが心を入れ替える可能性だってあるかもしれないと、そう考えたりもしました。でもとにかくウィロビーは、若い純真な娘にあのような卑劣なことをした男です。マリアンさんにもどんなひどいことをしようとしていたか、わかったものではありません。――しかし、過去のことはともかく、いま、マリアンさんにぜひこれだけは申し上げたいのです。ウィロビーとの恋は不幸な結果に終わりましたが、ご自分の境遇に感謝してください。いや、将来きっと感謝するはずです。ご自分の境遇をあのかわいそうなイライザと比べてください。イライザがウィロビーにどんなむごい仕打ちを受けたか考えてください。イライザはマリアンさんと同じように、いまでもウィロビーを愛していて、しかもこれから一生、自分の軽率な行動にたいする自責の念に苦しまなければならないのです。ご自分の不幸をイライザの不幸と比べたら、きっとマリアンさんのためになると思います。自分の不幸など不幸のうちに入らないと思うはずです。自分の不品行が招いた不幸ではないし、何の不名誉にもなりません。それどころか、家族や友人たちはみんなマリアンさんに同情し、いっそう強い絆で結ばれるはずです。こんな不幸な目にあったマリアンさんの身を心配し、こんな不幸に立派に耐えたマリアンさんを尊敬し、いっそう強い絆で結ばれるはずです。しかし、いま私がお話ししたことをマリアンさんにどう話すかは、あなたにお任せします。どう話したら効果があるか、あなたが一番よくご存じでしょう。でも、これだけは申し上げておきます。私が身内の不幸と恥をさらけだしてこんな話をしたのは、ひとえに、この話がお役に立って、マリアンさんの悲しみを和らげることになるかもしれないと思ったからです。そうでなければこんな話は致しません。人を犠牲にして自分をよく見せようとしていると思われかねないこんな話は――」

話を聞き終わると、エリナーは熱烈な感謝の言葉を述べ、いまの話をマリアンに聞かせたら、間違いなくマリアンのためになりますと言い、さらにこうつづけた。

「ウィロビーには罪はないと、マリアンは必死に思い込もうとしています。これがいちばん困ったことです。彼が卑劣な人間だとはっきりわかったほうがいいのです。罪はないなどと考えると未練が残るだけです。でもいまの話を聞けば、マリアンも最初はすごく苦しむでしょうが、すぐに落ち着いてくるはずです」エリナーはちょっと黙ってからつづけた。

「ところで、バートンで別れたあと、ウィロビーさんに会ったことはありますか？」

「ええ、一度だけ」大佐は顔をしかめて重苦しい調子で答えた。「どうしても一度は会う必要があったので」

エリナーは大佐のただならぬ様子に驚いて、不安そうに彼を見て言った。

「なんですって！　するとあなたは彼と――」

「それ以外のことで、あの男に会う必要はありません。イライザはしぶしぶ愛人の名前を打ち明けました。そこで私は、彼がロンドンに戻ったときに――私がロンドンへ行ってから二週間後です――決闘の約束をして彼に会いました。彼は自分の身を守るために、私は彼の罪を罰するために。しかしふたりとも無傷に終わり、この決闘は世間に知れずにすみました」

決闘までする必要があったのかと、エリナーはため息をついた。でも、男と軍人がすることに非難がましいことを言うのは差し控えた。

「それにしても、母と娘がこれほど同じような不幸な運命を辿るとは！」しばしの沈黙のあとブランドン大佐が言った。「そして私は何の義務も果たせなかった！」

「イライザさんはまだロンドンにいらっしゃるんですか？」

「いや、産後の体力が回復すると――見つかったときはもう臨月だったのです――すぐに母子ともに田舎へ移しました。いまもそこにいます」

大佐はこのあとまもなく、自分がエリナーとマリアンのふたりだけの時間を邪魔していることに気がついて、急いでいとまを告げ、エリナーからまた熱烈な感謝の言葉をうけて部屋を出た。エリナーの心は、ブランドン大佐にたいする同情と尊敬の念でいっぱいだった。

第三十二章

ブランドン大佐の話の一部始終は、すぐにエリナーからマリアンに伝えられたが、その効果は、すべてエリナーの期待どおりとは言えなかった。といってもマリアンは、その話の信憑性を疑う様子を見せたわけではない。最初から最後まで落ち着いてすなおに耳を傾け、異議も唱えず、意見も言わず、ウィロビーの弁護をしようともせず、ただ頰をつたう涙によって、そんなことはありえないと訴えているかのようだった。こうした態度から見て、マリアンがウィロビーの有罪を確信したのは間違いないと、エリナーは思った。そのあとブランドン大佐が訪ねてきても、マリアンは以前のように大佐を避けようとはしなかったし、むしろ自分から、同情と敬意をもって大佐に話しかけさえした。やはり効果があったと、エリナーは満足だったし、そして何よりも、マリアンは以前のようないらだった様子を見せなくなった。ところが困ったことに、マリアンのみじめな様子はまったく変わらなかった。精神状態は安定してきたのだが、陰気にふさぎこんだ状態で安定してしまった。マリアンにとっては、ウィロビーの愛を失ったことよりも、彼が卑劣な人間だとわかったことのほうがショックだったのだ。ウィロビーがイライザ・ウィリアムズを誘惑して捨てたこと。捨てられたイライザのあまりにも悲惨な末路。そして、ウィロビーは同じような下心を持ってマリアンに近づいたのかもしれないという疑惑。それらのことを考えると、マリアンは胸がつぶれる思いであり、自分の気持ちをエリナーにさえ話す気にはなれなかったのだ。そしてエリナーにとっては、ひとりでふさぎこんで悲しむマリアンの姿を見るのは、ところかまわず嘆きの言葉を聞かされるよりも何倍もつらかった。

ダッシュウッド夫人は、エリナーの手紙を受け取るとすぐに返事を寄こしたが、そこに書かれた夫人の気持ちと言葉を紹介しても、すでに紹介したエリナーとマリアンの気持ちと言葉のくり返しにしかならないだろう。それにしても、夫人の落胆はマリアンの落胆に劣らず激しかったし、その怒りはエリナーの怒りよりもはるかにすさまじかった。夫人から相ついで届いた長文の手紙には、娘の不幸を知らされた母の苦しみと思いがめんめんと綴られ、しきりにマリアンの身を気づかい、この不幸を不屈の精神で耐え抜いてほしいと訴えていた。あの楽天家のダッシュウッド夫人が「不屈の精神」などと言うからには、マリアンの不幸はほんとうにひどい不幸であるにちがいない！　喜びや悲しみに溺れることの大好きなあのダッシュウッド夫人が、悲しみに溺れないようにとマリアンに忠告するからには、その悲しみの原因はよほど悔しさと屈辱に満ちたものにちがいない！

そういう自分の気持ちはさておいて、ダッシュウッド夫人は、マリアンを当分のあいだバートン以外の土地にいさせたほうがいいと判断した。バートンにいたら、何を見てもウィロビーを思い出し、一緒に過ごした日々を思い出し、いちばんつらいかたちで生々しく過去がよみがえると思ったからだ。それゆえ夫人はエリナーとマリアンに、ジェニングズ夫人宅での滞在を短縮しないようにと書き送った。滞在期間ははっきり決められていたわけではないが、少なくとも五、六週間というのが暗黙の了解だった。ロンドンにいれば、やることはいくらでもあるし、見聞きするものも、人づきあいも、バートンとは比較にならない。そういう環境にいれば、マリアンもときにはわが身の不幸を忘れて、何かを楽しもうという気分になるかもしれないと、ダッシュウッド夫人は思ったのだ。いまのマリアンにそんなことを言っても到底受けつけないだろうが。

マリアンがウィロビーに再会する危険は、ロンドンにいてもバートンにいても同じだろうと、ダッシュウッド夫人は思った。マリアンの友人たちは、もうみんなウィロビーと絶交しているにちがいないからだ。誰かが計画的にふたりを会わせることなどありえないし、誰かの不注意によってふたりが鉢合わせすることもありえない。それに、バートンの片田舎よりロンドンの人込みのほうが、偶然ばったり出会う危険も少ない。ウィロビーは結婚の報告に、すぐにアレナム屋敷を訪れるかもしれないから、マリアンがバートンにいたら、いやでも彼と顔を合わせることになるだろう。夫人はウィロビーのアレナム訪問を、最初はただの可能性として考えていたのだが、いまはもう確実なものと考えていた。

ダッシュウッド夫人には、エリナーとマリアンをロンドンにとどめておきたいもうひとつの理由があった。義理の息子すなわちジョン・ダッシュウッドから、二月半ばに夫婦でロンドンへ行くという便りがあり、娘たちがたまには義兄に会うのもいいだろうと思ったのだ。

マリアンは、すべて母の指示に従うと約束していたので、何の反対もせずにそのままロンドンにとどまった。でもそれは、じつはマリアンの希望と期待にまったく反することだった。お母さまは大事な点を誤解している、この指示はまったく間違っている、とマリアンは思った。私がこのままロンドンにとどまれば、このみじめな気持ちを慰めてくれる唯一のもの、つまり、お母さまから直接慰めてもらう道を奪われるばかりか、一瞬も心の休まらないつきあいや場面にさらされることになるのだ。

でも、ロンドンにとどまることは自分には災いをもたらすけれど、姉とエドワードのことでは福をもたらすかもしれない。マリアンはそう思って自分を慰めた。ところがエリナーのほうは、ロンドンに長くいればエドワードを完全に避けるのは無理だろうし、自分にはつらい毎日になると思ったが、すぐにバートンに戻らないほうがマリアンのためにはいいだろうと思って、やはり自分を慰めた。

ウィロビーの名前がマリアンの耳に入らないようにしようというエリナーの努力は、やはり無駄にはならなかった。マリアンはエリナーの努力には気づかなかったが、たっぷりその恩恵に浴した。ジェニングズ夫人もサー・ジョンもパーマー夫人も、マリアンの前ではけっしてウィロビーの名前を口にしなかったからだ。この三人が自分の前でもウィロビーの名前を口にしないでほしいとエリナーは思ったが、それは無理な話だった。ウィロビーにたいする三人の怒りの言葉を、エリナーは来る日も来る日も聞かなくてはならなかった。

サー・ジョンは、そんなことがありうるとは信じられなかった。

「私はあの男をあんなに高く買っていたのに！　あんなに好青年だと思っていたのに！　イングランド一の馬の名手だと思っていたのに！　まったく信じられん！　あんな男は地獄に堕ちればいい！　もうあの男とは、どこで会っても二度と口をきかん！　バートンの猟場で二時間顔を合わせていようが絶対に口をきかん！　悪党め！　詐欺師野郎め！　ポインターの子犬をあげると言って会ったのが最後だ。あれで縁起りだ！」

パーマー夫人も、彼女流に怒っていた。

「ウィロビーとはすぐに絶交よ。でも、彼とは知り合いでも何でもないから、ほんとによかったわ。クーム・マグナがクリーヴランドからあんなに近くなければいいのに。でもどうってことないわね。訪問するには遠すぎるもの。ほんとにいやな男ね。彼の名前はもう二度と口にしないわ。ウィロビーはろくでなしだって、みんなに言ってやるわ」

さらにパーマー夫人の同情は、間近に迫ったウィロビーの結婚に関する情報を集めて、逐一エリナーに報告するというかたちで示された。新しい馬車をどこの馬車屋が製造中か、ウィロビー氏の肖像画をどこの画家が製作中か、ミス・グレイの結婚衣裳をどこの店で見られるか、などなど。

こういう場合は、ミドルトン夫人のあの落ち着いたお上品な無関心ぶりはありがたかった。ほかの人たちの騒々しい親切にうんざりしていたので、エリナーの神経にはとてもありがたい息抜きになった。親戚や友人たちのなかに、少なくともひとりはこの件に無関心な人間がいると思うと、とても心が休まった。ミドルトン夫人は、エリナーに会っても何も聞きたがらないし、マリアンの健康を気づかうようなこともしない。そういう人間がひとりでもいるというのは、エリナーの疲れた神経にはたいへんありがたかった。

どんな性格でも、そのときの事情によって、真価以上に評価される場合があるのだ。エリナーはお節介な悔やみの言葉にうんざりし、心の安らぎのためには、善良な人間よりも育ちのいい人間のほうがありがたいと思ったのである。

ミドルトン夫人はこの事件に関しては、毎日一度くらい、たびたび話題になれば二度くらい、「ほんとうにひどいお話ね」と意見を述べた。この穏やかだが継続的な感情の発露のおかげで、夫人は最初からすこしの感情もなくダッシュウッド姉妹を見ることができたし、やがてふたりを見ても、事件のことなどいっさい思い出さずにすむようになった。こうして女性の尊厳を擁護し、男性の悪事をはっきりと非難したのだから、あとはもう自分のパーティーのことだけを考えてもかまわないと思った。そこでミドルトン夫人は、ウィロビーの奥さまになる人はお金持ちで洗練された女性のはずだから、（夫のサー・ジョンは反対するかもしれないが）結婚したらさっそく訪問して名刺を置いてこようと、心に決めたのだった。

ブランドン大佐の思いやりのある控えめな質問には、エリナーはいつも快く答えた。大佐はマリアンの失恋の苦しみを和らげようとひたむきな努力をしたおかげで、それについてエリナーと親しく話し合う特権を得たのであり、ふたりはつねにお互いを信頼して話し合った。大佐は過去の不幸と現在の屈辱——すなわちイライザ母娘の不幸と屈辱——を打ち明けるというつらい思いをしたが、その報酬も大きかった。マリアンはときおり大佐に同情のまなざしを向けるようになったし、その必要がある場合や、自分から進んで話しかける気になった場合は、(そうたびたびではないけれど)やさしい声で大佐に話しかけるようになった。ブランドン大佐はマリアンのこうした変化を見て、やっと努力の甲斐あって自分の好感度がすこし上がったと確信し、そしてエリナーは、その好感度が今後さらに上がることを期待した。

ところが、そんなこととは露知らぬジェニングズ夫人は、大佐は相変わらず真面目くさった顔をしていて困ったものだと思い、これではマリアンさんにプロポーズしなさいと勧めても無駄だし、私が仲を取り持ってあげるから任せなさいと言っても無駄だと思った。それで二日後には、ふたりの結婚は聖ヨハネ祭(六月二十四日)どころか、ミカエル祭(九月二十九日)まで実現しないだろうと思い、一週間後には、この結婚はとても実現しないだろうと思いはじめた。大佐とエリナーの親しそうな様子を見ていると、あの立派な桑の木や、掘り割りや、イチイの木陰のあるデラフォード屋敷の女主人におさまるのはエリナーかもしれないと思いはじめた。ジェニングズ夫人はしばらく前から、エドワード・フェラーズのことはまったく考えなくなっていたのだ。

ウィロビーの手紙が来てから二週間もたっていない二月の初めに、エリナーは、彼が結婚したことをマリアンに知らせるというつらい役目を果たさなくてはならなかった。結婚式が済んだらすぐに連絡してほしいと、ある人に頼んでおいたのだ。というのは、マリアンは毎朝熱心に新聞を読んでいるから、そのニュースを突然新聞で知ることになるかもしれない。それではショックが大きすぎてまずいとエリナーは思ったのだ。

マリアンはその知らせを毅然として冷静に受け入れ、何も言わずに、最初は涙も流さなかった。でもしばらくすると突然涙があふれ出て、その日は一日じゅう、ウィロビーの婚約をはじめて知った日に劣らぬほど痛々しくも哀れな状態だった。

ウィロビー夫妻は、結婚するとすぐにロンドンを去った。もうマリアンがふたりに出くわす心配がなくなったので、エリナーは、マリアンを以前のように外出させるようにしようと思った。マリアンはあの最初の打撃を受けて以来、ずっと家に引きこもりきりなのだ。

ちょうどこの頃、スティール姉妹が――ホウボーン地区のバートレット・ビルディングズの親戚の家に最近到着したのだが――もっと立派な親戚、すなわちコンディット・ストリートのサー・ジョン夫妻と、バークリー・ストリートのジェニングズ夫人の前に再び姿を現わし、両家から大歓迎された。

しかしエリナーだけは、スティール姉妹を歓迎する気持ちにはとてもなれなかった。この姉妹の存在はつねに苦痛の種だった。エリナーがまだロンドンにいるのを知ってルーシーは大喜びしたが、エリナーはその喜びようにどう答えていいか困ってしまった。

「あなたがもうロンドンにいなかったら、私、ものすごくがっかりしたわ」ルーシーはもうという言葉に力をこめてくり返した。「でも、ぜったいにいると思っていたの。もうしばらくロンドンにいるはずだって。一カ月以上は滞在しないって、バートンで言っていたけど。でも私はあのとき思ったの。あなたはそのときになったら気持ちを変えるだろうって。お兄さまご夫妻がいらっしゃる前に帰ってしまうなんてすごく残念ですもの。でももう急いで帰る気はないでしょ？　あなたが気持ちを変えてくれてほんとにうれしいわ」

　エリナーはルーシーの言わんとすることがすっかりわかっていたが、わからないふりをするために、ありったけの自制心を働かせなくてはならなかった。

「ところで、ロンドンへはどうやっていらしたの？」とジェニングズ夫人が言った。

「じつは乗合馬車《ステージ・コーチ》（乗客と貨物を運んだ大型馬車）ではなくて、駅馬車《ポスト・シェーズ》（郵便物と三、四名の乗客を運んだ小型馬車）でまいりましたの」姉のアンがすかさず得意そうに答えた。「粋な伊達男がずっとご一緒してくれましたの。デイヴィス博士もロンドンへいらっしゃるというので、私たちも駅馬車でご一緒することにしたんです。とても紳士的なお方で、私たちより十シリングか十二シリング余計に払ってくださったわ」

「まあ！　それはすてき！」ジェニングズ夫人が大きな声で言った。「その博士は間違いなく独身ね！」

「ほら、また」アンが気取った作り笑いをして言った。「その博士のことでみんなが私を冷やかすけど、私にはわけがわからないわ。いとこたちは私が彼を射止めたって言うけど、私のほうははっきり言って、彼のことを四六時中考えてるわけじゃないのよ。このあいだもいとこが、通りを渡ってうちのほうへやってくる彼を見て、『ほら、あなたのいい人が来るわ！』って言ったから、『私のいい人ですって？　誰のことを言ってるのかわからないわ』って言ってやりましたの」

「はい、はい、それは結構なお話ね。でもとぼけてもだめよ。あなたのいい人はその博士に間違いないわ」

「ほんとに違うんです！」アンはわざとらしくムキになって言った。「そんな噂をお聞きになったら、お願いですから『違う』って言ってください」

「いいえ、『違う』なんて言いませんよ」とジェニングズ夫人はすぐに答えてアンを喜ばせた。アン・スティールはこれで大満足だった。

　敵意のこもったあてこすりを中断させられていたルーシーが、ここで攻撃を再開した。

「ねえ、ミス・ダッシュウッド、お兄さまご夫妻がロンドンに出ていらしたら、あなたとマリアンさんもそちらのお宅に滞在なさるんでしょ？」

「いいえ、そのつもりはありません」

「あら、そうかしら。でもきっとそうなるわ」

　エリナーはこれ以上反対してこの会話をつづける気はなかった。

「でも、ほんとにすてきね」とルーシーが言った。「お母さまがあなたたちおふたりを、こんなに長くロンドンにいさせてくださるなんて」

「こんなに長く？」とジェニングズ夫人が口をはさんだ。「何言ってるの！　ふたりのロンドン滞在はまだ始まったばかりじゃないの！」

　ルーシーは黙ってしまった。

「マリアンさんにお会いできなくて残念だわ、ミス・ダッシュウッド。お気の毒に、お加減が悪いのね」とアンが言った。マリアンはスティール姉妹が到着すると、自分の部屋に引っ込んでしまったのだ。

「ありがとうございます」とエリナーは言った。「妹もおふたりにお会いできなくて残念がると思います。でも、妹はこのところずっと神経性の頭痛に悩まされていて、お客さまのお相手をしたりお話をしたりするのは無理なんです」

「まあ、それはお気の毒ね！　でも、ルーシーや私のような親しい友達は別じゃない？　私たちなら会えるんじゃない？　それに、私たちはひと言もしゃべらないって約束するわ」

「妹はベッドで横になっているか、部屋着姿でしょうから、申し訳ありませんが、ここへは顔を出せません」とエリナーは言って、その申し出を丁重に断わった。

「あら、それじゃ私たちのほうからお部屋に会いに行くわ」とアンが大きな声で言った。

エリナーはアンの厚かましさに堪忍袋の緒が切れそうになったが、ルーシーがアンを一喝してくれたので、自分を抑える努力をしなくてすんだ。ルーシーはこのようにたびたび姉を一喝したが、それは本人の態度に愛らしさを添えることにはならないけれど、姉の態度を律するのには今回も大いに役立った。

第三十三章

マリアンは多少は抵抗したが結局エリナーの願いを入れ、ある朝、ジェニングズ夫人と三人で三十分ほど外出することを承知した。ただし、よその家への訪問はしないと条件をつけ、サックヴィル・ストリートのグレイ宝飾店へお供したがそれ以上のことはしなかった。エリナーはその店で、流行遅れになった母の宝飾品をいくつか交換してもらう予定だった。

馬車が店の前に到着すると、ジェニングズ夫人は、通りの反対側に住む女性を訪問する約束を思い出した。夫人はグレイ宝飾店には用がないので、エリナーとマリアンがそこで用をすますあいだに、自分の訪問をすませて戻ってくることにした。

階段を上がって店に入ると、店内は先客でいっぱいで、エリナーたちの注文を聞いてくれる手の空いた店員はいなかった。ふたりは待つしかなく、いちばん早く番が回ってきそうなカウンターの端に腰をおろした。そこには紳士がひとり立っているだけだったので、エリナーは、その紳士が親切心を働かせて急いで買い物をすませてくれるのではないかと期待した。ところがその紳士は、他人にたいする親切心よりも、自分の鑑識眼と洗練された趣味のほうを重んじる人物だった。彼は自分用の楊枝入れを注文していたのだが、その大きさと形と装飾を決定するのにたっぷり十五分を要した。店のすべての楊枝入れを出させて、仔細に吟味し熟慮したのち、自分の独創的な審美眼によってようやく最終的な決定をくだしたのである。そしてその十五分のあいだ、うしろで待っているふたりの女性のことはほとんど気にもとめず、三、四回無遠慮にじろっと見ただけだった。しかもその目つきがとても卑しい感じで、エリナーはこう思わずにはいられなかった。この紳士は最新流行の服装で着飾っているけれど、姿にも顔にも、正真正銘の生まれつきの卑しさがたっぷりにじみ出ているわ、と。そしてこの印象はエリナーの記憶にしっかりと焼きつけられた。

こうしてその紳士は、エリナーとマリアンの顔を無遠慮にじろじろ見たり、店員に出させたいろいろな楊枝入れにいろいろなケチをつけたりしていたのだが、マリアンはそうしたことにはまったく気づかず、おかげで、その紳士に軽蔑や怒りを覚えるという煩わしい思いをしないですんだ。マリアンはグレイ宝飾店にいても、自分の寝室にいるのと同じようにひとりで物思いに耽って、まわりのことにはいっさい気づかずにいられたからだ。

やっと注文の品が決まった。その紳士は、どの象牙と金と真珠を使うか、こまかい指示を与えて納入期限を指定すると、おもむろにゆっくりと手袋をはめて、もう一度エリナーとマリアンをじろっと見た。ただしふたりの美人を賛美するというよりは、自分が賛美されたがっているような目つきだった。そして正真正銘のうぬぼれと、わざとらしい無関心さが入り混じったご満悦の体で立ち去った。

エリナーはさっそく店員に自分の用件を言い、その用が終わろうとしたとき、別の紳士が彼女の横に現われた。そちらに目をやって顔を見ると、それはなんと義兄のジョン・ダッシュウッド氏だった。

グレイ宝飾店での再会は、いちおう親戚としての情愛と喜びにあふれ、どうにか見苦しくないものとなった。ジョン・ダッシュウッドは義理の妹たちに再会しても迷惑そうな顔はしなかった。エリナーとマリアンはそれだけでも満足だった。それに彼はちゃんと気をつかって、「母上はお元気ですか？」と言ってくれた。

ジョン・ダッシュウッド夫妻は二日前にロンドンに来たそうだ。

「きのうあいさつに行きたかったんだが、どうしても無理だった」とジョンは言った。「エクスター・エクスチェンジ動物園に息子のハリーを連れて行かなくちゃならなくてね。そのあとはフェラーズ夫人のお宅にお邪魔した。ハリーは大喜びだったよ。今朝三十分でも時間があれば、こんどこそ行こうと思ったんだが、ロンドンに来たときはいろいろ用があってね。ここへ来たのはファニーの封印を注文するためさ。でも明日はぜったいバークリー・ストリートにあいさつに行って、ジェニングズ夫人を紹介してもらえると思う。彼女はたいへんなお金持ちらしいね。それにミドルトン夫妻にもぜひ紹介してほしい。義母《はは》の親戚なんだから、喜んで敬意を表するよ。バートンではすばらしい隣人なんだろ？」

「ええ、とっても。何から何まで親切にしていただいて、口では言えないくらい感謝しています」

「それはよかった。ほんとによかった。でもそれは当然だ。ジェニングズ家もミドルトン家も大金持ちで、きみたちとは親戚なんだからね。きみたちが快適に暮らせるように親切と礼儀を尽くすのは当然だ。それできみたちはデヴォン州の小さなコテッジで、何不自由のない快適な暮らしをしているわけだ。バートン・コテッジはすてきな家だってエドワードから聞いたよ。あんなすてきなコテッジは見たことないし、きみたちもその家をすっかり気に入ってるらしいと、エドワードが言っていた。いや、私たちもそれを聞いてほんとにほっとした」

エリナーはこんな義兄を恥ずかしく思ったが、ちょうどジェニングズ夫人の従僕がやってきて、「奥さまが外でお待ちです」と告げたので、これ以上義兄の相手をする必要がなくなってほっとした。

ジョン・ダッシュウッドはエリナーとマリアンを店の外まで見送り、馬車の前でジェニングズ夫人に紹介され、「できれば明日ごあいさつに伺います」と何度も言って立ち去った。

ジョンは言葉どおり、翌日ジェニングズ夫人の家にあいさつに参上した。ただし、妻は都合で来られないという言い訳つきだった。「なにしろ家内は母親にかかりきりで、どこへも出かける暇がないのです」

でもジェニングズ夫人はすぐにこう言った。「まあ、まあ、そんな堅苦しいことはおっしゃらないで。私たちはみんな親戚みたいなものじゃありませんか。すぐに私のほうから奥さまにごあいさつに伺いますわ。もちろんエリナーさんとマリアンさんもお連れするわ」

エリナーとマリアンにたいするジョンの態度は、穏やかだが申し分なくやさしかった。ジェニングズ夫人にたいしては丁重さと礼儀正しさにあふれていた。すぐあとにブランドン大佐がやってくると、ジョンはじろじろと好奇の目を向けた。「この人物も金持ちかな？　やはり丁重に接するべきかな？」とでもいうように。

三十分ほどすると、ジョンはエリナーに、コンディット・ストリートまでいっしょに行ってサー・ジョン夫妻に紹介してほしいと頼んだ。今日は天気もいいので、エリナーは快く承知した。家を出るとすぐにジョンの質問が始まった。

「ブランドン大佐ってどういう人だい？　お金持ちかい？」

「ええ、ドーセット州に立派なお屋敷と土地を持っているわ」

「それはよかった。とても立派な紳士のようだし。エリナー、おめでとうを言わせてもらおう。とても立派な縁組になりそうじゃないか」

「私が？　お義兄《にい》さま！　それはどういう意味？」

「彼はきみのことが好きだ。私はさっきじっくり観察してそう確信した。彼の財産はどれくらいだね？」

「年収二千ポンドくらいだと思います」

「年収二千ポンドか」ジョンはご機嫌な調子で、気前よくつけ加えた。「エリナー、その二倍あったらいいね。きみのためにそう願ってるよ」

「ありがとうございます」とエリナーは答えた。「でも、ブランドン大佐は私と結婚するつもりなんてありません。それは私が一番よく知っています」

「それはきみの思い違いだ、エリナー。たいへんな思い違いだよ。きみがちょっと頑張れば彼をつかまえられるさ。彼はまだ迷ってるかもしれない。きみの財産が少ないために躊躇するかもしれないし、家族や友人たちも反対するかもしれない。でも、世の女性たちお得意の、あのちょっとした心づかいと秋波を送れば、彼の気持ちはすぐに決まるさ。きみがその努力をしてはいけないという理由はない。きみに以前好きな人がいたからといって――いや、つまりその、あの結婚は問題外だし、反対が多すぎてぜったいに無理だ。きみは頭がいいからそれくらいわかるだろ。でもブランドン大佐ならきみにぴったりだ。彼がきみときみの家族を気に入るように、私も礼を尽くして応援するよ。この結婚にはみんな満足するはずだ」ジョンは重大なことをささやくかのように声を落とした。「つまり、これで八方丸くおさまるってわけさ」だがジョンはちょっと考えてからつけ加えた。「つまりその、きみの家族も親戚も、きみがいい結婚をすることを心から願っているということさ。うちのファニーはとくにそうだ。きみの幸せを心から願ってる。それに、彼女の母親のフェラーズ夫人もじつにいい人で、この結婚に大喜びすると思う。このあいだもそんなことを言っていた」

エリナーは返事をする気にもなれなかった。

「ファニーの弟と私の妹が、同時に結婚することになったらすばらしいな」とジョンはつづけた。「ね、面白いじゃないか。でも、その可能性がないわけじゃない」

「エドワード・フェラーズさんが結婚なさるんですか?」エリナーが毅然としてたずねた。

「まだ正式に決まったわけじゃないが、そういう話が持ち上がってる。エドワードはすばらしい母上を持ったもんだ。この結婚が決まったら、なんとフェラーズ夫人は気前よく、エドワードに年収千ポンドの財産を与えるそうだ。結婚の相手はミス・モートンといって、故モートン卿のひとり娘で、三万ポンドの財産つきだ。両家にとって理想的な縁組だから、きっとまとまると思う。年収千ポンドの財産を、母親が息子にぽんと与えるというのはたいへんなことだ。フェラーズ夫人はほんとに気高い心をお持ちだ。夫人の気前のよさの実例をもうひとつ教えよう。このあいだ私たちがロンドンに到着したとき、私たちの当座の金が十分でないとわかると、夫人はファニーの手に、合計二百ポンドの紙幣をぽんと渡してくれた。私たちには大助かりさ。ロンドンにいると、何かと出費がかさむからね」

ジョンは、エリナーの賛同と同情を求めてひと息ついた。エリナーは仕方なくこう言った。

「ロンドンでも田舎でもたいへんな出費でしょうけど、お義兄さまは収入も多いじゃありませんか」

「いや、そんなに多くないさ。みんなが思ってるほどにはね。でも不平を言うつもりはない。たしかに十分な収入だし、いずれはもっと増えると思う。でも、いまやっているノーランド共有地の囲い込みの費用がたいへんなんだ。それに、この半年間にちょっとした買い物もした。ギブソンじいさんが住んでいたキンガム農場さ。覚えてるだろ。うちの地所の隣地だから、どうしても欲しかったし、買い取るのが私の義務だと思ってね。他人の手に渡るのを黙って見ているわけにはいかないし、そんなことをしたら一生後悔するからね。自分の生活を守るには金を出さなきゃならないし、とにかく大金がかかったよ」

「その土地の実際の価値以上にですか？」

「いや、そんなことはない。私が買った以上の値段で、翌日にも転売できただろうね。でもあのとき資金がなかったら、たいへんなことになっていたかもしれないな。ちょうどあのころ株価が下落していたから、もし私が、土地の購入に必要なだけの金を銀行に預けていなかったら、大損をして持ち株を売らなきゃならなかったからね」

エリナーは苦笑するしかなかった。

「それにノーランド屋敷に引っ越したときに、どうしても必要な出費があった。ノーランド屋敷にはスタンヒルから持ってきた家具調度類がたくさんあって、みんな高価な品だったけど、きみもよく知ってのとおり、われらが父上は、それを全部きみの母上に遺贈してしまった。もちろんそれに不平を言うつもりはないさ。父上の財産なんだから、自分の好きなように処分する権利があるからね。でもその結果うちは、ノーランド屋敷から持ち去られた家具調度類を補充するために、リンネル類や陶磁器などを大量に買い入れなくちゃならなかった。これだけ出費が重なったら、うちが裕福どころじゃないってことはわかってくれるだろ。フェラーズ夫人の親切がどんなに大助かりかってこともね」

「ええ、もちろん」とエリナーは言った。「フェラーズ夫人の気前よさに助けられて、お義兄さまご一家が安楽に暮らしていけるように願っていますわ」

「うん、あと一、二年すれば、なんとか楽になると思う」ジョンはまじめな顔で言った。「でも、やることがまだたくさん残ってる。ファニーの温室はまだ土台もできていないし、花壇も設計図しかできていないんだ」

「温室はどこに作るんですか？」

「屋敷の裏の丘の上だ。その場所をつくるために、クルミの木は全部切り倒した。ノーランド屋敷のあちこちから見えるすばらしい温室になるだろうな。それから、温室の前の斜面一帯に花壇をつくるんだ。すごくきれいだろうな。丘のてっぺんのあちこちに茂っていたサンザシも全部切り払った」

　エリナーは、ノーランド屋敷の景観が台無しになるのではないかと心配でひとこと言いたかったが、ぐっと我慢した。マリアンが聞いたら即座に怒りを爆発させるだろう。この場にいなくてほんとうによかった。

　ジョンは自分の貧乏ぶりをエリナーにたっぷり説明したので、こんどグレイ宝飾店に行っても、妹たちにイヤリングを買ってやる必要はないと思い、気が晴れ晴れしてきた。そこで話題を変え、エリナーがジェニングズ夫人のような知り合いを持っていることを盛んに祝福しはじめた。

「ジェニングズ夫人のような知り合いは、ほんとに大切にしないといけないな。住まいや暮らしぶりから見て、相当な収入がありそうだ。彼女とのつきあいは、いままできみたちに大いに役立っただけでなく、最後にたいへんなご利益があるかもしれない。きみたちをロンドンに招いてくれたということは、ものすごく明るい材料だ。きみたちにものすごく好意を持っているようだから、たぶん亡くなるときも、きみたちのことを忘れないと思う。彼女の遺産は相当なものだと思うね」

「それはぜんぜん違うと思います。ジェニングズ夫人には寡婦給与産（夫の死後、妻の所有に帰すように定められた土地財産）があるだけで、それは全部お子さまたちが相続すると思います」

「でも、夫人が収入を全部使うような生活をしているとは考えられん。ふつうの分別があればそんなことはしないさ。それに、貯金がどれくらいあるか知らないが、誰にいくら遺すかは夫人の自由さ」

「それはそうですけど、私たちより自分の娘さんたちに遺す可能性のほうが大きいとは思いませんか？」

「娘さんはふたりともお金持ちの家に嫁いだんだから、夫人がこれ以上考えてあげる必要はないと思うね。それより私が思うに、夫人がきみたちにこんなに目をかけて、こんなに親切にしているというのは、いわばきみたちに、彼女の遺産の請求権を与えたようなもので、良心のある人間ならそれを無視するはずがない。あんな親切な振る舞いは見たことがない。あれだけ親切にされたら、誰だって期待を抱くのが当然だし、夫人がそれに気づいていないわけがないさ」

「でも、当事者の私たちはそんな期待は抱いていません。お兄さまは私たちの幸福と繁栄を願ってくださるあまり、とんでもない勘違いをなさっていますわ」

「うん、そうかもしれない」ジョンは思い直したように言った。「世の中は、なかなか思うようには行かないな。それにしてもエリナー、マリアンはどうしたんだい？　すごく具合が悪そうじゃないか。顔色も悪いし、すっかりやせてしまって。病気かい?」

「気分がすぐれないんです。数週間前から神経を病んでいて」

「それは気の毒に。あの年ごろで病気をすると、花の盛りがいっぺんに台無しだ。マリアンの花の盛りはずいぶん短かったな! 去年の九月ごろは、世のすべての男性を引きつけそうな、見たこともないような美人だったのに! 彼女の美しさには、男心をそそるなんともいえない魅力があった。マリアンはきみより早く、きみよりいいところへお嫁に行くだろうって、ファニーがよく言っていたよ。ファニーはきみのことが大好きだけど、なんとなくそう思ったんだ。でもあれはファニーの見込み違いになりそうだ。私の予想では、もうマリアンは、年収五、六百ポンド以上の男性との結婚は無理だろうな。ぜったいにきみのほうがいいところへお嫁に行くと思う。ドーセット州か! 私はドーセット州のことはほとんど知らないけど、ぜひもっと知りたいね。それにいまここで約束する。ファニーと私は喜んで真っ先に、ドーセット州のきみのお屋敷に駆けつけるよ」

　エリナーは、自分がブランドン大佐と結婚する可能性はまったくないということを必死に説明したが、ジョンは聞く耳を持たなかった。この結婚はジョンにとってたいへん好都合なことなので、そう簡単に期待を捨てるわけにはいかないのだ。実際ジョンは、これからブランドン大佐と親交を深めて、この結婚の実現のためにあらゆる努力をしようと固く決意していた。自分が妹たちに何もしてあげなかったことに良心の呵責を感じているので、自分に代わって誰かが妹たちに何かしてくれることを切に願っているのだ。たとえばブランドン大佐がエリナーと結婚してくれたり、ジェニングズ夫人が妹たちに遺産を残してくれたりすれば、自分の怠慢にたいする絶好の埋め合わせになってくれるのだ。

ふたりがコンディット・ストリートのサー・ジョン宅を訪問すると、幸いミドルトン夫人は在宅で、ほどなくサー・ジョンも帰ってきた。あふれんばかりの丁重なあいさつが交わされた。サー・ジョンは誰でもすぐに好きになれる性格だが、ジョン・ダッシュウッド氏のことも、馬のことはあまり知らなそうだがなかなか好人物だと、すぐに結論をくだした。一方ミドルトン夫人は、ジョンの洗練された服装を見て、これならおつきあいする値打ちがあると判断した。そしてジョン・ダッシュウッド氏はミドルトン夫妻をたいへん気に入って帰っていった。

「ファニーにいい知らせを持っていけるよ」ジョンは帰る道々エリナーに言った。「ミドルトン夫人はほんとうに上品な人だね！　ああいう女性なら、ファニーも喜んでおつきあいすると思う。それにジェニングズ夫人もとてもいい人だ、娘さんのミドルトン夫人ほど上品ではないけど。あれならファニーもためらう必要はない。じつはファニーは、ジェニングズ夫人を訪問するのをためらっていたんだ。でもそれも無理はない。なにしろジェニングズ夫人は、成り上がりの商人の未亡人だからね。それでファニーもフェラーズ夫人も、ジェニングズ母娘との交際は避けたほうがいいという意見だったんだ。でもこれで、ジェニングズ夫人についてもミドルトン夫人についても、とてもいい知らせをファニーに持っていける」

第三十四章

ファニー・ダッシュウッドは夫の意見に絶大な信頼を寄せているので、翌日さっそくジェニングズ夫人とミドルトン夫人を訪問した。そして夫への信頼は報われ、ジェニングズ夫人でさえ——つまり商人の未亡人であり、エリナーとマリアンが世話になっているジェニングズ夫人でさえ——交際に値する人物だとわかり、ミドルトン夫人に至っては、世にも稀なるすてきな女性とわかったのだった。

ミドルトン夫人もファニー・ダッシュウッドを気に入った。ふたりとも自己中心的な冷たい女性で、それがお互いを惹きつけたのだ。無味乾燥な礼儀作法と、知性の欠如という点で、ふたりは大いに相通じるところがあるのだ。

ところが、ミドルトン夫人はファニーの態度がたいへん気に入ったのだが、ジェニングズ夫人はファニーの態度がたいへん気に入らなかった。ジェニングズ夫人には、ファニーは情のない高慢な女にしか見えなかった。自分の夫の妹たち、つまりエリナーとマリアンに会っても何の愛情も示さないし、言葉をかけようともしないのだ。ファニーはジェニングズ夫人の家に十五分ほどいたが、少なくとも七分半はただ黙って座っていただけだった。

エリナーは、エドワードがいまロンドンにいるかどうか、ファニーに聞くつもりはないが、ほんとうはとても知りたかった。しかしファニーはエリナーの前では、弟エドワードの名前を自分から口にする気はまったくなかった。弟エドワードとミス・モートンの結婚が正式に決まるまで、あるいは夫ジョンの期待、つまりブランドン大佐とエリナーの結婚が実現するまでは、ぜったいに口にする気はない。エドワードとエリナーはまだお互いに強く惹かれ合っていると、ファニーは思っている。だからいかなる場合でも、言葉においても行動においても、ふたりを引き離しておくよう用心するに越したことはないのだ。

ところが、ファニーが伝えたくないその情報はすぐに別な方面からもれてきた。エドワードはすでにジョン・ダッシュウッド夫妻といっしょにロンドンに来ているのに、彼に会えなくて寂しいと、ルーシーがエリナーの同情を求めにやってきたのである。エドワードは秘密の婚約が露見するのを恐れて、ルーシーの滞在先であるバートレット・ビルディングズには来られないし、もちろんお互いに会いたくてたまらないが、いまは手紙のやりとりしかできないのだそうだ。

つづいてそのあとすぐに、エドワード本人がジェニングズ夫人の家を二度も訪ねてきて、自分がロンドンにいることを伝えた。夫人とエリナーたちが午前中の外出から戻ると、テーブルにエドワードの名刺が置かれていたのだ。エリナーはエドワードが訪ねてきてくれたことを喜んだが、会わずにすんだことをさらに喜んだ。

ジョン・ダッシュウッド夫妻はミドルトン夫妻をたいそう気に入り——じつはジョンもフ

ァニーも、人に何かをあげるのは好きではないのだが——ミドルトン夫妻には特別にご馳走をしてあげることにした。それで、知り合ってまもなく、三カ月契約で借りたハーリー・ストリートの立派な家に、ミドルトン夫妻をディナーに招待した。ついでに、義理の妹であるエリナーとマリアンと、ふたりが世話になっているジェニングズ夫人も招待された。そしてジョンは、ブランドン大佐も忘れずに招待した。大佐は、エリナーとマリアンがいるところならどこへでも喜んで出かけるつもりだが、ジョンのあまりに熱心な招待には少々驚いた。でも喜びのほうが大きいので、もちろん招待に応じた。ファニーの母親であるフェラーズ夫人も来るそうだが、夫人の息子たち、すなわちエドワードとロバートが来るかどうかはエリナーにはわからなかった。しかしフェラーズ夫人に会えると思うと、エリナーはそのディナー・パーティーがたいへん楽しみになった。以前なら、エドワードの母親に会って紹介されると思うとすごく不安になったが、もうそういう不安を感じる必要はない。もうどう思われようとまったく気にせずに会うことができる。しかし、フェラーズ夫人がどういう人物か、自分の目で確かめたいというエリナーの好奇心は、以前と変わらず旺盛だった。

そういうわけでエリナーは、そのディナー・パーティーをとても楽しみにしていたが、それからまもなく、あのスティール姉妹も出席すると聞いて、あまりうれしくはないがますます興味が湧いてきた。

スティール姉妹はミドルトン夫人に巧みに取り入り、ひたすらご機嫌とりに邁進したおかげで、いまやすっかり夫人に気に入られていた。ルーシーはとても上品とは言えないし、姉のアンは下品と言ってもいいくらいなのだが、それでミドルトン夫人はサー・ジョンに劣らず熱心に、コンディット・ストリートに一、二週間泊まりに来るようふたりを誘ったのだった。そしてスティール姉妹は、ジョン夫妻のディナー・パーティーの件を知ると、そのパーティーの二、三日前から泊めていただければ都合がいいと言ってきたのである。

スティール姉妹は、エドワードが以前四年間お世話になった紳士の姪であり、ファニーにとっては、いちおう弟の恩人の親戚である。でもそれだけなら、ファニーはスティール姉妹をディナーに招く必要は感じないだろう。でも大好きなミドルトン夫人のお客となると、招待しないわけにはいかなかった。一方ルーシーは、なんとかフェラーズ家と近づきになって、婚約者エドワードの家族がどんな人たちか、自分とエドワードの結婚にはどんな障害があるのか、自分の目で確かめたいと、ずっと前から思っていたし、できれば家族に気に入られるチャンスをつかみたいと思っていた。だから、ファニーからディナーの招待状を受け取ったときは、天にも昇るほどの喜びようだった。

一方、エリナーの反応はだいぶ違っていた。エドワードは母親と同居しているのだから、姉のディナー・パーティーには母親と同様招かれるにちがいないとすぐに思った。あんなにいろいろなことがあったあとで初めてエドワードに会うというのに、あのルーシーも一緒だなんて！　そんなことに耐えられるかどうか、エリナーにはまったく自信がなかった。

こうした不安は、必ずしも理性に基づいているとは限らないし、実際、事実に基づいてはいなかった。しかしその不安は、エリナー自身の気持ちの整理によってではなく、ルーシーの「善意」によって解消された。エドワードは火曜日のジョン・ダッシュウッド宅でのディナー・パーティーには出席しないと、ルーシーが教えてくれたのだ。ルーシーとしては、エリナーをがっかりさせようと思って言ったのだ。それに、エリナーをさらに苦しめてやろうと思ってこうつけ加えた。「エドワードは私をものすごく愛しているから、一緒にいると、私への愛情を隠せる自信がないのね。それで出席しないのよ」と。

さて、このふたりの女性をエドワードの恐るべき母親に紹介する大事な火曜日がやってきた。

「ね、ミス・ダッシュウッド、私に同情して！」とルーシーが、いっしょに階段をのぼりながら言った。ジェニングズ夫人とエリナーたちを乗せた馬車が着いたすぐあとに、ミドルトン夫妻とルーシーたちを乗せた馬車も到着したので、みんな揃って召使に案内されたのだ。「いまの私の気持ちをわかってくれる人はあなたしかいないわ。ほんとに耐えられそうにない！　ああ、こわい！　私の幸せのすべてがかかっている人にもうすぐ会うのね！　私のお母さまになる人に！」

エリナーはいますぐにこう言って、ルーシーの気持ちを楽にしてあげたかった。「私たちがこれから会おうとしている人は、あなたのお母さまではなく、ミス・モートンのお母さまになるかもしれない人よ」と。でもそうは言わずに、「そうね、同情するわ」とほんとに同情して言った。ルーシーはほんとに不安な気持ちでいっぱいだったが、エリナーからは羨望のまなざしで見られると思っていたので、そんな調子で言われてびっくりした。

フェラーズ夫人は、やせっぽちの小柄な女性で、堅苦しいほど姿勢がよくて、意地悪なほど真面目くさった顔をしていた。血色が悪くて、目鼻立ちが小さすぎて、とても美人とは言えないし、生まれつき表情も乏しかった。でも幸いなことに、眉間の皺が尊大さと意地悪さという強烈な個性を示して、平凡な顔という不名誉からは救われていた。口数は少ないほうだった。ふつうの人と違って、自分が考えたことしか口にしないからだ。おまけに、その口から漏れたわずかな言葉のうち、たったのひと言もエリナーには向けられなかった。フェラーズ夫人は、なんとしてもエリナーを嫌い抜いてやるという決意をもって、エリナーを睨みつけるだけだった。

しかしもう今となっては、フェラーズ夫人にこんな態度をされてもエリナーは傷つきはしなかった。二、三カ月前ならひどく傷ついたことだろう。でももうフェラーズ夫人には、エリナーをいじめる力はないのだ。フェラーズ夫人はエリナーをさらにいじめるために、スティール姉妹にむかっていやに愛想のいい態度を取ったが、そのあまりにも露骨な態度の違いも、エリナーにはただ滑稽なだけだった。ルーシーとエドワードの秘密の婚約という事実を知ったら、フェラーズ夫人もファニーも、ルーシーをいちばんいじめたいはずなのに、そうとは知らずにそのルーシーにいちばん愛想よくしているのだ。そして、エドワードとはもう何の関係もなくなって、フェラーズ家に何の痛手も与えるはずのないエリナーを、当てつけがましく露骨に無視しているのだ。エリナーはただただ笑うしかなかった。しかし、その見当違いなお愛想を笑いながらエリナーは、そんな行動に出るフェラーズ夫人とファニーの心の卑しさを思い、そしてそのお愛想をさらに得ようと浅ましいほどの努力をするスティール姉妹の姿を見ると、その四人を心の底から軽蔑せずにはいられなかった。

ルーシーはこのような特別待遇を受けて有頂天になり、姉のアンのほうは、デイヴィス博士のことで冷やかしてもらえればそれで大満足だった。

たいへん豪勢なディナーで、召使の数も多くて、すべてが女主人の虚栄心と、それを支える主人の経済力を物語っていた。たしかジョンはこう言っていた。ノーランド屋敷の家具調度類を買い揃えたり、隣地を買い足したりして、いろいろ出費が重なってたいへんであり、数千ポンドの支払いのために、大損を承知で株を手放す羽目になりかけたと。しかしこの豪勢なディナーを見るかぎり、そんな貧困の兆候はどこにも見られなかった。いかなる種類の貧しさも見られなかったが、ただし、会話の貧しさだけは目についた。しかも相当な貧しさだった。ジョン・ダッシュウッドは聞くに値するほどの話題も意見も持ち合わせていないし、妻のファニーはそれ以下だった。しかし今日のディナーでは、それもあまり恥にはならなかった。客のほとんどが似たり寄ったりで、みんな感じのいい人間になるための資格を何かしら欠いていたからだ。先天的もしくは後天的な良識のなさ、品のなさ、元気のなさ、こらえ性のなさ、などなど。

食事が終わって女性たちが客間へ下がると（当時は、食事が終わると女性たちだけ客間へ下がり、男性たちはそのままダイニングルームで、一時間ほど会話とポートワインを楽しむのが習慣だった）、会話の貧しさはとりわけ顕著になった。ダイニングルームではいちおう男性たちが、いろいろな話題——政治や、土地の囲い込みや、馬の馴らし方など——を提供したが、女性たちだけになると、そうした話題の提供も途絶えてしまった。コーヒーが運ばれてくるまで、女性たちはたったひとつの話題にすがりついた。ファニー・ダッシュウッドの息子ハリーと、ミドルトン夫人の次男ウィリアムはほぼ同年齢なのだが、さてどちらが背が高いか、という話題だ。

その子供がふたりともこの場にいれば、すぐにふたりの背丈を測って簡単に決着がついただろう。ところがいまはハリーしかいないので、双方とも推測による主張をするほかないのだが、誰もが自信をもって自分の意見を言い、何度でも好きなだけその意見をくり返す権利を持っていた。

みんなの意見はざっとこんなぐあいだ。

ふたりの母親は、ほんとうは自分の息子のほうが背が高いと確信していたが、礼儀上、相手の子供のほうが高いと言った。

ふたりの祖母は、母親に劣らぬ親の欲目を発揮して、母親より正直に、自分の孫のほうが背が高いと主張して譲らなかった。

ルーシーはどちらの親も喜ばせたいのでこう言った。「お坊ちゃまはおふたりとも、年の割りにはびっくりするほど背がお高いですね。おふたりの間にちょっとでも差があるとは思えませんわ」そして姉のアンはさらに手際よく、急いで両方の味方をした。

エリナーは、「ウィリアムのほうが高いと思います」と一度だけ意見を述べて、フェラーズ夫人とファニーをいっそう怒らせてしまったが、それ以上くり返して自説を主張する気はなかった。マリアンは意見を求められると、「私はそんなこと考えたことありませんから、意見なんてありません」と言ってみんなを怒らせた。

エリナーはノーランドを去るとき、義姉のファニーのために、一対の美しいスクリーン（柄つきの扇のようなもので、暖炉の火よけなどに使われた）を描いて贈ったが、それがいまきれいに表装されてジョン・ダッシュウッド家の客間を飾っていた。ジョンはほかの男性たちのあとにつづいてダイニングルームから客間へ引きあげてきたが、そのスクリーンに目をとめると、押しつけがましくブランドン大佐に手渡して言った。

「これは私の上の妹が描いたものです。あなたはお目が高いから、きっとお気に召すでしょう。妹の絵をご覧になったことがおありかどうか存じませんが、妹はとても絵がうまいと、みなさんからほめられるんです」

大佐は、自分は目など高くないと否定したが、その絵を熱心にほめあげた。エリナーが描いたものなら何でもほめただろうが。当然、ほかの人たちも好奇心をそそられ、その絵はみんなに順番に手渡された。フェラーズ夫人はそれがエリナーの絵とは知らずに、とりわけ熱心に見たがった。それはミドルトン夫人からも称賛の言葉をうけたあと、ファニーからフェラーズ夫人へと手渡されたが、そのときファニーは抜かりなく、それがエリナーの絵だということを耳打ちした。

「あ、そう。とてもきれいね」フェラーズ夫人は絵には目もくれずに、すぐにファニーに突っ返した。

さすがのファニーも、母のこの態度はあまりにも失礼だと思ったらしく、ちょっと顔を赤らめてすぐにこう言った。

「ね、お母さま、とてもきれいでしょ?」

でもファニーは、これはエリナーにたいして丁重すぎたのではないか、ほめすぎたのではないか、と思い直したらしく、すぐにこうつけ加えた。

「ね、お母さま、この絵はミス・モートンの絵に似ていると思わない? ミス・モートンはとても絵がお上手なの。このあいだ描いた風景画はほんとにすばらしかったわ!」

「そうね、ほんとにすばらしかったわね! ミス・モートンは何だってお上手ですよ」とフェラーズ夫人が言った。

とうとうマリアンの堪忍袋の緒が切れた。フェラーズ夫人の態度にはすでに相当頭にきていたが、エリナーの絵を無視してほかの人の絵をほめるなんて、なぜそんな失礼なことをするのか理由はわからないが、絶対に許せない! マリアンはかっとなって言った。

「ずいぶん変なほめ方ね! ミス・モートンって誰? そんな人、誰も知らないし誰も関心ないわ! 私たちがいま話題にしているのはエリナーの絵よ!」

マリアンはそう言って、エリナーの絵をちゃんとほめるために、ファニーの手からスクリーンを取り上げた。

フェラーズ夫人は憤怒の形相となり、いつも以上にそっくり返り、すさまじい調子で逆襲した。

「ミス・モートンは、モートン卿のご令嬢です！」

ファニーも激怒したが、ジョンはマリアンの大胆な発言と剣幕に震え上がった。エリナーはフェラーズ夫人とファニーの失礼な態度よりも、マリアンの爆発のほうがずっと身にこたえた。しかし、マリアンをじっと見つめるブランドン大佐の目は、マリアンの爆発の中に、愛すべき点だけを見ているようだった。自分の姉が侮辱されるのを黙って見ていられないマリアンの愛情深さだけを。

マリアンの感情の爆発はこれだけでは止まらなかった。エリナーにたいするフェラーズ夫人の冷たい横柄な態度は、エリナーを待ちうける困難さと不幸を予告しているように思え、マリアンの傷ついた心は、それを想像しただけで恐ろしさに震えたのだ。マリアンは愛情あふれる鋭い感受性に突き動かされ、すぐにエリナーの椅子のほうへ行き、片腕をエリナーの首にまわし、頬と頬をすり寄せるようにして、激しい調子でささやいた。

「ああ、お姉さま！　あんな人たちのことを気にしてはだめよ！　あんな人たちのために不幸になってはだめよ！」

マリアンはそれ以上何も言えず、自制心を完全に失い、エリナーの肩に顔をうずめてわっと泣き出した。全員の注意がマリアンに集中し、ほぼ全員がマリアンの身を心配した。ブランドン大佐は思わず立ち上がってふたりのそばに駆け寄った。ジェニングズ夫人はすべてを承知したように、「ああ、かわいそうに！」と言いながら、すぐに気付け薬の小瓶を渡した。サー・ジョンは、マリアンをこんなふうにした張本人に猛烈に腹が立ち、すぐにルーシーのとなりの席に移り、このショッキングな出来事の顚末をひそひそ声で手短に説明した。

でもしばらくすると、マリアンは落ち着きを取り戻してこの騒ぎに終止符を打ち、またみんなといっしょに座って過ごした。しかしその晩ずっと、マリアンの心にこの出来事のしこりはたっぷりと残った。

「マリアンもかわいそうに！」とジョン・ダッシュウッドが、ブランドン大佐をつかまえて小声で言った。「彼女はエリナーほど健康じゃない。すごく神経質で、エリナーとは体質が違う。それに、この点も考えてあげないと。かつて美人だった若い女性にとって、容色が衰えるというのはとてもつらいことです。あなたはそうは思わないかもしれないが、マリアンは二、三カ月前はたいへんな美人だったんです。エリナーと同じくらい美人だったんです。でもいまはご覧のとおり、見る影もありません」

第三十五章

フェラーズ夫人を見たいというエリナーの好奇心は満たされた。エリナーは夫人をじっくりと観察した結果、両家の関係をこれ以上深めるのは好ましくないとつくづく思った。フェラーズ夫人の高慢と、底意地の悪さと、自分にたいするすさまじい敵意を十分すぎるほど見せられたからだ。たとえエドワードが自由の身であったとしても、自分とエドワードとの婚約には大きな障害があり、その結婚にはさまざまな邪魔が入ることがはっきりとわかったからだ。こうした事実がわかって、エリナーは自分のためによかったとさえ思った。ルーシーというもうひとつの大きな障害のおかげで、フェラーズ夫人が生み出すさまざまな障害には苦しめられずにすんだのだ。夫人の気まぐれに翻弄されたり、夫人に気に入られようと努力したりしないですんだのだ。エドワードがルーシーに縛られていることを喜ぶ気にはなれないけれど、ルーシーがもうすこし気立てのいい女性だったら、当然喜ぶべきだとエリナーは思った。

ルーシーはフェラーズ夫人に親切にされてあんなに有頂天になっていたが、エリナーはそれが不思議でならなかった。夫人がルーシーにあんなに親切にしたのは、「エリナーではないから」というそれだけの理由だと思われるし、エドワードとルーシーとの秘密の婚約を知って いないからあんなにルーシーに親切にしたのだろう。しかし、欲とうぬぼれに目がくらんだルーシーにはそれがわからずに、自分への励ましと勘違いしているのだろうか。でもたしかにルーシーは勘違いして有頂天になっている。きのうのルーシーの目つきがそれをはっきり示していたし、翌朝あらためてさらにはっきりと示されたのだ。翌朝ルーシーはミドルトン夫人にお願いして、バークリー・ストリートのジェニングズ夫人の家でおろしてもらったのだが、それはつまり、もしかしたらエリナーひとりに会って、自分の幸せぶりを話して聞かせることができるかもしれないと思ったからだった。

そしてルーシーの思惑どおりになった。彼女が着いてまもなくパーマー夫人から使いが来て、ジェニングズ夫人は出かけていった。

「あのね」ふたりだけになるのを待ちかねたようにルーシーは言った。「今日は、私の幸せな気持ちをあなたにお話ししたくて伺ったの。きのうのフェラーズ夫人の私にたいする態度をご覧になったでしょ？　あれ以上のありがたいおもてなしを想像できるかしら？　フェラーズ夫人は私にたいしてほんとうに愛想がよかったわ！　私がフェラーズ夫人に会うのをどんなに怖がっていたかご存じでしょ？　でも紹介されたとたん、私のことがものすごく気に入ったみたいに愛想よくしてくれたわ。ね、そうでしょ？　あなたも全部ご覧になっていたからそう思ったでしょ？」

「フェラーズ夫人はたしかにあなたにとても丁重だったわね」とエリナーは言った。

「丁重？　あなたが気がついたのは丁重さだけ？　私はもっとずっとたくさんのことに気がついたわ。私だけに向けられたご親切とか！　フェラーズ夫人は高慢でも横柄でもないわ。それにあなたのお義姉《ねえ》さまも。おふたりとも、とてもやさしくて感じのいい方だわ！」

エリナーは話題を変えたかったが、ルーシーは引き下がらなかった。自分がこんなに幸せな気持ちになるのは当然だということを、どうしてもエリナーに認めさせたいのだ。それでエリナーはこう言わざるをえなかった。

「そうね、あのおふたりがあなたたちの婚約をご存じのうえであんなに親切にしてくださったのなら、あれ以上のありがたいおもてなしはないわね。でも、実際はそうではなくて――」

「そうおっしゃると思っていたわ」すかさずルーシーが言い返した。「でもフェラーズ夫人は、私を気に入ってもいないのに気に入ったふりをする必要なんてないじゃない。私を気に入ったから親切にしてくれたのよ。間違いないわ。あなたがなんて言おうと私の気持ちは変わりません。私たちの結婚はぜったいにうまく行くわ。私が心配していた障害なんてすぐに全部なくなるわ。フェラーズ夫人はすてきな方よ。それにあなたのお義姉さまも。おふたりともほんとうにすばらしいわ！　お義姉さまはあんなに感じのいい方なのに、あなたからその噂を聞いたことがないなんて不思議ね！」

これにはエリナーも答えようがなかったし、答える気もなかった。

「ミス・ダッシュウッド、ご気分でも悪いの？　元気がないわね。黙りこんでしまって、やっぱり具合が悪いのね」

「私は健康そのものよ」

「それを聞いてほっとしたわ。でもほんとに具合が悪そうだったけど。あなたが病気になったらすごく悲しいわ。あなたは私にとって、この世で一番大きな慰めなんですもの！　あなたの友情がなかったら、私はどうなっていたかわからないわ」

エリナーは精いっぱい丁重な返事をしたが、うまくいったかどうか自信はなかった。でもルーシーは満足したらしく、すぐにこう答えた。

「私はほんとにあなたの友情を信じて疑わないし、それは私にとって、エドワードの愛の次に大きな慰めよ。ああ、かわいそうなエドワード！　でも、いいことがひとつあるの。これからはエドワードとたびたび会えそうなの。ミドルトン夫人はあなたのお義姉さまをとても気に入ったので、私たちはハーリー・ストリートのお宅にたびたびお邪魔すると思うし、エドワードは半分はそこで暮らしているんですもの。それに、ミドルトン夫人とフェラーズ夫人のおつきあいも始まるでしょうね。それにフェラーズ夫人もあなたのお義姉さまも、いつでも遊びにきてくださいって何度も私に言ってくれたわ。ほんとにすてきな方たちね！　私があなたのお義姉さまのことをどう思っているかお話しする機会があったら、最高級の賛辞を贈っていたとおっしゃってけっこうよ」

でもエリナーは、そんなことを義姉のファニーに伝える気はないし、ルーシーにそんな期待を持たせるようなことを言う気もなかった。ルーシーはつづけた。

「もしフェラーズ夫人が私を嫌っていたら、私にもすぐにわかったはずよ。たとえば夫人が私に、何も言わずに儀礼的な会釈だけして、あとは私を無視して、一度も親しげな目を向けてくださらなかったら――ね、私の言うことわかるでしょ？――もしそんな冷たい扱いを受けたら、私は絶望してすべてをあきらめていたわ。そんなこと耐えられないもの。フェラーズ夫人に一度嫌われたらおしまいだってことくらい、よくわかっているもの」

ルーシーのこの丁重な勝利宣言にエリナーは返事をしないですんだ。ドアがさっと開いて、従僕がエドワード・フェラーズ氏の来訪を告げ、つづいて本人が入ってきたからだ。

まことに気まずい瞬間であり、三人の顔つきがさっと変わった。三人とも馬鹿みたいにあわててしまった。エドワードは部屋に入るなり、そのまま踵《きびす》を返して出ていきたそうだった。三人がいちばん避けたいと思っていた状況が、いちばん不愉快なかたちで起きてしまったのだ。三人が鉢合わせしただけでなく、この気まずさをなんとかしてくれる人がいないのだ。女性のほうが先に落ち着きを取り戻した。ルーシーとしては、ここはでしゃばってはいけない。婚約はまだ秘密という体裁を保たなくてはならない。だからルーシーは、エドワードに愛情のまなざしを送って軽くあいさつすると、あとは何も言わなかった。

でもエリナーはそれ以上のことをしなくてはならなかった。エドワードのためにも自分のためにも、その役目を立派に果たしたいと思い、必死に気を静めてから、くつろいだ表情とざっくばらんな態度で彼を迎えた。そしてさらに必死の努力をつづけると、表情も態度も見る見る落ち着きを増した。目の前にはルーシーがいるし、自分は不当な仕打ちを受けているけれど、それでもエリナーは自分に鞭打って、「またお会いできてうれしいですわ。先日お出でいただいたのに、ちょうど留守にしていてとても残念でした」とあいさつした。ルーシーの監視の目が光っていることにすぐに気がついたが、そんなものにはひるまずに、エドワードの友人として、そして親戚として当然の、心のこもったあいさつをしたのである。

エリナーのそうした態度に、エドワードもすこし落ち着きを取り戻し、勇気を出してやっと腰をおろした。しかしそのあわてぶりは、女性たちのそれをはるかに上回っていた。事情が事情だから無理もないけれど、男性にしては珍しいほどのあわてようだった。エドワードの心はルーシーのように冷たくはないし、彼の良心はエリナーのように安らかではいられないからだ。

ルーシーは落ち着き払った取り澄ました態度で、この場の空気を和らげる手助けなどすまいと心に決めたらしく、ひと言も口をきかなかった。口をきくのはほとんどエリナーだけで、自分から母の健康のことや、自分とマリアンがロンドンへ来た事情などについて説明した。本来ならエドワードがたずねるべきなのに、何もきいてくれないからだ。

エリナーの努力はこれだけではなかった。マリアンを呼びにいくという口実で自分は部屋を出て、エドワードとルーシーをしばらくふたりだけにしてあげようと思ったのだ。そして実際、英雄的なほど立派にそれを実行した。マリアンのところへ行く前に、気高くも不屈の精神を発揮して、踊り場でしばらく時間をつぶすことまでした。ところがマリアンを呼びにいくと、エドワードの安堵の時間はたちまち終わりを告げた。エドワードの来訪を知ると、マリアンは狂喜してすぐに客間にやってきたからだ。エドワードに再会したマリアンの喜びは、いつもの彼女の感情と同様強烈で、表現もまた強烈だった。顔を見るなり手を差しのべて、妹としての愛情にあふれた声でこう言った。

「ああ、エドワード！　ほんとうにうれしいわ！　これで、いままでのことは何もかも帳消しね！」

エドワードはマリアンの熱烈な歓迎にしかるべく応えようとしたが、エリナーとルーシーが見ている前では、思ったことの半分も言えなかった。またみんな腰をおろしたが、しばらくは四人とも黙ったままだった。マリアンは愛情たっぷりのまなざしで、エドワードとエリナーを代わる代わる見つめ、ふたりの再会の喜びがルーシーというよけいな客に邪魔されていることを残念がった。エドワードが最初に口をひらき、「マリアンさんはすこしおやつれになりましたね」と言い、ロンドンが体に合わないのではないかとしきりに心配した。

「あら、私のことなんか心配しないで！」マリアンは元気いっぱいに答えたが、目は涙であふれそうだった。「私の健康のことなんか心配しないで！　ほら、お姉さまは元気よ。私たちにはそれで十分なはずよ」

マリアンの言葉は、エドワードとエリナーの気まずさを和らげることにもならなかったし、ルーシーの好意を得ることにもならなかった。ルーシーは穏やかならぬ表情で睨むようにマリアンを見た。

「ロンドンは気に入りましたか？」話題を変えようと思ってエドワードが言った。

「ぜんぜん」とマリアンは答えた。「期待していたけど、楽しいことなんて何もないわ。エドワード、あなたに会えたのが唯一の慰めよ。そしてうれしいことに、あなたはすこしも変わっていないわ！」

マリアンはひと息ついたが、誰も何も言わなかった。

「ねえ、お姉さま」とマリアンはすぐにつづけた。「バートンへ帰るときは、ぜひエドワードに付き添い役を頼みましょうよ。一、二週間後に帰ることになると思うわ。エドワードはいやとは言わないはずよ」

エドワードは何かつぶやいたが、なんと言ったのか誰にもわからなかった。本人にもわからなかった。しかしマリアンは、エドワードのあわてぶりを見て取ると、その原因を自分の気に入ったように解釈し、すっかり満足してほかの話題に移った。

「ねえエドワード、私たちはきのう、ハーリー・ストリートで大変な一日を過ごしたのよ。ジョン・ダッシュウッド夫妻のディナー・パーティーに呼ばれたの。ほんとに退屈なひどいパーティーだったわ！　でも、そのことであなたにお話ししたいことがたくさんあるの。いまここでは言えないけど」

マリアンは感心にも大人の分別を働かせて、ふたりだけで話ができるときまで打ち明け話を延期した。つまり、ふたりの共通の親族、すなわちジョンとファニーを前以上に不快に思うようになったこと、とくにエドワードの母親、すなわちフェラーズ夫人は大嫌いだということ、などなど。

「でもエドワード、あなたはなぜきのうのディナー・パーティーに来なかったの？」

「ほかに約束があったんです」

「約束？　家族やお友達がみんな集まるのに、そんな約束なんかどうだっていいでしょ！」

「それじゃマリアンさんはこう思ってるのね」マリアンに仕返しをしたくてうずうずしていたルーシーが大きな声で言った。「若い男性は大事な約束だろうと何だろうと、ほかに用ができたら平気で破るんだって」

　ルーシーの言葉にエリナーは腹が立ったが、マリアンは何も感じないらしく、穏やかな調子でこう答えた。

「もちろんそうじゃないわ。まじめな話、私はこう信じているの。エドワードがきのうのディナー・パーティーに来られなかったのは良心のせいだって。彼は世界一繊細な良心の持ち主よ。どんなに小さな約束でも、たとえ自分の利益や楽しみに反する約束でも、一度約束したことは必ず守る人よ。彼は人に苦痛を与えたり、人の期待を裏切ったりすることがぜったいにできない人よ。自分勝手なことがぜったいにできない人よ。こんな人、ほかに見たことがないわ。エドワードはそういう人よ。私が断言するわ。あら！　エドワード！　自分のことをほめられるのがいやなの？　それじゃ私の友達にはなれないわね。私の愛情と尊敬を受ける人は、私の手放しの賛辞を黙って聞かなくてはいけないんですもの」

　でもいまの場合、マリアンの賛辞の内容は、聞いている三人のうち二人にとってとりわけ具合の悪いものだったし、エドワードにとってはたいへん気の滅入るものだった。彼はすぐに退散しようと立ち上がった。

「エドワード！　もう帰ってしまうの？　そんなのだめよ！」

マリアンはそう言って、エドワードを脇へ引っぱっていき、ルーシーはもうすぐ帰るはずだと耳打ちした。しかしこの励ましも効果がなく、エドワードは帰ってしまった。そして、たとえ彼の訪問が二時間つづいたとしても、彼が帰るまでは帰らないつもりでいたルーシーも、すぐに帰っていった。

「ルーシーはなぜこんなにたびたびここへ来るのかしら！」ルーシーが帰るとマリアンが言った。「早く帰ってもらいたいのに、わからないのかしら！　エドワードはじれったかったでしょうね！」

「なぜ？」とエリナーが言った。「私たちはみんな彼の友達だし、ルーシーは彼のいちばん古くからの知り合いよ。彼が私たちだけでなくルーシーにも会いたがるのは当然よ」

マリアンはエリナーをじっと見つめて言った。

「お姉さま、わかってるでしょ。私はそういう言い方は嫌いなの。お姉さまは、自分の言ったことに反対してもらいたくて、わざわざそんなことを言っているの？　そうとしか思えないけど、もしそうなら、私はぜったいにそんな手には乗らない人間だってことを思い出したほうがいいわ。お姉さまにも私にもわかっていることを、わざわざ私に言わせようとしても無駄よ」

マリアンはそう言って部屋を出ていった。エリナーはそれ以上言うためにマリアンのあとを追うことはしなかった。秘密の婚約のことは誰にも話さないとルーシーと約束したので、マリアンを納得させるようなことは何も言えないからだ。マリアンの思い違いを黙って見ているのはつらいけれど、じっと我慢するしかない。エリナーが望むことはこれだけだ。エドワードはもう私に会いに来ないでほしい。そうすれば私もエドワードも、マリアンの見当違いの怒りの言葉を聞かずにすむし、今日の再会で味わったさまざまな苦痛も味わわずにすむ。そしてこのことは、つまり、エドワードがもうエリナーに会いに来ないということは、いろいろな理由から十分期待できそうだった。

第三十六章

エリナーとエドワードの再会からほんの数日後、トマス・パーマー夫人が長男を無事出産したと新聞に発表された。これは少なくとも、その事実をすでに知っている親族にとってはたいへん興味深い満足な記事だった。

次女シャーロットの長男出産は、ジェニングズ夫人にとっては最高に喜ばしい出来事であり、夫人の日課に一時的な変化をもたらし、エリナーとマリアンの生活にも同程度の影響を及ぼした。夫人は、できるだけ長く産後のシャーロットのそばについていてあげたいので、毎朝着替えがすむとすぐにパーマー家に出かけ、夜遅くまで戻らなかった。そのためエリナーとマリアンは、ミドルトン夫妻（すなわちジェニングズ夫人の長女夫妻）の熱心な勧めに応じて、毎日ほとんどの時間を、コンディット・ストリートのサー・ジョン・ミドルトン宅で過ごすことになった。エリナーとマリアンとしては、少なくとも午前中いっぱいはジェニングズ夫人の家でのんびり過ごしたかったが、みんなの希望に逆らってまでそうする気はないので、ふたりの時間はミドルトン夫人とスティール姉妹にゆだねられることになった。ただしこの三人は、ダッシュウッド姉妹とのつきあいを、口で言うほど望んではいなかった。

エリナーもマリアンも、ミドルトン夫人のお気に入りの話し相手になるには頭が良すぎた。そしてスティール姉妹は、エリナーとマリアンを嫉妬の目で見ていた。自分たちの領分に侵入し、自分たちが独占したいミドルトン夫人の親切を横取りする憎き敵なのだ。ミドルトン夫人はエリナーとマリアンにたいしてこのうえなく丁重に振る舞っていたけれど、ほんとうはふたりを嫌っていた。エリナーもマリアンも、ミドルトン夫人と子供たちにお世辞ひとつ言わないので、夫人はこのふたりを気立てのいい娘さんと思うわけにはいかないのだ。それにエリナーもマリアンも読書好きなので、ミドルトン夫人はふたりを辛辣な人間と思いこんでいた。たぶん、辛辣の何たるかも知らずにそう思っているのだろうが、それは問題ではなかった。読書好きの人間は辛辣だと世間でよく言われるので、そう思っただけなのだ。

エリナーとマリアンの存在は、ミドルトン夫人にもルーシーにも迷惑だった。ミドルトン夫人の怠惰とルーシーの活動の邪魔になったからだ。つまりエリナーとマリアンが目の前にいると、ミドルトン夫人は一日じゅう何もしないでいることが恥ずかしくなったし、ルーシーのほうは、うまいお世辞を思いついてふりまくのが得意なのに、ふたりの前だと軽蔑されそうで、思うようにお世辞が言えなくなってしまうのだ。エリナーとマリアンがいてもいちばん平気なのはアンだった。ふたりがその気になれば、アンはふたりを大歓迎しただろう。つまりふたりのどちらかが、マリアンとウィロビー氏の一件をくわしく話してくれたら、アンはそれだけで満足だったろう。ふたりが来ると、ディナーのあと、暖炉のそばの特等席を譲るという犠牲を払わなくてはならないが、その話を聞ければ十分報われた気持ちになったことだろう。でも残念ながらその楽しみは与えられなかった。アンはエリナーにむかって、「妹さんはお気の毒でしたね」と何度も言ったり、マリアンの前で、伊達男の心変わりを一度ならず非難したりしたのだが、エリナーからは知らん顔をされるし、マリアンからはいやな顔をされるだけで、何の話も聞き出せなかった。あるいは、ふたりがアンから歓迎されるにはもっと簡単な方法もあった。例の博士のことでアンを冷やかしてやればいいのだ！　でもみんなと同様、ふたりともアンを冷やかして喜ばせてあげる気はまったくなかった。だから、サー・ジョンがよそのディナーに呼ばれて留守のときは、アンは博士のことで一日じゅう誰からも冷やかしてもらえず、仕方なく自分で自分を冷やかすほかなかった。

ところがジェニングズ夫人は、こうした嫉妬や不満にはまったく気づいていなかった。若い女性たちが毎日いっしょに過ごすのはさぞかし楽しいだろうと信じて疑わず、「みなさんは今日も一日、私みたいな馬鹿な年寄りの顔を見ないですんでよかったわね」と毎晩のようにエリナーとマリアンに言った。夫人はときにはサー・ジョンの家で、ときには自分の家でエリナーたちといっしょになったが、場所がどこだろうと、いつもたいへんな上機嫌で現われ、「シャーロットの産後の肥立ちがいいのは私の世話が上手だからよ」とうれしそうに自慢し、シャーロットのその日の容体を事こまかに説明した。そんな話を喜んで聞きたがるのはアンだけなのだが。

そんなジェニングズ夫人にも、ひとつだけ気に入らないことがあり、そのことで毎日のように愚痴をこぼした。婿のパーマー氏が、赤ん坊はみんな同じようなものだという、あの男性共通の、父親らしからぬ意見の持ち主なのだ。ジェニングズ夫人は、この赤ん坊が父方と母方の親戚ひとりひとりにそっくりなところを、はっきりと認めることができるのだが、婿のパーマー氏に何度言ってもそれを納得させることはできなかった。産まれ立ての赤ん坊同士を比較しても、ほかの赤ん坊とはぜんぜん違うとジェニングズ夫人は思うのだが、それもパーマー氏に納得させることはできなかったし、この子は世界一かわいらしい赤ん坊だという単純な事実さえ認めさせることができなかった。

さてここで、このころファニー・ダッシュウッドの身にふりかかった災難についてふれておこう。エリナーとマリアンがジェニングズ夫人と一緒にはじめてハーリー・ストリートのジョン・ダッシュウッド宅を訪問したとき、ファニーの知り合いの女性が偶然立ち寄った。これ自体はファニーに災いをもたらしそうな出来事ではない。ところが他人というのは、ちょっとした手掛かりだけで勝手な想像をして、われわれの行動について誤った判断をくだして、勝手にそう思い込んでしまうものだ。だからわれわれの幸不幸は、いつもある程度は偶然に左右される。今回の場合は、その偶然立ち寄ったファニーの知り合いの女性が、事実と可能性から著しく逸脱するような勝手な想像力を働かせてしまった。つまりその女性は、ダッシュウッド姉妹という名前を聞いて、エリナーとマリアンがジョン・ダッシュウッド氏の妹たちだとわかると、それならこの姉妹はここに滞在しているのだと思い込んでしまった。そしてこの誤解がもとで、一両日後に、その女性の家で催される音楽会への招待状が、ジョン・ダッシュウッド夫妻だけでなくエリナーとマリアンにも送られてきたのである。その結果ファニーは、エリナーとマリアンのために自分の馬車を差し向けるという、たいへん面倒なことをしなければならなくなった。だがファニーにとってもっと不愉快なのは、義妹《いもうと》たちを親切に扱っているふりをしなければならないということだ。そして親切にされた義妹たちは、また彼女との外出を期待するかもしれない。もちろんそんな期待は裏切ってやればいいのだが、ファニーの気持ちはそれだけではすまなかった。自分でも悪いと思っていることをする人間は、良い行ないを期待されると不愉快になるものなのだ。

マリアンは毎日外出することにだんだん慣れてきて、外出するかしないかということには無関心になり、毎晩黙って機械的に外出の身支度をするようになった。ただし、どこへ行くにも何の楽しみも期待していないし、どこへ行くのか最後まで知らずにいることもしばしばだった。

マリアンは自分の服装や容姿にはまったく無頓着になっていて、化粧と身支度のあいだも、あまり自分に関心を払わなかった。身支度が終わったときにアンに会うと、五分間ほどアンからたっぷり関心を払われるのだが、その半分にも及ばなかった。アンのこまかい観察と広範な好奇心からは何物も逃れることはできなかった。アンは何でも見て、何でも聞き、マリアンの衣装のすべての値段を知るまでは落ち着かないようだった。マリアンのドレスの数を、本人より正確に推測できそうだし、そのうち、マリアンの一週間の洗濯代や、一年間のお小遣いの額まで聞き出してしまいそうだった。おまけに、こうした無礼なせんさくの最後にはたいてい賛辞が添えられたが、これは本人はお世辞のつもりでも、マリアンには最大の無礼としか思えなかった。というのは、アンはマリアンのドレスの値段、仕立て、靴の色、髪の結い方などをじっくり調べたあと、最後に必ずこう言い添えるのだ。「ほんとに何から何まで垢抜けていらっしゃるわね。きっとたくさんの男性を征服するでしょうね」と。

マリアンは今日もまたそのような賛辞を受けて、兄ジョンの馬車へと送り出された。馬車が玄関前に停まってから五分後には乗りこんだが、この時間厳守はファニーにとってはあまりうれしくないことだった。ファニーは今日の音楽会が催される知人の家に一足先に行っていたのだが、そこで待ちながらある期待をしていたのだ。どうかエリナーとマリアンが、自分や御者の迷惑になるような遅刻をしてくれますようにと。

この晩の音楽会はたいしたものではなかった。この種のたいていの音楽会と同様、ほんとうに音楽好きな大勢の客たちと、音楽にはまったく関心のないさらに大勢の客たちから成っていた。そして演奏者たちは例によって、本人と親友たちの評価によれば、英国随一のアマチュア演奏家だった。

エリナーはとくに音楽好きというわけではないし、好きなふりをするつもりもないので、好きなときに遠慮なくグランド・ピアノから目をそらし、ハープやチェロにも特別な関心は示さず、部屋のいろいろなものに目を向けた。こうしてなんとなく部屋を眺めまわしているうちに、若い男性たちのグループの中に、見かけた顔を見つけた。グレイ宝飾店で楊枝入れについて講釈を垂れていた男だ。エリナーが見ていると、その男はこちらを見ながら、ジョンと親しそうに話していた。それでエリナーは、あとでジョンからその男の名前を聞こうと思っていると、なんとふたりがこちらへやってきた。「ロバート・フェラーズ氏です」とジョンはその男をエリナーに紹介した。

ロバート・フェラーズ氏は、世慣れた感じで丁重なあいさつの言葉を述べ、首をぐいっとひねって気取った会釈をした。まさにルーシーが言っていたとおりの、呆れるほどの気取り屋だとエリナーは思った。もしエリナーが、エドワード本人の価値ではなく、親族の価値ゆえにエドワードを好きになったのだとしたら、そのほうがむしろ幸せだったろう！　もしそうなら、母フェラーズ夫人と姉ファニーの底意地の悪さに加え、弟ロバートのいまの会釈がとどめの一撃となって、エリナーはきれいさっぱりエドワードをあきらめることができたにちがいないからだ。しかし、兄弟でこうも違うものかと呆れるけれど、弟がこんなに軽薄な気取り屋だからといって、エドワードの謙虚さと価値を愛する自分の気持ちはまったく変わらないと、エリナーは思った。兄弟でなぜこんなに違うのか、ロバートが十五分ほどの会話の中で説明してくれた。兄はかわいそうなくらい不器用で、そのために上流社交界になじめないのだと思うが、率直かつ寛大に言って、兄の不器用さは生まれつきの欠陥ではなくて、不幸にも個人教育しか受けられなかったせいだと思う。そして自分は、生まれつき兄より優れた点があるわけではないと思うが、パブリック・スクールの教育を受けたおかげで、人並みに上流社会とのつきあいができるようになったのだと思う。と、そういう説明だった。「ほんとに、それだけのことだと思いますね」とロバートはつづけた。「母が兄の不器用さを嘆いていると、ぼくは母によくこう言うんです。『母上、いまさら嘆いてもだめですよ。

兄貴の不器用さはもうどうにもならないし、そもそもみんな母上がいけないんです。なぜご自分の判断に逆らって、叔父上のサー・ロバートの勧めに従ったりしたんです。人生のいちばん大事な時期に、なぜ兄貴を家庭教師の家になんか預けたんです。プラット氏のところへなんか預けずに、ぼくと同じようにウェストミンスター校に入れていたら、こんなことにはならなかったのに』って。ぼくはいつもそう思っていたし、母も自分の間違いだったとはっきりわかっているんです」

　エリナーはロバートの意見に反対する気はなかった。パブリック・スクール教育の利点をどう評価するかは別として、少なくとも、エドワードがルーシー・スティールの叔父であるプラット氏の家に預けられたのは間違いだったと思うからだ。

「デヴォン州にお住まいだそうですね。ドーリッシュ（有名な海岸リゾート地）の近くのコテッジに」とロバートは話題を変えた。

「ドーリッシュではなくてバートンです」とエリナーは訂正したが、ロバートにとっては、デヴォン州に住んでいながらドーリッシュの近くに住まないというのは、かなりな驚きらしい。しかし、コテッジに住んでいることにたいしては熱烈な賛辞を呈した。

「いや、ぼくもコテッジは大好きですね。コテッジにはくつろぎと優雅さがありますからね。ぼくに余分なお金があったら、ロンドンの近くに小さな土地を買って、すてきなコテッジを建てますね。そして好きなときに馬車で出かけて、友人を数人呼んで、ぱっと楽しくやるんです。これから家を建てようとしている友人には、コテッジを建てろって、必ず勧めているんです。つい先日も、友人のコートランド卿がわざわざぼくの意見を聞きにやってきましてね、ボノーミ（一七三九―一八〇八。イタリア生まれの有名な建築家）の設計図を三種類広げて見せたんです。どれがいいかぼくに決めてくれってわけです。でもぼくは、三枚の設計図をすぐに暖炉の火の中へ投げこんで、こう言ってやりました。『コートランド、これは全部やめて、ぜひコテッジを建てたまえ』ってね。ま、あれで話は決まりでしょうね。

コテッジは狭苦しくて、ろくな設備もないと思ってる人がいるけど、それは大間違いですよ。ぼくは先月、ケント州のダートフォードの近くに住む、友人のエリオット家に滞在していたんですがね、夫人が舞踏会を開きたがっていて、ぼくにこう言うんです。『でも、どうしたらいいかしら。ねえ、フェラーズさん、どうしたらいいか教えて。このコテッジには、十組のカップルが踊れるようなお部屋はないし、それに、お夜食はどこで取るの？』って。ぼくはまったく問題ないとすぐにわかったので、こう言ってやりました。『エリオット夫人、心配することはありませんよ。ここのダイニングルームなら、楽に十八組は踊れますよ。トランプテーブルは客間に置けばいいし、書斎を開放してお茶と軽食を置いて、夜食は居間に用意すればいいじゃないですか』って。エリオット夫人はこの案に大賛成で、さっそくふたりでダイニングルームの広さを測ったところ、きっかり十八組が踊れるとわかって、すべてぼくの提案どおりに事が運ばれました。ま、そんなわけで、工夫の仕方さえ心得ていれば、コテッジでも大邸宅と同じように快適に暮らせるんです」

エリナーは「そうですね」と賛成した。こういう相手には、「そんなのはコテッジとは言えません」とまともな反対意見を言ってやる必要もないと思ったからだ。

ジョン・ダッシュウッドもエリナーと同様、音楽にはあまり興味がないので、パーティーの間じゅう、頭の中ではほかのことを考えていた。そしてあることを思いつき、帰宅すると、妻のファニーに話して賛同を求めた。デニソン夫人は、エリナーとマリアンが義兄のジョン宅に滞在していると勘違いしたわけだが、そう思うのも当然と言えば当然なので、ジェニングズ夫人が産後の娘の世話で家を留守がちにするあいだ、妹たちを実際にここに泊めてやるのが妥当ではないかと、ジョンは考えたのだ。費用はたいしたことはないし、たいして迷惑がかかるわけでもない。それに、臨終の床での父との約束から完全に解放されるためには、いまここで妹たちに親切にしてやることが絶対に必要だと、ジョンの心やさしき良心がささやいたのだ。だが、妻のファニーはこの提案を聞いてびっくり仰天した。

「とんでもないわ、それはだめよ。そんなことをしたら、ミドルトン夫人がお気を悪くするわ。あのふたりは、毎日ミドルトン家で過ごしているんですもの。そうでなければ、私も喜んでそうするわ。あのふたりには、いつだってできるかぎりの親切を尽くすつもりよ。今夜だって、ちゃんとふたりを連れて行ってあげたでしょ？　でも、あのふたりはミドルトン夫人のお客さまなのよ。あちらをやめてうちに来なさいなんて、私からはとても言えないわ」

ジョンは妻の強硬な反対意見にたいして、非常に遠慮しながらではあるが、異議を申し立てた。

「妹たちはもう一週間もミドルトン家で過ごしたんだから、これから一週間は義兄の家で過ごしても、ミドルトン夫人が気を悪くするとは思えないけどな」

ファニーはちょっと黙りこんでから、また元気いっぱいに言った。

「ねえ、あなた、できることなら、私も喜んでおふたりをお招きするわ。でも私はついさっき、スティール姉妹を二、三日うちにお招きしようと決めたばかりなの。スティール姉妹はとてもお行儀のいいすてきなお嬢さんたちよ。それに私には、彼女たちに親切にしてあげる義務があるの。弟のエドワードが、彼女たちの叔父さまにとてもお世話になったんですもの。あなたの妹さんたちは、いつかまたお招きする機会があるでしょうけど、スティール姉妹はもうロンドンへは来ないかもしれないわ。あなたもスティール姉妹をきっと気に入るはずよ。いいえ、もうすっかり気に入っていたわね。私の母もそうだし、うちのハリー坊やもスティール姉妹が大好きよ！」

ジョン・ダッシュウッド氏はこれですっかり納得した。スティール姉妹をすぐに招待する必要があると思うし、妹たちは来年招待するということで、良心の呵責のほうもおさまった。でも同時に、ひそかにこう思った。来年は、エリナーはブランドン大佐夫人としてロンドンに来るだろうし、マリアンは大佐夫妻の客として来るだろう。だから来年はもう、妹たちをうちに招待する必要はなくなるだろう、と。

ファニーはうまく切り抜けたことを喜び、かつ、自分の機転に得意満面となり、翌朝さっそくルーシーに招待の手紙を書いた。ミドルトン夫人のお許しが出次第、アンお姉さまとご一緒に、ハーリー・ストリートの拙宅に二、三日泊まりにおいでください、と。手紙をもらったルーシーは、もちろん有頂天の喜びようだった。まるでファニー・ダッシュウッド夫人が、私のために骨折ってくれているみたいだわ！　私とエドワードとの結婚を願って、後押ししてくれているみたいだわ！　ルーシーはそう思わずにはいられなかった。エドワードや家族の人たちと一緒に過ごす機会を持つということは、必ず彼女の利益につながるはずだし、ルーシーにとっては最高にありがたい招待だった。こんなありがたい招待にはいくら感謝してもし足りないし、いくら急いで招待に応じても、急ぎすぎるということはない。それにサー・ジョン宅の滞在は、はっきりいつまでと決まっているわけではない。そこでルーシーは、サー・ジョン宅の滞在はもともと明日までのつもりだったということにした。

ルーシーへのその招待状は、届いて十分もしないうちにエリナーに見せられたが、エリナーはそれを読んで、ルーシーとエドワードとの結婚はほんとうにありうるかもしれないと思うようになった。ルーシーはファニーと知り合ってまだ間もないというのに、このような異例な親切を受けている。ということはつまり、ファニーはただ単に、エリナーに意地悪をするためにルーシーに親切にしているのではないかもしれない。つまりルーシーは、時間をかけてうまくやれば、自分の思いどおりのものを手に入れられるかもしれない。ルーシーの巧みなお世辞は、すでにミドルトン夫人の高慢さを征服してしまい、ファニーの冷たい心にまで入り込んでしまった。これほどのことをしたのだから、エドワードとの結婚という大望だって夢ではないかもしれないのだ。

かくしてスティール姉妹は、ハーリー・ストリートのジョン・ダッシュウッド宅に移った。

そしてそこでのスティール姉妹の人気ぶりについて、いろいろな噂がエリナーの耳に入ってきたが、それらを聞くたびにエリナーは、ルーシーとエドワードとの結婚の可能性はますます高まったと思わざるをえなかった。ジョン・ダッシュウッド宅を一度ならず訪問したサー・ジョンは、スティール姉妹の人気ぶりについて、誰もがびっくりするような報告を持ち帰った。ファニーが若い女性をこんなに気に入ったのは生まれてはじめてであり、ある移民が作った針刺しをふたりにプレゼントし、ルーシーを洗礼名で親しげに呼んでいるそうだし、もうスティール姉妹を手放せるかどうか自信がないということだった。

第三十七章

パーマー夫人は産後二週間たつとすっかり元気になった。ジェニングズ夫人は、自分の時間を全部娘の世話に当てる必要はなくなり、日に一、二度様子を見に行くだけにして、自宅でのいつもの生活に戻った。エリナーとマリアンも、以前のようにジェニングズ夫人の家での生活に戻った。

こうして三人が、再びバークリー・ストリートでの生活に落ち着いてから、三、四日目の午前中のこと、いつものように娘の様子を見に行って戻ってきたジェニングズ夫人が、エリナーがひとりで座っていた客間に血相変えて飛びこんできた。何か一大事が起きて、びっくりするような話を聞かせられるのだな、とエリナーは身構えたが、案の定ジェニングズ夫人はすぐにこう言った。

「ミス・ダッシュウッド！　驚きましたよ！　この話はもうお聞き？」

「いいえ。何でしょうか？」

「ほんとにびっくりするようなお話なの！　いま全部お聞かせするわ。パーマー家へ行くと、赤ちゃんが重病だと言って、シャーロットが大騒ぎしているの。泣いて、ぐずって、体じゅう湿疹だらけだって。私はすぐに赤ちゃんを見て、『あら、これは乳歯が生えるときに出る湿疹よ』って言ったの。乳母も同じ意見だったわ。でもシャーロットがどうしても納得しないので、ドナヴァン先生を呼びにやったの。幸い先生は、ちょうどハーリー・ストリートのジョン・ダッシュウッド家から帰ったところで、すぐにこちらへ来てくださって、赤ちゃんをひと目見るなり、やはり私や乳母と同じように、これは乳歯が生えるときに出る湿疹で、まったく心配ないっておっしゃって、それでシャーロットもやっと安心したの。それから先生が帰るときに、こういうのを虫の知らせっていうのかしら、『何か変わったニュースはありますか?』って私は先生にお聞きしたの。そうしたら先生がにやっと笑って、それからまじめな顔をして、何かご存じの様子で、声をひそめてこうおっしゃったのよ。『お宅に若いお嬢さんがおふたり滞在なさっていますね。じつは、あのおふたりのお義姉《ねえ》さまが、ちょっとお具合が悪いのです。おふたりが噂を聞いて心配するといけないので、いちおう申し上げておきます。いや、心配いりません。ダッシュウッド夫人はすぐに元気になると思いますよ』って、先生はそうおっしゃったのよ」

「えっ? ファニーお義姉さまがご病気なんですか?」

「私もそう言ったの。『えっ? ダッシュウッド夫人がご病気?』って。それからすっかり事情がわかったの。先生からお聞きしたことをかいつまんで言うわね。要するにこういうことなの。エドワード・フェラーズさん、ほら、私がその青年のことでよくあなたを冷やかしていたでしょ? それにしても、あなたがその青年と何でもなくてほんとによかったわ。とにかくそのエドワード・フェラーズさんが、なんと私の親戚のルーシーと、一年以上も前から婚約していたらしいのよ！　ほら、びっくりしたでしょ？　しかも、姉のアン以外は誰もそれを知らなかったんですって！　ね、そんなことがありうると思う？　あのふたりが愛し合うのは別に不思議じゃないわ。でも、ふたりの仲がそこまで進んでいるのに誰も気がつかなかったなんて！　ね、それが不思議でしょ！　でも、私はあのふたりが一緒のところを見たことはないけど、私が見ればすぐにわかったでしょうね。とにかくこの婚約は、フェラーズ夫人の反対を恐れて秘密にしていたわけね。それでフェラーズ夫人もジョン・ダッシュウッド夫妻も、まったく気がつかなかったのね。ところが今朝、姉のアンが、気はいいんだけど頭はあまり良くないあのアンが、ぽろっとしゃべってしまったの。アンはこう思ったのね。『ルーシーはみんなからあんなに気に入られているんだから、エドワードさんとのこともまったく問題ないわ』って。それでアンは、あなたのお義姉さんのところへ話しに行ったの。お義姉さんはそんな話を聞かされるとは知らずに、ひとりで絨毯の刺繍をしていたそうよ。おまけに、ほんの五分前に、エドワードとなんとか卿のお嬢さまとの縁談を進めるつもりだと、ご主人つまりあなたのお義兄さんに話したばかりだったそうよ。ね、だからわかるでしょ？　ルーシーとエドワードさんとの婚約話が、あなたのお義姉さんの虚栄心とプライドにどんなに恐ろしい打撃を与えたか。お義姉さんはたちまち猛烈なヒステリーを起こして金切り声でわめき出したの。階下の自分の更衣室で、執事に手紙を書こうとしていたお義兄さんにも聞こえたほどの、すさまじい金切り声だったそうよ。それでお義兄さんがすぐに二階へとんでいくと、恐ろしい騒ぎが始まったの。そのときにはもう、そんなことが起きているとは知らずにルーシーもやってきていたのね。ああ、かわいそうなルーシー！　ほんとにルーシーがかわいそう！　ものすごくひどいことを言われたんだと思うわ。お義姉さんが鬼婆みたいな形相で罵ったので、ルーシーはすぐに失神してしまったそうよ。アンはその場にしゃがみこんでわんわん泣くし、お義兄さんはどうしていいかわからなくて部屋をうろうろするばかり。それからお義姉さんが、『ふたりとも、いますぐこの家から出て行きなさい！　一分たりとも居てはなりません！』ってわめき出したものだから、お義兄さんがひざまずいて、『せめて、衣類の荷造りがすむまで居させてあげようよ』ってお願いすると、お義姉さんがまたすさまじいヒステリーを起こしたの。それでお義兄さんはすっかり怖くなって、ドナヴァン先生を呼びにやったの。それで先生が駆けつけると、いま言ったような騒ぎだったというわけね。玄関前に、かわいそうなルーシーとアンを乗せる馬車が待っていて、先生が帰るときに、ちょうどふたりが乗りこむところで、かわいそうにルーシーはほとんど歩けない状態で、アンも同じようにひどい状態だったそうよ。はっきり言うわ。あなたのお義姉さんには我慢なりません！　彼女がなんて言おうと、私はこの結婚に大賛成よ。かわいそうに、エドワードさんがこれを聞いたらどんなに心を痛めることやら！　自分の恋人がこんな侮辱的な扱いを受けるなんて！　彼はルーシーに首っ丈だってみんなが言ってるけど、それも当然よ。彼がこれを聞いてどんなに怒り狂っても不思議じゃないわ。ドナヴァン先生も同じ意見よ。私はそのことで先生とずいぶん話し合ったの。で、とにかく先生は、フェラーズ夫人がその話を聞かされたときにすぐに駆けつけられるように、またハーリー・ストリートに戻ったの。というのは、ルーシーとアンが出ていくとすぐにフェラーズ夫人を呼びにやったそうで、お義姉さんは夫人もぜったいにヒステリーを起こすと思ったのね。たぶん起こすでしょうね。私の知ったことじゃないけど。私はあのふたりにはこれっぽっちも同情しませんよ。お金や身分のことで大騒ぎするなんて間違ってるわ。エドワードさんとルーシーが結婚してはいけないなんて理由はどこにもありゃしません。フェラーズ夫人は息子に十分な経済的援助をしてやれるだろうし、ルーシーはほとんど無一文だけど、誰よりもやりくり上手よ。フェラーズ夫人が彼に年五百ポンドあげてくれれば、ルーシーはそれで立派にやっていけるわ。ほかの人なら年八百ポンドは必要かもしれないけど。ふたりはお宅のようなコテッジで、あるいはもうちょっと大きなコテッジで、メイド二人と下男二人をおいて、こぢんまりとした幸せな結婚生活を送れるわ。あ、そうだわ、私がメイドを一人世話してあげられるわ。うちのベティーの妹が、いま仕事がなくて、あのふたりにぴったりよ」

ジェニングズ夫人はここでやっと話をやめた。エリナーは夫人の話を聞きながら、自分の考えをまとめる時間がたっぷりあったので、この話題から求められているような返事と意見をすぐに述べることができた。自分がこの件にたいして、つまりエドワードとルーシーの結婚にたいして、特別な関心を持っているとは思われていないとわかってほっとした。たぶんそうではないかと、エリナーは最近よく思っていたが、やはりジェニングズ夫人は、もうエリナーがエドワードに思いを寄せているとは思っていないのだ。そして何よりも、この場にマリアンがいないことがありがたかった。おかげでどぎまぎせずに、落ち着いてこの件について話すことができたし、関係者全員の振る舞いについて、自分が思ったとおりの公平な意見を述べることができた。

エドワードとルーシーの件について、自分がどういう結末を期待しているのか、エリナー本人にもよくわからなかった。エドワードとルーシーとの婚約は破談の可能性が大きいけれど、その考えは必死に追い払った。フェラーズ夫人がこの結婚に賛成するはずがないことはわかっているが、とにかく夫人が何と言い、何をするか、ぜひとも知りたい。それに、エドワードがどう振る舞うかもぜひ知りたい。こんな立場に立たされたエドワードに、エリナーは大いに同情した。でもルーシーにはほんのちょっとしか同情しなかったし、そのほんのちょっとの同情をするにも多少の努力を必要とした。そのほかの関係者には同情などまったく感じなかった。

ジェニングズ夫人は当分この話しかしないだろうから、エドワードとルーシーの婚約のことはすぐにマリアンの耳にも入るだろう。だからその前に、マリアンに心の準備をさせておく必要があると、エリナーは思った。一刻も早くマリアンの誤解を解いて、真相を知らせてあげなくてはいけない。人からこの話を聞いても、姉のことを心配したりエドワードに腹を立てたりして、感情を爆発させることがないようにしてあげなくてはいけない。

エリナーにとって、これはとてもつらい役目だった。エリナーとエドワードはまだ愛し合っているとマリアンは思い込んでいて、いまのマリアンには、それが大きな慰めになっているのに、その慰めを奪わなくてはならないのだ。この話をしたら、マリアンはエドワードを永遠に許さないだろうが、これからその話をしなければならないのだ。これでエリナーとマリアンは、失恋した女性という同じ境遇になるわけだが、マリアンはそれを人一倍強く感じ、自分の失恋の痛手をあらためて思い出すことになるのだ。しかし、この役目はたとえどんなにつらくとも、ぜったいに果たさなくてはならないので、エリナーはさっそく実行した。

エリナーは自分の気持ちを長々と説明したり、嘆き悲しむ姿を見せたりするつもりはなかった。ただ、エドワードの婚約を知って以来ずっと自分に課してきた自制心をさらに発揮して、マリアンにお手本を示せればいいと思った。エリナーは簡単明瞭に事実だけを話した。まったく感情抜きとまではいかないけれど、激しく興奮したり、悲嘆の涙を流したりはしなかった。それはむしろ聞き手のほうで、マリアンは話を聞くとがく然として激しく泣いた。エリナーは人の悲しみだけでなく、自分の悲しみにおいても慰め役に回らなくてはならなかった。自分の気持ちは平静だから安心してほしいと何度も言ったり、エドワードは軽率だったがそれ以外に罪はないのだと、必死に弁護したりして、悲嘆に暮れるマリアンを懸命に慰めた。

しかしマリアンは、エリナーが平静だということも、エドワードに罪がないということも、どちらも信じようとはしなかった。エドワードは罪がないどころか、第二のウィロビーに思えた。それにエリナーは、エドワードを心から愛しているとあんなに言っていたのに、こんなことになって平静でいられるはずがない！　私でさえこんなにショックを受けているというのに！　それに、ルーシー・スティールはほんとうにいやな女で、良識ある男性があんな女を好きになるはずがない。エドワードがかつてルーシーを愛したということが、マリアンは最初は信じられなかったし、ほんとうにそうだとわかっても、エドワードを許す気にはなれなかったし、当時としては無理もないことだったということも、マリアンは認めようとはしなかった。そこでエリナーは、マリアンが人間をもっとよく知ることによってこのことを納得するまで、気長に待つことにした。マリアンを納得させる方法はそれ以外にないからだ。

エリナーの最初の説明は、婚約の事実と婚約期間を述べるところまでしか行かなかった。それを聞いただけでマリアンが興奮して、その先のくわしい説明ができなかった。しばらくは、マリアンの悲しみと動揺と怒りを静めるのが精いっぱいだった。くわしい話につながるマリアンの最初の質問はこうだった。

「それでお姉さま、そのことはいつから知っていたの？　彼が手紙を寄こしたの？」

「四カ月前からよ。去年の十一月に、ルーシーがはじめてバートン屋敷に来たときに、エドワードとの婚約のことをこっそり私に打ち明けたの」

これを聞くとマリアンは驚きの目を見張り、しばらくは言葉が出なかった。しばし呆然としたあとマリアンは叫んだ。

「四カ月！　四カ月も前から知っていたの？」

エリナーはそうだと答えた。

「まあ！　私の不幸を慰めていたあいだも、ずっとそのことが胸にのしかかっていたわけね？　それなのに私は、お姉さまは幸せだと責めたりしたのね！」

「あのときは、私まで不幸だということを、あなたに知らせないほうがいいと思ったの」

「四カ月！」とマリアンはまた叫んだ。「あんなに落ち着いて、あんなに明るく振る舞っていたのに！　なぜあんなふうにしていられたの？」

「自分の義務を果たさなければならないという気持があったからね。誰にも言わないとルーシーに約束したので、秘密を守らなくてはならなかったの。だから、エドワードとルーシーとの婚約をほのめかすようなことは一切言えなかったし、私のことで、家族やお友達に心配をかけたくなかったの。話してもどうしようもないことですもの」

　マリアンはひどくショックを受けた様子だった。

「あなたやお母さまにほんとうのことを言いたいと何度も思ったし、実際に言いかけたことも一、二度あったわ」とエリナーはつづけた。「でも、ルーシーとの約束を破らなければ、あなたとお母さまを納得させることはできないんですもの」

「四カ月！　それでもお姉さまは彼を愛していたのね！」

「そうよ。でも、私は彼だけを愛していたわけではないわ。私にとっては、家族やお友達の心の平安も大切なことなの。だから私が苦しんでいることを知らせて心配させたくなかったの。でも、いまはもう、かなり平静な気持ちでそのことを考えたり話したりできるわ。だから、私のためにあまり悲しまないで。ほんとに、私はもうそんなに苦しんではいないんですもの。私にはいろいろな心の支えがあるの。この失恋は私の軽率さが引き起こしたわけではないし、まわりに迷惑をかけずに、ひとりでじっと耐えてきたわ。それに、エドワードには重大な罪はないと思うの。彼にはぜひ幸せになってほしいわ。彼はつねに自分の義務を立派に果たす人だから、いまはすこし後悔しているかもしれないけど、最後はきっと幸せになると思うわ。それに、ルーシーは分別がないわけではないし、分別さえあればきっといいことがあるわ。それにマリアン、ただひとりの人を一生愛しつづけるというのは魅力的だし、人の幸せはひとりの人だけを愛することにかかっているというのも一理はあるけど、絶対にそうでなければいけないというわけではないし、絶対にそうだと言うのは間違ってるし、だいいちそんなことは無理な話よ。エドワードはたぶんルーシーと結婚するわ。容姿も頭も人並み以上の女性と結婚するのよ。時間がたって生活環境が変われば、自分が別の女性に惹かれていたことなんか忘れてしまうわ」

「それがお姉さまの考えなら」とマリアンが言った。「つまり、自分の愛する人を失っても、そんなに簡単にほかのもので補えるなら、お姉さまの立派な決意も自制心も、それほど驚くには当たらないわね。それなら私にも理解できそうよ」

「あなたの言いたいことはわかってるわ。あなたは私がそんなに苦しまなかったと思っているのね。でもマリアン、よく考えてみて。エドワードとルーシーとの婚約という事実が、四カ月ものあいだ私の心に重くのしかかって、しかも私は、それを誰にも話すことができなかったのよ。あなたとお母さまが突然このことを知ったらひどいショックを受けることがわかっているのに、ふたりにそれとなくにおわせて心の準備をさせることさえできなかったのよ。

その婚約のことは、ルーシー本人からむりやり打ち明けられたの。私の幸せを破壊したルーシー本人から、しかもものすごく得意げに。だから私は必死に無関心を装って、ルーシーの猜疑心に対抗しなければならなかったの。私にとってはいちばん関心があることなのに。しかもその打ち明け話は一度だけじゃなかったわ。ルーシーの希望と喜びの言葉を何度も聞かされたわ。そして、自分がエドワードから永遠に引き離されたことはわかったけど、そのほうがよかったと思わせるような事実は何も耳に入ってこなかった。つまり、エドワードがだめな人間だということを示すような事実は何も耳に入ってこなかったし、彼が私に冷淡になったことを示すような事実も見当たらなかった。それに私は、彼のお姉さんの意地悪や、フェラーズ夫人の侮辱的な言葉や態度とも戦わなくてはならなかったわ。愛の苦しみだけは味わったけど、愛の喜びを味わうことはなかったわ。しかも、私の身にこうしたことが起きているときに、あなたが一番よく知っているように、もうひとつの不幸が重なったの。もしあなたが、私にも感情があると思ってくれるなら、私がこの四カ月間ものすごく苦しんだということが、すこしはわかってもらえると思うわ。私はいまはもう平静な気持ちでこの問題を考えることができるし、自分から進んで慰めを受け入れることができるけど、そういう気持ちになれたのは、絶え間ないつらい努力の結果なの。ひとりでにそうなったわけではないの。最初からそういう気持ちになって明るく振る舞っていたわけではないの。ぜんぜん違うのよ、マリアン。もしルーシーとの秘密を守る約束をしていなかったら、私は四カ月も自分の苦しみを隠し通すことはできなかったと思うわ。大切な家族やお友達に心配をかけたくないという気持ちがあったとしても、絶対に無理だったと思うわ」

マリアンは打ちのめされた思いだった。

「ああ、お姉さま！　私はつくづく自分に愛想が尽きたわ！　私はお姉さまになんてひどいことをしたの！　私の唯一の慰めであり、私の不幸を私といっしょに耐えてくれて、私のために苦しんでいるとしか見えなかったお姉さまに！　あれが私の感謝なの？　あれが私のお姉さまへのお返しなの？　お姉さまの立派さがいつも私を非難しているように思えて、私はそれを必死に払いのけようとしていたのね」

こうして告白が終わると、ふたりは限りない愛情をこめてやさしく抱き合った。マリアンはいまはこういう精神状態なので、エリナーはマリアンからどんな約束でも簡単に取りつけることができた。つまり、エドワードとルーシーの婚約の件について誰かと話すときは、激しい言葉や態度は避けること。ルーシーに会っても、彼女への嫌悪感が増したと思われないように気をつけること。そして、万一どこかでエドワードと顔を合わせても、いままでどおりのやさしい態度で接すること。マリアンはエリナーにそう言われて、それらのことを約束した。マリアンにとってこれはたいへんな譲歩だった。しかし、自分は姉にひどいことをしてしまったという自責の念に駆られていたので、どんな償いをしてもし足りないという気持ちだった。

慎重に振る舞うという約束を、マリアンは立派に果たした。エドワードとルーシーとの婚約についてジェニングズ夫人が何を言おうと、顔色ひとつ変えずに耳を傾け、何ひとつ異議を唱えず、「そうですね、奥さま」と二度も相づちを打った。夫人がルーシーをほめちぎったときも、マリアンは席を移ってそれに耐えたし、夫人がエドワードの愛情を話題にしたときも、マリアンは喉をわずかにけいれんさせただけだった。マリアンのこうした英雄的な努力を見て、エリナーは自分もどんなことにも耐えられると思った。

翌朝、義兄のジョン・ダッシュウッドが訪ねてきて、さらなる試練がもたらされた。ジョンは沈痛なおももちでやってきて、きのうの恐ろしい出来事について語り、妻ファニーの現在の状態を報告したのだ。席につくなり厳粛な調子でジョンは言った。

「みなさんすでにお聞きかと思いますが、きのうわが家で、たいへんショッキングな事実が発覚いたしました」

はい、聞いております、と一同は表情で答えた。恐ろしくてとても口では答えられません、とでもいうように。

「ファニーはひどいショックを受けました」とジョンはつづけた。「もちろんフェラーズ夫人もです。要するに、ひどく込み入った不幸な騒ぎがあったのです。しかしわれわれは、誰もへこたれずにこの嵐を乗り切れると思う。かわいそうに、ファニーはきのう一日じゅうヒステリー状態でした。でも、あまり心配しないでほしい。とくに心配はないと、医者のドナヴァンも言ってるし。ファニーは体は丈夫だし、気持ちもしっかりしていて、どんなことにも耐えられる。これまでも、天使のような不屈の精神であらゆることに耐えてきたのです！もう二度と誰も信用しないとファニーは言ってます。あんなふうにだまされたんだから無理もない！　あんなに親切にしてあげて、あんなに信頼していた相手から、あんな恩知らずな裏切りをされたのです！　ファニーがスティール姉妹をうちに招いたのは、まったくの親切心から出たことで、あの姉妹が無邪気なお行儀のいいお嬢さんで、いい話し相手になりそうで、親切にしてあげる値打ちがあると思ったからこそそうしたのです。そうでなければ私もファニーも、ジェニングズ夫人が産後の娘さんの世話で忙しいあいだ、きみとマリアンをうちへ招きたかったんだ。それがこんな仕打ちを受けるなんて！　ファニーはいつもの愛情のこもった調子でこう言ってました。『スティール姉妹ではなくて、ダッシュウッド姉妹をお招きしたほうがよかったわね』って」

ジョンはここで言葉を切って感謝の言葉を待ち、「ありがとうございます」とエリナーが言うと、先をつづけた。

「お気の毒に、フェラーズ夫人はこの話をファニーから聞いてどんなにひどいショックを受けたか、とても口では説明できません。フェラーズ夫人はほんとうに息子のためを思って、願ってもない縁組を進めていたのに、息子はずっと前から別の女性と秘密の婚約をしていたなんて！　夫人にとっては、ほんとに寝耳に水です！　いや、息子には誰か好きな女性がいるかもしれないと、たとえ夫人が思っていたとしても、まさか相手がルーシー・スティールだなんて夢にも思わなかったでしょう。『スティール姉妹だけは安全だと思っていたのに』と夫人はおっしゃって、ほんとうに頭を抱えてしまった。でもわれわれは三人で、これからどうするかを相談し、とにかくエドワードを呼んで話をすることにした。エドワードはすぐに来るには来たが、その話し合いの結果をここで報告するのはつらい。すぐに婚約を解消するようにと、フェラーズ夫人が必死に説得したし、もちろん私もいろいろ言ったし、ファニーも必死に頼んだが、まったく効果はなかった。人間としての義務も愛情もすべて無視された。エドワードがあんなに頑固で薄情な人間だとは思ってもみなかった。フェラーズ夫人は、彼がミス・モートンと結婚すればどれだけの財産を与えるか、その気前のいい案を説明した。つまり、ノーフォーク州の土地を分与するというのだ。地租を払っても、年にたっぷり千ポンドの収入になる土地だ。しかし、それでもエドワードがどうしても返事をしないので、それじゃ千二百ポンドにしてあげようとまで、夫人はおっしゃった。逆に、もしこの説得を断わって、ルーシー・スティールのような身分の低い女性と結婚したら、どんな貧乏生活になるか説明してやった。つまり、彼の財産はいま持っている二千ポンドだけで、あとは何もあげないし、二度と顔も見たくない。いかなる援助もしないどころか、もし彼が生活のために何か職業につこうとしたら、どんなことをしても邪魔してやると、夫人はそうおっしゃった」

ここでマリアンが怒りに我を忘れて、手をピシャッと叩いて叫んだ。

「呆れたわ！　そんなことってあるかしら！」

「こんな親切な申し出に『はい』と言わないエドワードの頑固さに、きみが呆れるのは当然だ」とジョンが言った。

マリアンは言い返そうとしたが、エリナーとの約束を思い出して我慢した。

「しかし、いくら言っても無駄だった」とジョンはつづけた。「エドワードはほとんど口をきかなかったが、口をひらくと断固とした調子だった。何を言っても婚約を破棄させることはできなかった。彼はどんな犠牲を払っても約束を守り通すつもりなんだ」

「それじゃ彼は、誠実な人間として立派に振る舞ったわけね！」ジェニングズ夫人が黙っていられなくなって、突っけんどんに言った。「失礼ですが、ダッシュウッドさん、もし彼が婚約を破棄していたら、私は彼を人でなしと思ったでしょうね。私もあなたと同様、この件には少々関係がありますの。ルーシー・スティールは私の親戚ですからね。あんないい娘はどこにもいませんし、どんな立派な男性とだって結婚する資格があると私は思ってますわ」

　ジョン・ダッシュウッドはびっくりしたが、彼は穏やかな性格で、挑発に乗ってかっとなるタイプではなかった。人を怒らせたくないし、とくにお金持ちを怒らせたくなかった。だから、まったく腹も立てずにこう言った。

「いえ、私は奥さまのご親戚の方について、失礼なことを申し上げるつもりは毛頭ないのです。ミス・ルーシー・スティールはとても立派なお嬢さまだと思います。しかし今回の場合、この結婚はちょっと無理ではないでしょうか。叔父上が預かっていた青年と、しかも、フェラーズ夫人のような大資産家のご長男と秘密の婚約をなさるというのは、やはり少々異常なことではないでしょうか。いえ、つまり私は、奥さまが好意を持っておいでのお方を非難するつもりは毛頭ないのです。私どもは、ルーシーさまの幸せを心から願っております。また、今回のフェラーズ夫人のお振る舞いは、終始一貫ご立派なものでした。良心のある良き母親なら、このような場合は誰しもああしていたでしょう。まことに威厳のある寛大なお振る舞いでした。エドワードは自分の運命のクジを引いたわけですが、残念ながら貧乏クジになるのではないでしょうか」

マリアンは同じ心配をしてため息をついた。エリナーはエドワードの心中を察して胸が痛んだ。そんな努力をする値打ちもないルーシー・スティールのために、彼は母親の脅しと勇敢に闘ったのだ。

「それで、結局どうなったのかしら？」とジェニングズ夫人が言った。

「残念ながら、話し合いはきわめて不幸な決裂に終わりました。エドワードは勘当です。きのう家を出ました。いまどこにいるか、まだロンドンにいるかどうかもわかりません。もちろんわれわれが聞いて回るわけにはいきませんから」

「お気の毒に！　彼は一体どうなるのかしら？」

「ほんとうです、奥さま！」とジョンが言った。「彼は一体どうなるのでしょうね！　じつに悲しいことです。あのような大資産家のご長男に生まれながら！　これ以上嘆かわしい事態は想像もできません。彼の全財産は二千ポンドですが、その利息だけで暮らしていけるわけがない！　あんな馬鹿なことさえしなければ、三カ月以内に二千五百ポンドの年収がころがりこんだのです！　なにしろミス・モートンは三万ポンドの財産つきですからね。それを考えると、これ以上痛ましい話は想像もできません。われわれ一同彼に同情せざるをえません。それにああいう事情なので、われわれが助けようにも助けられないのでなおさらです」

「ほんとにお気の毒ね！」ジェニングズ夫人が大きな声で言った。「うちへ来れば喜んで寝食のお世話をするわ。彼に会ったらそう言うつもりよ。そういう状態じゃ、下宿代や宿代を自分で出すのだってたいへんよ」

エリナーは、エドワードにたいする夫人の親切心に感謝したが、親切の示し方にはほほえまざるをえなかった。

「もし彼が、ご家族のご希望どおりにしていれば、いまごろは結構なご身分で、何不自由なく暮らすことができたのです」とジョン・ダッシュウッドが言った。「しかしこうなっては、誰も彼を助けることはできません。それにもうひとつ、彼にとって最悪な事態が進んでいます。フェラーズ夫人が、まあ、お気持ちとしては当然でしょうが、長男のエドワードに譲る予定だったノーフォーク州の土地を、次男のロバートに正式に分与することに決めたのです。私が今朝家を出たとき、夫人はその件で弁護士と相談中でした」

「まあ！」とジェニングズ夫人が言った。「それがフェラーズ夫人の復讐なのね。いろいろな復讐の仕方があるものね。でも、私ならそんなひどいことはしませんよ。長男が私に逆らったからといって、次男に財産を譲るなんて！」

マリアンは立ち上がって、部屋を歩きまわった。

「自分の物になっていたかもしれない土地が弟の手に渡るのを見ることくらい、男にとって悔しいことはないでしょうね」とジョンが言った。「エドワードも気の毒に！　心から彼に同情します」

ジョンは同じような調子でさらに数分間しゃべりまくってから、やっといとまを告げた。ファニーの病気はとくに危険な状態ではないから、あまり心配しなくてもいいと、エリナーとマリアンに何度も言ってから立ち去った。あとに残った三人の女性たちの気持ちは、今回ばかりはまったく同じだった。少なくとも、フェラーズ夫人とジョン・ダッシュウッド夫妻とエドワードの行動にたいして感じたことは、まったく同じだった。

ジョンが部屋を出たとたんマリアンの怒りが爆発した。あまりの激しさに、エリナーでさえ自分を抑えきれなくなり、ジェニングズ夫人も遠慮の必要がなくなり、フェラーズ夫人らの今回の行動に関して、三人で侃々諤々の議論を交わした。

第三十八章

ジェニングズ夫人はエドワードの行動を盛んにほめあげたが、その行動の本当の立派さを理解しているのはエリナーとマリアンだけだった。彼はあまり値打ちのないもののために勇敢に母親と闘ったのであり、家族と財産を失った彼の心の慰めは、自分は正しいことをしたという意識だけなのだ。それがわかっているのはエリナーとマリアンだけだった。エリナーはエドワードの誠実さを誇りに思った。マリアンは彼が受けた罰に同情して、彼のこれまでの罪をすべて許した。しかし、エドワードの婚約が明るみに出たおかげで、エリナーとマリアンの信頼関係は正常に戻ったが、ふたりだけになったときには、ふたりともこの話題にあまり触れたがらなかった。エリナーがこの話題を避けたのはこういう理由だ。つまり、ふたりでこの話をすると、エドワードはまだエリナーを愛しているということを、マリアンがあまりにも熱心に断言するので、その考えがますます頭から離れなくなるからであり、エリナーとしては、その考えを頭からすっかり追い払いたいと思っているからだ。一方、マリアンがこの話題を出すのをためらったのはこういう理由だ。つまりこの話をすると、姉と自分の振る舞い方の違いを思い知らされて、ますます自分がいやになるからだ。

マリアンは姉と自分の振る舞い方の違いを痛感したが、エリナーが期待したようにすぐに行ないを改めるべく努力を始める気にはなれなかった。激しい自責の念にさいなまれ、もっと前に努力しなかったことを猛烈に後悔したけれど、改善の希望もなくただただ後悔の念に苦しめられるばかりだった。いまはほとんど無気力状態であり、いますぐ努力を始めるのは不可能だと思い、それゆえいっそうの無気力状態に陥った。

それから一日、二日のあいだ、ハーリー・ストリートのジョン・ダッシュウッド宅と、スティール姉妹が滞在中のバートレット・ビルディングズについて新しい情報は何も入ってこなかった。しかし、この騒動についてはすでに十分わかっているので、それ以上の情報がなくても、ジェニングズ夫人としてはその噂を広めるのに十分な用意はあったのだが、それでもいちおう、できるだけ早くスティール姉妹を慰めに訪ねて、さらに事情を聞こうと最初から心に決めていた。すぐに訪ねなかったのは、いつもより来客が多くて外出できなかったからであり、それ以外に理由はない。

この騒動があってから三日目の日は、すばらしく晴れ渡った日曜日で、まだ三月の第二週だというのに、ケンジントン公園に大勢の人が繰り出した。ジェニングズ夫人とエリナーもその中にいた。でもマリアンは、ウィロビー夫妻がすでにロンドンに戻っていることを知り、彼らと顔を合わすのを恐れて、あえて人中へ出るのはやめて家にいることにした。

ジェニングズ夫人とエリナーが公園に入ってまもなく、夫人の親しい友人に出会った。友人はそのままふたりといっしょに歩き、ジェニングズ夫人との会話を独占してしまったが、おかげでエリナーは、ひとりで物思いに耽ることができてかえってありがたかった。ウィロビー夫妻にもエドワードにも出会わず、それからしばらくの間は、良くも悪くも彼女の関心を引くような人物には出会わなかった。ところがとうとう、驚いたことにアン・スティールに声をかけられた。アンは最初はすこしきまり悪そうにしていたが、「おふたりにお会いできてたいへんうれしいですわ」とあいさつし、ジェニングズ夫人のやさしい言葉に勇気を得て、しばらく自分の仲間から離れてこちらの一行に加わった。ジェニングズ夫人はすぐにエリナーにこうささやいた。

「すっかり聞き出してね。あなたが聞けばアンは何でも話すわ。私はクラーク夫人のお相手をしなくちゃならないから」

しかし、ジェニングズ夫人とエリナーの好奇心にとって幸いなことに、アンは聞かれなくても何でも話すつもりだったようだ。そうでなければ、エリナーには遠慮があるので何も聞き出せなかっただろう。

「お会いできてほんとにうれしいわ」アンはなれなれしくエリナーの腕を取って言った。「誰よりもあなたにお会いしたいと思っていたの」それから声を低めて言った。「ジェニングズ夫人はもうあのことをすっかりお聞きになったでしょうね？　怒ってるかしら？」

「そんなことないと思うわ。あなたにたいしては」

「ほんと？　それを聞いてほっとしたわ。で、ミドルトン夫人は？　怒ってる？」

「ミドルトン夫人が怒るはずはないと思いますけど」

「ほんと？　うれしい！　ほんとに大変だったのよ！　あんなに怒ったルーシーを見たのは生まれてはじめてよ。私がうっかり秘密をしゃべってしまったものだから、ルーシーは怒り狂って、もう二度と私の帽子の飾り付けなんかしてあげないし、何もしてやらないって怒鳴りまくったの。でもいまは機嫌を直して、元どおりの仲良しになったわ。ほら、見て。ゆうべ私の帽子に、この蝶のリボンを縫いつけてくれて、羽根もつけてくれたの。ほらね、あなたも私のことを笑うのね。でも、なぜ私がピンクのリボンをつけちゃいけないの？　ピンクがあの博士の大好きな色だってかまわないわ。たまたま彼がそう言わなかったら、彼がほかの色よりピンクが好きだなんて知らなかったんですもの。家族も友達もみんな私を笑うのよ。ほんとに私、みんなの前でどっちを向いたらいいか、ときどきわからなくなっちゃうわ」

アンは、まったく関係ない話題に脱線してしまったことに気がついて、すぐに最初の話題に戻った。

「でもね、ミス・ダッシュウッド」勝ち誇ったようにアンは言った。「フェラーズさんはルーシーとは結婚しないと断言したって、みんな言ってるそうだけど、勝手に言えばいいわ。絶対にそんなことないんですもの。そんなたちの悪い噂を流すなんて、ほんとに恥知らずね。ルーシーがそれについてどう考えようと、他人がああだこうだ決めつけるなんて、よけいなお節介もいいとこよ」

「そんな噂は聞いたことありませんけど」とエリナーが言った。

「あら、聞いてないの？　でも、ほんとにそうなのよ。それも、そう言ったのは一人だけじゃないの。ミス・ゴドビーがミス・スパークスにこう言ったの。三万ポンドの財産のあるミス・モートンをあきらめて、エドワード・フェラーズ氏が無一文のルーシー・スティールと結婚するなんて、正気の人間なら考えられないって。これは私がミス・スパークス本人から聞いた話よ。それに、私の親戚のリチャードもこう言ったわ。フェラーズ氏はいざとなったら、結局ルーシーを捨てるんじゃないかって。実際この三日間、エドワードは私たちのところに姿を見せなかったし、私もどう考えたらいいのかわからなくなったわ。ルーシーはもうエドワードのことはすっかりあきらめたんじゃないかって、私は思ったわ。だって、私たちは水曜日にあなたのお兄さまの家を出て、そのあと木曜日、金曜日、土曜日と、三日間も彼に会えなくて、彼がどうなったのかまったくわからなかったんですもの。一度、ルーシーは彼に手紙を書こうと思ったけど、結局いやになって書かなかったわ。ところが今朝、私たちが教会から戻ったところへ彼がやってきて、それですべてがわかったの。彼は水曜日に、ハーリー・ストリートのジョン・ダッシュウッド家に呼ばれて、お母さまやみんなから説得されたんですって。ルーシーとの婚約を解消して、ミス・モートンと結婚しなさいって。でも彼はみんなの前で、自分はルーシーだけを愛していて、ルーシー以外の女性と結婚するつもりはないって断言したの。それで彼はそのごたごたに嫌気がさして、お母さまの家を出ることにして、すぐに馬に乗ってどこだかの田舎へ行き、これからどうするか考えるために、木曜日と金曜日は田舎の宿屋に泊まったの。そして何度も何度も考えてこう思ったそうよ。自分はもう何の財産もない身の上だから、ルーシーを婚約で縛るのは無慈悲じゃないかって。

たった二千ポンドしかなくて、何のあてもないのだから、ルーシーを不幸にするだけじゃないかって。たとえ聖職についたとしても、副牧師にしかなれないだろうから、その収入でふたりが暮らしていけるわけがないって。

で、エドワードは、ルーシーにそんな貧乏生活をさせるのは耐えられないので、『もしきみにその気があれば、すぐに婚約を解消しよう、自分はひとりで何とかやっていくから』と申し出たの。彼がはっきりそう言うのを、私はたしかにこの耳で聞いたわ。つまり、彼が婚約解消を申し出たのは、すべてルーシーのためであって、彼自身のためではないの。誓って言うけど、彼はルーシーに飽きたとか、ミス・モートンと結婚したいとか、そんなことはひと言も言ってないわ。でも、もちろんルーシーはそんな話には耳を貸さずに、すぐにこう言ったの。『ねえ、あなた』と愛情たっぷりな言葉で——あら、でも、そういう言葉をそのまま人に話すわけにはいかないわね——とにかく、すぐにこう言ったの。『婚約を解消する気はまったくありません。副牧師のわずかな収入でもあなたと暮らしていけます。どんなに貧乏しても、あなたと暮らせるならそれで満足です』とかなんとか。すると彼はものすごく喜んで、これからどうするかについて、ふたりでしばらく話し合って、こう決まったの。彼がすぐに聖職について、結婚は、彼が聖職禄（訳注（4）参照）を得られるまで待つことにしようって。私はそこまでしか聞けなかったわ。親戚の人が階下から私を呼んだの。リチャードソン夫人が馬車でお見えになって、私かルーシーをケンジントン公園へ連れていきたいと言っているって。それで私は仕方なく部屋に入って、ふたりの邪魔をして、ケンジントン公園に行きたいかルーシーに聞いたら、ルーシーはエドワードのそばにいたいって言うから、それで私は急いで部屋へ行って、絹の靴下をはいて、こうしてリチャードソン夫妻といっしょに公園に来たってわけなの」

「ふたりの邪魔をして、というのはどういう意味かわかりませんけど」とエリナーが言った。「あなたたち三人は同じ部屋にいらしたんでしょ？」

「いいえ、違うわ。まあ、ミス・ダッシュウッドったら！　人前で愛を語り合う人なんているはずないでしょ？　まあ、いやね！　もちろんあなただってそんなことはしないでしょ？（気取った笑い声を上げながら）――いいえ、ふたりは客間に閉じこもっていて、私はドア越しに聞いていただけよ」

「まあ！」エリナーが思わず叫んだ。「あなたがいま話したことは、全部ドア越しに立ち聞きしたことなんですか？　それをもっと早く言ってほしかったわ。そうとわかっていたら、私はあなたの話をとめていたわ。あなたが盗み聞きした話を教えてもらうつもりはありませんから。自分の妹さんによくそんなひどいことができますね」

「あら、そんなことなんでもないわ。私はドアの前に立って、聞こえることを聞いただけよ。妹だって私に同じことをしたはずよ。一、二年前、私とマーサ・シャープがよく内緒話をしていたときに、ルーシーは私たちの話を聞くために、平気でクローゼットの中や、暖炉の衝立（暖炉を使わない夏などに暖炉の前に置かれる）の陰に隠れていたわ」

エリナーはほかの話をしようとしたが、いまのアンの最大の関心事はルーシーとエドワードの件であり、彼女をその話題から二分以上引き離しておくことは不可能だった。

「エドワードはすぐにオックスフォードへ行くと言っているけど、いまはペル・メル街××番地の宿に泊まっているの」とアンは言った。「彼のお母さんって、ほんとに意地悪な人ね。それに、あなたのお兄さん夫婦もあまり親切じゃないわ。でも、あなたにむかってお兄さん夫婦の悪口を言うのはやめておくわね。あの人たちの馬車で私たちを家まで送ってくれたし、あの親切は意外だったわね。それに私としては、あなたのお義姉さんから一日、二日前にもらった針箱を、すぐに返せと言われやしないかとひやひやしていたの。でもそのことは何も言われなかったから、いちおう用心のために、私のは目のつかない所へ隠しちゃったわ。エドワードはオックスフォードに用があるんですって。それでしばらくはそちらへ行かなくてはならないけど、それがすんだら、誰か主教さんを紹介してもらって、すぐに聖職につけるはずよ。いったいどこの副牧師になるのかしら！——あら、大変！（くすくす笑いながら）私の親戚の人たちがこの話を聞いたらなんて言うかわかってるわ。私があの博士に手紙を書いて、エドワードの副牧師の口を世話してもらいなさいって、そう言うに決まってるわ。でも私はぜったいそんなことするもんですか。すぐにこう言ってやるわ。『よくそんなことを思いつくわね！　私が博士に手紙を書くなんてとんでもない！』って」

「そうね」とエリナーが言った。「最悪の事態に備えておけば安心ね。もう返事の用意はできているわけね」

アンはそれについて答えようとしたが、自分の連れが近づいてきたので、別の話題のほうが大事になった。

「あら！　リチャードソンご夫妻がこちらへいらっしゃるわ。あなたにお話ししたいことがまだ山ほどあるけど、これ以上おふたりのそばを離れているわけにはいかないわ。リチャードソンご夫妻はほんとにお上品な方たちよ。ご主人がたいへんなお金を儲けて、自家用の四頭立て四輪馬車をお持ちなの。ジェニングズ夫人とあのお話をする時間がないけど、あなたからよろしく伝えてね。私たちのことを怒ってないと聞いて、ほっとしていますって。ミドルトン夫人にも同じように伝えてね。それに、何かの事情であなたと妹さんがロンドンを去ることになって、ジェニングズ夫人が話し相手を欲しいとおっしゃれば、私たちは喜んでお宅にお伺いして、お好きなだけ泊めていただきますって。ミドルトン夫人は、もうしばらくは私たちを招いてくれないでしょうね。さようなら。マリアンさんがここにいなくて残念ね。よろしく伝えてね。あら！　こんな人込みに、一番上等な水玉模様のモスリンの服を着ていらしたの？　何かに引っかけて、かぎ裂きでもできたら大変じゃない！」

これがアンの最後の話題だった。このあとすぐにリチャードソン夫人に呼ばれ、ジェニングズ夫人に別れのあいさつをして立ち去った。エリナーはアンの話からいくつかの情報を得、それについてしばらくあれこれ思いをめぐらせたが、それらの情報は、ほとんどがすでに自分で予測していたことばかりだった。つまり、エドワードとルーシーの結婚は確定しているが、日取りはまったく未定であり、彼女の予測どおり、すべてはエドワードが聖職につけるかどうかにかかっており、いまのところ、その望みはまったくなさそうだった。

馬車に戻ると、ジェニングズ夫人はすぐに話を聞きたがった。でもエリナーは、アンが立ち聞きした話を広めるような真似はしたくないので、必要最小限の事実だけを手短に伝えた。ルーシーが自分のメンツのために自分から公表したがるにちがいない事実、すなわち、婚約は解消しないこと、そして、結婚するためにエドワードが聖職につくこと、この二点である。これを聞くと、ジェニングズ夫人はつぎのようなもっともな意見を述べた。

「彼が聖職禄を得られるまで待つ？　まあ！　結果はどうなるかわかってるじゃない！　一年間待って、結局どうにもならなくて、年収五十ポンドの副牧師になるのが関の山よ。そして彼の二千ポンドの利息と、ルーシーの親戚のスティール氏とプラット氏のわずかな援助で暮らすことになるわ。そして毎年子供ができて！　ああ、かわいそう！　どんなに貧乏することでしょう！　所帯道具を揃えてあげなくちゃ。このあいだ、メイド二人に下男二人って言ったけど、とんでもないわ。そんなお金ありっこないわ。何でもできる頑丈な娘を一人見つけなくちゃ。ベティーの妹じゃぜったい無理だわ」

翌朝、ルーシー本人からエリナーのもとへ、市内郵便で手紙が届いた。こういう文面だった。

バートレット・ビルディングズ、三月

親愛なるミス・ダッシュウッド、突然お手紙を差し上げる失礼をお許しください。でも、私とエドワードが最近経験したあのような苦難を考えれば、私にたいするあなたの友情ゆえ、私とエドワードに関する朗報をきっと喜んでくださると思います。ですから、これ以上の弁解は抜きにして先を続けます。私たちは大変な苦しみを経験しましたが、おかげさまで、いまはふたりともすっかり元気になり、末長く続くにちがいないお互いの愛を感じてとても幸せです。私たちは大変な試練と迫害を経験しましたが、でも同時に、たくさんのお友達に恵まれたことを感謝しています。なかでも、あなたの多大なご親切はいつまでも忘れないでしょう。私からそのことを聞いたエドワードも同じ気持ちだと思います。私はきのうの午後、彼と幸せな二時間を過ごしましたが、そのときのことをお知らせすれば、あなたもジェニングズ夫人もきっと喜んでくださるでしょう。私は彼の将来のために、婚約解消することを自分の義務と考え、必死に彼にそう言いましたが、彼はどうしても聞き入れませんでした。彼が同意すれば、私はその場で永遠に彼と別れていたでしょう。でも彼はこう言いました。『ぼくは絶対にきみと別れない。きみの愛があるかぎり、母の怒りなど気にしない。たしかに前途は明るいとは言えないけど、希望を持って待つしかない』と。彼はまもなく聖職につく資格を得るでしょう。もしあなたが、どなたか聖職禄の推挙権をお持ちの方をご存じなら、ぜひ彼を推薦してください。必ずや推薦していただけるものと確信しております。いとしいジェニングズ夫人からも、サー・ジョンやパーマー氏や、どなたか私たちを援助してくださるお友達に、私たちのためにひと言お口添えしてくださるものと期待しております。――姉のアンのしたことは許しがたいことですが、本人は良かれと思ってしたことなので、私は何も申しません。ジェニングズ夫人がこちらへお出かけの節は、いつでもお気軽にお立ち寄りいただければと思います。たいへんありがたいことですし、私の親戚の者たちも、夫人とお近づきになることを誇りに思うことでしょう。――紙幅が尽きました。ジェニングズ夫人と、サー・ジョンと、ミドルトン夫人と、お子さまたちにお会いの節は、くれぐれもよろしくお伝えください。そしてマリアンさんにもよろしく。

かしこ

エリナーは手紙を読み終えると、ジェニングズ夫人に手渡した。ルーシーの真の狙いは、この手紙をジェニングズ夫人に読んでもらうことだと、エリナーは判断したのだ。案の定、夫人は手紙を読み上げながら、満足と称賛の言葉を連発した。

「ほんとに立派ね！　すばらしい手紙だわ！――そうね、彼が望むなら、婚約を解消したほうがいいわね。いかにもルーシーらしいわ。――かわいそうに！　ほんとに、できることならいますぐ彼に聖職禄をお世話してあげたいわ。――ほら、私のことを『いとしいジェニングズ夫人』って呼んでるわ。こんなに心のやさしい子はめったにいないわ。――ほんとに立派ね。ここの言い方なんかほんとに上手。ええ、もちろん立ち寄らせていただくわ。みんなのことを考えて、ほんとによく気がつく子ね！――エリナーさん、この手紙を見せてくれてありがとう。こんなすばらしい手紙は見たことないし、ルーシーの頭の良さと心のやさしさがよくわかったわ」

第三十九章

エリナーとマリアンのロンドン滞在はすでに二カ月以上になり、ロンドンを去りたいというマリアンの気持ちは、日ごとに募るばかりだった。彼女は田舎の空気と、自由と、静寂を恋しがり、自分が心の安らぎを得られる場所はバートン村しかないと思った。一日も早くバートン村に帰りたいという気持ちは、エリナーもマリアンに劣らなかった。ただエリナーとしては、(マリアンにわからせるのは無理だが)そんな長旅はすぐには困難だとわかっているので、すぐに実行に移す気はなかった。でもだんだん真剣にロンドンを去ることを考えはじめ、親切なジェニングズ夫人にその希望を話したが、夫人は善意の熱弁をふるって猛反対した。ところがそれからまもなく、ある提案がなされた。ロンドンを去るのはさらに二、三週間先になるが、ほかの案よりずっといいとエリナーには思えた。パーマー夫妻が三月末に、復活祭の休暇のために、サマセット州のクリーヴランド屋敷に帰ることになり、ジェニングズ夫人が娘のパーマー夫人から、「ちょうどいい機会だから、エリナーさんとマリアンさんといっしょに遊びにきてください」と熱心な招待を受けたのである。エリナーとしては、パーマー夫人の招待だけなら遠慮して辞退しただろう。しかし夫のパーマー氏も——彼はマリアンの不幸を知って以来、ダッシュウッド姉妹にたいする態度を改めてずいぶん丁重になっていたのだが——心から丁重かつ熱心に勧めてくれたので、エリナーは喜んで招待に応じる気になったのである。

　ところが、エリナーがマリアンにこの話をすると、最初の返事はあまり芳しくなかった。「クリーヴランド！」マリアンはひどく動揺したように言った。「いやよ。私はクリーヴランドへなんか行かないわ」

「あなたは忘れてるわ」エリナーは穏やかに言った。「クリーヴランドはべつに……あそこに近いわけではないし……」

「でも同じサマセット州よ。私はサマセット州なんかへ行かないわ。以前はそこへ行くのを楽しみにしていたけど……いいえ、お姉さま、私はぜったい行かないわよ」

　エリナーは、そんな感情に打ち勝たなくてはいけないといった議論はしなかった。ほかの感情に訴えて行く気にさせようと考えた。つまり、「クリーヴランドへ行けば、あなたがあんなに会いたがっているお母さまのもとへ帰れるのよ。ほかの方法より自然な好ましいかたちで、たぶん大きな遅れもなく、お母さまのもとへ帰れるのよ」とエリナーはマリアンに言い聞かせた。ブリストルから四、五キロのところにあるクリーヴランドからバートン村までは、長旅になるが一日で行ける距離だ。その距離なら、母の召使が簡単に迎えに来てくれる。クリーヴランドに一週間以上滞在する必要はないから、たぶん三週間後にはわが家に帰れるのだ。マリアンの母にたいする愛情は正真正銘真実のものなので、これを聞くと、「ウィロビーの屋敷があるサマセット州には行きたくない」という気持ちはすぐに消し飛んでしまった。

ジェニングズ夫人は、エリナーとマリアンに飽きてきたなどということはまったくないので、「クリーヴランドからまた一緒にロンドンに戻りましょうね」と、とても熱心に勧めてくれたが、エリナーは、その親切には感謝したが計画を変えるつもりはなかった。母の同意もすぐに得られ、わが家へ帰る手筈は着々と整えられた。マリアンは、バートン村へ帰る日までの日程表を作ったりして気を紛らせた。

「ああ、大佐！　エリナーさんとマリアンさんがいなくなったら、あなたと私はいったいどうなるんでしょうね！」ふたりが帰ることが決まったあと、はじめて大佐が訪ねてきたとき、ジェニングズ夫人は言った。「ふたりはクリーヴランドのパーマー家から、そのままバートン村へ帰ることに決めたんですって。私がロンドンへ戻ったときは、私たち、ほんとに寂しくなるわね！　二匹の猫みたいに、暇そうに座ってぽかんと顔を見合わせるんじゃないかしら」

ジェニングズ夫人は、大佐と自分のこれから先の退屈な生活を、このように生き生きと描写した。もしかしたら、大佐がこれを聞いて発奮し、そういう退屈な生活から逃れるために誰かにプロポーズするかもしれない、と夫人は期待したのかもしれない。もしそうなら、夫人はこのあとすぐに、自分の目的が達せられたと考えていいだけの根拠を得ることになった。つまりこういうことだ。エリナーが、友人のために模写する版画の寸法を測るために窓辺へ行くと、大佐が意味ありげな顔であとにつづき、数分間エリナーと話をした。大佐の話を聞いて、一瞬エリナーの顔色が変わったが、夫人はそれをしっかりと見届けた。夫人は誰かさんと違って、人の話を盗み聞きするような人間ではない。ふたりの話を聞かないようにするために、マリアンが演奏中のピアノのそばの席にわざわざ移ったほどだ。でも夫人はたしかに目撃した。エリナーは顔色を変え、動揺の色をあらわにして大佐の話に耳を傾け、版画の寸法を測る仕事の手がとまってしまったのだ。夫人の期待をさらに確かなものとしたのは、マリアンの演奏の合間にいやおうなく聞こえてきた大佐の言葉だった。どうやら大佐は、自分の家のひどさを詫びているようなのだ。さあこれで、大佐がエリナーにプロポーズしたことは間違いないと夫人は思った。大佐はあんな立派なお屋敷に住んでいるのだから、家のひどさを詫びる必要などどないのにと思ったけれど、これもプロポーズの礼儀作法のひとつなのかなと思った。エリナーの返事は聞き取れなかったが、唇の動きから、エリナーは家のことなど問題にしていないと夫人は判断した。そしてエリナーのそういう誠実さに、夫人は内心感心した。大佐とエリナーはそのあとさらに話をつづけたが、夫人にはひと言も聞き取れなかった。しかし幸運にも、またマリアンの演奏の合間に、大佐が穏やかな声でこう言うのが聞こえた。

「いますぐというわけにはいかないでしょう」

ジェニングズ夫人は、この求婚者らしからぬ大佐の言葉に呆れて、「まあ！　どんな障害があるって言うの！」と危うく叫びそうになったが、ぐっと我慢して、心の中でこう叫ぶにとどめた。

「ほんとに変ね！　大佐はこれ以上年を取るのを待つ必要なんかないのに！」

ところが、大佐がこうして挙式の延期を申し出ても、エリナーが怒ったり傷ついたりしている様子はまったくなかった。ふたりはこのあとすぐに会話を終えて左右に別れたが、別れぎわにエリナーが、実感のこもった声でこう言うのを、ジェニングズ夫人ははっきりと聞いた。

「このご恩は一生忘れません」

ジェニングズ夫人は、エリナーの感謝の言葉を喜んだが、そのあとの大佐の態度にはびっくりした。なんと大佐は、エリナーの感謝の言葉を聞いたあと、感情のかけらも見せずに、落ち着き払ってみんなにいとまを告げ、エリナーに返事もせずに立ち去ったのだ！　長年の友人である大佐がこんな冷たい求婚者だったとは、ジェニングズ夫人は思ってもいなかった。

ところがじつは、大佐とエリナーの会話はつぎのようなものだった。

「あなたの友人のフェラーズ氏が、ご家族からひどい仕打ちを受けたそうですね」と大佐は深い同情をこめて言った。「私の聞き違いでなければ、彼はたいへん立派な女性との婚約を貫いたために、フェラーズ家を勘当されたそうですね。ほんとうですか？　そうなんですか？」

エリナーはそうだと答えた。

「長いあいだ愛し合ってきた若いふたりを引き裂くなんて、引き裂こうとするなんて、これ以上残酷なことはありません。これ以上愚かなことはありません」大佐は義憤に駆られたように言った。「フェラーズ夫人は自分のしていることがわかってない。自分の息子をどんなに不幸にするかわかってない。私はエドワード・フェラーズ氏に、ハーリー・ストリートのジョン・ダッシュウッド家で二、三度会ったことがありますが、たいへんな好青年だと思います。すぐに親しくなれるようなタイプではないが、とにかく好青年だと思う。だから彼のために何かしてあげたい。あなたの親戚にあたる人だから、なおさら何かしてあげたい。彼は聖職を希望しているそうですね。申し訳ありませんが、彼にこう伝えてください。今日の郵便で知ったのですが、デラフォードの聖職禄が空席になったので、もし彼にその気があれば、ぜひ彼を推挙したいと（ブランドン大佐はデラフォード教区の大地主なので、聖職禄の推挙権があった）。いまの彼の苦しい状況を考えれば、断わるとは思えませんが。ただ、もうすこし立派な聖職禄だといいのですが。教区牧師ですが、収入はわずかです。前任者は年収二百ポンドくらいだったと思う。もちろん今後増える可能性はありますが、彼にとって十分な収入とはならないでしょう。でもとにかく、その聖職禄でよければ喜んで彼を推挙します。ぜひ彼にそう伝えてください」

　この伝言役を頼まれたエリナーの驚きはたいへんなものだった。大佐からほんとうにプロポーズされたとしても、こんなには驚かなかっただろう。エドワードがルーシーと結婚できるかどうかは、彼が聖職につけるかどうかにかかっていて、いまのところその望みはないと、エリナーはつい二日前に思ったばかりなのに、もうそれが実現して、結婚も可能になりそうなのだ。しかもよりによって、自分がその伝言役に選ばれるとは！　ジェニングズ夫人はこのときのエリナーの驚きようを見て、大佐からプロポーズされたと勘違いしたのだが、ほんとうにそれくらいエリナーは驚いた。しかしその驚きの中には、あまり純粋でもなく愉快でもない感情も多少は混じってはいたけれど、ブランドン大佐の博愛精神と特別な友情――大佐がこの行動に出た動機は間違いなくこれなのだ――にたいしては、エリナーは尊敬と感謝の念を強く感じ、熱をこめてお礼の言葉を述べた。心の底から大佐にお礼を言い、エドワードの誠実さと性格の良さをお世辞ではなくほめたたえた。そして、もしほんとうにこのような光栄な役を人に任せるのがお望みでしたら、喜んで伝言役をお引き受けしますと約束した。しかし内心では、やはり大佐が自分で伝えるのがいちばんいいのに、と思わずにはいられなかった。エリナーが伝えれば、エドワードはエリナーから恩義を施されたと感じるだろう。彼女としては、エドワードにそんな苦痛は与えたくない。だから、できればこの伝言役は断わりたい。しかし、ブランドン大佐も同じような繊細な心づかいからそれを辞退して、ぜひエリナーから伝えてほしいと頼んでいるのだ。だからエリナーとしては、それ以上は反対できなかった。エドワードはまだロンドンにいるはずだし、幸い彼の居どころはアンから聞いているから、今日にも彼に伝えることができるだろう。

こうして話が決まると、ブランドン大佐はこう言った。エドワード・フェラーズ氏のような立派な好青年が、デラフォードの教区牧師として隣人になってくれれば、自分としてもたいへんありがたい、と。そしてこのあと、「家のひどさを詫びているような」あの会話がつづいた。つまりブランドン大佐は、「デラフォードの牧師館は小さくて貧弱で申し訳ない」

と言ったのだ。そしてエリナーは――ジェニングズ夫人がエリナーの唇の動きから判断したとおり――少なくとも家の広さに関しては問題ないと言ったのである。「家が小さくても、ふたりにはまったく問題ないと思います」とエリナーは言った。「家族の人数や収入と釣り合っていて、かえっていいかもしれません」

これを聞いて大佐はびっくりした。この聖職禄を得たら、エドワードは当然すぐに結婚すると、エリナーは思っているようだが、大佐はそうは思っていなかったからだ。エドワードのような生活レベルの人間は、デラフォードの聖職禄の収入だけではとても所帯など持つ気にはならないだろうと、大佐は思っていたからだ。実際大佐はこう言った。

「このささやかな聖職禄は、フェラーズ氏がどうにか人並みの独身生活を送れる程度のものです。あの収入では結婚は無理です。残念ながら、私が推挙できる聖職禄はこれしかないし、ほかにコネもありません。でも、将来思いがけないことが起きて、彼をさらに援助できるようになったら喜んでお役に立ちます。たとえそのとき、彼を助けたいという気持ちがいまほど強くなくなっていたとしても、喜んでお役に立ちます。実際、いま私がしていることは何の役にも立たないような気もします。この聖職禄では、その婚約者との結婚という彼の大事な、唯一の目標に近づくことはできないんですから。彼の結婚はまだ遠い先のことでしょう。少なくとも、いますぐというわけにはいかないでしょう」

さて、大佐はこういう意味で言ったのだが、ジェニングズ夫人はこれを求婚者の言葉と勘違いしたわけだ。だから、この言葉がジェニングズ夫人の繊細な感情を傷つけたのも無理はない。しかし、ブランドン大佐とエリナーの窓辺での会話が実際はこうだったとわかれば、別れぎわにエリナーが言った、「このご恩は一生忘れません」という感謝の言葉もよく理解できるだろう。求婚されたときのような昂ぶった調子で言われたのも当然だし、求婚されたときのようなお礼の言葉が使われたのも当然だとわかるだろう。

第四十章

ブランドン大佐が部屋を出てゆくとジェニングズ夫人は、何もかもわかってますよ、といった顔でにこにこしながら言った。

「ねえ、ミス・ダッシュウッド、大佐があなたに何を話していたか聞こうとは思いませんよ。聞こえないようにわざわざ離れていたけど、大佐の用件がわかる程度のことは耳に入ってしまいましたからね。とにかくこんなにうれしいことはないし、心からおめでとうを言わせてもらいますよ」

「ありがとうございます、奥さま」とエリナーは言った。「たしかに、私にとってとてもうれしいことですわ。ブランドン大佐はほんとうに立派なお方だとつくづく思います。大佐のなさったようなことをなさる方はそうはいませんもの。あんなに情け深いお方はめったにいませんわ。あんなに驚いたのは私は生まれてはじめてです」

「まあ！　ずいぶん謙虚だこと！　でも、私はちっとも驚いていませんよ。たぶんこうなるんじゃないかと、最近よく思っていましたからね」

「大佐の博愛精神をよくご存じなのでそう思ったのですね。でも、こんなに早くチャンスがめぐってくるとは予想していなかったんじゃないですか？」

「チャンス？」とジェニングズ夫人は聞き返した。「あのね、男性はね、こういうことは一度こうと決めたら、チャンスなんてすぐに見つけるものよ。とにかく何度でもおめでとうを言わせてもらいますよ。この世に幸せな夫婦がいるとしたら、どこへ行けば見つかるかわかるってものよ」

「デラフォードへ行くわけですね？」エリナーは弱々しい笑みを浮かべて言った。

「もちろんそうよ。でも、家がひどいと言っていたけど、大佐はどういうつもりで言ったのかしら。あんなに立派な家なのに」

「手入れが行き届いていないとおっしゃったんです」

「あら、それは誰の責任？　大佐はなぜ修理しないの？　彼以外に誰がするの？」

だがここで話は中断された。召使が入ってきて、「馬車が玄関でお待ちです」と告げたのだ。ジェニングズ夫人はすぐに出かける用意をしながら言った。

「エリナーさん、残念ね。まだ話が半分も終わっていないけど、私は出かけなくちゃならないの。でも、今夜は私たちだけだから、このつづきは晩にできるわ。今日はお供は頼みませんよ。あなたはあのことで頭がいっぱいで、私のお供なんてご免でしょうからね。それに、マリアンさんにも早く話したいでしょ？」

マリアンはこの会話が始まる前に部屋を出ていったのだ。

「もちろんマリアンには話します。でも、いまはほかの人には話しません」

「あら、そうなの?」ジェニングズ夫人はちょっとがっかりしたように言った。「それじゃ、ルーシーにも話さないほうがいいかしら? 今日はホウボーンのバートレット・ビルディングズへも行くつもりなんだけど」

「はい、ルーシーさんにもまだ話さないでください。一日くらい遅れても問題ないと思います。私がフェラーズさんに手紙を書くまで、ほかの人には話さないほうがいいと思います。手紙はいますぐに書きます。とにかくすぐにフェラーズさんに知らせることが大事なんです。聖職の資格を得る叙任式のことで、いろいろやることがあるでしょうから」

この話を聞いて、ジェニングズ夫人は最初はひどく面食らった。大佐とエリナーの結婚のことで、なぜそんなに急いでフェラーズ氏に手紙を書かなければならないのか、すぐには理解できなかった。でもちょっと考えているうちにぴんと来てこう叫んだ。

「なるほど! わかったわ。あれをフェラーズさんにお願いするわけね。そうね、それがいいわね。それならすぐに叙任式を済ませなきゃだめね。あなたたちの間でそこまで話が進んでいるなんてうれしいわ。でも、ちょっとおかしいんじゃない? なぜ大佐が自分で書かないの? 当然彼が書くべきじゃない?」

エリナーは、「あれをフェラーズさんにお願いする」というジェニングズ夫人の言葉の意味はよくわからなかったが、わざわざ問いただす必要もないだろうと思って、「なぜ大佐が自分で書かないの?」という質問にだけ答えた。

「ブランドン大佐はとても繊細な人ですから、自分の申し出を自分でするのは遠慮したいんです。ほかの人からフェラーズさんに伝えてほしいんです」

「それであなたが伝えるわけね。それにしてもずいぶん妙な繊細さね！　でも、（エリナーが手紙を書く用意をするのを見て）邪魔はしないわ。あなたのことはあなたが一番よくわかってるでしょうからね。それじゃ行ってきますよ。とにかくシャーロットのお産以来、こんなうれしい知らせははじめてよ」

そして夫人は出ていったが、すぐにまた戻ってきた。

「あのね、ベティーの妹のことを思い出したの。あの子がこんなすてきな奥さまの下で働くことになったら、ほんとにうれしいわ。小間使いがつとまるかどうかはわからないけど、メイドとしては申し分ないし、針仕事もとっても上手よ。でも、まあ、こういうことはお暇なときにゆっくり考えてちょうだい」

「わかりました」とエリナーは、夫人の言うことをろくに聞かずに答えた。ベティーの妹の奥さまになることなどどうでもよくて、早くひとりになりたいのだ。

エドワードへの手紙は、書き出しはどう書けばいいだろう。そして自分の考えはどう書けばいいだろう。エリナーの頭はそのことでいっぱいだった。この伝言役は、ほかの人がすれば何でもないことなのだが、自分とエドワードとの特殊な事情のために非常に厄介な仕事になった。言い過ぎてもいけないし、言い足りなくてもいけないのだ。ところがペンを片手に、白い紙の前であれこれ思案していると、なんとそのエドワードが突然部屋に入ってきた。

彼は別れのあいさつに名刺を置きに来たのだが、玄関前で、馬車に乗ろうとしているジェニングズ夫人に会った。夫人は、自分は用があるので出かけるが、ミス・ダッシュウッドが部屋にいるし、大事な用件であなたに話があるそうだから、ぜひ会ってやってほしいと言った。それで彼は仕方なく部屋までやってきたのだった。

エリナーは、先程からペンを片手に思案に暮れながらも内心では喜んでいた。自分の考えを手紙できちんと伝えるのはむずかしいが、エドワードに直接会って口頭で伝えるよりは楽だと思ったからだ。ところが、そのエドワードが突然目の前に現われて、口頭で伝えるという難題をエリナーに強いることになってしまった。エドワードの顔を見たときのエリナーの驚きと困惑はたいへんなものだった。彼の婚約が明るみに出て以来、ふたりは一度も会っていなかった。つまり、婚約の事実をエリナーにも知られたとエドワードが知って以来、ふたりが会うのはこれがはじめてなのだ。そのためエリナーは、それ以来自分が考えてきたことや、大佐に頼まれた伝言役のことなどもあって、しばらくの間はどうしてよいかわからないほど落ち着かない気分になった。エドワードも困惑しきった表情で、ふたりとも、この先どうなることかと思いながら腰をおろした。エドワードは、突然の訪問を詫びたかどうかさえ思い出せなかったが、席についたあと口がきける程度に落ち着くと、いちおう大事を取って、突然の訪問を正式に詫びた。

「あなたが私に話があると、ジェニングズ夫人からうかがいました」とエドワードは言った。「たしかそうおっしゃったと思います。そうでなければ、こんなふうに突然お邪魔したりしません。でも、あなたやマリアンさんに会わずにロンドンを去るのは、とても残念だと思ってはいましたけど。当分戻れそうにないので……つまりその、当分お目にかかれそうにないのでなおさらです。ぼくは明日オックスフォードへ行きます」

エリナーは落ち着きを取り戻し、気の重い役目を早く済ませようと決心して言った。

「でも、あなたがお発ちになる前に、直接お会いできなくても、私たちははなむけの言葉を送るつもりでした。ええ、ジェニングズ夫人がおっしゃったことはそのとおりです。あなたに大事なことをお知らせしなくてはならなくて、いまあなたに手紙を書いていたところです。とてもうれしい役目をおおせつかっています」エリナーはふだんより息づかいが速くなってきた。「つい十分ほど前まで、ブランドン大佐がここにいらしたのですが、あなたにこう伝えてほしいとおっしゃいました。『エドワード・フェラーズ氏が聖職につくつもりだと聞いたので、よろしければ、ちょうど空席になったデラフォードの聖職禄を提供したい。あまり立派な聖職禄ではないので申し訳ないが』と、そうお伝えくださいとのことでした。私からもおめでとうを言わせてください。あんな見識のある立派なお友達をお持ちで、ほんとうによかったですね。ただ、大佐もおっしゃるように、その聖職禄は年収二百ポンドくらいだそうですが、もっと立派なものならいいのですが。あなたがすぐに……つまり、ただの仮住まいではなくて……あなたの幸せをすべて実現させるようなものであれば、もっといいのですが」

エドワードはこれを聞いてどう思ったか、本人でさえ言葉にできなかったのだから、他人が彼に代わって言うのは無理だろう。彼の顔は、このようなまったく意外な、思いも寄らぬ知らせがかきたてずにはおかないあらゆる驚きを示していた。だが彼の口から出た言葉はこれだけだった。

「ブランドン大佐が！」

「そうです」エリナーはいちばん気の重い仕事を終えたので、さらに意を決してつづけた。「ブランドン大佐は最近の出来事──つまり、あなたのご家族の不当な仕打ちによってあなたがひどい境遇に突き落とされたことに胸を痛め、何か手助けができないかと申し出たのです。あなたのことを心配する気持ちは、マリアンも私もあなたのお友達も、みんな同じだと思います。大佐はあなたの人柄を高く評価し、あなたの今回の振る舞いを称賛して、このような申し出をなさったのだと思います」

「ブランドン大佐がぼくに聖職禄を！　そんなことってありうるのかな？」

「あなたはご家族からあんな不当な仕打ちをされたので、どこで友情に出会ってもびっくりなさるのよ」

「いや、違う」エドワードは突然はっと気づいたように言った。「相手があなたなら驚きません。そうです、これはすべてあなたのおかげです。あなたのご親切のおかげです。それくらいのことはぼくだってわかります。いや、はっきりわかりました。できればいますぐに感謝の言葉を述べたい。でもご存じのように、ぼくは口下手なので」

「いいえ、それはまったくの誤解です。これはすべて、あなたの立派な人柄と振る舞いのおかげです。ブランドン大佐があなたの立派さをお認めになったおかげです。私はこの件にはまったく関係していません。大佐の申し出を聞くまでは、あの聖職禄が空席になったことも知りませんでしたし、大佐がそういう聖職禄の推挙権をお持ちだということさえ知りませんでした。もちろん大佐は私の友人として、私の家族の友人として、その聖職禄をあなたに与えることに大きな喜びを感じているかもしれません。いいえ、たしかにそう感じていると思います。でも誓って言いますが、私がお願いしたわけではありません」

厳密に言えば、エリナーもこの件にすこしは関係していると認めざるを得ないだろう。でもエリナーとしては、エドワードに恩を施したような顔はしたくないので、ためらいがちに認めたのである。そしてたぶんそのことが、ついさっきエドワードの心に忍びこんだ、「もしかしたら大佐はエリナーに……」という疑惑をさらに深めることになった。エリナーが話をやめたあと、エドワードはしばらくじっと考えこみ、それから気力を奮い起こすようにしてこう言った。

「ブランドン大佐はたいへん尊敬すべき立派な人物のようですね。そういう噂はたびたび聞いています。あなたのお兄さんも大佐をとても尊敬しています。ほんとうに思慮分別のある人物で、態度もまったく紳士的です」

「ええ、もっと親しくおつきあいすれば、噂どおりの立派な人だとおわかりになると思います。それに、あなたはすぐに彼とお隣り同士になるのですから——牧師館は彼のお屋敷のすぐそばですもの——大佐がそういう立派な人だということは、あなたにとってもとても大事なことだと思います」

エドワードは返事をしなかったが、エリナーが横を向いたとき、ひどく真剣な、思いつめたような暗いまなざしで彼女の横顔を見つめた。そのまなざしはまるで、牧師館とお屋敷の距離がもっとずっと離れていればいいのに、と言っているかのようだった。

「ブランドン大佐は、セント・ジェイムズ・ストリートにお泊りでしたね」それからまもなく、エドワードは椅子から立ち上がって言った。

エリナーはその家の番地を教えた。

「それでは、ぼくはこれで失礼して、あなたに申し上げることを許していただけない感謝の言葉を、大佐に申し上げてきます。大佐のおかげで、ぼくはとても――いや、世界一の幸せ者になったと申し上げてきます」

エリナーはエドワードを引きとめようとはしなかった。こうしてふたりは別れたが、別れぎわにエリナーは、「あなたの境遇がどう変わろうと、いつもあなたの幸せをお祈りしています」と心をこめて言った。エドワードも同じ気持ちを述べようとしたが、言葉に出すには至らなかった。

「こんどお会いするときは、ルーシーのご主人になっているのね」彼が部屋を出てドアが閉まると、エリナーは心の中で言った。

そしてこの喜ばしい予想を胸に腰をおろすと、自分とエドワードの過ぎ去った出来事と、彼の言葉の数々を思い出し、彼のすべての気持ちを理解しようと努めた。そしてもちろん、自分の気持ちを何の喜びもなく振り返った。

　ジェニングズ夫人は帰宅すると——今日は初対面の人たちに会ってきたので、話は山ほどあるはずなのに——自分が握っている大事な秘密で頭がいっぱいで、エリナーの顔を見るとすぐにその話を始めた。

「ね、エリナーさん、私がフェラーズさんをお部屋へ上げたのよ。あれでよかったでしょ？　別に問題はなかったでしょ？　彼はあなたの申し出をいやがりはしなかったでしょ？」

「もちろんです。あの申し出をいやがるはずがありません」

「そうね。で、彼はいつごろ用意が整うの？　すべてそれ次第のようだから」

「じつは、私はこういう儀式のことはよく知らないんです」とエリナーが言った。「いつごろになるのか、どんな準備が必要なのか、さっぱりわかりません。でも、二、三カ月すれば彼の聖職叙任式は済むと思います」

「二、三カ月！」ジェニングズ夫人が大きな声を上げた。「まあ！　よくそんなに落ち着いて言えるわね！　大佐は二、三カ月も待てるの？　とんでもないわ！　私ならぜったい待てません！　気の毒なフェラーズさんに親切を施すのも結構だけど、彼のために二、三カ月も待つなんて馬鹿げてるわよ。代わりの人を見つければいいでしょ？　ね、すでに聖職についている人を」

「あの、奥さま」とエリナーが言った。「いったい何の話をなさっているんですか？　だって、ブランドン大佐の唯一の目的は、フェラーズさんのお役に立つことなんですもの」

「まあ、驚いた！　まさかあなたは、大佐はフェラーズさんに十ギニーの謝礼をあげるためにあなたと結婚するのだと、そう言うつもりじゃないでしょうね！」

さすがにここまで来ると、勘違いもこれ以上はつづかなかった。すぐに説明がなされて真相が明らかになり、しばらくふたりで大笑いしたが、べつに大きな失望感はなかった。ジェニングズ夫人としては、大佐とエリナーとの結婚から、ルーシーとエドワードとの結婚へと、喜びのかたちが変わっただけであり、しかも、大佐とエリナーとの結婚への期待が失われたわけではないからだ。

「そうね、あの牧師館はほんとに小さいわね」驚きと満足の最初の発作がおさまると、ジェニングズ夫人が言った。「それに、たぶん手入れも行き届いてないわね。それにしてもあれを聞いたときは驚いたわ。たしか大佐のお屋敷は、一階に居間が五部屋もあって、女中頭の話では、ベッドを十五も用意できるっていうのに、大佐は家が小さくて申し訳ないって謝っているんですもの！　しかもバートン・コテッジに住み慣れたあなたにむかって！　ほんとにおかしな話だと思いましたよ。でもとにかく大佐を突ついて、早く牧師館の手入れをしてもらって、ルーシーが行く前に住み心地よくしていただかないと」

「でもブランドン大佐は、あの聖職禄の収入では、ふたりは結婚できないと思っていらっしゃるようです」

「大佐は何もわかってないのよ。自分が年収二千ポンドだから、それ以下の収入では誰も結婚できないと思ってるのね。まあ、見てらっしゃい。私が生きていたら、ぜったいに聖ミカエル祭（九月二十九日）の前に、デラフォード牧師館を訪ねることになりますよ。もちろんルーシーがいなけりゃ行かないけど」

エリナーも夫人とまったく同意見であり、エドワードとルーシーがこれ以上待つことはないだろうと思った。

第四十一章

エドワードはブランドン大佐を訪ねて聖職禄のお礼を言うと、その足でルーシーにその喜びを伝えに行った。バートレット・ビルディングズに着いたときには、エドワードの喜びようは異常なほどで、ルーシーは、翌日またお祝いを言いにきたジェニングズ夫人に、「あんなに元気なエドワードは見たことないわ」と言ったほどだった。

ルーシー自身の喜びと意気軒昂ぶりも、もちろんたいへんなものだった。「九月二十九日の聖ミカエル祭の前に、みんなでデラフォード牧師館で楽しく過ごすことになるでしょう」というジェニングズ夫人の予想に、ルーシーも心から賛成した。またルーシーは、エドワードがエリナーに送ると思われる賛辞を自分が渋るつもりはまったくなかったから、自分たちにたいするエリナーの友情について熱烈な感謝をこめて語り、エリナーからたいへんな恩を受けていることを喜んで認め、「エリナーさんが今もこの先も、私とエドワードのためにどんな尽力をしてくれても驚かないわ。だって彼女は、大切な親友のためならどんなことでもする人ですもの」とみんなに言った。ブランドン大佐については、彼を聖人として尊敬するだけでなく、あらゆる俗事において彼が聖人扱いされることを切に望んだ。たとえば、大佐がエドワードに与える聖職禄の十分の一税（訳注（4）参照）を精いっぱい引き上げてもらうことを切望し、デラフォードに住むようになったら、大佐の召使や馬車や牛や家禽類を精いっぱい利用させてもらおうとひそかに決意した。

ジョン・ダッシュウッドがジェニングズ夫人の家を訪ねてきてからもう一週間以上がたっていたが、ファニーの病気については一度見舞いの言葉を送っただけで、あれ以来誰も何の関心も払わなかったので、エリナーはそろそろ見舞いに行く必要があると思いはじめた。しかしこの訪問は、エリナー自身が気が進まないだけでなく、みんなの賛同も得られなかった。マリアンは自分が行くことはもちろん断固拒否し、それだけでは気がすまず、エリナーが行くことにも猛反対した。ジェニングズ夫人は、馬車はいつでも使っていいとエリナーに言ってくれたが、自分が行くのはやはり断わった。夫人としては、秘密の婚約の件が発覚したあとのファニーの様子を見たいという好奇心はあるし、エドワードに味方してファニーをやっつけたいという気持ちもあるのだが、とにかくファニーが大嫌いで顔も見たくないので同行を断わったのだ。結局エリナーがひとりで行くことになったが、じつはいちばん行きたくないのはエリナーだし、ファニーと顔を合わせることにいちばん苦痛を感じるのもエリナーだった。

エリナーがファニー・ダッシュウッドに会いにハーリー・ストリートの家を訪ねると、「奥さまはご病気で、どなたにもお会いになれません」と断わられた。だが馬車が向きを変えて引き返そうとすると、夫のジョンが偶然家から出てきた。彼はエリナーに会えたことを喜び、ちょうどジェニングズ夫人の家へ行こうとしていたところだと言い、ファニーもきみなら喜んで会うはずだと言って、エリナーを中へ招き入れた。

ふたりは二階の客間へ上がったが、そこには誰もいなかった。

「ファニーは自分の部屋にいるはずだ」とジョンは言った。「すぐに呼んでくる。きみに会うのをいやがるはずはない。とんでもない。とくに今はね。いや、きみとマリアンは前から彼女の大のお気に入りだ。マリアンはなぜ来ないんだい？」

エリナーはマリアンのためになんとか言い訳をした。

「でも、きみだけに会うのも悪くないな」とジョンは言った。「きみにいろいろ話があるんだ。ブランドン大佐の聖職禄の件だが、あれはほんとなのかい？　大佐はほんとにエドワードに聖職禄を上げたのかい？　きのう偶然その話を耳にしたので、くわしい話を聞きに、きみのところへ出かけるところだったんだ」

「ほんとうの話です。ブランドン大佐がデラフォードの聖職禄をエドワードに提供なさったのです」

「ほんとかい？　驚いたな！　親戚でもないのに！　ふたりは何の関係もないんだろ？　聖職禄はいい値段で売れるのに！　その聖職禄の年収はどれくらいなんだい？」

「年収約二百ポンドです」

「立派なもんだ。その年収の聖職禄の推挙権は——前任者が高齢で、病弱で、すぐに空席になる可能性が高いとすると——たぶん千四百ポンドで売れる。なぜ大佐は、前任者が死亡する前にきちんと決めておかなかったのかな？　もう売るには遅すぎるけど、それにしても、ブランドン大佐ほど分別のある人がねえ！　こんな常識的な基本的な問題で、こんな手抜かりをするなんて信じられん！　いや、人間の性格にはいろいろ矛盾があるもんだ。でも、待てよ……よく考えてみると……もしかしたら、こういうことかもしれん。つまり、大佐は誰か別の人に推挙権を売ったんだ。そしてエドワードは、その人が聖職につける年齢になるまでのつなぎ役なんだ。うん、それに間違いない」

しかしエリナーは、その意見をはっきりと否定した。「私はブランドン大佐の申し出を、エドワードに伝える役を頼まれたのです。ですから、提供の条件についてもよく知っています」と説明してジョンを納得させた。

「いや、驚いたな！」エリナーの説明を聞くと、ジョンは大きな声で言った。「いったい、大佐の動機は何なのかな？」

「単純です。エドワード・フェラーズさんのお役に立つことです」

「いや、よくわかった。とにかく、ブランドン大佐がどういう人間にしろ、エドワードは幸せ者だ。でも、ファニーの前ではその話はしないでくれ。すでに私から伝えてあるし、彼女は立派に耐えているけど、その話はあまり聞きたくないだろうからね」

「あら、ファニーさんは弟さんが大金をもらっても、ご自分とわが子が損をしなければ平気なんじゃないかしら」とエリナーは言いたかったが、どうにか我慢した。

「フェラーズ夫人はまだこのことは知らないんだ」ジョンは重大な話をするみたいに声を落

として言った。「夫人にはできるだけ秘密にしておいたほうがいいと思うね。結婚式が行なわれたら全部わかってしまうと思うけど」

「でも、なぜそんなに用心しなくてはならないのかしら？　自分の息子がなんとか自活できる収入を得たと知ってフェラーズ夫人がすこしでも喜ぶとは思えませんけど――だって、そんなことありえませんもの。自分の息子にあんなひどい仕打ちをしたあとで、夫人がいまさら何かを感じるはずがないわ。フェラーズ夫人は自分の息子を見捨てて永遠に縁を切り、まわりの人たちにも圧力をかけて彼と縁を切らせたのよ。そんなことをした母親がその息子のために、喜びにしろ悲しみにしろ、何か感情を持つなんて考えられないわ。息子がどうなろうと関係ないはずよ。フェラーズ夫人はそんな気の弱い人じゃないはずよ。息子という心の慰めを自分で捨てておきながら、親としての心配をするなんて」

「いや、エリナー、きみの理屈はもっともだ」とジョンが言った。「でも、きみは人間性というものがわかってないね。エドワードが不幸な結婚をしたら、フェラーズ夫人は、勘当した息子だということを忘れて悲しむに決まってるさ。だから、そんな悲しい事態を早めるようなことは、できるだけ秘密にしておくべきだと思うね。エドワードが自分の息子だということをフェラーズ夫人は忘れるはずがないからね」

「驚きましたわ。彼女はもうエドワードのことなんか忘れたと思いますけど」

「いや、きみは彼女をものすごく誤解してる。フェラーズ夫人は稀に見る愛情深い母親だよ」

エリナーは何も言わなかった。

「われわれはいま、ロバートとミス・モートンの結婚を考えているんだ」しばらくしてジョンが言った。

エリナーは、ジョンのもったいぶった断固たる口調に苦笑しながら、穏やかな調子で言った。

「ミス・モートンは、結婚に関しては選り好みしないタイプなのね」

「選り好み？　どういう意味だい？」

「あなたの言い方だと、ミス・モートンにとって、結婚相手はエドワードでもロバートでも同じだってことですわ」

「もちろん違いなんてあるわけないさ。ロバートはもう事実上長男だからね。そしてほかの点では、ふたりともたいへんな好青年で、どちらが上とも言えないし」

エリナーは呆れて何も言えなかった。ジョンもしばらく黙って何か考え込んでいたが、やがて、やさしくエリナーの手を取って、気味の悪いひそひそ声でこう言った。

「ねえ、エリナー、ひとつだけ保証してもいい。きみはこれを聞いたらきっと喜ぶだろうから、いま話してあげる。確かな根拠のある話だ。最も信頼できる筋から聞いたんだ。そうでなければこんな話はしないし、絶対にすべきじゃない。でもぼくは、最も確かな筋から聞いたんだ。でも、ぼくがフェラーズ夫人から直接聞いたわけじゃない。夫人の娘すなわちファニーが直接聞いて、ぼくはそのファニーから聞いたんだ。つまり、こういうことさ。フェラーズ夫人はエドワードと誰かさんとの交際に反対したけど——ね、誰のことかわかるだろ？——でも、その女性のほうがルーシーよりはずっとマシだと夫人は思ったし、その女性との婚約だったら、今回の事件の半分も腹を立てなかっただろうというんだ。夫人がそんなふうに考えていると聞いて、ぼくはすごくうれしかったね。ぼくたちダッシュウッド一族にとって非常に喜ばしいことだからね。夫人はこうおっしゃったそうだ。『まったく比較になりません。あのふたりを比べたら、あちらのほうがずっとマシです。いまなら喜んで妥協します』って。でも、もうそんなことはありえないから、いまさらそんなことを考えても話しても始まらないな。いや、ほんとに、男女の愛ってやつはどうしようもない。すべて終わったことだ。でも、この話を聞いたらきみは喜ぶと思うから、いちおうきみには話しておこうと思ってね。でもエリナー、きみはちっとも残念がることはないさ。こんどはちゃんとうまくやってるんだからね。前に劣らず、いや、いろいろ考えたら、こんどのほうがずっといいかもしれないな。最近ブランドン大佐に会ったかい？」

エリナーはジョンのこの話を聞いても、虚栄心が満足させられたり、うぬぼれが強められたりはしなかったが、神経のいらいらと胸のむかつきはもう限界だった。だから、このときロバート・フェラーズ氏が部屋に入ってきてくれてほんとうにほっとした。ジョンに返事をする必要がなくなり、いまの話をこれ以上聞かされずにすんだからだ。ジョンはロバートとちょっとおしゃべりしてから、エリナーが来ていることをまだファニーに知らせていないことに気がついて、妻を探しに部屋を出ていった。残されたエリナーは、ロバート・フェラーズ氏をさらによく知る機会を与えられた。ロバートは自分の軽佻浮薄な生き方と、兄の誠実な生き方のおかげで、母親の愛情と気前よさを不当にも独占することになり、誠実な兄のほうは勘当となったわけだが、エリナーの目の前にいるロバートの態度は、軽薄なのんきさと、おめでたい自己満足を絵に描いたような感じであり、エリナーは、ロバートの頭と心をいちだんと疎ましく感じることとなった。

ふたりだけになって二分もしないうちに、ロバートは兄エドワードの話を始めた。彼もデラフォードの聖職禄の件を耳にして、くわしい話を聞きたくてうずうずしていたのだ。エリナーはジョンに話したとおりのことをくり返した。ロバートの反応は、内容的にはジョンとずいぶん違うが、同じように驚くべきものだった。ロバートはまことに無遠慮に笑いこけたのだ。エドワードが牧師になって小さな牧師館で暮らしていると考えただけで、おかしくてたまらないのだそうだ。それに、エドワードが白い法衣姿でお祈りの言葉を読み上げ、いろいろなカップルの結婚を予告している姿を想像すると、腹がよじれるくらいおかしいのだそうだ。

エリナーはロバートの馬鹿笑いが終わるのを、黙ってにこりともせずに待ったが、そのあいだ、ありったけの軽蔑の念をこめて彼を睨みつけずにはいられなかった。しかし睨みつけ方がうまかったのか、それで自分の気はおさまったが相手には気づかれずにすんだ。ロバートが馬鹿笑いをやめてふつうの状態に戻ったのは、エリナーの非難のまなざしに気づいたからではなく、本人が自然に正気に戻ったからだった。

「この件を冗談扱いするのもいいけど、これはほんとに深刻な問題だな」馬鹿笑いがおさまったあとも、しばらくは作り笑いをしていたが、それもようやくおさまるとロバートは言った。「兄貴もかわいそうに！　これで一生台無しだ。ほんとに気の毒だ。だって、兄貴はものすごく心のやさしい人間なんだ。あんなに気のいい男はめったにいませんよ。ミス・ダッシュウッド、兄貴のことを、わずかなつきあいで判断しないでくださいね。ほんとにかわいそうに！　人前に出たときの兄貴の態度はたしかにぱっとしない。でも、人間はみんながみんな、同じ能力と器用さをもって生まれついてるわけじゃない。かわいそうに！　知らない人たちの中にいるときの兄貴の態度ときたら！　ほんとにぶざまで情けない！　でもほんとの話、イギリスじゅう探しても、あんなに心のやさしい男はめったにいませんよ。だからこれだけははっきり言いますが、あの婚約のことが突然明るみに出たときはほんとにショックでしたね。あんなひどいショックを受けたのは生まれてはじめてだ。とても信じられなかった。ぼくは最初に母からその話を聞いたけど、これは肉親として断固たる態度を取らなきゃいけないと感じて、母にすぐにこう言いました。『母上、あなたはどうなさるつもりか知りませんが、ぼくの態度は決まってます。兄貴がその娘と結婚するなら、ぼくは兄貴と縁を切ります』って。これがぼくがすぐに言った言葉です。ほんとに言語に絶するほどのショックだった。かわいそうに！　兄貴はもうおしまいだ！　上流社会から永遠に追放だ！　でも、母にもすぐに言ったけど、兄貴がこうなったことを、ぼくはすこしも意外とは思ってない。あんな教育を受けたら、いずれはこうなるに決まってるんだ。気の毒に、母は半狂乱でしたがね」

「相手の女性にお会いになったことはあるんですか?」

「ええ、一度だけ。彼女がこの家に滞在しているときに、ぼくが十分ほど立ち寄ったんです。そのときにしっかり見ましたよ。ただの野暮ったい田舎娘で、品もないし、洗練されてもいないし、とくに美人でもなかったね。よく覚えてるさ。兄貴が夢中になりそうなタイプだ。ぼくは母からその話を聞くと、すぐに説得役を申し出た。もちろん、兄貴に結婚を思いとどまらせるためです。でももう遅かった。その婚約が明るみに出たとき、ぼくはその場にいなくて、それを知ったのは、すでに母と兄貴が決裂したあとで、もうぼくが出る幕じゃなかった。でも、もう二、三時間早く知らされていたら、きっと何かできたと思う。兄貴をなんとか説得できたと思う。ぼくはたぶんこう言ったと思う。『兄さん、自分のしていることをよく考えてください。あなたは一家の恥となるような結婚をしようとしているんです。その結婚には家族全員が反対なんです』って。とにかく、兄貴に結婚を思いとどまらせる何かいい方法が見つかったと思う。でも、もうすべて手遅れだ。兄貴はすごく貧乏するだろうな。間違いなく、ひどい貧乏をするだろうな」

ロバートが落ち着き払ってそう断定したとき、ファニー・ダッシュウッドが部屋に入ってきて、その話題は打ち切られた。ファニーは自分の家族以外とはその話題を口にしなかったが、エリナーには、今回の騒動がファニーの身に相当こたえていることがわかった。というのは、ファニーは部屋に入ってきたときも落ち着かない表情だったし、エリナーにたいする態度も、いつもと違っていやにやさしい感じなのだ。実際ファニーは、エリナーとマリアンがもうすぐロンドンを去るということを知ると、「あら、もっとたびたびお会いしたいと思っていたのに」と残念がる言葉さえ口にした。これはファニーとしてはたいへんな努力であり、夫のジョンはいっしょに部屋に入ってきて、妻の言葉に聞き惚れていたが、その言葉の中に、妻のこのうえない愛情深さと奥ゆかしさを感じ取っているようだった。

第四十二章

エリナーはこのあともう一度だけ、別れのあいさつのために、ハーリー・ストリートのジョン・ダッシュウッド家を訪問した。この短い訪問で、兄と妹のロンドンでのつきあいは終わったが、そのときエリナーは、ジョンからこんな祝福の言葉を贈られた。「バートンの近くまでの長旅を、自分の出費なしで行けるなんて運がいいね。それに一両日中に、ブランドン大佐もあとからクリーヴランドへ行くそうで何よりだ」と。そしてファニーは、「お近くにおいでの節は——そんなことはまずありえないのだが——いつでもノーランドにお立ち寄りください」と気のない招待の言葉を贈った。またジョンは、大きな声ではないがひどく熱心に、「いつでもすぐにデラフォードに会いに行くよ」とエリナーに告げた。これが兄と妹の再会の約束のすべてだった。

エリナーは、みんなが自分をデラフォードへ行かせたがっているのを見ておかしかった。エドワードが牧師になるかもしれないデラフォードは、彼女がいちばん行きたくないし住みたくない土地なのに。ジョンとジェニングズ夫人は、エリナーが大佐と結婚するかもしれないと思っているから、デラフォードが彼女の将来の住まいだと思ってそう言うのだが、ルーシーまでが別れぎわに、「ぜひデラフォードに会いに来てね」としつこく招待するのだった。

四月初めの早朝、ハノーヴァー・スクエアのパーマー家の一行と、バークリー・ストリートのジェニングズ家の一行が、約束どおり途中で落ち合うために、それぞれの家を出発した。シャーロットと赤ん坊のことを考えて、二日以上かけてゆっくりと旅する予定だった。パーマー氏はブランドン大佐といっしょにあとから出発し、もっと迅速な旅をして、一行の到着後まもなくクリーヴランドで合流することになっていた。

マリアンは、ロンドンでは楽しいことなどほとんどなかったし、早くこの地を去りたいとずっと思っていたけれど、いよいよ去ることになり、この家にも別れを告げるとなると、深い悲しみを覚えずにはいられなかった。この家は、いまは永遠に消えてしまったウィロビーへの希望と信頼を彼女が最後に味わった家なのだ。そしてまた、彼女はこのロンドンを涙なくして去ることはできなかった。ウィロビーはまだロンドンにとどまって、新たな約束や新たな計画で忙しい毎日を送っているはずだが、彼女はもうそれに加わることはできないのだ。

エリナーの場合は、ロンドンを去る満足感はもっとはっきりしていた。後ろ髪を引かれるようなものは何ひとつなかったし、これが永遠の別れになっても、名残惜しい人もひとりもいなかった。ルーシーの迷惑千万な友情から解放されるのもうれしいし、結婚後のウィロビーと一度も顔を合わせずにマリアンを連れ帰れるのもありがたかった。これでバートンに戻って、二、三カ月静かに過ごせば、マリアンも心の安らぎを取り戻して、自分もすっかり落ち着くことだろう。

馬車の旅は無事に進んだ。一行は二日目に、あのいとしい、あるいは忌まわしいサマセット州に入った。ウィロビーの屋敷があるサマセット州は、マリアンにとってはまさにいとしくもあり忌まわしくもあった。そして一行は、三日目の正午前にクリーヴランド屋敷に到着した。

クリーヴランド屋敷は広々とした現代風の建物で、芝生の斜面に建っていた。パークと呼ばれるような広大な庭園はないが、ふつうの庭としてはかなり広く、同程度のお屋敷につきものの植え込みや、並木におおわれた小道がある。曲がりくねったきれいな砂利道が、植え込みに沿って家の正面玄関に通じており、芝生には点々と木が植えられている。家のまわりには、樅《もみ》の木やナナカマドやアカシアが植えられ、ところどころにすらりと伸びたポプラの木も植えられ、それらが分厚い目隠しになって、家事室や使用人部屋が見えないようになっている。

マリアンは感激で胸がいっぱいになりながら家に入った。自分はいま、バートン村からほんの百二、三十キロ、ウィロビーのクーム・マグナ屋敷からは五十キロと離れていないところに到着したのだ。ほかの連中は、シャーロットが赤ん坊を女中頭に見せるのを手伝って大騒ぎをしていたが、マリアンは家に入って五分もしないうちにまた家を出た。美しい若葉が萌えはじめた、曲がりくねった植え込みをこっそりと抜け、家からすこし離れた小高い丘に登った。そこにあるギリシャ神殿（ピクチャレスク趣味のひとつとして、邸内にギリシャ神殿風の建物を作るのが流行した）から、東南方向に横たわる広々とした田園地帯に視線をさまよわせ、はるか地平線上に連なる丘のいただきをやさしく見つめ、そこへ行けばクーム・マグナが見えるのではないかと想像した。

　この何物にも代えがたい貴重な悲しみのひととき、マリアンは苦悶の涙に暮れながら、クリーヴランドにいることを喜んだ。そして別の道を通って家に戻ったが、その道すがら、田舎の自由な空気と、ひとりであちこちさまよい歩く贅沢な孤独を満喫し、パーマー家に滞在中は、毎日こういうひとりぼっちの散歩をして過ごそうと心に決めた。

　マリアンが戻ると、みんなが家から出てきて、家のまわりの散策に出かけるところだったので、彼女もその一行に加わった。午前中の残りの時間は菜園をぶらついたり、菜園の塀を這って咲く花を愛でたり、庭師の葉枯れ病に関する愚痴を聞いたり、温室をぶらついたりしているうちに、なんとなく過ぎていった。温室では、シャーロットの大好きな植木が不注意にも外に出しっぱなしにされて、遅霜にやられて枯れてしまったと聞いて、当のシャーロットが大笑いした。家禽飼育場では、めんどりが巣に寄りつかなくなったり、狐に盗まれたり、楽しみにしていた雛たちが突然ばたばた死んだりして、世話係のメイドが落ち込んでいるという話を聞いて、またシャーロットが楽しそうに大笑いした。

　午前中はからりと晴れていたので、マリアンは毎日散歩をして過ごそうと決めたときには、クリーヴランド滞在中の天候の変化をまったく考えに入れていなかった。だから、ディナーのあと雨になって散歩に出られなくなったときにはひどくあわてた。黄昏どきにあのギリシャ神殿まで行き、できれば庭全体を散歩しようと思っていたのだ。夕方に冷え込んだり、じめついたりしたくらいでは、散歩をやめる気はなかった。でもいくらマリアンでも、土砂降りの雨を、散歩にふさわしい好天と見なすことはできなかった。

少人数なので、ディナーのあとの時間は静かに過ぎていった。パーマー夫人には赤ん坊の世話があり、ジェニングズ夫人には敷物の刺繡仕事があり、ふたりはロンドンにいる友人たちの話をしたり、ミドルトン夫人との約束について相談したり、あるいは、パーマー氏とブランドン大佐は今夜レディングより先へ進めるかしら、などと話し合ったりした。エリナーは、関心はないがふたりの話に加わった。マリアンはどこの家に行っても、すぐに図書室――たとえ家族にあまり使われていなくても――に入り込むこつを心得ていて、すぐに本を一冊手に入れた。

パーマー夫人は絶えず上機嫌でみんなに愛想よく振る舞い、おかげで客たちは、自分たちが歓迎されているという気分になれた。その点では、パーマー夫人に欠けるところはなかった。ただ、思慮深さと上品さに欠けるため、しばしば礼儀を欠くことがあるけれど、心のこもったあけっぴろげな態度がその欠点を十分に補っていた。彼女の親切は可愛らしい顔も手伝って、人の心を引きつけた。彼女の愚かさは明白だが、気取ったところがまったくないので、人に不快感は与えなかった。というわけでエリナーは、パーマー夫人の馬鹿笑い以外はすべて許せる気がした。

パーマー氏とブランドン大佐は、翌日の遅いディナーの時間に到着し、これで一座はやっと賑やかになった。前日から降りつづく雨のために、女性たちは朝からずっと家に閉じ込められて、会話もはなはだ低調になっていたのだが、その会話も弾んでたいへん楽しい晩となった。

エリナーは、パーマー氏にはこれまでほんの数回会っただけだが、そのわずかな機会でも、エリナーとマリアンにたいする彼の態度は、会うたびに違っていた。だからエリナーは、彼が自宅でどんな態度を取るか見当もつかなかった。ところが意外にも、パーマー氏は客全員にたいしてたいへん紳士的に振る舞った。ただし、妻と姑《しゅうとめ》にたいしてはときどき無礼な態度を取った。だからエリナーはこう思った。パーマー氏は感じのいい話し相手になれる人なのに、それができないのは、自分は妻と姑より優れた人間だと優越感を感じていて、ほかの人にもそういう優越感を感じてしまうからだ、と。そのほかの点では――エリナーが見たかぎりでは――彼の性格も癖も、その年代の男性としてとくに異常なところはなさそうだった。食にうるさくて、生活が不規則で、子供に冷淡なふりをしているがじつは子煩悩で、仕事をすべき昼間にのんびりとビリヤードを楽しんだりした。しかし全体として、予想していたよりもずっと彼に好感を持った。ただし、彼をそれ以上は好きになれないし、好きになれなくてもすこしも残念だとは思わなかった。パーマー氏の美食主義と利己主義とうぬぼれを見ていると、エドワードの寛大な性格と、素朴な趣味と、内気さが思い出されて、その満足感にひたるのも悪くはなかった。

エリナーはエドワードに関して、少なくとも彼に関するいくつかの問題について、最近デラフォードに行ってきたブランドン大佐から情報を得た。大佐はエリナーを、エドワードの私心なき友人と考え、同時に、自分の心やさしき親友と考え、デラフォード牧師館のことをいろいろエリナーに話し、その欠陥箇所と、補修工事の予定について説明した。ほかのときでもそうなのだが、こういうときの大佐のエリナーにたいする態度や、たった十日間会わずにいたあとに再会したときの手放しの喜びようや、エリナーと進んで話をしたがり、いつも彼女の意見を尊重することなど、これらを見たら、「大佐はエリナーに気があるんだわ」とジェニングズ夫人が思うのも無理はないだろう。それにもしエリナーが、大佐の意中の人はマリアンだと最初から思っていなかったら、エリナー本人でさえ、「もしかしたら大佐は私に……」と思ったことだろう。でも実際は、そんな考えはジェニングズ夫人がほのめかさないかぎり、エリナーの頭にはまったく浮かばなかった。それにエリナーは、自分と夫人を比べたら、観察力は自分のほうが鋭いと思わざるをえなかった。エリナーはいつも大佐の目の表情を見ていたが、ジェニングズ夫人は大佐の振る舞いしか見ていなかった。たとえば、マリアンが頭痛と喉の痛みを訴えて、風邪を引いたかもしれないと言ったとき、大佐はひどく心配そうな表情をしたのだが、口では何も言わなかった。だからジェニングズ夫人は何も気づかなかった。でもエリナーは、大佐の目の表情のなかに、恋する男の過敏さと、過剰な心配ぶりをはっきり見て取ることができたのである。

マリアンはクリーヴランド屋敷に来てから三日目と四日目に、黄昏どきの楽しい散歩をした。植え込みの乾いた砂利道だけでなく、屋敷の敷地を隈なく歩きまわり、いちばん遠い外れの方まで出かけた。そこはほかの場所よりも自然のままで、古い木々が生い茂り、草も伸び放題で露にじっとり濡れていた。そして散歩から戻ってからも、濡れた靴と靴下のままで過ごすという不注意なことをしたために、マリアンはひどい風邪を引いてしまった。一日、二日はあまり気にもせず、何でもないと言っていたが、だんだんひどくなってみんなが心配しはじめ、やがて本人も無視できなくなってきた。ところが、みんながいろいろ治療法を勧めても、いつものようにマリアンはいっさい耳を傾けなかった。体がだるくて熱っぽくて、手足が痛くて、咳も出て、喉も腫れて痛いけど、一晩ぐっすり眠れば良くなると言って聞かなかった。寝るときにエリナーがやっと説得して、いちばん簡単な治療法を一つ、二つ試しただけだった。

第四十三章

翌朝、マリアンはいつもの時間に起きた。みんなに聞かれると、だいぶ良くなったと答え、いつもどおりのことをして、ほんとに良くなったことを示そうとした。しかし、本を片手に暖炉の前に座っても、ただ震えているだけで読んでいる気配はないし、結局はソファーにぐったり横になっているだけであり、とても回復しているようには見えなかった。そしてますます具合が悪くなり、とうとう我慢できなくなって、マリアンが早めに床についたとき、ブランドン大佐はエリナーの落ち着いた様子にただ驚くばかりだった。エリナーはマリアンがいやがるのも構わず、一日じゅう付き添って看病し、夜には適当な薬を無理に飲ませたりはしたけれど、マリアンと同様、ぐっすり眠れば良くなると思って、あまり心配はしていなかった。

ところが、その夜は高熱のためにほとんど眠ることもできず、ふたりの期待は裏切られた。マリアンは朝どうしても起きると言ったが、いざ起きると、まともに座っていることもできず、自分からベッドに戻ってしまった。エリナーはすぐにジェニングズ夫人の忠告に従って、パーマー家のかかりつけの薬剤医師（当時は薬剤師と医師を兼ねており、専門医は別にいた）を呼ぶことにした。

薬剤医師のハリス氏が来て、マリアンを診察し、「二、三日すれば治るでしょう」とエリナーに言ったが、同時に、悪性の熱病の徴候もあると言い、「伝染病」という言葉を口にした。シャーロットはこれを聞いて仰天し、たちまち赤ん坊のことを心配しはじめた。ジェニングズ夫人はマリアンの病気を、最初からエリナーより深刻に受けとめていたが、ハリス氏の診断を聞くとひどく真剣な表情になり、シャーロットの心配と用心はもっともだから、すぐに赤ん坊を連れて屋敷を離れなさいと言い出した。パーマー氏は、そんなに心配する必要はないと思ったが、妻のあまりの心配ぶりとしつこさに負けて、仕方なく賛成した。それゆえシャーロットは屋敷を離れることに決まり、医者が来て一時間もしないうちに、赤ん坊と乳母を連れて、バースの数キロ先に住むパーマー氏の親戚の家へと出発した。そして妻に懇願されて、パーマー氏も一両日中にそちらへ行くと約束した。シャーロットは母親にも、ぜひ一緒に来てほしいと懇願した。しかし、ジェニングズ夫人はきっぱりとこう言った。「私はマリアンさんの病気が治らないうちは、クリーヴランドから一歩も動きませんよ。私がマリアンさんを母親から引き離してここへ連れてきたのですから、私が母親代わりになって、しっかり看病するつもりよ」と。エリナーはこのやさしい言葉に感激し、心からジェニングズ夫人を好きになった。実際ジェニングズ夫人は、看護の疲れをエリナーと分かち合ってくれて、あらゆる場面で積極的かつ活動的に協力してくれたし、看護にかけてはエリナーより経験豊富なので、ほんとうに大助かりだった。

かわいそうにマリアンは、病気の性質上すっかり元気をなくし、体じゅう具合が悪いみたいな感じで、明日は良くなるだろうという期待も持てなくなった。こんな病気にかからなければ明日はどうしていたかと考えると、病気の苦しさがいっそう募った。というのも、ふたりは明日バートンへの帰途につく予定だったのだ。ジェニングズ夫人の召使に道中ずっと付き添ってもらって、つぎの日の昼前に到着して、母親をびっくりさせるつもりだったのだ。マリアンがわずかに口にするのは、この避けがたい遅れを嘆く言葉だけだった。エリナーはなんとかマリアンを元気づけようと――このときはエリナーもほんとにそう思っていたのだが――「遅れるといっても、ほんのすこし遅れるだけよ」と必死に慰めた。

だが翌日になっても、マリアンの容体にはほとんど変化が見られなかった。良くなっていないのは確かであり、回復の兆しはないが、悪化している様子もなかった。家の人数はさらに減った。パーマー氏はこの家の主人としての責任を感じるし、妻の言いなりになるみたいに見られるのもいやなので、ほんとうは客を置いて出かけたくないのだが、とうとうブランドン大佐に説得されて、あとから行くという妻との約束を果たすことにした。そしてパーマー氏が出発の支度をしていると、ブランドン大佐も――こちらはさらに無理をして――自分も失礼すると言い出した。ところがここで、ジェニングズ夫人の親切心がたいへんありがたい介入をしてくれた。ジェニングズ夫人はこう考えた。「大佐が愛するエリナーは、いま病気の妹のことでこんなに不安な思いをしている。それなのに大佐を帰らせてしまったら、ふたりの仲がまずいことになるんじゃないかしら」と。そこでジェニングズ夫人は大佐に、「あなたがクリーヴランドにとどまってくだされば、私はとても助かるわ。エリナーさんが二階で妹さんに付き添っている晩などに、ピケット（ふたりで行なうトランプゲーム）の相手をしてほしいのよ」などと言って、ぜひとどまってほしいと強く迫った。そこで大佐は、もともととどまりたいのは山々なので、ためらう振りすら長くはしていられなかった。とくに、パーマー氏もジェニングズ夫人の懇願を後押ししてくれたのでなおさらだった。パーマー氏としては、緊急の際にエリナーを助けたり助言を与えたりできる人物を残して行ければ、自分も安心だと思ったのだ。

　こうしたことは、もちろんマリアンにはいっさい知らされなかった。クリーヴランド屋敷の主人夫妻を、到着して一週間後に自分が追い出したことなど、彼女は知るよしもなかった。パーマー夫人の姿をさっぱり見かけなくなっても、驚きもしないし、気にもしないし、夫人の名前を一度も口にさえしなかった。

　パーマー氏が去ってから二日たったが、マリアンの容体は、相変わらず何の変化もなかった。薬剤医師のハリス氏は毎日往診に来たが、相変わらず自信たっぷりに、「すぐに良くなるでしょう」と言った。エリナーも同じように楽観的だった。でもジェニングズ夫人とブランドン大佐はぜんぜん楽観的ではなかった。ジェニングズ夫人は、マリアンの病気はぜったいに治らないだろうと最初から思っていた。ブランドン大佐は夫人の悲観的意見の聞き役をしょっちゅう務めていたので、その影響をまったく受けないわけにはいかなかった。医者は大丈夫だと言っているのだからそんな不安を感じるのはおかしいと、必死に自分に言い聞かせたが、毎日何時間もひとりでいると、つい悲観的な考えが忍びこみ、もう二度とマリアンに会えなくなるのではないかという思いに襲われ、その不安を頭から追い払うことができなかった。

ところが三日目の朝、ふたりの悲観的な意見はほぼ一掃された。ハリス氏が往診に来て、患者の容体は非常に良くなっていると言ったからだ。脈も非常にしっかりしてきたし、すべての症状が前日よりずっと良くなっているというのだ。エリナーは楽観的な見方をさらに強めてすっかり明るい気分になった。このあいだ母に手紙を書いたとき、自分たちをクリーヴランドに足止めさせているマリアンの病気のことは、ジェニングズ夫人や大佐の意見は無視して、自分の判断に従って軽く書いておいたのだが、やはりあれでよかったのだと喜び、マリアンが旅行できるようになるのはいつごろだろうなどと思いを馳せた。

ところが、その日はそのまま順調には終わらなかった。晩になってマリアンはまた具合が悪くなり、前以上に体がだるく、落ち着かず、気分が悪くなってきた。でもエリナーはまだ楽観的で、容体の変化は、ベッドを整えるためにしばらく起きていた疲労のせいだと考えた。そして処方された強壮剤をきちんと飲ませ、マリアンがやっとうとうとしはじめるのを見て満足し、これできっと良くなるだろうと期待した。マリアンの眠りは、エリナーが期待したほど安らかではなかったが、かなりの時間つづいた。エリナーはその結果を自分の目で見届けたいと思い、マリアンが目を覚ますまでずっとそばについていることにした。ジェニングズ夫人はマリアンの容体の変化を知らないので、いつもより早く床についた。主要な看護人のひとりであるメイドは、女中頭の部屋で休養を取っていて、いまはエリナーだけがマリアンのそばにいた。

マリアンの眠りはますます安らかではなくなってきた。エリナーが目を離さずに見守っていると、彼女は頻繁に寝返りを打ち、たびたび意味不明のうめき声をもらした。それを見てエリナーは、そんな苦しい眠りからいっそ覚ましてあげたいと思ったが、そのとき突然マリアンが、家の何かの物音で目を覚まして、がばと起き上がり、熱に浮かされたような興奮した声で叫んだ。

「お母さまが来たの？」

「まだよ」エリナーは驚きを隠して答え、マリアンに手を貸してまた横にならせた。「でも、もうすぐいらっしゃると思うわ。ほら、ここからバートンまでは遠いでしょ？」

「でも、お母さまはロンドンに寄って来ちゃだめよ」マリアンは同じ興奮した声で言った。「ロンドンに寄ったら、私はもうお母さまに会えないわ」

エリナーは妹が正気ではないと気づいてびっくりし、必死になだめながら脈をみた。前よりずっと弱くて速かった。マリアンはまだ興奮して母のことを口走っている。エリナーの不安は急速に高まり、すぐにハリス氏を呼びにやり、バートンの母を迎えに使者を送ろうと決意した。そう決意すると、使者を送る最善の方法をすぐにブランドン大佐に相談することにした。エリナーは呼び鈴でメイドを呼んで妹のそばに付き添わせると、大急ぎでダイニングルームへ駆けおりた。大佐はいつも遅くまでそこにいるとわかっているからだ。

ためらっている場合ではなかった。エリナーは自分の不安と困難をすぐに大佐に打ち明けた。妹の容体が急変したので母を呼びたいがどうすればよいか、と。大佐はエリナーの不安を取り除く勇気も自信もなく、がっくりと肩を落として黙って耳を傾けた。だが困難はたちまち解消された。こういう場合に備えて待機していたのだとでもいうように、大佐は自分がダッシュウッド夫人を迎えに行くと申し出たのである。それではあまりに……とエリナーはちょっと反対したが、すぐにその申し出を受け入れ、短いが熱烈な感謝の言葉を述べた。大佐はすぐに部屋を出て自分の召使に命じた。大急ぎでハリス氏を呼びに行き、すぐに駅馬《えきうま》を用意するようにと。そのあいだにエリナーは、母宛に短い手紙を書いた。

こういうときにブランドン大佐のような友人がいて、母を迎えに行く役をお願いできるとは、なんと心強いことだろう！　なんとありがたいことだろう！　大佐の判断力が母を導いてくれるだろうし、大佐が付き添ってくれれば母は安心するだろうし、大佐の友情が母を慰めてくれるだろう！　このような突然の呼び出しを受ける母のショックはたいへんなものだろうが、大佐の存在と態度と援助が、そのショックをすこしでも和らげてくれることだろう。

一方、大佐は内心の不安はどうあれ、冷静に落ち着いて行動し、必要な手筈をてきぱきと整え、いつごろ戻れるかを正確に計算してエリナーに伝えた。ただの一分も無駄にはしなかった。馬たちは予想より早く到着し、ブランドン大佐はきびしい表情でエリナーの手を握りしめ、ほとんど聞き取れないような低い声で何かつぶやいただけで、ただちに馬車に乗りこんだ。時間はすでに夜中の十二時ごろだった。エリナーは徹夜の看護をする覚悟で妹の部屋に戻って、医者の到着を待った。ふたりにとって同じくらい苦しい一夜となった。ハリス氏が来るまで、マリアンは不眠の苦しみと譫妄《せんもう》状態のうちに、エリナーは残酷なほどの不安のうちに、一時間また一時間と過ぎていった。エリナーの不安はいったん芽ばえると、それまで楽観視していた反動でいっそう強烈なものとなった。ジェニングズ夫人を呼ぶことはエリナーが許さなかったので、夫人のメイドがいっしょに徹夜の看護をしてくれたのだが、そのメイドはジェニングズ夫人が最初から言っていたことをほのめかして、エリナーをいっそう苦しめるばかりだった。

マリアンは依然としてときどきではあるが、とりとめもなく母のことを口走った。それを聞くたびにエリナーの心は激しく痛んだ。マリアンの病気を何日間も軽く扱ってきた自分を責め、すぐに治してくれる妙薬はないかと身悶えた。もしかしたら、もうすぐどんな望みも空しくなるのではないだろうか、何もかも手遅れになるのではないだろうか。遅れて到着して嘆き悲しむ母の姿が目に浮かんだ。母が来たときには、いとしいマリアンはもう意識不明か、あるいはすでにこの世のものではないかもしれないのだ。

「ハリス氏をもう一度呼びにやろう。彼が来られないなら、ほかの医者を頼もう」とエリナーが思っていたところへ、ハリス氏がやってきた。すでに午前五時を過ぎていた。でも彼の診断は、こんなに遅くなったことにたいする少しの償いにはなった。ハリス氏は、患者の容体に予想外の好ましくない変化が起きたことは認めたが、命に関わるような危険はないと断言し、新たな療法を試みて、これで必ず効果があるはずだと、ひどく自信をもって語り、おかげでエリナーも少しはその気になった。ハリス氏は三、四時間後にまた来ると約束し、患者と不安そうな看護人をさっきよりは落ち着かせて帰っていった。

ジェニングズ夫人は朝になって夜中の出来事を聞いてものすごく心配し、なぜ私の助けを求めなかったのだと、エリナーを猛烈に責めた。前から抱いていた不安がさらに大きな根拠を得て復活し、夫人にとって事態の深刻さはもはや疑いのないものとなった。エリナーを慰めようとしたが、もはやマリアンは助からぬと確信し、あだな望みを抱かせるような慰めの言葉は控えることにした。夫人は心の底から悲しんだ。マリアンのような美しいうら若き女性が、こんなに急に衰えて、こんなに若くして死んでしまったら、親戚や友人でなくても涙を誘われることだろう。ジェニングズ夫人がとりわけ憐憫の情をもよおすのには、ほかにも理由があった。マリアンはこの三カ月間、夫人の家に滞在し、いまでも夫人の保護下にあり、しかも失恋というひどい心の傷を負って、長い間ひどい苦しみに耐えてきたのだ。それに、夫人のお気に入りの姉エリナーも、夫人の目の前で必死に悲しみに耐えている。そしてふたりの母親ダッシュウッド夫人については、ジェニングズ夫人はこう考えた。ダッシュウッド夫人がマリアンを思う気持ちは、自分がシャーロットを思う気持ちと同じだろうと。それゆえ、ダッシュウッド夫人の悲しみにたいするジェニングズ夫人の同情は、まさに正真正銘いつわりのないものだった。

ハリス氏は、二度目は約束どおり三、四時間後にやってきたが、前回の手当ての効果があらわれていないのを見て落胆した。薬は効かなかったのだ。熱は下がっていないし、マリアンは前よりは静かになったが回復したわけではなく、意識は依然としてひどい混濁状態のままだった。エリナーはすぐに彼の心配を見て取り、いや、それ以上のものを見て取り、専門医に相談することを提案したが、ハリス氏はその必要はないと判断し、まだほかにやるべきことがあり、新しい手当ての方法があると言い、その効果については前回と同じくらい自信たっぷりだった。そして「絶対に大丈夫だから安心しなさい」と言って帰っていったが、その言葉は、エリナーの耳には届いたけれど心には届かなかった。彼女は母のことを思うとき以外は落ち着いていたが、ほとんど絶望的な気分だった。昼ごろまでずっとそういう状態のまま、マリアンの枕元につきっきりで、頭の中では、マリアンの死の知らせを聞いて悲嘆に暮れる家族や友人たちの姿が駆けめぐった。エリナーの気持ちは、ジェニングズ夫人との会話で徹底的に打ちのめされた。マリアンの病状の重さと危険は、失恋がもたらした何週間もの体調不良が原因だと、夫人はためらいなく断定したのだ。エリナーはその意見をもっともだと思い、それが彼女の思いに新たな苦しみをもたらした。

ところが正午ごろになってエリナーは、マリアンの脈にかすかな回復の兆しが見られるような気がして、すこし期待を持ちはじめた。ただし非常に用心しながらの期待であり、失望に終わるのを恐れて、しばらくはジェニングズ夫人にも黙っていた。エリナーはじっと待って様子を見守り、何度もマリアンの脈をみた。そしてついに興奮を隠しきれなくなって、ジェニングズ夫人に自分の期待を打ち明けた。これまで自分の苦悩の数々を、いつも平静さを装って隠してきたエリナーだが、マリアンの回復を期待するこの興奮だけはさすがに隠しきれなかったのだ。ジェニングズ夫人は自分でマリアンの脈をみて、一時的な回復は認めたが、このまま回復すると期待してはいけないと、エリナーに釘をさした。それでエリナーも、まだまだ期待してはいけないと、必死に自分に言い聞かせたが、しかしもう遅すぎた。回復への期待は彼女の心にすでにしっかりと入り込んでしまっていた。そしてその不安な期待に胸をときめかせながら、エリナーは妹のベッドに身を乗り出してじっと待った。何を待っているのかは自分でもわからなかった。三十分たったが、うれしいことに、あの好ましい兆候はまだつづいていた。回復を裏づけるほかの兆候さえ現われてきた。マリアンの息づかい、肌の色、唇の色、すべてが回復の兆候を示してエリナーを喜ばせた。そしてついにマリアンは、ものうげではあるが、たしかに正気の目でエリナーを見つめた。不安と期待が同じくらいの力でエリナーを圧倒し、午後四時にハリス氏が来るまで彼女は一瞬も気が休まらなかった。「妹さんは予想以上に良くなっています。おめでとうございます」というハリス氏の言葉を聞くと、エリナーはやっとマリアンの回復を確信して、ほっと息をつき、喜びの涙が頬を流れた。

マリアンはあらゆる点で著しい回復を見せており、生命の危険は完全に脱したとハリス氏は断言した。ジェニングズ夫人は、自分の悲観的意見が昨夜の騒動によって部分的に証明されたことで満足したらしく、ハリス氏の診断を信じることにした。そして全快の可能性を認めて心から喜び、たちまちすっかり陽気になった。

だがエリナーは陽気にはなれなかった。彼女の喜びは違った種類の喜びで、浮かれた気分にはつながらなかった。マリアンが一命を取りとめて元気になり、友人たちや、彼女を溺愛する母のもとに戻れると思うと、エリナーの心は言いようのない安堵感と、熱い感謝の気持ちでいっぱいになったが、表面に現われる喜びや言葉や笑いにはならなかった。エリナーの胸は無言の深い満足感で満たされていた。

エリナーはそのあともずっと妹のそばにつきっきりで、衰弱した妹のあらゆる不安を静め、あらゆる質問に答え、あらゆる手助けをし、その表情や息づかいのかすかな変化も見逃すまいとじっと見守った。もちろんまた悪化する可能性もあり、ついさっきまでの不安がときどき頭をよぎった。しかし、脈や顔色や息づかいなどをたびたびじっくりと調べ、回復を示すあらゆる兆候がつづいていることを確認し、そして六時ごろに、マリアンがどこから見ても心地よさそうな、静かな安定した眠りに落ちるのを見ると、エリナーはようやくすべての不安を吹き払うことができた。

そろそろブランドン大佐が戻ってもいい時間が近づいていた。母はさぞかし不安な気持ちでこちらへ向かっていることだろう。でもたぶん午後十時には、少なくともそれよりあまり遅くならずに、その恐ろしい不安から解放されるだろう。それに大佐も！　たぶん母に劣らず不安な気持ちでいっぱいだろう！　ああ！　ふたりに早く知らせてあげたいが、時間の歩みはなんと遅いことだろう！

エリナーは午後七時ごろ、まだすやすや眠っているマリアンのそばを離れ、客間でジェニングズ夫人とお茶を飲んだ。朝食は恐ろしい不安のために、ディナーは突然の回復の兆しのために、両方ともあまり食べられなかったので、今日のお茶の時間はとても満足な気持ちで席に着くことができたし、とりわけありがたかった。お茶がすむと、ジェニングズ夫人はエリナーに、「お母さまが到着する前にひと眠りしたほうがいいわ。マリアンさんの付き添いは私が代わってあげますよ」と言ってくれたが、エリナーは疲労感など少しもないし、いまはとても眠れそうにないし、やむを得ないとき以外は一瞬も妹のそばを離れる気はなかった。それでジェニングズ夫人は、いっしょにマリアンの部屋へ行き、何も異常がないことを確かめると、エリナーにすべてを任せて自分は部屋に引きとり、手紙を書いてから寝ることにした。

その夜は寒い嵐の晩となった。家のまわりで風が唸り、激しい雨が窓を叩いた。でもエリナーは幸せで胸がいっぱいで、嵐など気にもしなかった。マリアンはどんなに突風が吹き荒れても安らかに眠りつづけているし、ダッシュウッド夫人とブランドン大佐は、いまはどんなに難儀な旅をしていようとも、すぐ目の前に豊かな報酬が待っているのだ。

時計が午後八時を打った。それが午後十時だったら、エリナーはそのとき馬車が家に近づく音を聞いたと確信しただろう。しかし、母と大佐がこの時間に到着するなんてありえない。でもたしかに馬車の音を聞いたような気がしたので、エリナーは事実を確かめるために、となりの化粧部屋へ行って窓のよろい戸を開けた。空耳でなかったことはすぐにわかった。馬車の揺らめく側灯がすぐに目に入った。そしてその揺らめく光に照らされて、それが四頭立ての馬車らしいことがわかった。それは母の不安の大きさを物語るものでもあるし、予想外の早い到着を説明するものでもあった。

エリナーはこんなに落ち着いていられぬ気持ちになったのは生まれてはじめてだった。馬車が玄関に到着したときの母の心中——すなわち不安と、恐怖と、それにおそらくは絶望！——を思うと、そしてこれから自分が話さなければならないことを思うと、落ち着くことなど不可能だった。とにかく急がなければならない。エリナーはジェニングズ夫人のメイドに妹の付き添いを頼むと、急いで階下へ駆けおりた。

廊下を渡るときに、玄関ホールからざわめきが聞こえた。母と大佐はもう家に入ったのだなとエリナーは思った。そこで大急ぎで客間へ駆けつけ——部屋に入ると——なんと、そこにいるのはウィロビーであった。

第四十四章

　エリナーはウィロビーの姿を見るとぎょっとして後ずさりし、くるりと向きを変えて部屋を出ようと、ドアの取っ手に手をかけた。だがそのときウィロビーがつかつかと歩み寄り、懇願というより命令の口調でこう言った。

「ミス・ダッシュウッド、三十分、いや、十分ここにいてください」

「いいえ、お断わりします」エリナーはきっぱりと答えた。「あなたは私に用などないはずです。ご主人のパーマー氏はお留守です。召使がそう申し上げるのを忘れたのですね」

「いや、パーマー氏と親戚全員が留守だとしても、ぼくは帰りません」ウィロビーが激しい調子で言った。「ぼくはあなたに用があるんです。あなただけに用があるんです」

「私に？」びっくりしてエリナーが言った。「それなら早くしてください。それに、もっと静かにしてください」

「座ってください。そうすれば、おっしゃるとおりにします」

　エリナーはためらった。どうしていいかわからなかった。ブランドン大佐が到着して、ウィロビーと鉢合わせする可能性がある。でももう、話を聞くと言ってしまった。約束を守る義務があるし、話を聞きたいという好奇心も頭をもたげた。そこでエリナーはちょっと考えて、迅速に事を済ますのが上策だと判断し、それには相手の言うとおりにするのが一番だと考え、黙ってテーブルに歩み寄って腰をおろした。ウィロビーは向かい側の椅子に座ったが、三十秒ほど、ふたりとも無言だった。

「お願いです、早くしてください。時間がないのです」いらいらしたようにエリナーが言った。

ウィロビーは何かじっと考え込んでいて、彼女の言葉が聞こえていないようだった。

「妹さんは、生命の危険は脱したそうですね」しばらくして、唐突にウィロビーが言った。「召使から聞きました。ありがたい！　でも、ほんとなんですか？　ほんとにそうなんですか？」

エリナーは答えなかった。ウィロビーはさらに激しい調子で質問をくり返した。

「お願いですから教えてください。生命の危険は脱したんですか？　脱していないんですか？」

「脱したと思います」とエリナーが言った。

ウィロビーは立ち上がって部屋を歩きまわった。

「三十分前にそれがわかっていたら……。でも、もう来てしまったんだから……」

彼は席に戻り、無理に陽気な調子でつづけた。

「そんなことはどうでもいい。ミス・ダッシュウッド、一度だけ——たぶんこれが最後です

——いっしょに陽気にやりましょう。ぼくはいま、すごく楽しい気分なんです。正直に言ってください。（頬をさらに紅潮させながら）ぼくは悪党か、馬鹿か、どっちだと思います？」

　エリナーはますますびっくりしてウィロビーの顔を見た。そうだわ、彼はきっとお酒を飲んで酔っているんだわ。この突然の訪問といい、このおかしな態度といい、そうでなければ説明がつかないわ。そう思うと、エリナーはすぐに立ち上がって言った。

「ウィロビーさん、今日はクーム屋敷にお帰りになったほうがよろしいと思います。私はこれ以上あなたのお相手をする時間はありません。私にどんな用がおありか存じませんが、明日のほうが、よく思い出してよく説明できると思いますわ」

「あなたの言いたいことはわかります」ウィロビーは意味ありげな笑みを浮かべ、落ち着き払った声で言った。「そうです、ぼくはだいぶ酔っています。モールバラ（サマセット州のとなりのウィルトシャー州の町）でコールド・ビーフを食べて、黒ビールを一杯飲んで、すっかり酔ってしまったんです」

「モールバラで？」とエリナーは言った。彼が何を話すつもりなのか、ますますわからなくなった。

「そうです。ぼくは今朝八時に、ぼくの馬車でロンドンを発って、途中で一度だけ、モールバラで十分ほど休憩して軽食を取ったんです」

　ウィロビーはなぜクリーヴランドへ来たのだろう？　どんな許しがたい愚かな動機で来たのだろう？　それはわからない。しかし彼の落ち着いた態度と、話すときの理性的な目を見て、少なくとも酔った勢いで来たわけではないとエリナーは思った。それでちょっと考えてからこう言った。

「ウィロビーさん、あのようなことがあったあとで、こんなふうに突然ここへいらして、むりやり私に話を聞けとは一体どういうことですか？　よほど特別な理由がおありなんですね。あなたは当然そう思っているはずだし、もちろん私はそう思っています。一体どういうおつもりなんですか？」

「ぼくがここへ来た理由は」ウィロビーは真剣な調子で力をこめて言った。「もしできれば、あなたが私に抱いている憎しみを少しでも和らげたいと思ったからです。過去のことを説明して、お詫びをしたいと思ったからです。ぼくの胸の内をすべてあなたにお話ししたいのです。たしかにぼくは愚かだったけど、必ずしも悪党ではないということを、あなたに納得していただいて、マリ……いや、あなたの妹さんからお許しを得たいと思ったのです」

「それが、あなたがここへ来たほんとうの理由ですか？」

「誓ってそのとおりです」情熱的な調子でウィロビーは言った。

エリナーはかつてのウィロビーを思い出し、彼はやはり誠実な人間だと一瞬思ってしまった。

「それが目的なら、あなたの目的はもう達せられています。マリアンはもう――もうずっと前からあなたを許しています」

「ほんとですか！」同じように情熱的な調子でウィロビーは言った。「それでは彼女は、まだぼくを許すべきではないのに許してしまったことになる。でもあらためて、もっと正当な理由に基づいてぼくを許してくれると思う。それでは、ぼくの話を聞いていただけますか？」

エリナーが同意のしるしにうなずき、緊張のおももちで待っていると、ウィロビーはしばらくじっと考えてから言った。

「妹さんにたいするぼくの振る舞いをあなたがどう思ったか、また、ぼくにどんな邪悪な動機があると思ったか、それはわかりません。この話をしても、たぶんあなたはぼくを見直してはくれないでしょう。でも、話してみる価値はあると思うので、何もかもあなたにお話しします。

ダッシュウッド家のみなさんとはじめてお近づきになったとき、ぼくは最初はただこう思っただけでした。アレナムに滞在中、せいぜい楽しく過ごそう、前より楽しく過ごそうって。みなさんとの交際に関しては、それ以外には何の意図も目的もありませんでした。でももちろん、妹さんの美しい容姿と興味深い言動はとても気に入りました。彼女のぼくにたいする振る舞いは、ほとんど最初から――いや、あのころの彼女の振る舞いや様子を思い出すと、ぼくの心がなぜあんなに鈍感だったのか驚くばかりです！　でも最初は、正直に言いますが、それによってぼくの虚栄心がくすぐられただけでした。彼女の幸福などはいっさい考えず、自分が楽しむことだけを考えていました。ぼくは感情のおもむくままに行動してしまう性格ですが、今回もそうでした。彼女の愛情に応えるつもりはないのに、あらゆる手を尽くして彼女に好かれようと努めたのです」

ここでエリナーは、怒りと軽蔑をこめてウィロビーを睨みつけ、話をさえぎって言った。「ウィロビーさん、あなたがこれ以上話すのも、私がこれ以上聞くのも無駄ですわ。出だしがこれでは、このあとろくな話は聞けそうにありません。この問題でこれ以上私を苦しめないでください」

「いいえ、全部聞いてください」とウィロビーは言った。「ぼくはたいした財産もないのに、昔から金づかいが荒くて、いつも自分より収入の多い連中とつきあってきました。成年に達して以来、いやその前から、ぼくの借金は年々増えるいっぽうでした。あの年老いた親戚のスミス夫人が亡くなれば、借金は全部返せるはずですが、それはいつになるかわからないし、遠い先のことかもしれない。だからぼくはしばらく前から、財産のある女性と結婚して生活を立て直そうと考えていたのです。ですから、妹さんとの結婚は考えてもいませんでした。つまりぼくは、彼女の愛情に応えるつもりがないのに彼女の愛情を得ようとしたのです。まさに卑劣な、自分勝手な、残酷な振る舞いです。あなたの怒りと軽蔑の目でどんなに非難されても当然です。でも、ひとつだけ言い訳をさせてください。自分勝手な虚栄心を満たすために、たしかにあのような卑劣な振る舞いをしてしまいましたが、その振る舞いがどんなに相手を傷つけることになるか、ぼくはわかっていなかったのです。人を愛するとはどういうことか、あのときはまだわかっていなかったのです。でもいまでも、わかっているかどうか怪しいものです。もしぼくがほんとうに人を愛したのなら、自分の愛情を虚栄心や金銭欲の犠牲にできたでしょうか？　いや、それよりも何よりも、彼女の気持ちを犠牲にできたでしょうか？　でもぼくは、その大切なものを犠牲にしてしまったのです。ぼくは貧乏をしたくないために金持ちの女性と結婚して、幸福につながるすべてのものを失ったのです。彼女に愛されて一緒に暮らせれば、その程度の貧乏なんか怖くもなんともなかったのに！」

「それじゃあなたは、一時はほんとうにマリアンを好きになったのですか？」すこし気持ちを和らげてエリナーは言った。

「あんな魅力に抵抗できますか？　あんなやさしさに抵抗できますか？　そんなことができる男がこの世にいると思いますか？　いるはずがない！　ええ、ぼくは知らぬ間に本気で彼女を好きになっていました。彼女と一緒に過ごした時間が、ぼくの生涯で最高に幸せな時でした。本気で彼女との結婚を考えるようになったし、自分の気持ちにやましい点はまったくなかったからです。でも、彼女にプロポーズしようと完全に決心してからも、ぼくは許しがたいことに、その実行を一日延ばしにしていました。経済状態が最悪だったために、どうしても婚約に踏み切れなかったのです。ぼくの名誉にかけても実行しなければならない婚約をためらった愚かさを、いや、愚かさよりもっとひどいことを、ここで弁明するつもりはありません。わざわざあなたから説明してもらうつもりもありません。事実が証明しています。ぼくはずる賢い愚か者でした。自分を見下げ果てた卑劣漢にする機会を、自分で用意周到に準備していたようなものです。でも、ぼくはついに決心しました。彼女とふたりだけになれる機会ができたら、すぐに愛を打ち明けよう。ぼくが彼女に示しつづけてきたやさしさがほんものであることを証明し、ぼくが必死に示してきた彼女への愛をはっきりと打ち明けよう。

そう決心しました。ところが、彼女とふたりだけで話す機会ができるまでの、ほんの数時間のあいだに、不幸な出来事が起きてしまった。ぼくの決心と幸せをめちゃめちゃにする不幸な出来事が——。つまり、ある事実が露見したのです」

ウィロビーはここで言葉を詰まらせてうつむいた。

「ぼくのある恋愛事件のことが、スミス夫人の耳に入ったのです。ぼくがスミス夫人の信用を失うと得をする者が——たぶん遠い親戚の誰かでしょうが——夫人に告げ口をしたんだと思います。でも、この件をこれ以上ぼくが説明する必要はないでしょう」ウィロビーは顔を赤らめ、問いかけるようにエリナーを見た。「あなたは大佐と特別親しい間柄だし、もう彼から何もかもお聞きでしょう」

「ええ、聞いています」エリナーも顔を赤らめ、この男にはもういっさい同情すまいと決意を新たにした。「何もかも聞きました。あなたはあのようなひどいことをして、ご自分の罪をどう釈明なさるおつもりなのか、正直言って私には理解できません」

「あなたはその話を大佐から聞いたということを、忘れないでください」ウィロビーはちょっと声を荒げた。「一方的な話だけでは不公平です。イライザ・ウィリアムズの境遇と性格を、ぼくがもっとよく考えるべきだったということは認めます。自分のしたことを正当化するつもりはまったくありません。でも、ぼくにも少しは言わせてください。彼女は被害者だからまったく落ち度はないとか、ぼくは放蕩者だから彼女は聖女にちがいないとか、そんなふうには思わないでください。イライザがあんなに情熱的な女性でなかったら、そしてもう少し賢明な女性だったら——いや、自己弁護するつもりはありません。彼女の激しい愛に、ぼくはもっとちゃんと応えるべきでした。ぼくはいまでも、彼女の激しい愛を思い出しては自責の念に駆られます。ほんの短い間でしたが、彼女の激しい愛に押されて、ぼくも彼女を愛したのです。ああいう結末にならなければよかったのにと、心から思います。でも、ぼくが傷つけたのはイライザだけじゃない。彼女に劣らず——そう言ってもいいでしょうか——ぼくを愛してくれた人を、ぼくは傷つけてしまった。そしてその人は、イライザとは比較にならないほどすばらしい知性を持った女性です！」

「でも、その不幸な娘さんにたいするあなたの愛が冷めたからといって——こういう話は不愉快ですけど、言わないわけにはいきません——あなたがその娘さんを残酷に見捨てたことの言い訳にはなりませんわ。その娘さんに性格的な弱さがあって、あまり賢明な女性ではなかったとしても、あなたが彼女に冷酷非情な仕打ちをしたことの言い訳にはなりません。あなたは知っていたはずです。あなたがデヴォン州で新しい恋を求めて、陽気な楽しい毎日を送っているときに、その娘さんは極貧状態に突き落とされていたのです」

「でも、ぼくはほんとうに知らなかったんです」ウィロビーは一瞬気色ばんだ。「彼女にぼくの行き先を告げなかったことも忘れていたし、彼女に常識があれば、ぼくの居場所くらい簡単に突きとめられたはずです」

「それで、スミス夫人はなんとおっしゃったのですか？」

「スミス夫人はすぐにぼくの罪を責めました。ぼくがどんなにうろたえたかお察しがつくでしょう。スミス夫人の清らかな生活ぶり、保守的な物の考え方、世間知らずな点など、すべてがぼくに不利な形勢でした。イライザ・ウィリアムズのことについては、その事実そのものは否定できないし、その印象を和らげようとするすべての努力も無駄でした。もともと夫人は、ぼくを品行方正な男ではないと思っていたでしょうし、おまけに今回のアレナム滞在中は、夫人にたいしてほとんど心づかいも示さなかったし、時間も割かなかったから、夫人としてはそれも大いに不満だったでしょう。要するに、話し合いは完全な決裂に終わりました。ただし、ぼくが助かる方法がひとつだけありました。善良なスミス夫人は高潔な心を発揮して、もしぼくがイライザ・ウィリアムズと結婚すれば、過去の過ちは許すと言ってくれたのです。でもぼくにはそれはできません。というわけで、ぼくはスミス夫人から絶縁され、アレナム屋敷から追放されたのです。翌朝すぐに屋敷を立ち退くように言われました。ぼくはその夜、この先どうすべきか必死でいろいろ考えました。心の葛藤は大変なものでしたが、あっけないほどすぐに終わりました。ぼくのマリアンにたいする愛情も、彼女に熱烈に愛されているという確信も、貧乏生活にたいするぼくの恐怖心を打ち消すことはできなかったのです。ぼくはもともと、人生には大金が必要だと考えていて、派手な交際のおかげで、その考えはますます強くなっていたのですが、その誤った考えをどうしても振り払うことができなかったのです。一方でぼくには、ある女性にプロポーズすれば――現在の妻ですが――必ず結婚できるという確信がありました。だから、ふつうの分別を働かせれば、ぼくの取るべき道はそれしかないと観念したのです。ところがデヴォン州を去る前に、つらい場面がぼくを待ちうけていました。その日にお宅で食事する約束をしていたので、その約束を破るには何か言い訳が必要でしたが、手紙で断わるべきか、自分で言いに行くべきか、さんざん考えました。マリアンに会うのは恐ろしい気がするし、彼女の顔を見たら決心がぐらつくのではないかと心配でした。でもその点については、ぼくは自分の度胸を過小評価していたようです。結果が証明しています。ぼくはダッシュウッド家へ出向いて彼女に会い、彼女が泣き崩れる姿を見ながら、そのまま平然と立ち去ったのです――もう二度と会うまいと決心して立ち去ったのです」

「なぜわざわざ会いにいらしたんですか、ウィロビーさん？」非難の口調でエリナーが言った。「手紙で十分だったのではないですか？　なぜわざわざ会いに来る必要があったのですか？」

「ぼくのプライドのために必要だったのです。スミス夫人とぼくとのあいだに起きたことのごく一部でも、あなた方や近隣の人たちに知られたくなかったのです。そんなかたちでアレナムを去るのは耐えられなかったのです。それでぼくはオニトンへ行く途中、バートン・コテッジに立ち寄ることにしたのです。でも、妹さんに会うのはほんとうに恐ろしかったし、さらに恐ろしいことに、お宅に伺うと、みなさんはどこかへ出かけてお留守で彼女しかいなかった。ぼくはつい前の晩、正しいことをしようとあんなにも固く決心して彼女と別れたばかりなのです！　数時間後には彼女と永遠の契りを結んでいたはずなのです！　あの晩、バートン・コテッジからアレナム屋敷まで歩いて帰ったとき、自分がどんなに幸せな気分だったか、いまでもはっきり覚えています。自分に満足し、すべての人に満足し、ほんとうに幸せでした！　でも、あの最後の別れのあいさつに伺ったときは、ほんとうのことを何もかも話してしまいたいくらい、罪の意識でいっぱいでした。ぼくがすぐにデヴォン州を去らなければならないと告げたときの、マリアンのあの悲しみと、落胆と、悲嘆の涙！　ぼくは一生忘れません！　あれはすべてぼくを信頼し、ぼくの愛を信じていたがゆえの悲しみと、落胆と、悲嘆の涙でした！　ああ！　ぼくはなんという冷酷非情な卑劣漢でしょう！」

ふたりともしばらく無言だった。エリナーが先に口をひらいた。

「あなたは妹に、すぐに戻るとおっしゃったのですか？」

「何を話したか覚えていません」いらだたしそうにウィロビーは言った。「ぼくは彼女とあのような親密な交際をしたのだから、もっと話すべきだったかもしれないし、別れる決意をしたのだから、それだけを告げて何も言わずに去るべきだったかもしれない。でも、何を話したか覚えていません。あのときのことは思い出したくないし、思い出せません！　それからお母さまが帰ってこられて、あのあふれるような親切と信頼でぼくをさらに苦しめました。まさに針の筵《むしろ》に座る思いでした。ぼくはほんとうにみじめでした。でもミス・ダッシュウッド、あなたにはおわかりにならないでしょうが、ぼくはあのときの自分のみじめさを思い出すとほっとするんです。ぼくは自分の愚かさと卑劣さを憎んでいます、恨んでいます。だから、あのとき自分が良心の呵責に苦しんで、あのようにみじめな気持ちになったのは当然だと、いま思うと喜びすら感じるのです。とにかく、ぼくはバートンを去りました。ぼくが愛していたものをすべて捨てて、好きでも嫌いでもない人たちのもとへと去ったのです。ロンドンへの旅は、自分の馬車でひとりぼっちで、話し相手もなく、退屈極まりない旅でした。考えることは楽しいことばかり、ぼくの前途は洋々たるもので、バートンを振り返れば、心がなごむ思い出ばかり――いや、ほんとに結構な旅でした！」

ウィロビーはひと息ついた。

「お話はそれだけですか？」エリナーは彼に同情はしたけれど、とにかく早く帰ってもらいたかった。

「いや、まだ終わっていません。ロンドンであったことをお忘れですか？　あの忌まわしい手紙のことです。妹さんはあれをあなたに見せましたか？」

「ええ、手紙は全部拝見しました」

「ぼくはずっとロンドンにいたので、彼女の手紙はすぐに受け取ったのですが、あの最初の手紙を受け取ったときのぼくの気持ちは、ありふれた言い方をすれば、まさに筆舌に尽くしがたいものでした。もっと簡単に言えば、これでは簡単すぎてわかってもらえないかもしれませんが、ぼくはほんとうに苦しみました。あれを書いたマリアンがここにいたらいやがられるような陳腐な比喩を使えば、一行一行が、一語一語が、ぼくの胸を突き刺す短剣のようでした。同じく陳腐な比喩を使えば、マリアンがロンドンにいるという知らせはまさに青天のへきれきでした。青天のへきれきと短剣！　こんな陳腐な比喩しか思い浮かばないなんて、我ながら情けない。彼女からどんなお小言を頂戴するやら！　彼女の趣味と考え方はよくわかっているつもりです。自分のことよりもよくわかっているつもりです。ぼくのことよりも、彼女の趣味と考え方のほうがずっと大切なのです」

この驚くべき告白を聞きながら、エリナーの気持ちは何度も揺れ動いたが、いまの言葉を聞いてまたすこし和らいだ。しかし、ウィロビーの最後の言葉にはひと言注意しなければいけないと思った。

「ウィロビーさん、そんなことをおっしゃってはいけませんわ。あなたはもう結婚しているのですよ。それを忘れないでください。あなたの良心に照らして、私に話す必要があると思うことだけを話してください」

「マリアンの手紙を読んで、ぼくは確信しました。彼女は以前と同じようにまだぼくを愛している。何週間も何週間も離れていたのに、彼女の愛はすこしも変わっていないし、ぼくの愛も変わっていないと彼女は信じきっている。そう確信しました。そしてあの手紙を読んで、ぼくの自責の念がすっかりよみがえったのです。よみがえったというのは、つまり、時がたち、ロンドンでいろいろな用事や遊びに気が紛れて、自責の念がすこしは静まっていたからです。ぼくは冷酷非情な立派な悪党になったつもりでした。自分はもう彼女には関心がないし、彼女ももうぼくには関心がないのだと、自分で自分に言い聞かせてそう思い込むようにしていたのです。ぼくとマリアンとの愛はたわいのない恋のたわむれだったのだと自分に言い聞かせて、ほんとうにそうだという証拠に肩をすくめたりしました。そしてときには、『彼女がいいところへお嫁に行ってくれたらうれしいな』などとつぶやいて、あらゆる非難の声を黙らせ、あらゆる良心の呵責を封じてきたのです。

でもあの手紙を読んで、ぼくは自分の気持ちと自分のしたことがはっきりとわかりました。マリアンはぼくにとって世界中の誰よりも大切な女性なのに、ぼくは彼女にほんとうにひどい仕打ちをしたのです。それがはっきりとわかったのです。でもちょうどあのころ、ぼくとミス・グレイとの縁談がすっかりまとまりました。もう後戻りはできません。ぼくにできることは、マリアンとあなたに会わないようにすることだけです。だから手紙の返事は出しませんでした。彼女がこれ以上ぼくに関心を持たないようにするためです。しばらくはジェニングズ夫人の家にも近寄るまいと決心したほどです。でも結局、特別な関係ではないふつうの知り合いのふりをするのがいちばん賢明だと判断し、ある朝、みなさんが外出したのを見届けてから、ぼくの名刺を置いてきたのです」

「私たちが外出するのを見届けて？」

「そのとおりです。ぼくがどれほどたびたびあなた方を見張っていたか、どれほどたびたびあなた方とばったり顔を合わせそうになったか、それを聞いたらきっとびっくりなさると思います。あなた方の馬車が通りかかって、ぼくの姿を見られないように店に飛びこんだことも何度もあります。ぼくはボンド・ストリートに宿をとっていたので、あなた方のどちらかを見かけない日はほとんど一日もなかった。あなた方に姿を見られないように、ぼくがつねに用心していたからこそ、ぼくたちはあんなに長いあいだ顔を合わせずにいられたのです。ぼくはミドルトン夫妻や、ぼくたちの共通の知人と思われるような人は、みんなできるだけ避けるようにしていた。ところが、ミドルトン夫妻がロンドンに来ているとは知らなかったので、通りでばったりサー・ジョンに会ってしまった。たしか彼がロンドンに到着した日で、ぼくがジェニングズ夫人の家を訪ねた翌日です。サー・ジョンは、その晩彼の家で開く舞踏会にぼくを招待し、誘い水のつもりで、あなたと妹さんも来る予定だと言いました。でも、そんなことは言われなくてもわかっているし、あなた方に会う危険を冒すつもりはまったくないので、その晩の舞踏会には行きませんでした。すると翌朝、またマリアンから短い手紙が来ました。やはり愛情に満ちあふれ、率直で、純真で、ぼくを信頼しきっていて――とにかく、ぼくの卑劣な振る舞いをいやというほど思い知らされる手紙でした。ぼくにはとても返事が書けなかった。書こうとしたけど、一行も書けなかった。でも一日じゅう彼女のことを考えていた。ミス・ダッシュウッド、もしぼくを哀れんでいただけるなら、あのときのぼくのみじめな立場を哀れんでください。ぼくの頭も心もマリアンのことでいっぱいなのに、ぼくは別の女性の幸せな恋人役を演じなければならなかったのです！　あの三、四週間はほんとうに最悪でした。

そしてとうとう――言うまでもないことですが――あなた方とばったり顔を合わせる羽目になった。ぼくはなんとぶざまな姿をさらしたことか！　なんと苦しい一夜だったことか！　一方では、天使のように美しいマリアンが、美しい声で『ウィロビー』とぼくを呼んでいる！　ぼくのほうへ片手を差し出し、あの魅惑的な瞳で、切々と訴えるようにぼくを見つめて説明を求めている！　そしてもう一方では、悪魔のように嫉妬深いソファイアがその一部始終を見つめている。——いや、どうでもいい。もう過ぎたことです。とにかく地獄のような一夜でした！　ぼくは隙を見て大急ぎでみなさんから逃げ出しました。でもその前に、マリアンのあの美しい顔が死人のように青ざめてゆくのを見てしまいました。それが、ぼくが見た彼女の最後の顔でした。ぼくが見た彼女の最後の姿でした。恐ろしい光景でした！　でも今日、ほんとうに死にかけている彼女のことを思うとき、それがぼくの慰めになりました。おかげで、臨終の床にいる彼女の顔をはっきりと思い浮かべることができるからです。ロンドンからここへ駆けつける旅のあいだ、ぼくの目の前には、あの晩の、あの死人のように青ざめてゆく彼女の顔が絶えずちらついていました」

ふたりともしばらく考えこんで沈黙がつづいた。ウィロビーが先に我に返ってこう言った。

「では、急いで最後の質問をして失礼いたします。妹さんはほんとうに良くなったのですね？　ほんとうに危険を脱したんですね？」

「ええ、もう大丈夫です」

「お母さまもさぞご心配だったでしょう！　マリアンさんを溺愛されていますからね」

「ところでウィロビーさん、あの手紙、あなたの手紙のことですけど、何かおっしゃることはありますか？」

「もちろんあります。とくにあの手紙については。あの翌朝、彼女がすぐにまたぼくに手紙をくれたことはご存じですね。文面もご覧になりましたね。ぼくはエリソン家で朝食をとっていました。彼女の手紙は、ほかの手紙といっしょに宿から届けられ、運悪く、ぼくより先にソファイアの目に留まってしまった。手紙の大きさと、上品な紙質と、筆跡を見て、彼女はたちまち不審に思った。ぼくがデヴォン州で、ある女性と恋仲だったらしいという噂は、前から彼女の耳に入っていたし、前の晩に目撃した出来事から、その女性が誰か察しがついて、ソファイアはますます嫉妬心をかきたてられたんです。そこで彼女は、愛されている女性がやれば魅力的に見える、あの茶目っ気たっぷりな態度を装って、すぐに手紙を開いて内容を読んでしまった。その無礼は十分な報いを受け、彼女は手紙を読んですっかりみじめな気分になってしまった。彼女がみじめな気分になるのはかまいませんが、あの癇癪と恨みはなんとしても静めなければなりません。それで、ぼくの妻の手紙はいかがでした？　繊細で、やさしくて、ほんとうに女性らしい文章だったでしょ？」

「奥さま？　でも、あの手紙はあなたの筆跡でしたけど」

「そうです。でもぼくは、署名するのが恥ずかしいような文章を、言われたとおりに書いただけです。文章はすべてソファイアが考えました。けっこうな内容も、優雅な言い回しも、すべて彼女が考えたものです。でも、あのときのぼくに何ができたでしょう？　ぼくたちはすでに婚約して、手筈がすべて整い、結婚式の日取りもほぼ決まっていたんです――いや、いまさら何を馬鹿なことを言ってるんだ。手筈だの、日取りだの！　正直に言えば、ぼくは彼女のお金が必要だったんです。経済的に追いつめられていたぼくは、破談を防ぐためなら何でもしなければならなかった。それに結局、ぼくの返事がどんな言葉で書かれていようと、ぼくの人格にたいするマリアンやみなさんの意見が変わるわけじゃない。返事の目的はただひとつ、ぼくは悪党だと宣言することであり、丁重に言うか乱暴に言うかなど、たいした問題じゃない。ぼくはこう思った。『ぼくは永久に彼女たちの信頼を失ったし、永久に彼女たちの世界から閉め出された人間だ。どうせもう無節操な男と思われているし、この手紙ではっきりと悪党の烙印を押されるだけだ』と。ぼくはざっとそんなことを考えながら、やけっぱちのような気分で、妻に言われたとおりに書き、マリアンの最後の思い出の品を手放したのです。彼女の三通の手紙は、そのとき運悪くぼくの紙入れに入っていた。そうでなければ、そんなものはないと言って、一生大切にしまっておいたでしょう。でも三通とも妻に取り上げられ、別れの口づけさえできなかった。それにあの一房の髪も、同じ紙入れに入れて肌身離さず持ち歩いていたんですが、ソファイアが異常な執念を見せて探し出し、あの大切な髪も何もかも、思い出の品はすべて取り上げられてしまいました」

「ウィロビーさん、あなたは間違っています、ものすごく間違っています」とエリナーは言ったが、声にはつい同情の響きがこもってしまった。「奥さまのこともマリアンのことも、そんなふうにおっしゃってはいけません。あなたはご自分でご自分の道を選んだのです。誰かから無理強いされたわけではありません。奥さまは少なくとも、あなたから礼儀と敬意をもって扱われる権利があります。奥さまはあなたを愛しているはずです。そうでなければ結婚するはずがありません。奥さまをそんなふうに粗末に扱い、軽蔑なさったような言い方をしても、マリアンへの償いにはなりません。それに、あなたの良心にとっても気休めになるとは思えません」

「妻の話はしないでください」大きなため息をついてウィロビーは言った。「あなたに同情していただくような女性ではありません。彼女はぼくに愛されていないのを承知のうえで結婚したのです。でも、とにかくぼくたちは結婚し、幸せになるためにクーム・マグナへ行き、それから陽気に楽しくやるためにロンドンへ戻りました。さあ、ミス・ダッシュウッド、これでぼくを哀れんでいただけますか？　それとも、これだけ申し上げても無駄でしたか？　ぼくの罪が、ほんのわずかでも前より軽くなったと思っていただけますか？　ぼくは最初からあんなひどいことをしようと思ったわけではないんです。ぼくの釈明で、ぼくの罪は少しは軽くなりましたか？」

「ええ、たしかに少しは軽くなりました。あなたは私が思っていたほどひどい人ではないとわかりました。それほど大悪人ではないということがわかりました。でも、あなたがもたらした不幸は少しも軽くはなりません。あれ以上のひどい不幸がこの世にあるとは思えませんん」

「妹さんが回復されたら、いまぼくが話したことを伝えていただけますか？　ぼくの罪が少しは軽くなったということを、あなただけでなく彼女にもわかっていただきたいのです。彼女はすでにぼくを許してくれていると、あなたはおっしゃいました。でも、ぼくのほんとうの心と現在の気持ちをもっとよく知ってもらえれば、彼女からもっと自然な、もっとやさしい、もっと心のこもった許しを得られるのではないかと思うのです。ぜひそうしていただきたいのです。ぼくの苦しみと悔恨の念を彼女にお伝えください。ぼくは彼女にたいして浮気な気持ちで接したことなど一度もなかったし、そして——こう言うと、またあなたに叱られるかもしれませんが——いまのぼくには、彼女はいままで以上に大切な人だと、そうお伝えください」

「あなたのおっしゃる釈明に必要なことだけはしっかり伝えます。でもあなたは、ここへいらっしゃった特別な理由も、どうしてマリアンの病気を知ったのかも、まだ説明なさっていませんね」

「昨夜、ドルリー・レインの王立劇場のロビーで、サー・ジョンにばったり会ったのです。サー・ジョンはぼくに気がつくと、すぐに話しかけてきました。彼と口をきくのは二カ月ぶりです。ぼくの結婚以来、彼はぼくに会ってもいつも知らん顔をしていたけど、ぼくはそれを驚きもしなければ恨んでもいなかった。ところが昨夜は、あの人のいい正直者のサー・ジョンは、ぼくにたいする怒りと、妹さんにたいする心配のあまり、ぼくに話しかけてきたんです。つまり、ぼくを苦しめる話をするためです。でも、実際にこんなにぼくを苦しめることになるとは思っていなかったでしょうね。とにかくそれで、彼は精いっぱいぶっきらぼうに、マリアン・ダッシュウッドがクリーヴランドで悪性の熱病にかかって死にそうだと教えてくれたんです。その朝届いたジェニングズ夫人の手紙によると、一刻も目を離せぬ危険な状態で、パーマー一家は感染を恐れてよそへ避難したとのことでした。ぼくはあまりのショックに、平静を装うことができなくて、鈍感なサー・ジョンにさえ心の動揺を気づかれてしまいました。ぼくがひどいショックを受けているのを見て、サー・ジョンの心は和らぎ、ぼくへの敵意も薄れ、別れるときには、『たしか、ポインターの子犬をあげる約束だったね』と言って、握手までしそうになりました。マリアンが死にそうだと聞いたときのぼくの気持ちをお察しください。しかも彼女は、ぼくを世界一の大悪党と確信して、ぼくを軽蔑し憎みながら死のうとしているのです。忌まわしい出来事がみんなぼくのせいにされているかもしれないのです。ぼくはどんなことでもやりかねない男だと、そう思っている人物がたしかにいるんですから。ぼくは居ても立ってもいられない気持ちでした。それですぐに決心して、今朝の八時に馬車に乗りこんだというわけです。さあ、これですべてお話ししました」

エリナーは返事をしなかった。ウィロビーという男が受けた取り返しのつかぬ深い傷について、黙って思いをめぐらせた。ウィロビーはすばらしい容姿と才能に恵まれ、率直で正直な性格と、愛情豊かな思いやりのある性質を持っていたにもかかわらず、あまりにも若くして経済的独立を許されたために、怠惰と放蕩と贅沢の習慣が身についてしまい、おかげで彼の心と人格と自分の幸福にまで、取り返しのつかぬ深い傷を受けることになったのだ。上流社交会が彼を虚栄心の強い浪費家にしてしまい、その虚栄心と浪費癖が、彼を冷酷な自己中心的な人間にしてしまった。虚栄心ゆえに、人の心を傷つけてまで愛の手柄を追い求めるうちに、ほんものの愛へと深入りしてしまった。だが浪費癖ゆえに、少なくともそれがもたらした貧乏ゆえに、そのほんものの愛をあきらめなければならなかったのだ。虚栄心と浪費癖という二つの悪しき性癖が彼を悪行へと導いたが、同時に、懲罰へと導いたのだ。彼は自分の名誉と感情とあらゆる利益を犠牲にして、表面上はマリアンへの愛をあきらめたが、もはや許されぬ今になって、その愛が彼の心を支配している。そして、彼がためらうことなくマリアンを不幸のどん底へ突き落として勝ち取ったミス・グレイとの結婚が、今は彼にとって、不治の病のごとき癒しようのない不幸の源になろうとしているのだ。

エリナーは数分のあいだこうした物思いに耽っていたが、ウィロビーの声で我に返った。彼も同じように苦しい物思いに耽っていたが、やがて我に返って立ち上がり、帰り支度をしてこう言った。

「もうここにいても仕方ない。そろそろ失礼します」

「ロンドンへ帰るのですか?」

「いえ、クーム・マグナです。そこで用があります。一日か二日したらロンドンへ帰ります。では、失礼します」

ウィロビーは手を差し出した。エリナーは握手を拒むわけにはいかなかった。彼は愛情をこめてエリナーの手を握りしめた。

「ほんとうにぼくのことを、前より少しはよく思ってくださるんですね?」彼は手を放し、帰るのを忘れたかのようにマントルピースにもたれかかった。

エリナーはほんとうにそう思っていると答えた。彼を許し、哀れみ、幸運を祈っているし、彼の幸せに大きな関心さえ持っていると言い、幸せになるためにはどうすればよいか、その振る舞いについて親切な忠告までつけ加えた。だがウィロビーの返事はあまり明るいものではなかった。

「それについては、できるだけうまくやっていくしかありません。ぼくには家庭の幸福などありえません。でも、あなたやご家族のみなさんがぼくの運命と行動に関心を持ってくださると、そう思ってよろしいなら、これを契機に、自分の行動に気をつけるようになるかもしれないし、少なくとも、生きてゆくための励みにはなるでしょう。たしかに、マリアンはもう永遠にぼくから離れてしまった。でも何かの幸運で、もしぼくが再び自由の身になったら――」

エリナーは非難のまなざしを向けて、その先を言わせなかった。

「ではあらためて、さようなら。これで失礼して、ひとつの出来事を恐れながら生きてゆきます」とウィロビーは言った。

「何のことですか？」

「妹さんの結婚です」

「あなたはたいへんな思い違いをしています。マリアンがいま以上にあなたから離れることはありえません」

「でも、いずれはぼく以外の誰かと結婚なさるでしょう。そしてその誰かが、よりによって、ぼくのいちばん耐えがたいあの人物だとしたら……。いや、もう失礼します。いちばんひどいことをしたぼくが、いちばん人に手きびしいという印象を与えて、あなたの温かい同情を失いたくありません。さようなら。どうぞお元気で！」

ウィロビーはそう言うと、走るように部屋を出ていった。

第四十五章

ウィロビーが立ち去ったあとしばらくのあいだ、彼の馬車の音が消えたあともしばらくのあいだ、エリナーの頭にはさまざまな思いが——それぞれ異なってはいるけれど、すべて悲しみに彩られたさまざまな思いが渦巻いて、しばし妹のことさえ忘れたほどだった。

エリナーはほんの三十分前まで、ウィロビーを最低の男として憎んで軽蔑していたのに、彼が自分の犯した過ちゆえに苦しんでいる姿を見ると、あらゆる欠点にもかかわらず、憐憫の情をかきたてられずにはいられなかった。そして、もはやダッシュウッド家とは永遠に縁の切れたそのウィロビーのことを、やさしさと愛惜の念をもって思い浮かべた。ただしその愛惜の念は、エリナーもすぐに気づいたように、彼の美点というよりは、彼の切実な訴えに影響されてかきたてられたものだった。それに、彼が自分の心に及ぼす影響力は、本来ならあまり重きを置いてはいけない事柄によって強められていると、エリナーは思った。たとえば、あの類いまれなる魅力的な容姿。彼の場合は長所にはならないけれど、あの率直で、愛情のこもった、快活な態度。いまはもう罪深きものでさえあるけれど、マリアンにたいするいまだ衰えぬ熱烈な愛、などなど。しかしエリナーは、そうとはわかっていながらも、彼のそうした魅力に影響されずにはいられなかった。

意識を失っていたマリアンのところへエリナーがようやく戻ると、マリアンは長い安らかな眠りのおかげで、エリナーの期待どおり元気を回復し、ちょうど目を覚ましたところだった。エリナーは胸がいっぱいになった。過去と現在と未来――つまり、ウィロビーの突然の来訪と意外な告白、マリアンが一命を取りとめたこと、母がもうすぐ到着すること――が重なって興奮状態に陥り、疲労など感じる暇もなかった。ただ、いまの自分の気持ちをマリアンに悟られやしないかと、それだけが心配だった。しかし、そんな心配をしたのもほんの束の間で、ウィロビーが立ち去って三十分もしないうちに、また馬車の音が聞こえてエリナーは階下へおりていった。一秒でも早く母を無用な不安から解放してあげたくて、大急ぎで玄関ホールへ駆けおりてドアまで行くと、ちょうど母が入ってきたので、体を抱きかかえながら中へ迎え入れることができた。

ダッシュウッド夫人は、家に近づくにつれて不安と恐怖がつのり、マリアンはもうこの世にいないのではないかと思いはじめたほどであり、家に着いても、マリアンの容体をたずねることも、エリナーに声をかけることもできないありさまだった。だがエリナーはあいさつも質問も待たずに、マリアンの回復という喜ばしい知らせを母に伝えた。するとダッシュウッド夫人は、いつもの熱烈な態度でこれを聞き、ついさっきまで不安と恐怖であんなに打ちひしがれていたのに、こんどはあまりの幸せと喜びに感極まってしまい、また何も言えなくなってしまった。エリナーとブランドン大佐に両脇を抱きかかえられて客間に入ると、まだ口はきけないけれど、夫人は喜びの涙を流しながら、何度もエリナーを抱きしめ、その合間にブランドン大佐のほうを向き、大佐の手をしっかりと握りしめてその顔を見つめた。夫人の目には感謝と同時に、大佐もこの瞬間の喜びを共にしているにちがいないという確信がこめられていた。しかし大佐は、夫人よりもさらに深い沈黙のうちにその喜びを共にしていた。

ダッシュウッド夫人は落ち着きを取り戻すと、何はさておきまずマリアンに会いたがり、二分後には最愛の娘のそばにいた。久しぶりの対面であり、あのような不幸と死の危険をくぐり抜けたあとだけに、いとおしさもひとしおだった。ふたりの再会の喜びを見てエリナーもうれしかったが、マリアンが興奮してまた眠れなくなるのではないかと心配になった。だがさすがのダッシュウッド夫人も、最愛の娘の命がかかっているとなれば冷静になれたし、分別をもって振る舞うこともできた。そしてマリアンも、母がそばにいてくれることに満足し、まだ話をするほど体力が回復していないことを自覚して、みんなの勧めに従って、すなおに沈黙と安静に身をゆだねた。ダッシュウッド夫人は、どうしても自分が夜どおしマリアンのそばにいて看病すると言ってきかず、エリナーは仕方なく母の願いを入れて、部屋へ下がって床についた。しかし、彼女は一睡もせずに一夜を明かしたうえに、何時間も極度の不安状態にいたのだから、ぜったいに睡眠が必要なはずなのに、興奮して眠ることができなかった。ウィロビーのことが——いまはもう、「かわいそうなウィロビー」と呼ぶことを自分に許してしまっているのだが——そのウィロビーのことがどうしても頭から離れなかった。彼の弁明など聞かなければよかったのにと思ったり、いままで彼をきびしく非難しすぎていた自分を責めたり、やはりあれでよかったのだと思い直したりした。しかし、彼の弁明をマリアンに伝えるという約束を思い出すたびに気が重くなった。マリアンに話すのがこわいし、マリアンにどんな影響を与えるかを考えると恐ろしくなった。あのような弁明を聞いたマリアンが、ウィロビー以外の男性と幸せになれるかどうかははなはだ疑問だ。いっそウィロビーが男やもめになってくれればいいと、エリナーは一瞬だが思ってしまった。だがそれから、ブランドン大佐のことを思い出して自分を叱った。ウィロビーの苦しみもさることながら、大佐の苦しみと変わらぬ愛のほうが、はるかにマリアンの愛を受ける資格があるのではないだろうか。そう思うと、ウィロビー夫人の死を願う気持ちなどすぐに吹き飛んでしまった。

バートンに駆けつけたブランドン大佐から、マリアンの容体急変の知らせを聞いたとき、ダッシュウッド夫人はもちろんたいへんなショックを受けたが、その前からすでに不安を抱いていたので、そのショックはだいぶ緩和された。というのは、とにかくマリアンのことが心配で、とても落ち着いてはいられないので、ちょうどその日にクリーヴランドへ出かけることに決めていたのだ。だからブランドン大佐が駆けつけたときには、すでに旅の用意もできていて、マーガレットを預かってもらうケアリー夫妻の到着を今か今かと待っていたところだった。伝染病に感染する恐れのある場所へマーガレットを連れていきたくなかったからだ。

マリアンの容体は日ごとに快方に向かい、ダッシュウッド夫人の輝くような明るい表情と気分は——本人がくり返し宣言したのだが——夫人が世界一幸せな女性のひとりであることを示していた。だがエリナーとしては、母のその宣言を聞き、その証拠すなわち母の幸せそうな顔を見ると、「お母さまはエドワードのことを覚えているのかしら。もうすっかり忘れたのかしら」と、ときどき思わずにはいられなかった。だがダッシュウッド夫人は、エリナーの失恋については、エリナーが書き送った控えめな報告をそのまま信じていたので、目の前のあふれるような喜びに気を取られ、その喜びをさらに大きくするようなことしか考えなかった。そもそも、マリアンがこのような危険にさらされることになったのは、夫人が判断を誤って、ウィロビーにたいする不幸な愛を煽ったことにも大きな原因がある。それはもう夫人にもわかっているのだが、とにかくマリアンはその危険から救われて、夫人のもとへ戻ったのであり、とにかく夫人としては幸せなのだ。それにじつは――エリナーはまだ知らないが――夫人がマリアンの回復をこんなにも喜ぶ理由がもうひとつあった。ふたりだけで話す機会がくると、さっそく夫人は、その理由をつぎのようにエリナーに打ち明けた。

「やっとふたりだけになれたわね。じつはね、エリナー、ものすごくうれしいことがもうひとつあるの。ブランドン大佐がマリアンを愛しているのよ。大佐がご自分でそうおっしゃったのよ」

エリナーは喜びと痛みを交互に感じ、驚いたり、「やはり」と思ったりしながら、無言でじっと耳を傾けた。

「エリナー、おまえという人間はほんとに私と違うのね。そうでなけりゃ、おまえのその落ち着きように呆れてしまうわ。私が家族のためにお願いごとをするとしたら、これしかないわね。『どうかブランドン大佐が、おまえかマリアンのどちらかと結婚してくれますように』って。そして私はね、おまえよりマリアンのほうがぜったいに大佐と幸せになれると思うの」

母がそんなに自信をもってそう断定する根拠を、エリナーは聞いてみたい気がした。ふたりの年齢、性格、あるいは感性の違いを冷静に検討したら、そう断定できる根拠はひとつもないと思ったからだ。でも母は、自分の関心のある話題となると、何でも自分の想像力で猪突猛進してしまう。だから聞いても無駄なので、エリナーは笑って聞き流した。

「大佐はきのう旅の途中で、胸の内をすっかり打ち明けてくれたの。まったく思いがけなく、ごく自然に出た話なのよ。おまえにはわかるだろうけど、ここへ来る馬車の中で、私はほかのことはいっさい話すことができなくて、マリアンのことばかり話していたの。それで大佐は、私の話を聞いているうちに、自分の心痛ぶりを隠しきれなくなったのね。私に負けないくらいマリアンの身を心配していることがよくわかったわ。それで大佐は、いまの世間の常識から言うと、ただの友情ではそこまで心配する理由にはならないと思ったのか——あるいは、そんなことはいっさい考えずに、抑えきれない思いの丈を打ち明けたのか——とにかく大佐は、マリアンにたいする真剣な、やさしい、変わらぬ愛を私に打ち明けてくれたの。ね、エリナー、大佐はマリアンに初めて会ったときからずっと愛していたんですって」

しかしここでエリナーは、ブランドン大佐の言葉や、告白の内容そのものよりも、母の旺盛な想像力から生まれた粉飾を読み取った。母の想像力は、自分にとって好ましいことはすべて自分の好きなように解釈して、勝手に話を作ってしまうのだ。

「マリアンにたいする大佐の愛情は、ウィロビーが感じていた、というより、感じているふりをしていた愛情よりも、もっともっと熱烈で、もっともっと真剣で誠実なものだったの。それをどう呼ぶかは別として、とにかく大佐の愛情は、マリアンがあのろくでなしに夢中になっているあいだもずっとつづいていたの。その不幸な事実を知りながらもずっとつづいていたの。しかも、これっぽっちの私心もなく、これっぽっちの希望も与えられずに！　マリアンがほかの男性と幸せになるのを見て、大佐が平気でいられたと思う？　なんという気高いお心でしょう！　なんという寛大な、誠実なお方でしょう！　大佐のすばらしさを見損なうなんてありえません！」

「ブランドン大佐が立派な人だという評判は間違いないわ」とエリナーは言った。

「もちろんよ」ダッシュウッド夫人は真剣な調子で言った。「あんなひどい目にあったあとですもの、いくら大佐がマリアンを愛していると言っても、大佐が立派な人でなければ、私は後押しするどころか、喜ぶ気にだってなれませんよ。でも大佐はあんなに積極的な、心のこもった友情を示して、私を迎えにきてくださったんですもの。立派な人だということは十分証明されているわ」

「でも」とエリナーは言った。「今回の大佐のご親切は、人柄の問題は別にして、大佐のマリアンにたいする愛情から生まれたものですけど、大佐の立派な評判は、そういうひとつの親切から生まれたわけではないわ。ジェニングズ夫人もミドルトン夫妻も、大佐とは長年親しいおつきあいをなさっていますけど、みんな同じように大佐を愛して尊敬していらっしゃいます。私も、大佐と知り合ってまだ日は浅いけど、そのお人柄はよく知っているつもりだし、とても立派な方だと尊敬しています。もしマリアンが大佐と幸せになれるなら、この結婚は私たち一家にとっても最高の幸せだと、お母さまと同じように、私も喜んでそう思います。それで、大佐にはどうお返事したの？　希望を持たせるようなことをおっしゃったの？」

「とんでもない！　あのときは大佐も私も、希望なんて口にできる気分じゃなかったわよ。マリアンがその瞬間にも死にかけているかもしれないんだもの。でも大佐は、希望も励ましも求めてはいなかったわ。思わず打ち明けてしまったというか、慰めてくれる友人に真情を吐露したというか――とにかく、相手の親に申し込んだという感じではなかったわね。でも私はしばらくして――だって、最初はすっかり気が動転していたんだもの――大佐にこう言ったわ。もしマリアンが生きていたら――きっと生きていてくれると思うけど――そのときは、ふたりの結婚を後押しするのが私の最高の喜びになるだろうって。そしてここに到着して、マリアンの無事がわかってから、同じことをもっとはっきりと言ったし、できるかぎりの励ましの言葉を贈ったわ。時間が、ほんの少しの時間が、すべてを解決してくれるだろうって。マリアンの心が、ウィロビーのようなくだらない男にいつまでも執着するはずがないもの。大佐の立派な人柄が、すぐにマリアンの心をとらえるに決まってるわ」

「でも、大佐の沈んだご様子から見ると、大佐はまだお母さまほど楽観的にはなっていないようね」

「そうね。マリアンのウィロビーへの愛はとても根が深くて、長い時間がたっても変わらないだろうって大佐は思っているの。それに大佐は、とにかく自信がなくて、たとえマリアンの心がまた自由になったとしても、年齢も性格もこんなに違うから、マリアンの気持ちを引きつけることは無理だと思っているの。でもそれは大佐の思い違いよ。年齢が離れているといっても、かえって利点になる程度の差だし、あの年齢だからこそ、人柄も道徳心もあんなにしっかりしているのよ。それに、大佐の性格はマリアンを幸せにするのにぴったりだと、私は確信しているわ。容姿も態度もまったく申し分ないわ。けっしてひいき目じゃありませんよ。たしかにウィロビーほど美男子ではないけど、大佐の顔立ちのほうがずっと感じがいいわ。おまえは覚えているかしら。ウィロビーの目つきには、ときどきいやな感じがちらついていたでしょ？」

　エリナーは思い出せなかったが、母は相手の同意など待たずに先をつづけた。

「それに、大佐の態度はウィロビーよりずっと感じがいいわ。私だけでなくマリアンの目から見ても、ぜったい魅力的なタイプだと思うわ。あのやさしさや、他人にたいする自然な心づかいや、気取りのない男らしい素朴な態度は、マリアンのほんとうの性格にぴったりよ。ウィロビーの快活な態度はわざとらしくて、場違いな感じがして、マリアンの性格とぜんぜん合わないわ。たとえウィロビーがほんとに心のやさしい人間だったとしても――じつは正反対の人間だったけど――マリアンはウィロビーと結婚してもぜったいに幸せにはなれませんよ。でも、ブランドン大佐とならぜったいに幸せになれるわ」

ダッシュウッド夫人はひと息ついた。エリナーは母の意見に全面的に賛成ではなかったが、反対意見は口にしなかったので、母の機嫌を損ねることはなかった。

「マリアンがデラフォードに住むようになれば」とダッシュウッド夫人はつづけた。「たとえ私がこのままバートンに住んでいても、楽に行き来ができるわね。それにたぶん――デラフォードは大きな村だそうだから――大佐のお屋敷のご近所に、私たちのいまの境遇にふさわしい小さな家かコテッジがきっとあるはずよ」

かわいそうなエリナー！　彼女をデラフォードへ引っ越しさせようという新たな計画がもちあがったのだ！　でも彼女はそんな計画に賛成する気はなかった。

「それに大佐の財産！」とダッシュウッド夫人はさらにつづけた。「私くらいの年になると、誰だって財産が気になるものよ。大佐の財産がどれくらいか私は知らないし、知りたいとも思わないけど、相当なものにちがいないわね」

ここで人が入ってきたので、話はここまでとなった。エリナーは自分の部屋へ引きとり、ひとりでじっくりと思いをめぐらせ、大佐の成功を祈ったけれど、そう祈りながらも、ウィロビーのために胸の痛みを感じずにはいられなかった。

第四十六章

マリアンの病気はその性質上、衰弱はひどかったが、あまり長引かなかったために回復は速かった。まだ若いし、生まれつき丈夫なほうだし、母が来てくれたことも力になって、回復は順調に進み、母の到着から四日もたたないうちに、マリアンはパーマー夫人の化粧室へ行けるまでになった。そしてマリアンのたっての希望で、ブランドン大佐にその部屋へ来てもらった。母を連れてきてくれた大佐にぜひお礼を言いたかったからだ。

部屋に入って、マリアンのやつれた顔を目にし、差し出された青白い手を握ると、大佐は激しい感情の揺れを示したが、それはエリナーが察するところ、マリアンにたいする愛情や、それをほかの人たちに知られているという意識だけから生じたものではなさそうだった。マリアンを見るときの大佐の悲しそうな目と、顔色の変化を見て、エリナーはすぐにこう思った。たぶん大佐の脳裏に、過去のさまざまな悲惨な光景がよみがえったのだ。マリアンとイライザの類似点は前からわかっていたはずだが、いまこうして、マリアンの落ちくぼんだ目、青白い肌、ぐったりとした弱々しい姿、そして特別な恩義にたいする熱烈な感謝の言葉などによって、その類似点がいちだんと強められたために、イライザの悲惨な光景がまざまざとよみがえったのだろう。

ダッシュウッド夫人は、目の前の光景をエリナーに劣らず注意深く見守っていたが、まったく違った先入観を抱いていたために、まったく違った見方をしていた。つまり夫人は、大佐の振る舞いには、きわめて単純明快な感情すなわち恋愛感情しか認めなかったし、マリアンの言動には、すでに感謝以上のものが芽ばえていると確信した。

さらに一日、二日すると、マリアンは半日ごとに目に見えて元気になってきた。それでダッシュウッド夫人は、娘の希望もさることながら、自分自身の希望にもせきたてられて、そろそろバートンへ帰ると言い出した。ジェニングズ夫人とブランドン大佐がどうするかは、夫人の決断次第だった。ジェニングズ夫人は、ダッシュウッド母娘が滞在しているあいだはクリーヴランドを去るわけにはいかないし、それにブランドン大佐も、両夫人が口をそろえて頼むので、（ぜったいにいなくてはいけないというわけではないけれど）やはり自分もここにいなくてはいけないし、先に去るわけにはいかないと思っていたのである。そしてこんどは大佐とジェニングズ夫人が口をそろえて頼むので、ダッシュウッド夫人は、病み上がりのマリアンのために、帰りの旅には大佐の馬車を借りることになった。そして大佐は、ダッシュウッド夫人とジェニングズ夫人の口をそろえての招待——活発な善意あふれるジェニングズ夫人は、他人の家に人を招待する場合でも、心からの歓待精神を発揮するのだ——に喜んで応じ、「二、三週間のうちに、馬車を受け取りかたがたバートン・コテッジに伺います」と約束した。

別れと出発の日が来た。マリアンはジェニングズ夫人に異例なほどの長い別れのあいさつをした。これまでの非礼をひそかに認め、その償いとして熱烈な感謝と、心からの敬意と、愛情のこもった祝福の言葉を述べているようだった。そしてブランドン大佐にも友情をこめて別れのあいさつをすると、大佐にやさしく助けられて馬車に乗りこんだが、大佐は座席の半分をマリアンに独占させたがっているかのようだった。ダッシュウッド夫人とエリナーがつづいて乗りこみ、大佐とジェニングズ夫人はふたりだけになると、ダッシュウッド母娘のことばかり話題にし、これから先の自分たちの退屈な毎日を実感した。やがてジェニングズ夫人の馬車の用意もでき、夫人は若い話し相手のエリナーとマリアンを失った寂しさを、お付きのメイドとのおしゃべりでまぎらすことにした。そしてブランドン大佐も、そのあとすぐにひとりでデラフォードへと出発した。

ダッシュウッド母娘はバートンまで二日間の旅をしたが、マリアンは、二日とも特に目立った疲れも見せずに旅に耐えた。ダッシュウッド夫人とエリナーは、マリアンに少しでも楽な旅をさせるために、熱い愛情をこめて、細心の注意を払い、あらゆる努力を怠らなかった。そしてその甲斐あって、マリアンは肉体的にも精神的にも落ち着きを取り戻してきた。エリナーにとっては、マリアンが精神的な落ち着きを取り戻したことが何よりもうれしかった。マリアンは心の悩みに打ちひしがれて、誰かに打ち明ける勇気もなく、隠し通す力もなく、何週間ものあいだひとりで悶々と苦しんできたのだが、エリナーはその姿をずっと見てきたのだ。だからこそエリナーは、いまこうして心の平静さを取り戻したマリアンを見ると、ほかの人には味わえないような喜びを感じるのだ。そしてその心の平静さは、真剣な反省から生まれたものだと思うから、マリアンは必ずかつての精神的安定と陽気さを取り戻してくれるにちがいないと、エリナーは思った。

馬車がバートンに近づき、野原や木々がつらい思い出を呼び覚ますような風景の中へと入ってゆくと、マリアンは急に黙りこんで物思いに沈み、母やエリナーから顔をそむけて、窓の外の景色を食い入るように見つめた。でもエリナーは、その程度のことはやむをえないと思い、驚く気にも責める気にもなれなかった。それに、マリアンに手を貸して馬車からおろしてあげたとき、彼女が泣いていたことに気づいたが、それもごく自然な感情だと思い、かわいそうだと思っただけであり、むしろ、そうやって人に気づかれずに泣いていた控えめな点は称賛に値すると思った。それからあとのマリアンの態度には、理性的な努力にめざめた心の動きがはっきりと認められた。たとえば、バートン・コテッジに到着してみんなで居間に入ると、マリアンは、ウィロビーの思い出と結びつきそうなものを見ることに早く慣れようと決意したかのように、毅然たるまなざしで室内を見まわした。それに、口数は少ないが、ひと言ひと言を明るい調子で言うように心がけていたし、ときどきため息をもらすことはあったが、そのあと必ず笑顔を見せて補った。ディナーのあとにはピアノを弾く気になり、ピアノのところまで行ったが、最初に目に入ったのは、ウィロビーがプレゼントしてくれたオペラの楽譜で、ふたりで何度も歌った二重唱の曲が入っていて、表紙にはウィロビーの筆跡で彼女の名前が書かれていた。いくらなんでもこれは無理だった。マリアンは頭を振って、その楽譜を脇へ押しやり、鍵盤にちょっと指を走らせてから、指の力が弱っていてだめだと言って、ピアノの蓋を閉じた。でも蓋を閉じながら、「これからたくさん練習しなくちゃ」ときっぱりと言った。

翌朝になっても、こうしたうれしい兆候は変わらなかった。それどころか、一晩ぐっすり眠ったおかげで心身ともに回復し、表情にも話し方にも、ほんものの元気がみなぎってきた。マーガレットが帰ってくるのを楽しみにし、「マーガレットが戻ったら、また楽しい一家団らんが戻るのね。家族みんなの仕事や、趣味や、楽しい交わりこそ、求める価値のある唯一の幸福だわ」とマリアンは言い、さらにこう言った。

「お天気が落ち着いて、私の体力が回復したら、毎日みんなで長い散歩をしましょうね。丘のはずれの農場まで行って、子供たちがどんなことをしているか見てきましょうね。バートン・クロスにあるサー・ジョンの新しい植林地や、大修道院にも行きましょうね。それに小修道院の遺跡にも何度も行って、昔はこの辺まであったと言われているところまで、土台の跡を辿ってみるの。すごく楽しいでしょうね。夏はそれで楽しく過ぎていくわ。毎朝必ず六時前に起きて、それからディナーまでの時間はすべて音楽と読書に当てるの。もう計画を立てたし、これからはまじめにきちんと勉強するつもりよ。うちにある本は娯楽にしか役に立たないものばかりだけど、バートン屋敷には、読む価値のある本がたくさんあるし、比較的新しい本はブランドン大佐から借りられるわ。毎日六時間読書すれば一年後には、いまの私に不足している知識を十分身につけられるわ」

エリナーは、このような立派な計画を立てたマリアンの栄誉を称えた。でもついこのあいだ、マリアンを無気力な怠惰と悲嘆の日々へと追いやったあの旺盛な想像力が、こんどはまた、このような理性的な活動と立派な自制心を示す計画にたいしても、同じような行き過ぎをもたらす作用をしているのを見て、苦笑せざるをえなかった。しかし、ウィロビーの弁明をマリアンに伝えるというあの約束を思い出すと、エリナーの苦笑はため息に変わった。あの話をしたらマリアンの気持ちがまたかき乱されて、せっかく始められそうな勤勉で平穏な生活が、少なくとも一時的には台無しにされるかもしれないからだ。それゆえエリナーは、その忌まわしい時をできるだけ遅らせるために、当面は話す時期を決めずに、マリアンの健康状態がもっと安定するまで待つことにした。ところがその決心はすぐに破られることになった。

バートンに戻ってから二、三日は、マリアンのような病み上がりがあえて散歩したくなるような好天には恵まれなかった。しかしようやく、娘が散歩をしたくなり、母が安心して娘を散歩に出せるような、穏やかな気持ちのいい朝がやってきた。そしてマリアンは、疲れない程度なら、エリナーの腕につかまって家の前の小道を散歩してもよいというお許しを得た。

エリナーとマリアンはゆっくりした歩調で歩き出した。マリアンが散歩をするのは病気以来はじめてなので、歩く力もすっかり弱っているからだ。家からすこし進んで、家の裏手の、あの思い出の丘が一目で見渡せるところまで来ると、マリアンは丘に目を向けて立ちどまり、指差しながら穏やかな調子でこう言った。

「あそこよ、ちょうどあそこの小高い丘よ。私はあそこで転んだの。そしてあそこで初めてウィロビーに会ったの」

ウィロビーという名前を口にしたとき、マリアンの声はちょっと沈んだが、すぐに元気を取り戻してつづけた。

「よかったわ。あの丘を見ても、もうそんなにつらくないわ。お姉さま、もうあの話をしてもいいかしら？」マリアンはためらいがちに言った。「いけないかしら？　もう話せると思うし、話すべきだと思うの」

何でも話していいわ、とエリナーはやさしく言った。

「彼にたいする未練な気持ちは、もうすっかり捨てたわ」とマリアンは言った。「彼にたいする私の気持ちがどんなだったかを話したいのではなくて、私のいまの気持ちを話したいの。いまはもう、ただひとつのことがはっきりすればいいの。彼は最初からお芝居をしていたわけじゃない、最初から私をだましていたわけじゃないって、そう思うことができればそれでいいの。……でも何よりも、彼がそんなにひどい悪人じゃないとわかれば、それでいいの。だって私は、あの不幸なお嬢さんの話を聞いてから、彼はほんとうにひどい悪人かもしれないって、ときどき思っていたんですもの……」

マリアンは途中で言葉を切った。エリナーはうれしそうにマリアンの言葉を心にとめて、こう言った。

「彼は最初からあなたをだましていたわけじゃない、そんなにひどい悪人じゃないってわかれば、あなたの心は安らぐわけね」

「ええ。私の心の平和は、ひとえにそのことにかかっているの。だって、私があれほど大切に思っていた人が、最初から私をだましていたなんて、そんな疑いをかけるのは恐ろしいことよ。それにもしほんとうに、彼が最初から私をだましていたとしたら、私は自分のことをどう思えばいいの？　恥ずかしいほど軽率な恋をした馬鹿な娘としか言いようがないじゃない」

「それじゃあなたは、彼の振る舞いをどう説明するの？」とエリナーが言った。

「たぶん、彼は移り気な性格なのよ」とマリアンは言った。「そうよ、きっとそうよ、とっても移り気な性格なのよ」

エリナーは何も言わなかった。ウィロビーの弁明をすぐに伝えるべきか、マリアンがもっと元気になるまで延期すべきか、胸の中で思いをめぐらせた。そしてふたりは、しばらく黙ってゆっくりと歩きつづけた。やがてマリアンがため息まじりに言った。

「このことを考えたときに、彼も私と同じようにつらい思いをしませんようにと、私が願っても、あまり彼の幸せを願っていることにはならないわね。だって、私と同じだったら、彼はこのことを考えるたびに苦しむでしょうから」

「自分の振る舞いを彼のと比較しているの？」

「いいえ。こうあるべきだったという振る舞いと比較しているの。つまり、お姉さまの振る舞いと比較しているの」

「でも、私とあなたは置かれていた状況が違うわ」

「いいえ、そんなに違わないわ。私たちの振る舞い方はぜんぜん違っていたけど、置かれていた状況は似たようなものよ。ね、お姉さま、あなたが私の振る舞いにきびしい判断を下しているのはよくわかっているわ。だから、やさしい思いやりなんかで私を弁護しないで。私は病気をしたおかげで、いろいろ考えさせられたの。真剣にわが身を振り返る時間と心の落ち着きを、病気が与えてくれたの。話ができるようになるずっと前から、頭の中では、過去のことを振り返っていろいろ考えていたの。去年の秋に彼と知り合ったあとの私の振る舞いを思い出すと、自分にたいする無分別と、他人にたいする思いやりのなさばかりが目についたわ。自分の心の持ち方が自分の不幸を準備したんだし、その不幸に耐える力がないために、もうすこしで命まで落とすところだったということが、よくわかったわ。私の病気はまったくの自業自得で、これではいけないと自分でもわかっていた不摂生が原因なの。もしあのまま死んでいたら自殺みたいなものね。自分の生命の危険が去るまで、私はその危険を知らずにいたの。でもいまこうして考えてみると、よく治ったものだと驚くわ。生命の危険が去ったあとの、あの生きたいという気持ち、神さまやお姉さまたちに償いをする時間が欲しいという気持ち、その気持ちの強烈さが私の命を奪わなかったことが不思議なくらいよ。でももし死んでいたら、看護人でもあり友人でもありお姉さまでもあるあなたを、どんな不幸に突き落としたことでしょう！　私の最後の日々の不機嫌とわがままをすべて見ていたし、私の心の不平不満をすべて知っていたお姉さま！　そのお姉さまの記憶の中に、私はどんなふうに残ったことでしょう！　それにお母さま！　お姉さまはお母さまをどう慰めることができたでしょう！　私は自分で自分をどう呪ったらいいかわからないわ。自分の過去を振り返るたびに、人間としての義務を怠る、欠点だらけの自分の姿が目に浮かぶの。私は誰も彼も傷つけていたと思う。ジェニングズ夫人のあの絶え間ないご親切にたいしても、私はまったく恩知らずな軽蔑をもって応えていたわ。ミドルトン夫妻や、パーマー夫妻や、スティール姉妹や、ちょっとした知り合いにたいしても、私はいつも傲慢で失礼な態度ばかり取っていたわ。みなさんの長所をぜんぜん見ようともせず、せっかくのご親切にたいしても、いつもいらだってばかりいたわ。それにジョンお兄さまとファニーにも——そうよ、あのふたりにはあまり長所はないかもしれないけど、もうすこし礼儀正しく接するべきだったわ。でもお姉さまにたいして——ほかの誰よりも、お母さまよりも誰よりも——お姉さまにたいして私はいちばんひどいことをしてしまったわ。お姉さまの心と悲しみを私だけが知っていたのに、私はお姉さまのためにいったい何をしてあげたかしら？　お姉さまのためにも私のためにもなるような同情心を持つことすらしなかったわ。お姉さまというお手本が目の前にあるのに、何の役にも立たなかったわ。お姉さまのことや、お姉さまを少しでも楽にしてあげることを少しは考えるようになったかしら？　お姉さまの自制心と忍耐心を少しは見習うようになったかしら？　みなさんに礼儀正しく接したり、誰かにお礼を言ったりする役目は、これまでずっとお姉さまがひとりで背負ってきたけど、その役目を私も少しは引き受けて、お姉さまの負担を少しは軽くしてあげたかしら？　いいえ、まったく何もしなかったわ。お姉さまが心の痛手を負っているとわかってからも、お姉さまは何の悩みもないのだと思い込んでいたときと同じように、私はあらゆる義務に顔をそむけて、お姉さまへの思いやりの気持ちを示す努力もいっさいしなかったわ。この世で不幸なのは自分だけだと思い込み、私を捨てて踏みつけにした彼の心を恨んでばかりいて、お姉さまを限りなく愛していると言いながら、お姉さまのことはまったく何も考えずに、心配ばかりかけていたんだわ」

激流のごとく流れ出たマリアンの自責の念は、ここでようやく止まった。エリナーは正直なのでお世辞は言えないが、とにかくマリアンをなだめようと、その率直さと改悛の情にたいして、それにふさわしい賛辞と励ましの言葉を贈った。マリアンはエリナーの手を握りしめてこう答えた。

「お姉さまはほんとうにやさしいのね。いまの私の言葉がほんとうだということを、これからの行ないによって証明するわ。もう計画を立てたし、それをしっかり守れば、すこしは感情を抑制できるようになって、性格も改善されると思うわ。もう人に迷惑をかけたり、自分を苦しめたりするようなことはぜったいにしないわ。これからは私の家族のためだけに生きるの。これからは、お姉さまとお母さまとマーガレットが私のすべてよ。私の愛情はお姉さまたち三人だけのものよ。もう何があっても、私の家族と私の家から離れようなんてぜったいに思わない。たとえよその人とおつきあいするとしても、それはこういうことをみなさんに示すためよ。つまり私が謙虚な人間になって、行ないを改めたこと、そして、礼儀作法という義務をすなおに忍耐強く果たせるようになったことを示すためよ。でもウィロビーのことは、すぐに忘れるとか、いつか忘れるとか私が言っても無駄ね。彼の思い出は、事情や意見が変わっても簡単に消えるはずがないもの。でも調節はできるわ。信仰と理性と絶えざる努力によって抑えることはできると思うわ」

マリアンはひと息ついて、それから小さな声でこうつけ加えた。

「彼のほんとうの気持ちがわかれば、すべてが楽になるんだけど」

エリナーは、あの話をいますぐにマリアンに話すのがいいか悪いか、ずっと考えていて、いくら考えても結論が出そうになかったのだが、そこへいまのマリアンの言葉を聞いた。それで、いくら考えても結論が出ないのなら、思い切って言ってしまうしかないと考え、とうとう話すことにした。

エリナーはなんとか自分の思いどおり手際よく説明を終えた。まず、不安そうなマリアンに心の準備をさせ、それから、ウィロビーの弁明の根拠となった主要な点を簡単にありのままに話した。そして彼の悔恨の情を正当に評価し、彼がまだマリアンを愛しているという熱い言葉を、多少調子を弱めて伝えた。聞いているあいだ、マリアンはひと言も発しなかった。体が震え、じっと地面を見つめ、唇は病気の直後よりも血の気を失っていた。無数の質問が胸に湧きあがったが、ひと言も質問をしなかった。姉のひと言ひと言にあえぐように熱心に聞き入り、知らぬ間に姉の手をきつく握りしめ、そして涙が頬を濡らした。

エリナーはマリアンの疲れを心配して、家へと連れ戻った。マリアンの口から質問はひとつも出なかったが、聞きたいことは山ほどあるにちがいないという心中を察して、家に着くまで、ウィロビーのことと、ウィロビーとの会話のことだけを話題にし、そのときのウィロビーの話と表情を、差し障りがない程度に事細かに話した。家に入るとマリアンは感謝のキスをし、「お母さまにも話してあげて」と涙声でやっと言うと、エリナーを置いてゆっくりと階段を上がっていった。マリアンがいま独りになりたい気持ちはもっともなので、エリナーはもちろん邪魔をする気はなかった。そして、もしマリアンが母に話せないなら、自分がもう一度話すしかないと決心し、母の反応を予想して心の準備をし、マリアンの別れぎわの言いつけを果たすために居間へ入っていった。

第四十七章

ダッシュウッド夫人は、かつてのお気に入りであるウィロビーの弁明を聞いて、心を動かされずにはいられなかった。彼の罪の一部が晴れたことを喜び、彼に同情し、彼の幸せを祈った。しかし、過去の感情を呼び戻すことはできなかった。信義を破らぬ、人格に汚点のない彼をマリアンに取り戻すことはもうぜったいにできないし、彼のおかげでマリアンがあれほど苦しんだという事実もぜったいに忘れることはできないし、それに、イライザにたいする彼の仕打ちの罪深さも消し去ることはできなかった。したがって、ウィロビーがダッシュウッド夫人のかつての高い評価を取り戻すことは不可能であり、ブランドン大佐が不利になることもありえなかった。

もしダッシュウッド夫人がエリナーと同様、いまの話をウィロビー本人から聞いていたら、そしてウィロビーの苦悩を目の当たりにし、彼の表情と態度に影響されていたら、夫人の同情はもっと大きなものになっていただろう。しかしエリナーは、最初に自分が感じたような感情を、自分の説明によって母の心の中にかきたてることなどできないし、したいとも思わなかった。あのあといろいろ考えたおかげで、冷静な判断力が戻っていたし、ウィロビーの美点にたいする評価も醒めたものになっていた。それゆえエリナーは、単純に真実だけを述べ、母の想像力を惑わすような感情的な粉飾はいっさい加えずに、ありのままの事実だけを伝えたいと願っていた。

その晩、三人が居間に揃ったとき、マリアンは自分からウィロビーの話を始めた。しかしそれは、努力なしに行なわれたわけではなかった。その前にしばらく落ち着かない様子で何か考え込んでいたことや、話し出すと顔が紅潮したことや、不安定な声の調子などがそれを物語っていた。

「お母さまもお姉さまも、これだけはわかってほしいの」とマリアンは言った。「ふたりから言われなくても、私はみんなわかっていますから、どうか心配しないでください」

ダッシュウッド夫人がすぐにやさしい言葉をかけようとしたが、エリナーは、マリアンの思ったとおりの意見をぜひ聞きたいので、母に必死に合図を送って黙らせた。マリアンはゆっくりと先をつづけた。

「今朝お姉さまからあの話を聞いて、私はとてもほっとしているの。あれこそまさに、私が聞きたいと思っていた話よ」マリアンはちょっと声を詰まらせたが、すぐに気を取り直して、前より落ち着いた調子でつづけた。「私はいまの状態にすっかり満足しています。もう何も変わってほしくないわ。ああいうことは、遅かれ早かれいつかは知るでしょうから、そうしたら、彼と結婚しても幸せになんかなれるはずがないもの。もう彼を信頼も尊敬もできっこないし、ああいうことは、何があっても忘れられるはずがないもの」

「わかるわ、ええ、よくわかるわ」ダッシュウッド夫人が大きな声で言った。「あんな放蕩者と結婚したって、幸せになんかなれるわけがないわ！　私たちのいちばん大切な友人で、いちばん立派な男性の平和をめちゃめちゃにした男となんて！　いいえ、うちのマリアンは、そんな男と結婚して幸せになれるような、そんな心は持っちゃいません。この子の良心が、この子の敏感な良心が、本来なら夫の良心が感じなけりゃならない罪の意識を感じてしまうでしょうからね」

マリアンはため息をついて、「もう何も変わってほしくないわ」とくり返した。

「あなたの考えは、正しい心と健全な判断力のたまものね」とエリナーが言った。「そしてたぶんあなたは、今回のことだけでなくいろいろなことから、私と同じようにこう思ったのね。もし彼と結婚したら、間違いなく多くの困難に出会い、ひどい失望を味わうことになるだろうし、しかもそのときに、彼の頼りない愛情に支えられることすら期待できないだろうって。彼と結婚したら、一年じゅう貧乏生活でしょうね。金づかいが荒いことは本人も認めているし、彼の行動を見れば、自制心とは無縁な人だということがはっきりしているわ。金づかいの荒い彼と、世間知らずのあなたが結婚して、わずかな収入で暮らすことになったら、ひどい苦労をするのは目に見えているし、しかも、あなたが経験したことも考えたこともないような苦労だから、何倍もつらいものになるでしょうね。あなたは立派な道義心を持った誠実な人間だから、自分たちの経済状態に気づいたら、可能なかぎりの節約に努めるでしょう。そしてたぶん、あなた自身の楽しみを切り詰めるだけならその節約は許されるでしょう。

でも、その程度の節約ですまなくなったらどうなるかしら?——だって、あなたがいくらひとりで頑張っても、結婚前から始まっている彼の経済的破綻を食い止めるなんて無理に決まってるもの——とにかく、その程度の節約ではすまなくなって、いくらそれが正しいとはいえ、彼の楽しみまで切り詰めようとしたら、一体どうなるかしら? ああいう身勝手な人に節約を承知させるのはとても無理でしょうし、それどころか彼は、あなたへの愛情が薄れて、そんな節約を強いられることになった結婚を後悔するようになるんじゃないかしら」

マリアンの唇が震え、「身勝手な人?」という言葉をくり返した。「ほんとうに彼を身勝手な人だと思うの?」と言っているかのようだった。

「彼の行動は最初から最後まで、すべて身勝手さに基づいていたわ」とエリナーは答えた。「最初にあなたの愛情をもてあそんだのも身勝手さだし、そのあと本気であなたを好きになってから、その愛の告白を遅らせたのも身勝手さだし、そして最後に、あなたを置いてバートンを去ったのも身勝手さ以外の何物でもないわ。あらゆる点で、自分の快楽と安楽だけが彼の行動原理なのよ」

「たしかにそうね。私の幸福が彼の目標だったことは一度もないわね」

「いまは、彼は自分のしたことを後悔しているわ」とエリナーはつづけた。「でも、なぜ後悔していると思う? 自分のしたことが自分のためにならなかったからよ。自分のしたことが自分を幸せにしてくれなかったからよ。いまは彼の経済状態は楽になって、お金の苦労からは解放されたわ。でも、あなたほど気立てのやさしくない女性と結婚したことを後悔しているの。でも、もしあなたと結婚していたら、彼は幸せになれたと思う？　けっしてそうはならないわ。別の苦労が生じるだけよ。いまは解放されたから何とも思っていないけど、いつもお金の苦労に悩まされるわ。気立ての点では申し分のない妻を得られても、いつもお金に困って貧乏することになるわ。そうしたらたぶん、すぐにこう考えるようになるわ。抵当に入っていない土地と、十分な収入から得られる無数の快楽と安楽のほうが、家庭の幸福にとっても、単なる気立てのやさしい妻より何倍も重要だって、そう考えるに決まってるわ」

「そうね、きっとそのとおりね」とマリアンは言った。「私は何も後悔していないわ、自分の愚かさ以外は何も」

「母親の軽率さ以外は、と言ってちょうだい。みんな母親の責任よ」とダッシュウッド夫人が言った。

マリアンは母にその先を言わせなかった。エリナーは、みんなが自分の過ちを自覚していることに満足し、マリアンの元気を損なうような過去の話の蒸し返しは避けたいと思い、最初の話題に戻ってこうつづけた。

「この話全体から、ひとつの結論が導き出せるんじゃないかしら。つまりウィロビーのすべての不幸は、イライザ・ウィリアムズにたいして彼が犯した、あの最初の背徳行為から生じたものだってことね。あの大きな罪がその後のすべての小さな罪と、彼の現在の不幸を生んだのよ」

マリアンは心の底からこの意見に賛成した。ダッシュウッド夫人はここぞとばかりに、ブランドン大佐が受けた被害と彼の美点を、友情と下心が一致協力した熱心さで並べたてた。でもマリアンはあまり聞いていないようだった。

エリナーの予想どおり、そのあと二、三日は、マリアンの体力の回復は前ほどはめざましくなかった。でもマリアンの決意は衰えず、明るくのんきそうに振る舞おうと一生懸命努力している様子なので、時間が立てば日に日に元気になってくれるだろうとエリナーは安心することができた。

マーガレットが帰ってきて、再び家族全員が揃い、またバートン・コテッジでの穏やかな生活が始まった。そしてそれぞれが、バートンへ来たての時のような勢いで日課をこなすまではいかないが、少なくとも近いうちには精力的な活動を再開するつもりだった。

エリナーは、エドワードの消息が非常に気になってきた。彼女がロンドンを去って以来、彼の噂は何も聞いていないし、彼の将来の計画についても、現在の住所についても、確かなことは何も聞いていなかった。マリアンの病気のことで、兄のジョンと何度か手紙のやりとりがあったが、ジョンの最初の手紙にこう書かれていた。「あの不運なエドワードの消息は不明です。こういう差し障りのある問題については、あちこちたずねてまわるわけにもいかないが、彼はまだオックスフォードにいるものと思われます」ジョンの手紙から得られたエドワードに関する情報はこれがすべてで、その後の手紙では、エドワードの名前さえ出てこなかった。ところがほどなく、ひょんなことから彼の消息がエリナーの耳に入ることになった。

　ある朝、ダッシュウッド家の下男がエクセターに使いにやらされた。そして戻ってから、食事の給仕をしながら、ダッシュウッド夫人の質問に答えて使いの報告をしたあとで、ついでにこんな報告をした。

「奥さま、ご存じかと思いますが、フェラーズさまが結婚なさいました」

　マリアンはぎょっとして、思わずエリナーに目をやり、姉の真っ青な顔を見ると、発作を起こしたように椅子にぐったりとなってしまった。ダッシュウッド夫人も下男に答えながら、本能的にエリナーのほうに目をやり、その青ざめた顔から、どんなにひどいショックを受けているか気がついてがく然とした。一瞬後にはマリアンの状態も心配になって、どっちの娘を先に介抱したらいいかわからなくなった。

　下男は、マリアンの具合が悪くなったことだけに気づき、すぐにメイドを一人呼んだ。メイドはダッシュウッド夫人に手伝ってもらって、マリアンを別室へ連れていった。でもそのときには、マリアンはもうだいぶ良くなっていたので、夫人はマリアンの世話をマーガレットとメイドに任せて、エリナーのところへ戻った。エリナーはまだかなり取り乱してはいたけれど、理性と声を使える程度には回復し、ちょうど下男のトマスに、その話をどこで聞いたか質問しはじめたところだった。ダッシュウッド夫人がすぐにその仕事を引き受けた。おかげでエリナーはあれこれ質問せずに情報を得ることができた。

「ねえ、トマス、フェラーズさんが結婚したって誰から聞いたの？」

「今朝エクセターで、フェラーズさまご本人にお会いしました。それに奥さまにも。旧姓ミス・スティールでございます。私はバートン屋敷のメイドのサリーから、郵便配達をしている弟への伝言を頼まれて、ニュー・ロンドン・インへまいったのですが、その入口の前に、おふたりが馬車を停めておられたのです。私は馬車のそばを通ったときに偶然上を見て、それがミス・ルーシー・スティールだとすぐにわかりました。それで帽子をとってごあいさつすると、あちらさまも私とわかって声をかけてくださり、ダッシュウッド家の奥さまとお嬢さま方、とくにマリアンさまのご様子をおたずねになりまして、そして、ご自分とフェラーズさまからくれぐれもよろしくとお伝えするようにと、私にお言いつけになりました。これからもうすこし遠方まで行くので、先を急いでいるので、ごあいさつに伺う時間がなくて残念ですが、帰りには必ず伺うとのことでした」

「でも、結婚したとおまえに言ったのかい、トマス?」

「はい、奥さま。こちらへ来てから苗字が変わったと、にっこり笑っておっしゃいました。あの方は昔からとても愛想がよくて、何でもはっきりとおっしゃって、とても礼儀正しいお方です。それで私も僭越ながら、おめでとうございますと申し上げました」

「そのときフェラーズさんも一緒に馬車に乗っていたの?」

「はい、奥さま。馬車の中で座席にもたれていらっしゃる姿がちらっと見えましたが、顔をお上げにはなりませんでした。あの方はもともとあまり話し好きなほうではありませんから」

彼が顔を上げなかった理由は、エリナーには容易に察しがついた。ダッシュウッド夫人もたぶん同じ理由を考えていただろう。

「馬車には、ほかには誰も乗っていなかったのかい？」

「はい、奥さま。おふたりだけでした」

「どこからいらしたのか、おまえは知ってるのかい？」

「ロンドンからまっすぐ来たと、ミス・ルーシー──いいえ、フェラーズ夫人がおっしゃっていました」

「それで、もっと西の方へ行くと言ったんだね？」

「はい、奥さま。でも、そう長くとどまる予定ではないそうです。すぐに戻っていらして、そのときは必ずこちらに伺うとのことでした」

ダッシュウッド夫人はここでエリナーを見たが、エリナーは、ふたりがほんとに来ると思うほど馬鹿ではなかった。「くれぐれもよろしく」という伝言の中に、ルーシーの気持ちがすべて読み取れたし、エドワードはもうぜったいにダッシュウッド家には近寄らないだろうと、エリナーは確信した。彼女は母に小声で、「ふたりはたぶん、プリマスの近くのプラット家に行ったのよ」と言った。

トマスの知っていることはこれですべてのようだったが、エリナーはもっと聞きたそうな顔をした。

「おまえはふたりを見送ってからその場を離れたのかい？」とダッシュウッド夫人が言った。

「いいえ、奥さま。ちょうど馬が引き出されてくるところでしたが、私はそれ以上は待てませんでした。帰りが遅くなるのが心配でしたので」

「フェラーズ夫人はお元気そうだったかい？」

「はい、奥さま。ものすごく元気だとご自分でおっしゃっていました。私が思いますに、あの方はもともとたいへんな美人ですし、とても満ち足りたご様子でした」

ダッシュウッド夫人はそれ以上の質問は思いつかなかった。それで、トマスもテーブル・クロスももはや不要になり、そのあとすぐに部屋からしりぞけられた。すでにマリアンは、もう食事はいらないと伝言を寄こしていたし、ダッシュウッド夫人とエリナーもすっかり食欲をなくしていた。マーガレットは自分を幸せと思うべきだろう。ふたりの姉たちは最近あのような苦しみを経験し、しばしば食事のことなど忘れてしまうほどだったというのに、マーガレットは一度もディナー抜きの日などなかったのだから。

デザートとワインが並べられ、ダッシュウッド夫人とエリナーはふたりだけになると、ふたりとも同じように黙ったまま、長いあいだ物思いに耽った。ダッシュウッド夫人はエドワードの結婚について触れるのをためらい、エリナーに慰めの言葉もかけられなかった。エドワードのことはもう何でもないというエリナーの言葉を信じたのは間違いだったと、夫人にはもうはっきりとわかった。私はあのころマリアンのことが心配で、そちらで頭がいっぱいだったから、エリナーはそれ以上私を心配させまいとして、自分のことはすべて控えめに言っていたのだ。エリナーのあの慎重な、思いやりのある心づかいに惑わされて、私はたいへんな思い違いをしてしまった。エリナーのエドワードへの愛情の深さは私もわかっていたはずなのに、前に思っていたよりも、そしていまこうしてはっきりしたよりも、ずっと軽いものだと思い込んでしまったのだ。そしてそう思い込んだために、私はいままでずっと、エリナーにたいして不公平で、無関心で、不親切でさえあったにちがいない。マリアンの苦しみはもっとはっきりしていて、すぐ目の前にあったために、そちらに母親のすべての愛情を注いでしまい、エリナーのことはおろそかになってしまった。エリナーもマリアンと同じくらいの苦しみを味わい、しかしマリアンのようには騒がずに、ずっと勇敢に耐えていたというのに、私はそのことにまったく気づかなかったのだ。

第四十八章

エリナーはいまつくづく思い知った。それがいかに確実なことだとわかっていても、不快な出来事を予想するのと、それが確かな現実になるのとでは、たいへんな違いがあるということを。エドワードが独身でいるあいだは、彼女は無意識のうちにこういう希望を抱いていたのだ。そのうち、エドワードとルーシーの結婚を妨げるような出来事が起きるかもしれない。エドワード自身がルーシーとの破談を決心するかもしれない。親戚や友人たちがその説得に乗り出すかもしれない。あるいは、ルーシーにもっと望ましい縁談がもちあがるかもしれない。そして、みんなが幸せになれるような結果になるかもしれない、と。しかし、エドワードはいま確かに結婚してしまった。その知らせを聞いて自分がこんなにひどいショックを受けたのは、無意識のうちにそういう甘い期待を抱いていたからだ、とエリナーは自分の心を責めた。

エドワードはたぶんまだ聖職についていないだろうし、したがって、まだ聖職禄も手に入れていないだろう。それなのに彼がこんなに早く結婚したことを、エリナーは最初はちょっと意外に思ったが、いや、意外ではないとすぐに思い直した。たぶんルーシーが、この先どうなるかわからないと心配して、彼を早く自分のものにしなければいけないと思い、ほかのことはすべて無視して、とにかく結婚が遅れることの危険だけは避けようと思ったのだろう。それでふたりはロンドンで結婚して、いまルーシーの叔父の家へ急いで向かっているのだ。エドワードはバートンから五、六キロのところで、ダッシュウッド家の下男にばったり会い、ルーシーのダッシュウッド家への伝言を聞いて、いったいどんな気持ちがしただろう！

ふたりはまもなくデラフォードに住むことになるだろうとエリナーは思った。デラフォード——いろいろな事情が重なって、彼女の大きな関心をそそった土地であり、とても行きたいけれど、ぜったいに行きたくないとも思った土地だ。牧師館で暮らすふたりの姿がすぐに目に浮かんだ。ルーシーは質素なひどい生活をしながら、体裁だけは立派に見せようと必死にやりくりをし、けちけちと倹約していることを人に知られないように絶えず気をつかい、何事においても自分の利益だけを考え、ブランドン大佐やジェニングズ夫人や、あらゆるお金持ちの知人たちに気に入られようと、涙ぐましい努力をしていることだろう。一方、エドワードの姿はどう想像したらいいのか、あるいはどう想像したいのか、エリナーには自分でもわからなかった。エドワードが幸せでも不幸でも、どちらの姿も気に入らなかった。それゆえエリナーは、エドワードの未来の姿をすべて頭から払いのけた。

そのうちロンドンの親戚か友人が、エドワードの結婚を知らせる手紙をくれて、もっとくわしいことがわかるだろうとエリナーは思っていた。ところが、何日たっても何の便りもなかった。誰を責めたらいいかわからないが、ここにいない親戚と友人のすべてを彼女は呪った。みんな思いやりがないか、さもなければ筆不精なのだ。何か起きてほしいと焦る気持ちから、エリナーは思わず聞いた。

「お母さま、ブランドン大佐にはいつ手紙を書くの？」

「大佐には先週手紙を書いたわよ。お返事ではなく、直接お会いできるんじゃないかしら。ぜひお出かけくださいってお願いしたから、今日か明日にもお見えになるかもしれないわ」

これで一歩前進だ。何か期待できそうだ。ブランドン大佐は何か新しい情報を持っているにちがいない。

エリナーがそう思ったとき、窓の向こうに、馬に乗った男性の姿が見えた。馬はバートン・コテッジの庭の門の前で停まった。立派な紳士だ。ブランドン大佐だ。さあこれで、エドワードの結婚についてくわしい話が聞ける。そう期待してエリナーは身震いした。だがしかし、それはブランドン大佐ではなかった。態度や動作の感じも違うし、背の高さも違う。ひょっとしたらエドワードではないだろうか。エリナーはもう一度よく見た。男性はちょうど馬をおりたところだ。もう間違いない。たしかにエドワードだ。エリナーは窓から離れて腰をおろした。「彼はルーシーの叔父のプラットさんのところから、わざわざ私たちに会いに来たんだわ。落ち着かなくては。冷静にならなくては」

母とマリアンもすぐに人違いに気づいたようだった。ふたりとも顔色を変え、エリナーを見て、ふたりで何かひそひそささやいた。エリナーは口がきけるものなら、ふたりにこう言いたかった。「エドワードに冷たい態度や、軽蔑したような態度はぜったいに見せないでくださいね」と。でもエリナーは口がきけなかった。だからすべてをふたりの分別に任せるしかなかった。

沈黙が部屋を支配した。全員押し黙ったまま、訪問者が部屋に現われるのを待った。砂利道を歩く音が聞こえ、すぐに廊下を歩く音に変わり、そしてついにエドワードが姿を現わした。

部屋に入ってきたときのエドワードの表情は、エリナーから見てもあまり幸せそうではなかった。動揺のために顔が青ざめ、どう迎えられるか不安でたまらず、歓迎される資格はないと思いつめているかのようだった。しかしダッシュウッド夫人は、一生懸命うれしそうな顔をして彼を迎え、握手の手をさしのべて、「ようこそいらっしゃいました」と歓迎のあいさつをした。こうするのがエリナーの希望だと思ったし、今日こそは熱い母心を発揮して、すべてエリナーの希望どおりに行動しようと思ったのだ。

エドワードは赤面し、口ごもりながらわけのわからない返事をした。エリナーも、口だけは母といっしょに動かして歓迎のあいさつをし、握手もしようと思ったが、思ったときはもう遅くて歓迎の握手はしそこなった。それで精いっぱい自然な表情をして、また腰をおろしてお天気の話をした。

マリアンはやつれた顔を隠すために、できるだけ目立たないところに座っていた。マーガレットは、事情のすべてではないが一部は知っているので、威厳を保つのが自分の義務と考え、できるだけエドワードから離れた席に座って、ひたすら沈黙を守った。

晴れた日がつづいて結構ですね、というエリナーの時候のあいさつが終わると、気まずい沈黙が流れた。見かねてダッシュウッド夫人が、「フェラーズ夫人はお元気でしょうね」とたずねると、エドワードはあわてたように、「はい、おかげさまで」と答えた。

また沈黙が流れた。

エリナーは自分の声が震えるのではないかと心配だったが、思いきってこう言った。

「フェラーズ夫人はいまロングステイプルにいらっしゃるのですか？」

「ロングステイプル？」エドワードはびっくりしたように答えた。「いいえ。母はロンドンにいます」

「いいえ」とエリナーは、テーブルからやりかけの刺繡をとりあげて言った。「私がおたずねしたのは、エドワード・フェラーズ夫人のことですわ」

エリナーは顔を上げられなかった。でも母とマリアンは一斉にエドワードに目を向けた。エドワードは顔を赤らめ、当惑したような、不審そうな顔をして、ちょっとためらってからこう言った。

「それはたぶん……弟の……つまり、ロバート・フェラーズ夫人のことではないですか？」

「ロバート・フェラーズ夫人！」マリアンと母がびっくり仰天しておうむ返しに言った。エリナーは口はきけなかったが、同じようにびっくり仰天して、じれったそうにエドワードを見つめた。エドワードは椅子から立ち上がって窓辺に歩み寄った。どうしていいかわからないのだ。それでそこにあったハサミをとりあげて、ハサミのケースを切り刻んでハサミもケースも台無しにしながら、早口でこう言った。

「たぶんまだご存じないでしょうが……まだお聞きになっていないでしょうが、私の弟が最近結婚したのです。お相手は……つまりその……ミス・ルーシー・スティールです」

エリナー以外の全員が、言いようのない驚きをこめてその名前をくり返した。エリナーは、自分がどこにいるのかさえわからなくなるほど動揺し、手に持った刺繡を見つめてじっとうつむいたままだった。

「そうなんです」とエドワードが言った。「ふたりは先週結婚して、いまはドーリッシュ（デヴォン州の海岸リゾート地）にいます」

エリナーはもうその場に座っていられなかった。走るようにして部屋を出て、ドアが閉まったとたん、うれしさがこみあげてわっと泣き出した。この涙は永遠に止まらないのではないかとさえ思った。エドワードはそれまでエリナーを見ないで、あらぬ方角ばかり見ていたが、いま彼女が走り去るのを見、そしてたぶん彼女のうれし涙を見たか、あるいは聞いた。彼は突然物思いに沈み、ダッシュウッド夫人が何を言っても、何を聞いても、どんなにやさしい言葉をかけてもまったく反応がなかった。そしてやがて、そのまま何も言わずに部屋を出て、村のほうへと歩いていった。あとに残された者たちは、エドワードの境遇のあまりにも意外な、あまりにも突然の変化に、ただただ驚きかつ当惑するばかりだった。そしてその当惑を静めるには、自分たちであれこれ推測をめぐらす以外に方法はなかった。

第四十九章

しかし、エドワードがルーシーから解放されるに至った事情はさっぱりわからないけれど、エドワードが自由の身になったことだけは確かだった。そしてその自由を彼がどう使うかは、ダッシュウッド家の誰にも容易に予想できた。四年以上前に母親の同意を得ずに軽率な婚約をしたために、彼はさんざん苦労をしたが、ありがたいことにそれが破談になったのだから、すぐに別の婚約をするだろうということは当然予想できた。

実際、彼がバートンに来た用件はただ一つ、エリナーに結婚を申し込むことだった。そして、プロポーズはすでに一度経験済みだということを考えると、今回彼がこんなにも緊張し、励ましと新鮮な空気をこんなにも必要と感じたのは不思議かもしれない。

彼はどれくらい歩いて決心したか、そのあとどれくらいしてその決心を実行したか、どんなふうに自分の思いを打ち明けたか、そしてプロポーズはどんなふうに受け入れられたか——そういうことを事細かに説明する必要はないだろう。これだけ言えば十分だろう。すなわちエドワードは、バートン・コテッジに来てから約三時間後の午後四時に、みんなでテーブルの席についたところで、エリナーから結婚の承諾を得、ダッシュウッド夫人の同意を得、恋する男の有頂天の言葉としてだけではなく、理性的かつ客観的な事実として、世界一幸福な男のひとりとなったのである。

実際エドワードは、普通以上に喜ぶだけの理由があった。彼がこんなにも有頂天の喜びを感じたのは、単にプロポーズが受け入れられただけではないからだ。長いあいだ苦しみの種となっていた不幸な婚約から——ずっと前からもう愛せなくなっていた女性から——何のやましさもなく解放され、そしてただちに、ほんとうに愛する女性を獲得することができたのだ。この女性こそ自分の理想の女性だと思った瞬間から、結婚はほぼあきらめなければならなかった理想の女性を。つまり彼は、プロポーズが受け入れられるかどうかという疑念や不安から幸福へと転じたのではなく、不幸から一気に幸福へと転じたのである。そして彼はその夢のような変化を、彼の家族や友人たちが見たこともないような、感謝に満ちた、心からの、あふれるような陽気さをもって率直に語ったのである。

エドワードはエリナーに心の中をすべて打ち明け、自分の弱さと過ちをすべて告白し、ルーシーへの幼稚な初恋と軽率な婚約について、二十四歳の男の冷静さと威厳をもって語った。

「あれはすべて、ぼくの愚かさと怠惰のせいなんです。世間知らずで、何もすることがなくて、暇を持て余していた結果ああいうことになったのです。ぼくが十八歳のときに、家庭教師のプラット氏の元を離れたとき、母がぼくに何か活動的な職業を与えてくれていたら、たぶん——いいえ、絶対にああいうことにはならなかったでしょう。ぼくがロングステイプルを去ったとき、プラット氏の姪のルーシーに、抑えきれない恋心を抱いていたことは確かです。でも、そのあと家に帰ってから、もしぼくに何かやることがあったら――つまり何か仕事に熱中して、数カ月間彼女から離れていたら、そんな幼い恋はすぐに卒業していたでしょう。もっと世間と交わればよかったんです。ところが何もすることがなく、家族がぼくに職業を選んでくれるわけではなし、かといって、自分で選ぶことも許されず、家に帰ってからまったく何もせずにぶらぶらしていたんです。すぐに大学に入っていれば、勉学という名の仕事が与えられたはずですが、ぼくがオックスフォード大学に入ったのは十九歳のときなので、家に帰ってから一年間は、その名ばかりの仕事さえ与えられなかったのです。だからぼくは、自分が恋をしていると空想する以外に何もすることがなかったのです。それに母はあらゆる点で、わが家を居心地のいい場所にはしてくれなかったし、ぼくには友達はいないし、弟とも気が合わないし、新しい知り合いをつくるのも面倒だった。だから、ぼくがたびたびロングステイプルに行ったのは当然で、あそこへ行けばくつろいだ気分になれたし、いつ行っても必ず歓迎されたんです。だから十八から十九まで、ぼくはほとんどの時間をロングステイプルで過ごす結果になりました。ルーシーはどこから見ても、とても気立てのいい親切なお嬢さんに思えたし、それに美人でもありました。少なくともそのときはそう思っていたし、それまでほかの女性にはほとんど会ったことがないので、比較もできないし、欠点もわからなかった。だから、そうしたことをすべて考えると――たしかにぼくたちの婚約は愚かだったし、その後あらゆる点で愚かだったと証明されましたが――少なくともその時点では、信じがたい愚行でもなければ、許しがたい愚行でもなかったと思います」

この数時間がダッシュウッド家の人々の心にもたらした幸せな変化は、それはもうたいへんなもので、全員が眠られぬ一夜を過ごすこと請け合いだった。ダッシュウッド夫人は幸せすぎて気が狂いそうで、エドワードにどう愛情を示したらいいか、エリナーをどう褒めたらいいか、エドワードの繊細な心が傷つかずに解放されたことにどう感謝したらいいかわからなかった。早くふたりだけにしてあげて、ふたりだけでゆっくり話をさせてあげたいし、でも自分もふたりを見ながらいっしょに話がしたいし、ほんとうにどうしていいかわからなかった。

マリアンはうれしさを涙で示すことしかできなかった。どうしても自分とウィロビーのことが脳裏をよぎって悲しみがこみあげてきた。もちろん彼女の喜びは、姉への愛情と同じように真実のものだったが、彼女に元気や言葉を与えるようなものではなかった。

しかし、エリナーの気持ちはどう説明したらいいだろう。ルーシーが別の男性と結婚して、エドワードが自由の身になったと知った瞬間から、そのあとすぐに生じた希望を彼が現実のものにしてくれた瞬間までのあいだ、エリナーは、平静な気持ち以外のあらゆる気持ちをめまぐるしく経験した。しかしその第二の瞬間が過ぎたとき――つまり、あらゆる疑念と不安が取り除かれたことを知り、ついさっきまでの自分の境遇と今の自分の境遇を比較したとき――そして、彼が前の婚約から解放されて、すぐにその自由を行使して自分にプロポーズし、思っていたとおりのやさしい変わらぬ愛を告白する姿を見たとき――エリナーは、自分の幸せに圧倒されて押しつぶされてしまいそうだった。人間の心というのは、良い方へはすぐに順応するようにできているけれど、エリナーが気持ちを落ち着かせてある程度の心の平静さを取り戻すのには、たっぷり数時間を要したのだった。

あれからもう一週間はたったが、エドワードはまだバートン・コテッジに滞在していた。ほかにどんな用事があろうと、一週間以下では、エリナーと楽しい時を過ごすのにも、ふたりの過去現在未来についてその半分を話すのにも、とても十分な時間とは言えないからだ。理性的なふたりの人間同士なら、ほんの数時間集中的に会話をすれば、ほんとうに共通の話題は語り尽くしてしまうだろうが、恋人同士となると話は違う。恋人同士のあいだでは、少なくとも二十回は同じ話をしないとどんな話題も終わらないし、話し合ったことにすらならないのだ。

ルーシーとロバートの結婚には、もちろん家族全員が驚き、その驚きはいつまでも消えなかったが、恋人同士の最初の話題のひとつはもちろんそれだった。エリナーはルーシーのこともロバートのこともよく知っているので、この結婚はどう考えても、いまだかつて聞いたこともないような異常かつ不可解な結婚に思えた。そもそもふたりはどういうきっかけでつきあいはじめたのだろう。そして、ロバートはルーシーのどこに惹かれて結婚したのだろう。いつかロバートがルーシーのことを、野暮ったい田舎娘で、品もないし、美人でもないとけなしていたのを、エリナーは聞いたことがあるのだ。しかもそのルーシーは、すでに兄と婚約していて、そのために兄はフェラーズ家から追放されたのだ。とにかくどう考えても理解できない。エリナーの心にとってはうれしい出来事であり、彼女の想像力にとっては滑稽な出来事でさえあるが、彼女の理性と判断力にとってはまったくの謎だった。

エドワードも、いくら考えてもこの程度の解釈しかできなかった。たぶんふたりは、最初は偶然出会い、ルーシーのお世辞がロバートの虚栄心をくすぐり、だんだんそういう仲になっていったのだろうということだ。エリナーはロバートの言葉を思い出した。兄貴の婚約をもっと早く知らされていたら、自分が兄貴を説得できたはずだと、ロバートはジョンの家で言ったのだ。エリナーはその言葉をエドワードにくり返した。

「それはロバートが言いそうなことだな」とすぐにエドワードが言って、こうつけ加えた。「ふたりのつきあいが始まったときは、ほんとにそのことがロバートの頭にあったかもしれない。それにルーシーも最初は、ぼくのためにロバートに一役買ってもらおうと思っていたのかもしれない。それがだんだんああいうことになったのかもしれないな」

しかし、いつごろふたりのつきあいが始まったのか、それはエドワードにもさっぱりわからなかった。エドワードはフェラーズ家を勘当になってロンドンを去ってから、ずっとオックスフォードにいたので、ルーシーの消息はルーシー本人からしか入ってこなかった。ルーシーの手紙は最後までいつもと変わらず頻繁で、いつもと変わらず愛情にあふれたものだった。だからロバートとの結婚の知らせは、まさに寝耳に水だった。ルーシー本人からの手紙で突然その事実を知らされたときは、驚きと恐怖と解放の喜びで、しばらくはただただ呆然としてしまった。エドワードはその手紙をエリナーに渡した。

拝啓

私はもうずっと前からあなたの愛情を失っていると確信していますので、私の愛情をほかの男性に与えても差し支えないと思っておりますし、その男性とならば必ず幸せになれると信じております。以前はあなたと幸せになれると思っておりましたが、あなたの心がほかの女性に行ってしまった以上、あなたとの結婚は絶対にお受けするわけにはまいりません。あなたの選んだ女性とお幸せになることを心から祈っております。これから私とあなたは、義理の兄と義理の妹という親戚関係になりますので、末長く良き友達でありたいと思いますが、たとえそうならなくても私の責任ではありません。私はあなたに何の恨みも抱いていないと申し上げても差し支えありませんし、あなたは心の広い方ですから、私たちに意地悪な仕打ちをなさるようなことはないと信じております。あなたの弟さまは私の愛情をしっかりと勝ち得られました。私たちはもうお互いなしでは生きてゆかれませんので、たったいま教会で式を挙げてまいりました。これから二、三週間の予定で、あなたの弟さまの切なる希望により、ドーリッシュへ行くところです。でもその前に、あなたにこの手紙を差し上げたほうがいいと思った次第でございます。

末長くあなたの幸せをお祈りする、友にして妹なる、

ルーシー・フェラーズ

追伸　あなたから頂いたお手紙はすべて焼却致しました。肖像画も機会があり次第お返し

するつもりです。私のつたない手紙もどうかご処分願います。でも、私の髪の毛を入れた指輪は、思い出の品としてお持ち下さっても結構でございます。

エリナーは手紙を読み終えると、何も言わずにエドワードに返した。

「この文章の良し悪しについてあなたの意見を聞くつもりはない」とエドワードは言った。「以前だったら、彼女の手紙をあなたに見せるなんてことは絶対にしなかったでしょう。義理の妹の手紙だとしてもたまらないけど、ましてや妻の手紙だったら！　ぼくは彼女の手紙を読んで、どれだけ赤面させられたかわからない！　あの愚かな婚約の最初の半年以来、ぼくは彼女から頻繁に手紙をもらったけど、文章の欠陥を内容が補っている手紙はこの一通だけだと思う」

「いきさつはどうあれ、あのふたりが結婚したことは確かだわ」しばらくしてエリナーが言った。「そしてあなたのお母さまは、当然の報いを受けたことになるわね。あなたにたいする怒りから、弟さんに経済的独立を与えたばっかりに、弟さんは自分で勝手に奥さんを選んでしまったんですもの。お母さまは、ルーシーと婚約した長男を勘当したのに、次男にはわざわざ年収千ポンドを与えて、そのルーシーと結婚できるようにしてあげたようなものね。弟さんがルーシーと結婚して、お母さまはずいぶんショックを受けているでしょうね。あなたがルーシーと結婚した場合と劣らぬくらいに」

「いや、もっとショックだと思う。ロバートは昔から母のお気に入りだからね。ぼくの場合よりもっとショックだろうし、同じ理由で、ぼくの場合よりずっと早く弟を許すと思う」

母と弟の間が現在どうなっているかエドワードは知らなかった。まだ家族の誰とも連絡を取っていないからだ。彼はルーシーの手紙を受け取ってから二十四時間たたないうちにオックスフォードを去った。考えることはただ一つ、バートンへの一番の近道はどれかということであり、その道と直接関係のない行動など考える暇もなかった。自分とエリナーとの運命が決まるまでは何も手につかなかった。しかし彼はその運命の決定を求めて、ただちにバートンへと向かったのであり、その迅速さから推察すると、こういうふうに考えられる。彼はかつてブランドン大佐に嫉妬心を抱いていたし、自分は内気な人間だと言っていたし、礼儀として自信のなさを口にしたこともあるけれど、それにもかかわらず彼は、エリナーから冷たい返事は予想していなかったのだろう。でも、予想していたといちおうは言うべきであり、彼はとてもみごとにそう言った。ただし、そのことについて彼が一年後にどう言うかは、世のご夫婦方のご想像にお任せするしかない。

エリナーにはもうはっきりとわかった。ルーシーはエクセターでトマスに偶然会ったとき、みんなに一杯食わせようと思ってあんなことを言ったのだ。下男のトマスへの伝言のなかに、エドワードにたいする悪意をたっぷりこめて立ち去ったのだ。そしてエドワードも、いまはもうルーシーの性格がはっきりとわかったので、彼女ならそういう卑劣な意地の悪いいたずらをしかねないと思った。彼はエリナーとのつきあいが始まるずっと前から、ルーシーの無知と考え方の狭さに気づいてはいたが、どちらも無教育のせいだから仕方ないと思っていた。

そして、ロバートとの結婚を告げる彼女の最後の手紙を読むまでは、彼女は気立てのいい心のやさしい女性で、ほんとうに自分を愛してくれているものと、ずっとそう信じていた。そう信じていたからこそ、何があっても彼女との婚約を破棄しようとはしなかったのだ。事実が発覚して母の怒りを買うずっと以前から、この婚約は彼にとって絶えず不安と後悔の種だったのだけれど。

「母に勘当されて孤立無援の状態になったとき、ぼくはまずこう思った。ぼくの気持ちはさておいてまずルーシーに、婚約を続けるかどうかの選択の自由を与えるのがぼくの義務だと。ぼくはあんな境遇に落とされ、ぼくにはもう人間の貪欲や虚栄心をそそるようなものは何もなかったはずなのに、彼女はあんなに真剣に熱烈に、この先どうなろうとぼくと運命を共にすると言ってくれた。彼女の気持ちには無私無欲の愛情以外は何もないと、ぼくが思ったのも当然でしょう。彼女がどんな動機で行動したのか、ぼくはいまだにわからない。ぜんぜん好きでもなく、全財産がたった二千ポンドの男と運命を共にして、どんな得になると考えたのかさっぱりわからない。ブランドン大佐がぼくに聖職禄を提供してくれるなんて、彼女には予想もできなかったはずだし」

「そうね。でも、あなたにとっていいことがそのうち起きるかもしれないし、あなたのご家族の怒りもそのうち和らぐだろうと、彼女は思っていたかもしれないわ。いずれにしても、彼女は婚約を続けても何も損はしなかったのよ。今回のロバートとの結婚で証明されたように、あの婚約は彼女の気持ちも行動も束縛してはいなかったんですもの。エドワード・フェラーズ氏と婚約しているというのはたいへんなことだし、たぶんそのおかげで、彼女の親戚や友人たちから一目置かれることになったと思うわ。それに、もっと得になることが起きなかったとしても、独身でいるよりあなたと結婚したほうが彼女にとってはよかったのよ」

そう言われてみると、ルーシーのあの行動ほど自然なものはないし、その動機ほど明白なものはないと、エドワードはもちろんすぐに納得した。

女性というのは、男性から軽率な好意を示されるとたいてい怒るものだが、エリナーも、エドワードが自分の無節操に気づいていたはずなのにあんなに長い時間をエリナーたちと過ごしたことを、きびしく叱った。

「あなたの行動は明らかに間違っていたわ」とエリナーは言った。「だってあなたの行動のおかげで——私の気持ちは別として——うちの家族全員が、当時のあなたの立場では絶対にあり得ないことを、つまりあなたと私との結婚を想像し期待するようになってしまったんですもの」

エドワードは、あのときは自分の気持ちに気づいていなかったし、婚約の力を過信していたと言い訳するしかなかった。

「ぼくは単純にこう考えていたんです。自分はほかの女性と婚約しているのだから、あなたといっしょにいても危険はないし、婚約しているという意識が、ぼくの心と名誉を安全かつ神聖に保ってくれるはずだと。自分があなたに好意を持っていることはわかっていたけど、これは単なる友情だと自分に言い聞かせていた。あなたとルーシーを比較するようになってはじめて、自分がどれほど深入りしているか気づいたんです。でも、そのあともあんなに長くノーランドにとどまっていたのは、たしかに間違いだったと思う。自分の都合のいいように言い訳するとしても、せいぜいこんなところです――つまり、危険はぼくだけのものだし、自分以外は誰も傷つける心配はないとぼくは思っていたんです」

エリナーはほほえんで頭を振った。

ブランドン大佐がバートン・コテッジに来る予定だと聞いて、エドワードは喜んだ。大佐をもっとよく知りたいし、早く大佐に会って、デラフォードの聖職禄を提供してもらったお礼を、あらためてはっきりと言いたいからだ。「あのときは、ぼくはあんな無愛想なお礼しかしなかったから、よけいなお節介をされてぼくが怒っていると、大佐は思っているにちがいない」

エドワードは、自分がまだ一度もデラフォードへ行ったことがないことに自分でも驚いた。しかしいままでは、そのことにほとんど関心を持っていなかったので、牧師館、菜園、教会畑地、教区の広さ、土地の状況、十分の一税の額などについては、すべてエリナーから教えてもらうことになった。エリナーはブランドン大佐からいろいろ聞かされ、しかも関心を持って熱心に聞いていたので、そういうことはもうすっかり熟知していたのだ。

さて、ふたりが解決しなければならない問題、克服しなければならない難題が、あと一つだけあった。ふたりはお互いの愛情によってしっかりと結ばれ、家族や友人たちからも心から祝福され、お互いの気持ちもよくわかっているので、ふたりの幸せは間違いないと思われるが、ふたりに欠けているものが一つだけあり、つまり、生活の糧が十分とは言えなかった。エドワードは二千ポンド、エリナーは千ポンド、それにデラフォードの聖職禄を加えたものが、ふたりの全財産だった。ダッシュウッド夫人がエリナーに財産の前渡しをするのは不可能だからだ。ふたりがいくら愛し合っていても、利子と聖職禄を合わせた年収三百五十ポンドでは、安定した楽しい生活を送れると考えるわけにはいかなかった。

エドワードは、母の自分にたいする気持ちがそのうち好転するのではないかという希望を多少は持っており、それで少しは収入が増えるのではないかと当てにしていた。でもエリナーはそんな期待は持っていなかった。エドワードが母の勧めるミス・モートンと結婚しないという事実に変わりはないし、彼がエリナーを選ぶのは、フェラーズ夫人のお世辞半分の言葉で言えば、ルーシー・スティールを選ぶよりはマシだというにすぎないのだ。だからロバートの親不孝は、ファニーを金持ちにすることにしか役立たないのではないかとエリナーは思った。

エドワードが来てから四日ほどしてブランドン大佐が現われ、かくしてダッシュウッド夫人の満足感は完璧となり、バートンに引っ越して以来はじめて、家に泊めきれないほどのお客さまを迎えるという栄誉も与えられた。エドワードは先客の特権を持つことを許され、したがって大佐のほうは、バートン屋敷のいつもの部屋へ毎晩歩いて帰った。そしてたいてい毎朝、朝食前の恋人同士の語らいの邪魔になるほど早く戻ってきた。

大佐はデラフォードの自分の屋敷に戻ってから三週間のあいだ、少なくとも晩には、三十六歳という自分の年齢と、十七歳というマリアンの年齢との不釣り合いに思いをめぐらす以外はほとんど何もすることがなかった。だからバートン・コテッジを訪れたときの彼の心境は相当暗いものであり、これを明るくするにはマリアンの健康の回復や、彼女の温かい歓迎や、ダッシュウッド夫人の励ましの言葉などが大いに必要だった。しかしこうした親しい友人たちや温かい言葉に囲まれて、大佐はすっかり元気を取り戻した。ルーシーの結婚の噂はまだ彼の耳には入っていなくて、何があったのか何も知らなかったので、バートン・コテッジへ来てから最初の数時間は、その話を聞いてただただ驚くばかりだった。ダッシュウッド夫人から一部始終を説明されて、大佐はエドワードに聖職禄を提供してよかったと、あらためて思った。結局それがエリナーのためにもなったからだ。

言うまでもないことだが、大佐とエドワードは交際を深めるにつれて、お互いにますます好感を持つようになった。そうならないわけはない。道義心や良識の点でも、性格や物の考え方の点でも、ふたりはとてもよく似ている。ほかに引きつけ合うものがなくても、ふたりを友情の絆で結びつけるには十分だったろう。ところが、ふたりはそれぞれ姉と妹を愛しており、しかもその姉と妹は大の仲良しなのだから、お互いにすぐに好感を持つようになったのも当然だろう。ふつうならもうすこし時間をかけて、相手がどういう人物か見定めてからそういうことになるのだろうが。

ロンドンから手紙が届いた。数日前なら、エリナーの体の全神経が不安のために震えただろうが、いまは楽しく笑いながら読むことができた。ジェニングズ夫人の手紙はあの驚くべき話を伝え、浮気者のルーシーにたいする義憤をぶちまけ、かわいそうなエドワードにたいする同情の言葉を書き連ねていた。エドワードさんはあんなあばずれ女に惚れたばっかりに、いまはオックスフォードで傷心の日々を送っているにちがいないと、ジェニングズ夫人は思っているのだ。夫人はこうつづけていた。

「こんなにこっそり事を進めたなんて、ほんとうに驚きです。ルーシーはほんの二日前にうちを訪ねてきて、私と二時間ほど話していったのです。そんなことは誰も思ってもいなかったし、かわいそうに、姉のアンでさえ何も知らされていなくて、翌日泣きながら私のところへやってきました。アンはフェラーズ夫人になんて言われるかこわいし、プリマスにどうやって帰ったらいいかわからないのです。というのは、ルーシーが結婚のために出奔する前に、アンのお金を残らず借りていったらしいの。そのお金で派手にやるつもりなんでしょうね。だからアンはまったくの無一文なの。それで私は、エクセターまでの旅費として、喜んで彼女に五ギニー渡してあげました。アンは——私も彼女にそう勧めたのですが——例の博士とばったり再会するのを期待して、エクセターのバージェス夫人のお宅に三、四週間滞在するつもりでいます。それにしても、姉を馬車に乗せていってやらなかったルーシーの意地の悪さは、ひどいとしか言いようがありません。お気の毒なエドワードさん！　彼のことが頭から離れません。どうかバートンにご招待してあげて、マリアンさんが慰めてあげてください」

ジョン・ダッシュウッド氏の手紙はもっと深刻な調子で書かれていた。フェラーズ夫人は世界一不運なお方であり、かわいそうなファニーは繊細な感情を深く傷つけられた。これほどの痛手を受けながら、ふたりがまだこの世に生きているというのは、喜びでもあり驚きでもある。ロバートの罪はまったく許しがたいが、ルーシーの罪はその何万倍も重い。もう二度と再び、フェラーズ夫人の前でふたりの名前を口にすることはできないだろう。たとえ将来、夫人がロバートを許す気になったとしても、ルーシーはけっしてフェラーズ家の嫁として認められることはないだろうし、夫人の前に顔を出すことすら許されないだろう。ふたりだけで極秘に事を進めたことは、当然その罪をさらに重くするものと思われる。誰かが気づいていれば、その結婚を阻止するために適切な処置が取られたはずだからだ。――そしてジョンは、こう嘆いてエリナーの賛同を求めた。いっそのこと、ルーシーとエドワードが結婚したほうがよかったのではないか、ルーシーがフェラーズ家にさらに不幸の種をまくよりは、そのほうがよかったのではないか。そしてジョンはさらにこうつづけた。

「フェラーズ夫人はまだ一度もエドワードの名前を口にしていませんが、それは驚くにはあたりません。しかしわれわれが驚いているのは、今回こういうことがあったのに、エドワードからまだ何の便りもないということです。でも彼は、夫人の機嫌を損ねるのを恐れて沈黙を守っているのかもしれない。そこで私は、オックスフォードにいるエドワードにこういう手紙を書こうと思っています。『まずきみがファニー宛に適当な詫び状を書き、ファニーがその手紙をフェラーズ夫人に見せれば、夫人も悪くは取らないのではないかと、ファニーも私も思っています。フェラーズ夫人の心のやさしさはみんなが知っているし、夫人が自分の子供たちと仲良くするのを何よりも願っていることは、われわれみんなが知っているとおりなのだから』と」

ジョンの手紙のこの一節は、エドワードの今後の見通しと行動に多少の影響を与えた。ジョンとファニーの指示通りにするわけではないが、とにかく和解の努力をする気になったのだ。

「適当な詫び状?」とエドワードはくり返した。「ジョンとファニーは、ロバートの親不孝と、ぼくへの背信行為にたいして、ぼくから母に許しを乞わせるつもりかい? とんでもない! ぼくはぜったいに詫び状なんか書かない。ぼくは自分のしたことを恥じてもいないし後悔もしていない。それどころか、ぼくは自分のしたことにすごく満足している。でも、そんなことを書いたら詫び状にならないだろう。適当な詫び状なんて、ぼくにはまったく思いつかない」

「あなたがお母さまを怒らせたことは事実なんですから、怒らせたことを謝ってもいいんじゃないかしら」とエリナーが言った。「それに、お母さまの怒りを招くような婚約をしたことにたいして、反省の気持ちくらいは示してもいいんじゃないかしら」

そうかもしれない、とエドワードは答えた。

「それに、もしお母さまが許してくれたら、こんどの婚約を伝えるときも、少しは卑下したほうがいいんじゃないかしら。お母さまの目から見れば、ルーシーとの婚約も、私との婚約も、ほとんど同じくらい軽率な婚約でしょうから」

エドワードはそれにも異論はなかったが、「適当な詫び状」を書くことにはどうしても反対した。そこで妥協案が出された。どうしてもその不本意な譲歩をしなければならないのなら、手紙より口頭のほうがずっといいとエドワードが言うので、ファニーに手紙を書く代わりに、彼がロンドンへ出向いて、自分のために尽力してくれるように直接ファニーに頼むことに決まった。

「それでもしジョンお兄さまとファニーお姉さまが、ほんとうに和解の実現のために奔走したとしたら、あのふたりにも多少はいいところがあるということになるわね」とマリアンが、人を公平に評価するという新しい一面を見せた。

ブランドン大佐が来てから三、四日後に、ふたりの紳士はいっしょにバートンを去った。ふたりはすぐにデラフォードへ向かった。エドワードが将来の住まいである牧師館を自分の目で見て、どの程度の修繕や改装が必要か、聖職禄推挙人かつ友人のブランドン大佐と相談するためだ。そしてエドワードは、そこに二晩ほど泊まってから、ロンドンへ向けて出発する予定だった。

第五十章

どうやらフェラーズ夫人は、人にやさしすぎるという非難を受けることをいつも心配しているらしく、今回もそういう非難を受けないようにと、相当頑強に抵抗したが、結局エドワードにお目通りを許して勘当を解くことになった。

フェラーズ家は最近激動の日々を送っていた。フェラーズ夫人は長いあいだ二人の息子を持っていたが、数週間前のエドワードの愚行と勘当のために一人を失い、二週間前のロバートのまったく同じ愚行と勘当のために、残る一人も失った。そしていまエドワードの勘当が解かれたために、再び一人の息子を持つことになったのである。

だがエドワードはいちおう勘当は解かれたけれど、エリナーとの婚約を打ち明けるまでは、身の安泰が保証されたと安心することはできなかった。エリナーとの婚約の事実が明らかになれば、また境遇が急変して、あっという間にまた勘当の身に戻るのではないかという心配があったからだ。だから恐る恐る慎重にその事実を打ち明けると、フェラーズ夫人は意外にもたいへん穏やかに話を聞いてくれた。当然のことながら、夫人は最初は思いつくかぎりの理由を並べて、エリナー・ダッシュウッドとの結婚を思いとどまらせようとした。ミス・モートンのほうが身分も高いし財産も多いと言い、さらにその事実を強調するために、ミス・モートンは貴族の娘で、三万ポンドの財産を持っているが、エリナー・ダッシュウッドはただの紳士の娘で、三千ポンドしか持っていないと指摘した。しかしその事実を十分承知のうえで、説得に応じる気がまったくないエドワードの態度を見ると、夫人は過去の経験から、自分が折れるのが賢明だと判断した。それゆえ自分の威厳を保つために、また、喜んで賛成したと思われないようにさんざん渋ってから、エドワードとエリナーの結婚に承諾を与える旨を伝えた。

つぎなる問題は、ふたりの収入を増やすためにフェラーズ夫人が何をしてやるかということだった。そしてここで明らかになったことは、エドワードはいまや彼女の一人息子のはずなのに、けっして長男扱いはされないということだった。なぜなら、次男のロバートはすでに年収千ポンドが約束されているのに、長男のエドワードがわずか年収二百五十ポンドのために聖職につくことに、フェラーズ夫人は何の反対もしなかったし、エドワードに与えられたのは後にも先にも、ファニーと同額の一万ポンドだけだったのである。

しかしエドワードとエリナーとしては、それだけあれば十分であり、むしろ予想していたより多いほどだった。額が少なすぎることに驚いているのは夫人ひとりのようだった。というのは、フェラーズ夫人はひとりで盛んに言い訳していたからだ。

こうして、ふたりにとっては十分すぎるほどの収入が保証されたので、エドワードが聖職禄を手に入れると、あとはもう家の用意が整うのを待つばかりとなった。ふたりの住居となる牧師館は、エリナーが住みやすいようにしてあげたいというブランドン大佐の熱意によって、大々的な修繕と改装が行なわれていた。エリナーは工事の完了を今か今かと待っていたが、いつものことながら、職人たちの不可解な引き延ばし作戦によって何度も失望と遅れを味わわされた。すると彼女は、こういう場合はいつもそうなのだが、すぐに頭を切り替えて、すべての用意が整うまで結婚しないという最初の固い決意にはこだわらず、秋の初めにバートン教会で結婚式が挙行された。

結婚してから最初の一カ月は、ブランドン大佐の屋敷で過ごし、ふたりはそこから毎日牧師館へ出かけて工事の進行を監督し、壁紙の選択、植え込みの設計、門から玄関までの馬車回しのカーブのつけ方など、その場で好きなように指示を与えることができた。ジェニングズ夫人はエドワードとルーシー、大佐とエリナーという組み合わせを念頭に、「私が生きていたら、聖ミカエル祭（九月二十九日）の前にデラフォード牧師館を訪ねることになるわ」と予言していたが、その予言は組み合わせに多少の混乱はあったけれど、大筋においては実現された。夫人はたしかに聖ミカエル祭の前にエドワードとその妻を牧師館に訪ねることができたし、エリナーとその夫を世界一幸せな夫婦と確信することができたからだ。実際エドワードとエリナーは、あとはもう、ブランドン大佐とマリアンの結婚と、自分たちの飼い牛のためのもうすこし立派な牧草地のほかは、何も望むものはなかった。

ふたりがデラフォード牧師館に落ち着くと、両方のほとんどすべての親戚と友人たちが訪ねてきた。フェラーズ夫人は、自分が不承不承認めた結婚が幸せにいっているかどうか見届けにやってきたし、ジョン・ダッシュウッド夫妻までが、サセックス州から高い旅費をかけてお祝いの言葉を述べにきた。

「エリナー、ぼくはがっかりしたとは言わないよ」とジョンがある朝、デラフォード屋敷の門前をエリナーと散歩しながら言った。「そこまで言ったら言い過ぎだ。きみはたしかにこのままでも、世界一幸運な女性のひとりなんだからね。でも正直言って、ブランドン大佐を弟と呼べたら最高だろうな。大佐が所有するこのデラフォードの土地も屋敷も、何もかもすばらしい！　それにあの森林！　デラフォードのあの傾斜地の森林ほど立派な森林は、ドーセット州では見たことがない！——それでね、まあ、たぶん、マリアンは大佐を惹きつけるようなタイプじゃないかもしれないけど、でも、あのふたりをきみの家にたびたび招くようにしたほうがいいと思うね。ブランドン大佐はデラフォード屋敷にいることが多いらしいし、どういうことになるかわからんからね。ほら、よく言うじゃないか、人間はしょっちゅう一緒にいると、そしてほかの人間と会わないでいると、ってね。それに、マリアンが引き立つように、きみがいつでも助けてやれるし。要するに、妹のマリアンにチャンスを与えてやったほうがいいってことさ。ね、わかるだろ？」

しかしフェラーズ夫人は、エドワードとエリナーにいちおう会いには来たし、見せかけの愛情らしきものを示しはしたけれど、ほんとうの寵愛や贔屓の心を示すことは絶対になかった。夫人の寵愛と贔屓は、ロバートの愚行とルーシーの狡猾さに与えられるべきものであり、実際、ふたりは何カ月もしないうちにそれを手に入れた。そもそもロバートを窮地に陥れたルーシーの自己中心的な抜け目なさが、こんどは彼をそこから救い出す原動力になった。彼女のうやうやしくへりくだった態度、疲れを知らぬ心づかい、とめどないお世辞などが、ほんのわずかなすき間を見つけて発揮されると、フェラーズ夫人はたちまち陥落してルーシーとの結婚を許し、ロバートは晴れて夫人のお気に入りの地位を取り戻したのである。

したがって、この一件におけるルーシーの一連の行動と、有終の美を飾った最後の勝利は、われわれにとってはたいへん励みになるお手本になるかもしれない。人間というものは、自分の利益だけを考えてうまずたゆまず努力すれば、たとえ途中で挫折したかに見えても、時間と良心を犠牲にしただけで、最後にはあらゆる幸運をつかむことができるのだというお手本に。ロバートがルーシーと話をするために、最初にこっそりバートレット・ビルディングズに会いに行ったときは、兄のエドワードが言っていたような考えしか頭になかった。つまり、ルーシーに結婚をあきらめさせようと思っていただけだ。エドワードはもう勘当されて財産は関係ないし、問題はふたりの愛情だけなのだから、一、二回話し合えば簡単に解決すると思っていた。しかしその点が、つまり、一、二回で終わるだろうと思っていた点が、彼の大きな見込み違いだった。というのは、ルーシーは彼の能弁に負けてすぐに納得しそうだという期待を、すぐに彼に抱かせたのだが、その完全な納得にこぎつけるためには、毎回もう一度の訪問と、もう一度の話し合いがルーシーから求められたのである。つまり、別れぎわに必ず彼女の心に何か疑問が残り、その疑問は、彼ともう一度会って三十分ほど話し合わないと解決しそうにない問題だった。こうしてルーシーは、彼に何度も足を運ばせることに成功し、そして何度も会ううちに、つぎのようなことが起こるべくして起きた。ふたりはエドワードのことよりも、だんだんロバートのことばかり話すようになった。ロバートは、ほかの話題よりも自分の話題のほうが大好きで、話すことならいくらでもあるし、すぐにルーシーも、ロバート本人に劣らぬほどそれらの話に関心を示すようになった。要するに、ロバートが完全に兄に取って代わったということが、すぐにふたりに明らかになったのである。

ロバートはルーシーの愛を獲得して得意になり、兄を出し抜いて得意になり、そして母親の同意を得ずに秘密結婚してまさに得意満面だった。その直後に起きたこと――すなわちダッシュウッド家の下男がエクセターでルーシーに出会った一件――はすでに述べたとおりである。ふたりはあのあと、ドーリッシュで幸せいっぱいの数カ月を過ごした。ルーシーは多くの親戚や昔からの知り合いと縁が切れたし、ロバートは立派なコテッジの設計図を何枚も書いた。そして楽しいハネムーンを終えるとロンドンに戻り、ひたすら許しを乞うという単純な方法――もちろんルーシーの入れ知恵だ――によって、フェラーズ夫人の許しを得た。しかし当然のことながら、お許しが出たのは最初はロバートだけだった。ルーシーはフェラーズ夫人にたいしては何の義務もないし、したがっていかなる義務にも背いてはいないのだが、さらに数週間はお許しが出なかった。しかしルーシーはロバートの罪を自分の罪とし、夫人の冷たい仕打ちに感謝し、ひたすらへりくだった態度と言葉をねばり強くつづけたおかげで、あの尊大な夫人からほんのちょっと注目していただけるようになり、そこですかさず、その慈愛あふれるご親切に随喜の涙を流すと、それからはあれよあれよという間に、夫人から最高の寵愛を受ける身へとのし上がっていった。かくしてルーシーは、ロバートやファニーと肩を並べて、フェラーズ夫人にとって無くてはならぬ存在となった。エドワードはかつてルーシーと婚約したために、夫人から心から許されることはけっしてなかったし、エリナーはルーシーより財産も家柄も上なのに、侵入者呼ばわりされたのだが、ルーシーはあらゆる点で秘蔵っ子扱いされ、公然とそう認められるようになった。ロバート夫妻はロンドンに居を構え、フェラーズ夫人からたいへん気前のいい援助を受け、ジョン・ダッシュウッド夫妻とたいへん仲むつまじいおつきあいをすることとなった。たしかにルーシーとファニーの間には、絶えず嫉妬と敵意が渦巻いていたし、もちろんそれぞれの夫も妻たちのいがみ合いに参加したし、それにロバートとルーシーの間には、一年じゅう夫婦喧嘩が絶えなかったけれど、それらを別にすれば、フェラーズ夫人と両夫婦の仲むつまじさはまさに羨ましいばかりだった。

エドワードは何をしたために長男の権利を失ったのか、それを知ったら、多くの人が首をかしげることだろう。そしてロバートは何をしたために長男の権利を受け継ぐことになったのか、それを知ったら、さらに多くの人がさらに首をかしげることだろう。しかしフェラーズ夫人のこの処置は、動機としては間違っていたとしても、結果としてはどうやら正しかったようだ。というのは、ロバートの生活ぶりや話しぶりを見ると、自分の収入が多すぎることや、兄の収入が少なすぎることを気にしている様子はまったくないし、それにエドワードのほうも、あらゆることにおいて喜んで自分の義務を果たし、妻と家庭をますます愛し、い

に戻りたいという望みなどまったくなさそうだからだ。

エリナーは結婚して家族と離れたけれど、離れたと言うには程遠かった。というのは母と妹たちは、バートンの家が無用にならない程度に、頻繁にデラフォード牧師館にやってきて、大半の時間をそこで過ごしたからだ。ダッシュウッド夫人が頻繁にデラフォードを訪れたのは、エリナーに会う楽しみだけでなく、ある計画を胸に秘めていたからだった。マリアンとブランドン大佐を結びつけたいという夫人の願いは、ジョンのように欲に目が眩んだわけではまったくないが、ジョンに劣らず真剣なものだった。それはいまや夫人の一番大事な目標だった。マリアンがいつもそばにいてくれるのはたいへんうれしいことだが、その喜びを大切な友人である大佐に譲ることが、いまの夫人の一番の願いだった。それにエリナーとエドワードも、マリアンがデラフォード屋敷に嫁ぐことを心から願っていた。三人はそれぞれ大佐の悲しみと、大佐から受けた恩義を深く感じ、三人とも同じように、マリアンが大佐のもとへ嫁ぐことが何よりの恩返しになると考えていたのである。

さて、マリアンにどんな抵抗ができただろう？　自分にたいしてそのような家族の同盟が結ばれており、大佐が立派な人物だということもよくわかっており、大佐が自分を愛してくれていることも――みんなはずっと前から気づいていたことなのだが――自分にもやっとはっきりとわかったのだ。いったいどんな抵抗ができただろう？

マリアン・ダッシュウッドは、まことに数奇な運命を辿るように生まれついていた。自分の考え方がまったく間違っていたことを思い知らされ、ただひとりの人を一生愛しつづけるという自分の座右の銘を、自分の行動によって否定しなければならなかった。十七歳になって初めて男性を愛したのに、その愛はあきらめなければならず、そして、深い尊敬の念と熱い友情以上の感情はないままに、別の男性に自分から進んで結婚の承諾を与えることになったのだ。しかもその男性は過去において、彼女に劣らず恋愛問題で苦しんだ経験があり、彼女が二年前に、この人は結婚するには年を取りすぎていると思った男性であり、そしていまでも健康上の理由で、フラノのチョッキを必要とする男性なのだ！

しかし、とにかくそれがマリアンの運命だった。かつて彼女は浅はかな夢を見て、抑えがたき情熱に身を任せた。だがその夢が破れると、もっと冷静な分別のある判断に従って、これからはずっと母親のもとにとどまり、隠棲と勉学を自分の唯一の楽しみにしようと決心した。ところが十九歳になって、彼女は新しい愛を受け入れ、新しい務めを引き受け、新しい家庭に入り、妻として、一家の女主人として、村の大地主の奥さまとして新しい生活を送ることになったのである。

ブランドン大佐は幸せになって当然だと、彼を敬愛する人たちはみんな思っていたが、大佐はいまそのとおりの幸せを味わっていた。マリアンを妻に迎えて、過去のすべての苦悩は癒された。マリアンに愛され、マリアンと共に暮らして、大佐は昔の元気と明るさを取り戻した。大佐を幸せにすることが自分の幸せだとマリアンは思っていると、彼女を見ている誰もが確信して喜んだ。マリアンは中途半端に愛することなどできない。だから彼女の心は、かつてウィロビーに捧げられたように、やがてすべて夫に捧げられるようになった。ウィロビーはマリアンが結婚したと聞いて、たいへんなショックを受けずにはいられなかった。おまけに、そのあとすぐにスミス夫人からお許しが出て、アレナム屋敷の財産を相続できるようになったため、彼が受けた罰はさらに完璧なものとなった。というのは、スミス夫人はウィロビーを許す理由として、彼がちゃんとした女性と結婚して身を固めたことを挙げていたからだ。ということはつまり、もし彼がマリアンに誠実に振る舞って彼女と結婚していたら、やはりスミス夫人のお許しが出て、幸福と富を同時に手に入れることができたかもしれないのだ。このような報いを受けることになった自分の不行跡を、彼が心から後悔していたことは間違いない。また、彼がそのあと長い間ブランドン大佐を羨ましく思い、長い間マリアンに未練が残っていたことも間違いない。しかし、彼が永遠に悲しみに沈んでいたとか、世間との交際を絶ったとか、慢性の憂鬱症になったとか、傷心のあまりついにこの世を去ったとか、そういう話は信じてはいけない。そんな事実は一切なかった。彼はその後も元気に生き長らえて、しばしば楽しい思いもした。彼の妻はいつも不機嫌だったわけではないし、彼の家庭はいつも居心地が悪かったわけではない。馬や犬の飼育を楽しみ、あらゆる種類の狩猟を楽しみ、彼は少なからぬ家庭の幸福を味わうことができたのである。

しかし、ウィロビーはマリアンにたいしては——彼女を失っても生き長らえるという非礼はともかくとして——彼女の身に起こることすべてに関心を持つほどの揺るぎない愛情を抱きつづけ、ひそかに彼女を完璧な女性像と考え、その後つぎつぎに現われたどんな美人を見ても、ブランドン夫人とは比べものにならないと相手にもしなかった。

ダッシュウッド夫人は賢明にも、デラフォードに引っ越そうとはせずに、そのままバートン・コテッジにとどまった。そしてサー・ジョンとジェニングズ夫人にとっては幸いなことに、マリアンがお嫁に行ってしまうとこんどはマーガレットが、ダンスをするのにまことにふさわしく、好きな人ができてもまったくおかしくはない年齢に達していた。

バートンとデラフォードの間には、強い家族愛で結ばれていたので当然だが、絶えず手紙のやりとりや行き来があった。また、エリナーとマリアンは姉妹でもあり、お互いに目と鼻の先に住んでいたが喧嘩ひとつせずに、夫同士の間が冷ややかになることもなく暮らせたというのは、ふたりの無視できない美点と幸せとして、最後にぜひつけ加えておきたいことである。

訳注

（1）8頁「妻の……なっている。」の部分は、一八一三年の第二版では削除された。

（2）88頁　当時の食事時間は、朝十時ごろたっぷりした朝食をとり、昼食はなく、午後三時から四時ごろに、一日の中心的な食事であるディナーをとった。そして、朝食が終わった十一時ごろからディナーが始まる午後三時か四時ごろまでの時間が「モーニング」と呼ばれた。「午前中」という場合はこの時間をさす。

（3）95頁「お上品な……始めた。」の部分は、一八一三年の第二版では削除された。

（4）204頁　英国国教会の牧師の職と財産をさす。牧師館の居住権と、十分の一税（教会維持のために、教区民が所得の十分の一を納めた）および教会畑地による年収が保障される。当時一一六〇〇ほどあった聖職禄の半数以上が、土地の大地主か国王に推挙権があった。

訳者あとがき

人間の生活には理性が大切か、感情が大切か。どちらも大切に決まっているが、どちらかが過剰になると、いろいろ困った問題が生じる。冷たい理性一点張りでは生きている甲斐がないし、感情に溺れすぎると人さまに迷惑をかけるし、自分の身の破滅を招くことにもなりかねない。

十八世紀は理性の時代と言われるが、ジェイン・オースティンが生きた十八世紀末から十九世紀初頭にかけて、時代の空気は理性重視から感情重視へと大きく舵を切りはじめた。理性によって感情を抑制することよりも、感情を思いっきり解放することに大きな価値と喜びを見出すようになった。

オースティンはこの大きく変わりつつある時代の空気を背景にして、理性的な姉と情熱的な妹を主人公にした小説を書いた。姉エリナーは「感情も豊かだが、自分の感情を抑制する術を知っている」。一方、妹マリアンは「何事においても情熱的で、悲しみも喜びも激しすぎて、節度を欠くきらいがある」。このふたりの対照的な性格と言動を描いて、人生における理性と感情の問題を考えようというわけだ。ちなみに、ふたりの母親ダッシュウッド夫人は、「過剰な感受性を価値あるもの」と考えていて、断然マリアンの味方だし、ふたりの妹マーガレットは、「マリアンのロマンティックな傾向にすでにすっかり感化されている」。つまり感情重視という時代の空気は、ダッシュウッド家にもしっかりと浸透しているもようで、理性的な長女エリナーは少数派である。

ふたりはどんな男性に恋をするか。エリナーが思いを寄せるエドワードは内気な性格で、容姿も態度もぱっとしないが、頭のいい誠実な青年で、何よりも「家庭の幸福と静かな私生活」を望む良識の人である。一方、マリアンが激しい恋をするウィロビーは男性的な美貌と、溢れるような気品と、情熱的な性格を備え、「マリアンが愛読する物語の主人公」のような青年である。

どちらもたいへん似合いのカップルで、すぐにすんなりとゴールインしてもよさそうだが、それぞれに不似合いな人物が絡んでラヴ・ストーリーは若干紆余曲折する。ルーシー・スティールは美人で利口そうだが、お世辞とご機嫌とりが上手で、「繊細さと正直さと誠実さの完全な欠如」が見られ、エドワードにはまことに似つかわしくない女性なのだが、ふたりの間に過去に何かがあったらしい。一方、ブランドン大佐は無口で重々しい感じで、三十五歳を過ぎた「老いたる独身男」で、十六歳の情熱的なマリアンにはまったく不似合いなのだが、傍目にもわかるほどの真剣な思いをマリアンに寄せる。さて、二組の三角関係はどうなりますか。

理性と感情の対比に加え、この小説にはさまざまな対照的な人物たちが登場して、作品に彩りと活気を与える。作中の言葉で登場人物をざっと紹介する。

「性格の点では、ブランドン大佐はサー・ジョンの親友として似つかわしくないし、ミドルトン夫人はサー・ジョンの妻として似つかわしくないし、ジェニングズ夫人はミドルトン夫人の母親として似つかわしくない」という作者のコメントがある。ブランドン大佐は無口で暗い感じだが、親友のサー・ジョン・ミドルトンは、歓待精神にあふれて快活そのもので、パーティーは騒々しければ騒々しいほどうれしいという人物。たとえばマリアンがピアノを弾くと、一曲終わるごとに大きな声で賛辞を送るが、演奏中はそれに劣らぬ大きな声でおしゃべりに夢中になる。ところがその妻ミドルトン夫人は、とてもお上品で優雅だけれど、よそよそしくて冷たい感じで、わが子を甘やかすことしか能がなく、ほとんど口をきかない退屈な女性で、他人にたいする無関心ぶりが際立つ。ところがその母ジェニングズ夫人は、成り上がりの商人の未亡人で、おしゃべり好きで世話好きで少々品がなく、詮索好きで好奇心のかたまりで、若い男女をからかうのが無上の楽しみである。

また、「世の中にはなぜあんな不似合いな夫婦が多いのかしら?」とエリナーが呆れる夫婦も登場する。国会議員の選挙運動中のパーマー氏は、自分を偉く見せたいために、誰にでも軽蔑的な態度を取って、目の前にあるものを何でもけなす。ところが妻のパーマー夫人は、底抜けに気がよくて、生まれつき誰にたいしても丁重で、四六時中楽しそうにしていられる性格で、夫とも、姉のミドルトン夫人ともあらゆる点で対照的である。そして似た者夫婦も登場する。エリナーとマリアンの腹違いの兄ジョンは自己中心的で、少々心が冷たくて、相当な金持ちなのにまだまだ金を欲しがる欲張り男だが、妻のファニーは、夫を思いきり戯画化したような女性で、夫より何倍も心の狭い自己中心的な欲張り女である。そしてこの小説のいちばんの悪役は、エドワードの母フェラーズ夫人だが、こう紹介される。

「フェラーズ夫人はやせっぽちの小柄な女性で、堅苦しいほど姿勢がよくて、意地悪なほど真面目くさった顔をしていた。血色が悪くて、目鼻立ちが小さすぎて、とても美人とは言えないし、生まれつき表情も乏しかった。でも幸いなことに、眉間の皺が尊大さと意地悪さという強烈な個性を示して、平凡な顔という不名誉からは救われていた」

これほど凄みのある眉間の皺も珍しいだろう。そしてこのフェラーズ夫人が寵愛する次男ロバートは、内気で誠実な長男エドワードとは似ても似つかぬ、軽薄でお洒落な気取り屋である。二百年前のイギリスに生きた姉妹の「耐える恋」と「狂おしい恋」の物語を軸に、これらあざやかな対照を成す人物たちがしっかりと脇を固め、「人並みの幸せ」にとって必要不可欠なお金の問題も真正面から扱われ、オースティンお得意の辛口ホームドラマの味が加わる。

一八一一年に出版された『分別と多感』は、イングランド南部の小さな村に住む無名の女性ジェイン・オースティンに最初の成功をもたらした。兄夫婦が印刷費用を出した自費出版で、作者名も「ある女性による」という匿名だったが、書評はおおむね好意的で、上流階級の人たちの間でも話題になり、時の摂政皇太子の長女シャーロット王女も愛読し、こんな感想を手紙に残した。

「マリアンと私は性格がとても似ています。私は彼女ほど立派ではありませんが、無分別なところなどがそっくりです。とにかくとても面白い小説でした」

理性的で分別のある姉エリナーに感心するのではなく、情熱的で無分別な妹マリアンに共感しているところが興味深い。小説の主人公としてエリナーよりマリアンのほうが人気があるというのは昔も今も変わらないかもしれない。「人間は一生に一度しか恋はできない」という言葉が大好きなマリアンは、無分別はさておいて、実際いくつかの魅力的な意見を吐く。

「趣味がぴったり一致する男性とでなければ、私は絶対に幸せにはなれないわ。何もかも私と同じ感じ方をする人でなければだめ。同じ本や同じ音楽に、ふたりで一緒に夢中になれなくてはだめ」

「親密さを決定するのは、時間の長さやチャンスではないわ。問題はふたりの相性よ。七年間つきあっても気心が通じない人もいれば、七日間でも十分すぎる人もいるわ」

「楽しいことは正しいことに決まってるわ。私のしたことがほんとうに悪いことなら、私はそのときに気づいたはずよ。悪いことをしているときは自分でもわかるし、悪いことをしていると思ったら、楽しい気持ちになんかなれないもの」

ロマン派的文学の洗礼を受けたマリアンの面目躍如たる言葉であり、多くの人が大きくうなずくはずである。一方、自制心の人エリナーはこんなことを言う。

「私は彼だけを愛していたわけではないわ。私にとっては、家族やお友達の心の平安も大切なことなの。だから私が苦しんでいることを知らせて心配させたくなかったの。……ただひとりの人を一生愛しつづけるというのは魅力的だし、人の幸せはひとりの人だけを愛することにかかっているというのも一理はあるけど、絶対にそうでなければいけないというわけではないし、絶対にそうだと言うのは間違ってるし、だいいちそんなことは無理な話よ」

あまりにも現実的な、あまりにも分別のある言葉であり、小説の主人公としては立派すぎて、人気の点ではどうみても分が悪い。しかし、現実の人生の主人公としてはどうだろう。小説の主人公のような人生を誰もが送れるわけではないが、現実の人生では誰もが主人公であり、冷静で慎重なエリナーの言葉と行動は、いつかどこかできっと誰かの役に立つにちがいない。

ともあれ理性と感情の問題は、人間にとってたぶん永遠の問題であり、哲学的思索の問題としても、平凡な人間の日々の問題としても、いくら考えても興味は尽きないだろう。人間観察の大好きなジェイン・オースティンが、あえてSENSE AND SENSIBILITYという題名の小説を書いたゆえんである。

ジェイン・オースティンの簡単な伝記については、ちくま文庫版『高慢と偏見』(上・下)の「訳者あとがき」と「ジェイン・オースティン年譜」を参照して頂ければ幸いです。

本書はJane Austen, *Sense and Sensibility* (1811) の全訳である。底本にはRos Ballaster. (ed.) *Sense and Sensibility* (Penguin. Classics, 1995) とR. W. Chapman (ed) *Sense and Sensibility*, vol. I of The Novels of Jane Austen, 5 vols., 3rd edition (London : Oxford University Press, 1933, Reprinted 1988) を用いた。なお、初版本は全三巻で各巻ごとに章

番号を立てているが、本訳書は全五十章の通し番号とした。初版本は第一巻が第一章から第二十二章まで、第二巻は第二十三章から第三十六章まで、第三巻が第三十七章から第五十章まで。本書には伊吹知勢訳、真野明裕訳があり、たいへんお世話になりました。

最後に、ちくま文庫編集部の鎌田理恵さんに心からの感謝を——。

二〇〇六年十月三十日

中野康司

本書は「ちくま文庫」のために新たに翻訳したものです。

ねにもつタイプ　岸本佐知子

何となく気になることにこだわる、ねにもつ。思索、奇想、妄想はばたく脳内ワールドをリズミカルな名短文でつづる。第23回講談社エッセイ賞受賞。

TOKYO STYLE　都築響一

小さい部屋が、わが宇宙。ごちゃごちゃと、しかし快適に暮らす、僕らの本当のトウキョウ・スタイルはこんなものだ！　話題の写真集文庫化！

自分の仕事をつくる　西村佳哲

仕事をすることは会社に勤めること、ではない。仕事を「自分の仕事」にできた人たちに学ぶ、働き方のデザインの仕方とは。（稲本喜則）

世界がわかる宗教社会学入門　橋爪大三郎

宗教なんてうさんくさい⁉　でも宗教は文化や価値観の骨格であり、それゆえ紛争のタネにもなる。世界宗教のエッセンスがわかる充実の入門書。

ハーメルンの笛吹き男　阿部謹也

「笛吹き男」伝説の裏に隠された謎はなにか？　十三世紀ヨーロッパの小さな村で起きた事件を手がかりに中世における「差別」を解明。（石牟礼道子）

増補　日本語が亡びるとき　水村美苗

明治以来豊かな近代文学を生み出してきた日本語が、いま、大きな岐路に立っている。我々にとって言語とは何なのか。第8回小林秀雄賞受賞作に大幅増補。

子は親を救うために「心の病」になる　高橋和巳

子は親が好きだからこそ「心の病」になり、親を救おうとしている。精神科医である著者が説く、親子という「生きづらさ」の原点とその解決法。

クマにあったらどうするか　姉崎等　片山龍峯

「クマは師匠」と語り遺した狩人が、アイヌ民族の知恵と自身の経験から導き出した超実践クマ対処法。クマと人間の共存する形が見えてくる。（遠藤ケイ）

脳はなぜ「心」を作ったのか　前野隆司

「意識」とは何か。どこまでが「私」なのか。死んだら「心」はどうなるのか。――「意識」と「心」の謎に挑んだ話題の本の文庫化。（夢枕獏）

しかもフタが無い　ヨシタケシンスケ

「絵本の種」となるアイデアスケッチがそのまま本に。くすっと笑えて、なぜかほっとするイラスト集です。

マンスフィールド・パーク
ジェイン・オースティン
中野康司訳
伯母にいじめられながら育った内気なファニーはいつしかいとこのエドマンドに恋心を抱くが――。恋愛小説の達人オースティンの円熟期の作品。

ボードレール全詩集Ⅰ
シャルル・ボードレール
阿部良雄訳
詩人として、批評家として、思想家として、近年重要度を増しているボードレールのテクストを世界的な学者の個人訳で集成する初の文庫版全詩集。

文読む月日（上・中・下）
トルストイ
北御門二郎訳
一日一章、一年三六六章。古今東西の聖賢の名言・箴言を日々の心の糧となるよう、晩年のトルストイが心血を注いで集めた一大アンソロジー。

暗黒事件
バルザック
柏木隆雄訳
フランス帝政下、貴族の名家を襲う陰謀の闇――凛然と挑む美姫を軸に、獅子奮迅する従僕、冷酷無残の密偵、皇帝ナポレオンも絡む歴史小説の白眉。

ダブリンの人びと
ジェイムズ・ジョイス
米本義孝訳
20世紀初頭、ダブリンに住む市民の平凡な日常をリアリズムに徹した手法で描いた短篇小説集。リズミカルで斬新な新訳。各章の関連地図と詳しい解説付。

眺めのいい部屋
E・M・フォースター
西崎憲／中島朋子訳
フィレンツェを訪れたイギリスの令嬢ルーシーは、純粋な青年ジョージに心惹かれる。恋に悩み成長する若い女性の姿と真実の愛を描く名作ロマンス。

キャッツ
T・S・エリオット
池田雅之訳
劇団四季の超ロングラン・ミュージカルの原作新訳版。あまのじゃく猫におちゃめ猫、猫の犯罪王に鉄道猫。15の物語とカラーさしえ14枚入り。

ランボー全詩集
アルチュール・ランボー
宇佐美斉訳
東の間の生涯を閃光のようにかけぬけた天才詩人ランボー――稀有な精神が紡いだ清冽なテクストを、世界的ランボー学者の美しい新訳でおくる。

怪奇小説日和
西崎憲編訳
怪奇小説の神髄は短篇にある。ジェイコブズ「失われた船」、エイクマン「列車」など古典的怪談から異色短篇まで18篇を収めたアンソロジー。

世界幻想文学大全
幻想小説神髄
東雅夫編
ノヴァーリス、リラダン、マッケン、ボルヘス……時代を超えたベスト・オブ・ベスト。松村みね子、堀口大學、窪田般彌等の名訳も読みどころ。

素粒子
ミシェル・ウエルベック
野崎歓訳
人類の孤独の極北にゆらめく絶望的な愛――二人の異父兄弟の人生をたどり、希薄で怠惰な現代の一面を描き上げた、鬼才ウエルベックの衝撃作。

地図と領土
ミシェル・ウエルベック
野崎歓訳
孤独な天才芸術家ジェドは、世捨て人作家ウエルベックと出会い友情を育むが、作家は何者かに惨殺される――。最高傑作と名高いゴンクール賞受賞作。

競売ナンバー49の叫び
トマス・ピンチョン
志村正雄訳
「謎の巨匠」の暗喩に満ちた迷宮世界。突然、大富豪の遺言管理執行人に指名された主人公エディパの物語。郵便ラッパとは？　（巽孝之）

スロー・ラーナー［新装版］
トマス・ピンチョン
志村正雄訳
著者自身がまとめた初期短篇集。「謎の巨匠」がみずからの作家生活を回顧する序文を付した話題作。驚異に満ちた世界。　（高橋源一郎、宮沢章夫）

エレンディラ
G・ガルシア＝マルケス
鼓直／木村榮一訳
大人のための残酷物語として書かれたといわれる中・短篇。「孤独と死」をモチーフに、大著『族長の秋』につらなるマルケスの真価を発揮した作品集。

氷
アンナ・カヴァン
山田和子訳
氷が全世界を覆いつくそうとしていた。私は少女の行方を必死に探し求める。恐ろしくも美しい終末のヴィジョンで読者を魅了した伝説的名作。

アサイラム・ピース
アンナ・カヴァン
山田和子訳
出口なしの閉塞感と絶対の孤独、謎と不条理に満ちた世界を先鋭的スタイルで描き、作家アンナ・カヴァンの誕生を告げた最初の傑作。　（皆川博子）

オーランドー
ヴァージニア・ウルフ
杉山洋子訳
エリザベス女王お気に入りの美少年オーランドー、ある日目をさますと女になっていた――4世紀を駆ける万華鏡ファンタジー。　（小谷真理）

昔も今も
サマセット・モーム
天野隆司訳
16世紀初頭のイタリアを背景に、「君主論」につながるチェーザレ・ボルジアとの出会いを描き、「政治人間」の生態を浮彫りにした歴史小説の傑作。

コスモポリタンズ
サマセット・モーム
龍口直太郎訳
舞台はヨーロッパ、アジア、南島から日本まで。故国を去って異郷に住む〝国際人〟の日常にひそむ事件のかずかず。珠玉の小品30篇。　（小池滋）

バベットの晩餐会
I・ディーネセン
桝田啓介 訳
バベットが祝宴に用意した料理とは……。一九八七年アカデミー賞外国語映画賞受賞作の原作と遺作「エーレンガート」を収録。（田中優子）

ヘミングウェイ短篇集
アーネスト・ヘミングウェイ
西崎憲 編訳
ヘミングウェイは弱く寂しい男たち、冷静で寛大な女たちを登場させ「人間であることの孤独」を描く。繊細で切れ味鋭い14の短篇を新訳で贈る。

カポーティ短篇集
T・カポーティ
河野一郎 編訳
妻をなくした中年男の一日を、一抹の悲哀をこめ、ややユーモラスに描いた本邦初訳の「楽園の小道」他、選びぬかれた11篇。文庫オリジナル。

フラナリー・オコナー全短篇（上・下）
フラナリー・オコナー
横山貞子 訳
キリスト教を下敷きに、残酷さとユーモアのまじりあう独特の世界を描いた第一短篇集『善人はなかなかいない』を収録。個人全訳。（蜂飼耳）

動物農場
ジョージ・オーウェル
開高健 訳
自由と平等を旗印に、いつのまにか全体主義や恐怖政治が社会を覆っていく様を痛烈に描き出す。『一九八四年』と並ぶＧ・オーウェルの代表作。

パルプ
チャールズ・ブコウスキー
柴田元幸 訳
人生に見放され、酒と女に取り憑かれた超ダメ探偵が次々と奇妙な事件に巻き込まれる。伝説的カルト作家の遺作、待望の復刊！（東山彰良）

ありきたりの狂気の物語
チャールズ・ブコウスキー
青野聰 訳
すべてに見放されたサイテーな毎日。その一瞬の狂った輝きを切り取る、伝説的カルト作家の愛と笑いと哀しみに満ちた異色短篇集。（戌井昭人）

死の舞踏
スティーヴン・キング
安野玲 訳
帝王キングがあらゆるメディアのホラーについて圧倒的な熱量で語り尽くす伝説のエッセイ。「２０１０年版へのまえがき」を付した完全版。（町山智浩）

スターメイカー
オラフ・ステープルドン
浜口稔 訳
宇宙の発生から滅亡までを壮大なスケールで描いた幻想の宇宙誌。１９３７年の発表以来、各方面に多大な影響を与えてきたＳＦの古典を全面改訳で。

トーベ・ヤンソン短篇集
トーベ・ヤンソン
冨原眞弓 編訳
ムーミンの作家にとどまらないヤンソンの作品の奥行きと背景を伝える短篇のベスト・セレクション。「愛の物語」「時間の感覚」「雨」など、全20篇。

ちくま文庫

分別《ふんべつ》と多《た》感《かん》

二〇〇七年二月十日　第一刷発行
二〇二五年四月二十日　第十六刷発行

著者　ジェイン・オースティン
訳者　中野康司（なかの・こうじ）

発行者　増田健史
発行所　株式会社　筑摩書房
東京都台東区蔵前二―五―三　〒一一一―八七五五
電話番号　〇三―五六八七―二六〇一（代表）
装幀者　安野光雅
印刷所　星野精版印刷株式会社
製本所　株式会社積信堂

ISBN978-4-480-42304-7 C0197